David Gemmell

Die Drenai-Saga

Der Bronzefürst

Fantasy - Roman

Ins Deutsche übertragen
von Irmhild Seeland

Bechtermünz Verlag

Lizenzausgabe mit Genehmigung der
Bastei-Verlag Gustav H. Lübbe
GmbH & Co. für
Weltbild Verlag GmbH, Augsburg 1998

Originaltitel: Quest for Lost Heroes
Umschlaggestaltung: CCG Werbeagentur, Köln
Umschlagmotiv: Don Maitz, Romas
Kukalis/Agentur Thomas Schlück,
Garbsen
Gesamtherstellung: Wiener Verlag,
Himberg bei Wien
Printed in Austria
ISBN 3-8289-0020-8

Widmung

Manche Männer erklettern Berge oder gründen Reiche, andere machen ein Vermögen oder schaffen klassische Werke. Dieser Roman jedoch ist in Liebe Bill Woodford gewidmet, der die Rolle des Stiefvaters für einen schüchternen, in sich gekehrten, unehelichen Sechsjährigen übernahm und ihn niemals im Stich ließ. Seine geduldige Ermunterung, seine ruhige Stärke und seine grenzenlose Liebe gaben seinem Sohn den Stolz und das Selbstvertrauen, seine eigenen Schlachten zu schlagen – sowohl im Leben als auch auf den Seiten eines Buches. Danke, Dad!

Danksagungen

Mein herzlicher Dank gilt Lisa Reeves für die Leitung, Jean Maund für die Bearbeitung des Manuskripts und Tom Taylor, Stella Graham, Edith Graham und Val Gemmell fürs Probelesen.

Prolog

Drei Männer lagen am Boden; die anderen vier bildeten einen Halbkreis um den riesigen, häßlichen Mann in dem Wams aus Bärenfell.

»Ihr wollt wissen, wie es auf dem Berg ist?« fragte der Riese undeutlich. Er spuckte Blut, das seinen rotsilbernen Bart besudelte. Seine Angreifer warfen sich nach vorn, und der Riese traf den ersten Gegner mit einem krachenden Schlag ans Kinn, so daß er der Länge nach auf den mit Sägespänen bestreuten Boden prallte. Schläge hagelten auf den Riesen nieder. Er senkte den kahlen Kopf und griff die drei letzten Gegner an, doch er rutschte aus und fiel, wobei er einen Mann mit sich zerrte. Ein gestiefelter Fuß krachte in das Gesicht des Riesen, doch er riß den Angreifer mit einer ausholenden Armbewegung von den Füßen. Der riesige, häßliche Mann richtete sich mühsam auf und lehnte sich an die hölzerne Theke. Seine Augen wurden schmal, als zwei seiner Angreifer Dolche aus dem Gürtel zogen. Er senkte den rechten Arm und zog ein langes dünnen Messer aus dem Stiefel. Es war zweischneidig und sehr scharf.

Der Wirt schlich sich lautlos von hinten an den Riesen heran, und der Schlag in den Nacken des Mannes kam so plötzlich wie ein Blitz. Die Augen des Riesen wurden glasig. Das Messer entfiel seinen Fingern, und er stürzte vornüber neben seine Opfer.

»Ich schneide ihm sein stinkendes Herz aus dem Leib«, sagte einer seiner Angreifer und machte einen Schritt nach vorn.

»Das wäre nicht sehr klug«, entgegnete der Wirt. »Der Mann ist ein Freund von mir. Deshalb wäre ich verpflichtet, dich zu töten.« Er hatte leise gesprochen, aber mit einem Selbstvertrauen, das die Atmosphäre von Zorn und plötzlicher Gewalt durchdrang.

Der Mann rammte seinen Dolch wieder in die Scheide. »Eines Tages wird jemand ihn umbringen«, meinte er.

»Das stimmt leider«, gab der Wirt ihm recht, hob die Klappe von der Theke und kniete neben dem bewußtlosen Mann in dem Bärenfell nieder. »Leben deine Freunde noch?«

Zwei der Männer stöhnten, und ein dritter versuchte, sich aufzusetzen. »Ja, sie leben. Was hat er da für einen Unsinn über einen Berg gesagt?«

»Ist nicht wichtig«, antwortete der Wirt. »Neben dem Faß steht ein Krug Bier. Ihr könnt euch daraus bedienen. Heute abend braucht ihr nichts zu zahlen.«

»Das ist nett von dir«, sagte der Mann. »Komm, ich helfe dir.« Gemeinsam packten sie den häßlichen Riesen und trugen ihn in ein Zimmer an der Rückseite des Gasthauses, wo eine Lampe helles Licht verströmte und ein Bett bereitet war, die Laken zurückgeschlagen. Sie legten den bewußtlosen Krieger auf das Bett, und der Wirt setzte sich neben ihn. Er blickte zu seinem Helfer auf, dessen Zorn verraucht war.

»Geh und laß dir dein Bier schmecken«, sagte der Wirt. »Meine Frau wird es euch bringen.«

Als der Mann gegangen war, fühlte der Wirt den Puls seines Freundes. Er schlug kräftig.

»Du brauchst dich nicht mehr zu verstellen«, sagte er. »Wir sind allein.«

Der häßliche Mann schlug die Augen auf und richtete sich in den dicken Kissen in die Höhe. »Gut, daß ich niemanden töten mußte«, sagte er verlegen grinsend, wobei er einen abgebrochenen Zahn sehen ließ. »Danke, daß du dem ein Ende bereitet hast, Naza.«

»Schon gut«, sagte Naza. »Aber warum läßt du es nicht auf sich beruhen? Die Vergangenheit ist tot.«

»Aber ich war dort. Ich war auf dem Berg. Niemand kann mir das nehmen.«

»Das würde auch niemand wollen, mein Freund«, sagte Naza traurig.

Der häßliche Mann schloß die Augen. »Es war nicht so, wie ich es mir erträumt hatte«, sagte er.

»Nichts ist jemals so, wie man's sich erträumt«, erwiderte Naza, stand auf und blies die Laterne aus.

Später, als Naza und seine Frau Mael die Krüge, Becher und Teller abgeräumt und die Türen verschlossen hatten, saßen sie zusammen vor dem heruntergebrannten Feuer. Mael streckte die Hand aus und berührte ihren Mann am Arm. Naza lächelte und streichelte ihre Hand.

»Warum gibst du dich mit ihm ab?« fragte Mael. »Das ist die dritte Schlägerei diesen Monat. Das ist schlecht fürs Geschäft.«

»Er ist mein Freund.«

»Wenn er wirklich dein Freund wäre, würde er dir nicht soviel Kummer machen«, sagte sie entschieden.

Er nickte. »Da hast du recht, Mael, Liebste. Aber ich spüre seine Trauer. Sie tut mir weh.«

Mael stand auf, ging zu ihm und küßte ihn auf die Stirn. »Du bist zu weichherzig. Aber das ist einer der Gründe, weshalb ich dich liebe. Also werde ich mich nicht allzusehr beklagen. Ich hoffe nur, er enttäuscht dich nicht.«

Er zog sie auf seinen Schoß. »Das wird er; er kann nichts dafür. Er ist auf den Berg gestiegen, und jetzt . . . ist nichts mehr da, wohin er noch gehen könnte.«

»Welchen Berg?«

»Den schlimmsten, Mael. Der Berg, den du erst erkletterst – und dann mit dir herumschleppst.«

»Es ist mir zu spät, um Rätsel zu lösen.«

»Ja«, stimmte er ihr zu, sprang auf und nahm sie in die Arme. »Laß mich dich zu Bett bringen.«

»In welches Bett? Du hast deinen betrunkenen Freund in unseres gelegt!«

»Das obere Gastzimmer ist frei.«

»Und du glaubst, du bist noch immer stark genug, um mich dort hinaufzutragen?«

Er kicherte und stellte sie wieder auf die Füße. »Das könnte ich. Aber ich glaube, ich bewahre mir mein bißchen Kraft, bis wir oben sind. Geh hinauf und zünde die Laterne an. Ich komme gleich nach.«

Er schlenderte zurück in sein eigenes Zimmer und zog dem schlafenden Mann die Stiefel aus. Ein zweites Messer fiel klappernd zu Boden. Dann deckte er seinen Freund zu und ging aus dem Zimmer.

»Schlaf gut«, flüsterte er und zog die Tür hinter sich zu.

1

Siebzehn Menschen schauten dem Zweikampf zu, und kein Laut war zu hören, außer dem Wispern der Klingen und dem hellen Klirren von Stahl auf Stahl. Der Graf machte eine Bewegung aus dem Handgelenk und zielte mit seiner Klinge auf die Gesichtsmaske des Gegners, doch der Mann duckte sich und wich zur Seite aus, während er eine Riposte vollführte, die der Graf nur mit Mühe parieren konnte. Minutenlang waren die beiden Zweikämpfer in einem strategischen Patt gefangen, bis der Graf zu einem mörderischen Angriff ansetzte. Sein Gegner – ein hochgewachsener, schlanker Mann, der unter seiner Maske und seinem Kettenhemd das graue Gewand eines Mönches trug – verteidigte sich verzweifelt. Mit einem letzten zischenden Klirren trafen die Schwerter aufeinander. Dann war die Klinge des Grafen frei und berührte die Brust des Mönches.

Die Duellanten verbeugten sich voreinander, und die Zuschauer spendeten verhalten Beifall. Die Gemahlin des Grafen und seine drei Söhne betraten den Saal.

»Du warst großartig, Vater«, sagte der jüngste, ein blonder Knabe von sieben Jahren. Der Graf von Talgithir fuhr dem Jungen mit der Hand durchs Haar.

»Hat euch die Vorstellung gefallen?« fragte er.

»Ja, Vater«, riefen die Jungen im Chor.

»Und mit welcher Bewegung hat euer Vater mich besiegt?« fragte der Mönch und nahm seine Maske ab.

»Mit der Klassischen Chare«, antwortete der älteste der Jungen.

Der Mönch lächelte. »Ganz recht, Graf Patris. Du lernst gut.«

Der Graf ließ seine Gemahlin die Söhne aus der Halle führen und winkte sein Gefolge beiseite. Als der Saal leer war, nahm er den Mönch beim Arm, und die beiden Männer schlenderten zur südlichen Galerie hinüber, wo ein Krug Fruchtsaft und zwei Becher bereitstanden.

Der Graf füllte die Becher. »Bist du hier wirklich zufrieden?« fragte er.

Der Mönch zuckte die Achseln. »So zufrieden, wie ich überall wäre, Graf. Warum fragst du?«

Der Graf blickte seinem Gegenüber in die Augen. Das Gesicht, das er sah, war fest, mit langer Adlernase und vollem Mund unter einem gestutzten Schnurrbart. »Es gibt viele Legenden über dich, Chareos«, sagte er. »Einige besagen, daß du ein Prinz bist. Wußtest du das?«

»Ich habe davon gehört«, gab Chareos zu. »Es ist nicht wichtig.«

»Was ist schon wichtig? Du bist der beste Schwertkämpfer, den ich je gesehen habe. Du warst einer der Helden von Bel-azar. Du hättest reicher werden können, als die meisten Menschen es sich auch nur erträumen.«

»Ich *bin* reicher, als die meisten es sich erträumen, Graf. Und *das* ist wichtig. Dieses Leben gefällt mir. Ich bin von Natur aus lernbegierig. Die Bibliotheken hier in Gothir gehören zu den besten überhaupt. Es heißt, daß die Büchereien von Drenan weit im Süden über mehr Bücher verfügen, aber hier steht das Gesamtwerk von Tertullus. Ich werde Jahre brauchen, um es ganz zu studieren.«

»Hältst du das für richtig?« fragte der Graf. »Ich kann mich erinnern, wie mein Vater mich auf seine Schultern hob, damit ich die Helden von Bel-azar sehen konnte, wie sie durch die Straßen von Neu-Gulgothir zogen. Ich kann mich an jede Einzelheit dieses Tages erinnern. Du bist auf einem weißen Hengst geritten, der etwa siebzehn Hand groß war, und hast ein silbernes Kettenhemd und einen Helm mit einem weißen Roßhaarbusch getragen. Hinter dir kam Beltzer mit seiner Axt. Dann Maggrig und Finn. Die Menschen in der Menge versuchten, dich zu berühren, als wärst du ein Leitstern. Es war ein wunderschöner Tag.«

»Ja. Die Sonne schien«, stimmte Chareos zu. »Aber es war nur eine Parade, Graf – und es gibt viele Paraden.«

»Was geschah mit den anderen?« fragte der Graf. »Seid ihr Freunde geblieben? Ich habe seit Jahren nichts mehr von ihnen gehört.«

»Ich auch nicht«, antwortete Chareos. Der dunkeläugige Mönch wandte den Blick ab und sah Beltzer vor sich, wie er beim letztenmal gewesen war: mit roten Augen, weinend; seine Axt hatte er verpfändet, damit er seine Schulden bezahlen konnte. Der Bauer war ein Held geworden, und das hatte ihn auf eine Art und Weise zerstört, wie die Nadir es nicht vermocht hatten. Maggrig und Finn waren dabei gewesen. Sie hatten Beltzer allein im Hinterzimmer der Schänke zurückgelassen und waren mit Chareos in den Sonnenschein hinausgegangen.

»Wir gehen zurück in die Berge«, sagte Finn.

»Da gibt es doch nichts«, meinte Chareos.

Finn hatte gelächelt. »Nirgends gibt es etwas, Schwertmeister.« Ohne ein weiteres Wort hatte der schwarzbärtige Bogenschütze sein Bündel genommen und war davongegangen.

Der junge Maggrig hatte gelächelt und Chareos die Hand dargeboten. »Wir werden uns wiedersehen«, sagte er. »Finn braucht wahrscheinlich nur ein wenig Zeit für sich allein, fern von den Menschen.«

»Wie hältst du seine Launen und Verstimmungen nur aus?« fragte Chareos.

»Ich beachte sie nicht«, antwortete Maggrig. »Ich sehe nur den Menschen.«

Jetzt nippte Chareos an seinem Fruchtsaft und blickte aus dem hohen Fenster. Er saß zu weit zurück, um in den Hof und die dahinterliegenden Gärten schauen zu können. Doch von hier aus konnte er über die hohe Mauer des Klosters blicken – und darüber hinaus weit nach Süden, wo der Wald sich wie grüner Nebel über den Bergen erstreckte. Sein Blick wanderte nach Osten zu den Hügelketten, die in das Steppenland der Nadir führten. Nur für einen Augenblick spürte er den eisigen Hauch der Furcht.

»Du glaubst, die Nadir werden nächsten Sommer angreifen?« fragte der Graf, als hätte er Chareos' Gedanken gelesen. Der Mönch dachte über die Frage nach. Die Nadir lebten für den Krieg – ein düsteres Volk von Nomadenstämmen, die nur im Kampf Freude fanden. Jahrhundertelang hatten die Gothirkönige sie in Schach gehalten – sicher in dem Wissen, daß die Stämme einander noch mehr haßten, als sie die Eroberer verabscheuten. Dann war Ulric gekommen, der erste große Kriegsherr. Er hatte sie geeint und eine unbesiegbare Kraft aus ihnen geformt, eine Armee, die Hunderttausende glutäugiger Krieger zählte. Die Gothir wurden zermalmt, der König erschlagen, und die Flüchtlinge waren hierher in den Nordwesten geflohen, um sich eine neue Heimat zu schaffen. Nur die große Drenai-Zitadelle Dros Delnoch, weit im Südosten, hatte die Nadir zurückgeschlagen. Doch ein Jahrhundert später hatte sich ein neuer Kriegsherr erhoben, und er ließ sich nicht zurückdrängen. Tenaka Khan hatte die Drenai vernichtend geschlagen und war ins Land der Vagrier eingefallen; seine Armeen überfluteten es bis ans Meer bei Mashrapur und die Küste entlang bis Lentria. Chareos schauderte. Würden die Nadir im nächsten Sommer wieder angreifen? Das wußte nur die QUELLE. Aber eins war so sicher wie der Tod – eines Tages würden die Nadir kommen. Sie würden über die Berge strömen, mit ihrem ohrenbetäubenden Kriegsgeschrei, und die Hufe ihrer Pferde würden das Gras zertrampeln. Chareos schluckte, die Augen auf die Berge gerichtet. Er sah die blutgierigen Horden über das grüne Land der Gothir schwappen wie eine dunkle Flut.

»Nun?« fragte der Graf. »Glaubst du, sie werden angreifen?«

»Ich kann es nicht sagen, Graf. Ich höre den Berichten nicht mehr so aufmerksam zu wie früher. Es heißt, daß die Drenai wieder rebellieren – und wieder unter der Führung eines Mannes, der behauptet, der wiedergeborene Bronzegraf zu sein. Ich glaube, das ist der fünfte in dreißig Jahren, seit Tenaka Khan Dros Delnoch erstürmt hat. Aber vielleicht wird ein solcher Aufstand die Pläne der Nadir verschieben.«

»Er ging den gleichen Weg wie all die anderen«, sagte der Graf. »Er wurde gefangen und gekreuzigt, die Rebellion niedergeschlagen. Es heißt, daß der neue Khan seine Truppen nach Norden beordert hat.«

»Das sagen die Leute schon seit Jahren«, erwiderte Chareos. »Aber hier gibt es für die Nadir wenig zu holen. Die Beute, die sie bei der Eroberung von Drenan, Vagria und Lentria machten, hat ihnen Reichtümer beschert. Wir haben ihnen nichts zu bieten – wir sind nicht einmal das Tor zu reicheren Ländern. Hinter Neu-Gulgothir liegt das Meer. Vielleicht lassen sie uns in Ruhe.« Noch während er sprach, spürte Chareos, wie die Lüge sich kalt in seine Kehle krallte. Die Nadir lebten nicht für Plünderungen, sondern für Blut, Tod und Eroberung. Es spielte keine Rolle für sie, daß es nur wenig zu gewinnen gab. Nein, sie wurden von uralten Rachegefühlen gegen das Volk der Gothir getrieben.

»Das glaubst du doch selbst nicht, Schwertmeister. Das sehe ich in deinen Augen«, sagte der Graf und erhob sich. »Nein, die Nadir hassen uns für die Vergangenheit, und sie quälen sich mit den Erinnerungen an Bel-azar – die einzige Niederlage, die den Ruf Tenaka Khans befleckt.«

Chareos stand auf und half dem Graf in seinen weiten Mantel. Er blickte dem jüngeren Mann ins Gesicht. »Bel-azar war ein Wunder. Ich weiß nicht, wie wir es geschafft haben – oder warum

Tenaka Khan es *zuließ*, daß wir die Festung hielten. Aber das ist zwanzig Jahre her, und ich denke nur noch sehr selten daran zurück.« »Die alte Festung liegt in Trümmern«, sagte der Graf. »Sie ist jetzt so gut wie Nadir-Territorium. – Danke für den Schwertunterricht. Ich glaube, ich werde allmählich fast so gut wie du.«

»Besser, Graf. Heute hast du mich geschlagen.«

»Bist du sicher, daß du mich nicht hast gewinnen lassen, weil meine Söhne zusahen?«

»Nein. Du hast zu Recht gesiegt, Graf. Aber nächste Woche werde ich besser sein.«

»Nächste Woche kommst du in die Burg. Anschließend reiten wir in die Jagdwälder und schauen, ob wir einen oder zwei Keiler aufstöbern können.«

Chareos verbeugte sich, als der Graf aus dem Saal schritt. Im Krug war noch ein wenig Saft, und so füllte Chareos seinen Becher wieder und ging zum Fenster, von wo er beobachtete, wie das Gefolge des Grafen aus dem Kloster ritt.

Es war lange her, seit diese Namen genannt worden waren: Beltzer, Maggrig und Finn. Chareos sah immer noch den rotbärtigen Riesen vor sich, wie er seine Streitaxt in die Reihen der Nadir hämmerte, die über die Mauer am Torturm schwärmten. Und jeden Abend verglichen die Bogenschützen, Maggrig und Finn, ihre Treffer und schrieben sie mit Holzkohle auf die Granitmauer. *Maggrig hat heute elf getötet, insgesamt einunddreißig. Tod den Nadir!* Der alte Kalin zweifelte immer ihre Zahlen an, wenn er über dem Kohlenfeuer das Abendessen bereitete. Vielleicht war er deshalb ein so katastrophaler Koch gewesen. Bei Kalin schmeckte selbst zartes Steak wie Hammelinnereien. Er war am letzten Tag der Schlacht gestorben.

Der Abschnitt am Torturm hatte die ganze Zeit über die höchsten Verluste gefordert. Von der ursprünglichen Besatzung – fünfundvierzig Mann – hatten nur Beltzer, Maggrig, Finn und Chareos überlebt. Die Nadir hatten die Festung eingenommen, doch Beltzer war vom Torturm gesprungen und hatte ganz allein die Gothir-Fahne zurückerobert und sich den Weg zurück zum Tor freigehauen. Als er wieder drinnen war, hatten die Soldaten sich dort verbarrikadiert und den Nadir standgehalten. Fast den ganzen Tag hatten die Nadir die Mauer gestürmt – nur um von den Schwertern und Äxten der Verteidiger zurückgeschlagen zu werden.

In jener Nacht war Tenaka Khan mit seinem Schamanen zum Torturm gekommen.

»Ergebt euch, und ihr bleibt am Leben und könnt abziehen«, hatte er gerufen.

»Das widerspricht unseren Befehlen«, war Chareos' Antwort gewesen.

»Was ist euch wichtiger, Pflicht oder Freiheit?« hatte der Khan gefragt.

»Eine interessante Frage«, hatte Chareos geantwortet. »Warum kommst du nicht herauf und diskutierst sie mit uns?«

»Laßt ein Seil herunter«, hatte der Khan geantwortet.

Chareos lächelte bei der Erinnerung, als er Schritte hinter sich hörte. Er drehte sich um und sah den Bruder Senior herankommen.

»Störe ich dich?« fragte der alte Mann.

»Keineswegs, Parnio. Bitte, setz dich zu mir.«

Der Älteste in der weißen Robe nahm am Tisch Platz und blickte zum Himmel empor. »Es ist unglaublich«, flüsterte er. »Ewig verändert sich der Himmel und bleibt doch immer gleich in seiner Schönheit.«

»Das ist wahr«, stimmte Chareos zu und ließ sich ihm gegenüber nieder.

»Hast du schon die Macht der QUELLE berührt, mein Sohn?«

»Nein, Vater. Ich bin noch immer Zweifler. Bereitet dir das Kummer?«

Der Älteste wehrte mit einer Bewegung seiner schmalen Hand ab. »Ganz und gar nicht. Die SIE suchen, werden SIE finden ... doch zu IHRER Zeit. Aber du bist jetzt schon zwei Jahre hier, und ich frage mich, was dich hier hält. Du brauchst die Robe nicht anzuziehen, um die Bibliothek zu benutzen.«

Chareos lächelte. »Es ist tröstlich, irgendwohin zu gehören, Vater. Und es verleiht eine gewisse Anonymität.«

»Wenn du Anonymität gesucht hast, hättest du nicht deinen eigenen Namen behalten, und gewiß hättest du nicht der Bitte des Grafen entsprochen, ihn in die höheren Stufen der Schwertkunst einzuweihen.«

»Das stimmt. Vielleicht ist die Antwort einfach die, daß ich es nicht weiß. Und doch habe ich nicht den Wunsch zu gehen.«

»Bei meinem Augenlicht, mein Sohn, du bist ein junger Mann.

Du solltest eine Frau und Kinder haben. In deinem Leben sollte Liebe herrschen. Denke ich denn da so falsch?«

Chareos stand auf und ging wieder zum Fenster. »Nein, Bruder Senior. Ich habe einst geliebt . . . und in Wahrheit könnte ich auch wieder lieben. Aber der Schmerz des Verlustes war zu groß für mich. Ich bleibe lieber allein, als dies noch einmal zu erleiden.«

»Dann bist du hier, um dich zu verstecken, Chareos, und das ist kein guter Grund. Das Geschenk des Lebens ist zu kostbar, als daß man es auf diese Weise vergeuden darf. Denk darüber nach. Warum sollte der berühmte Held von Bel-azar eine so wunderbare Freude wie die Liebe fürchten?«

Chareos fuhr zu dem alten Mann herum; seine Augen funkelten zornig. »Bel-azar! Ich habe diesen Namen heute schon zweimal gehört. Er bedeutet nichts. Ich hatte ein Schwert . . . und verstand es, damit umzugehen. Männer starben. Das ist für mich nichts Heldenhaftes, Bruder Senior. Vor langer Zeit habe ich einen Mann mit verkrüppelten Gelenken beobachtet, der versucht hat, einer Frau zu helfen, die angegriffen wurde. Ein Schlag mit der Faust tötete diesen alten Mann. Aber seine Tat war heldenhaft – denn er hatte keine Chance. Verstehst du, was ich sagen will? Der Soldat hat immer eine Chance. Es gibt Männer und Frauen, die Tag für Tag heldenhafte Taten vollbringen, und niemand sieht sie. Aber wegen meiner guten Augen und meinem flinken Arm bin ich einer der Helden von Bel-azar! Meine Name wird in den Sälen und Schänken besungen.«

»Du irrst dich, Chareos. *Menschen* singen von dir. Aber die Tat dieses alten Mannes wird vor Gott besungen. Das ist ein Unterschied.«

»Vielleicht – wenn ich nur glaubte. Aber das tue ich nicht!«

»Laß dir Zeit – und hüte dich vor dem Grafen, mein Sohn. In ihm ist Stärke, aber auch Grausamkeit. Und wenn du gehst, ihn in seiner Burg zu unterrichten, trage nicht das Grau. Wir sind hier keine Krieger. Dies ist kein Tempel der Dreißig.«

»Wie du willst, Vater.«

Der alte Mann erhob sich. »Als ich dich eben fand«, sagte er leise, »warst du in Gedanken versunken. Willst du deine Erinnerung mit mir teilen?«

»Ich habe an Bel-azar und Tenaka Khan gedacht. Ich dachte über jene letzte Nacht nach, als er allein die Mauer erkletterte und bis zum Morgengrauen bei uns saß. Er sprach von seinem Leben und seinen Träumen, und wir erzählten von unseren. Beltzer wollte ihn als Geisel nehmen, aber ich habe ihn überstimmt. Im Morgengrauen kletterte er vom Torturm und führte seine Truppen davon. Aber wir hatten noch immer die Fahne von Gothir – und damit war der Sieg unser, zumindest in der Theorie.«

»Du hast den Mann bewundert?«

»Ja. Er hatte etwas Edles. Aber ich weiß nicht, warum er uns am Leben ließ.«

»Hat er es euch nicht gesagt?«

»Nein. Aber er war kein Mann, der ohne Grund handelt, und das beschäftigt mich seit Jahren. Als er starb, reiste ich ins Land der Nadir und stand vor dem großen Grabmal von Ulric, wo auch Tenaka Khan beerdigt wurde. Ich wurde dorthin . . . gezogen. Ich ritt ins Lager der Wölfe und kniete vor dem Schamanen nieder. Ich fragte ihn, warum wir an jenem Tag verschont wurde. Er zuckte die Achseln. Er sagte, wir wären die *Shio-kas-atra* – die Geister-die-noch-kommen-werden.«

»Hast du das verstanden?«

»Nein. Verstehst du es?«

»Ich werde dafür beten, mein Sohn.«

Als Beltzer erwachte, tobte ein wütender Schmerz in seinem Schädel. Er stöhnte und richtete sich auf. Ihm drehte sich der Magen um. Er zog seine Stiefel an und stand mühsam auf, ging vom Bett zum Fenster und öffnete es. Eine sanfte Brise brachte frische Luft herein. Er räusperte sich und spie aus. Seine Lippe war aufgeplatzt, so daß er ein wenig Blut mit ausspuckte. Auf der Kommode stand ein Spiegel, und er sank in den Sessel davor und starrte sein Spiegelbild an. Ein Auge war dunkel zugeschwollen, die Stirn aufgeschürft und auf der rechten Wange hatte er einen leichten Schnitt. Der rotsilberne Bart war steif von getrocknetem Blut. Er fühlte sich elend. Hinter ihm ging die Tür auf, so daß die Vorhänge sich im Wind blähten. Er drehte sich um und sah, wie Mael mit einem Tablett hereinkam, auf dem ein Teller mit geröstetem Brot und Käse sowie ein Krug standen. Beltzer betete, daß Bier darin sein mochte.

»Danke«, sagte er, als Mael das Tablett absetzte. Sie schaute ihn an und schüttelte den Kopf.

»Du bist eine Schande«, sagte sie, die Hände in die üppigen Hüften gestemmt.

»Keine Lektionen, Mael! Hab Mitleid. Mein Kopf . . .«

»Deine Schmerzen sind deine Sache. Und ich habe kein Mitleid mit betrunkenen Flegeln. Sieh dir nur das Blut auf den Laken an! Und du stinkst, daß es einem anständigen Menschen den Magen umdreht. Wann hast du zum letzten Mal gebadet?«

»Es war dieses Jahr. Das weiß ich genau.«

»Wenn du mit dem Frühstück fertig bist, gehst du in den Holzschuppen. Dort wirst du arbeiten, bis deine Rechnung bezahlt ist. Axt und Säge werden dir den Kopf klar machen.«

»Wo ist Naza?« fragte Beltzer und bemühte sich, die Augen auf die flachshaarige Frau zu konzentrieren.

»Er ist in die Stadt gegangen. Es ist Markttag. Wenn er zurückkommt, wirst du nicht mehr hier sein – verstanden?«

»Er . . . ist mir etwas schuldig.«

»Er ist dir gar nichts schuldig. Hörst du? Gar nichts! Du bist jetzt seit zwei Monaten hier. Du hast keinen einzigen Raq für Essen, Unterkunft oder Bier bezahlt, und in der ganzen Zeit hast du unsere Gäste beleidigt, Schlägereien angefangen und alles getan, das Geschäft zu ruinieren, von dem mein Mann lebt. Du wirst Holz hacken, und dann wirst du gehen.«

Er hieb die Faust auf die Kommode und sprang auf. »Du wagst es, so mit mir zu reden?« tobte er. »Weißt du, wer ich bin, Weib?«

»Ich weiß es«, sagte sie und kam näher. »Du bist Beltzer. Beltzer der Säufer. Beltzer der Faulpelz. Beltzer der Angeber. Und du stinkst. Du stinkst nach Schweiß, schalem Bier und Erbrochenem. Selbstverständlich weiß ich, wer du bist!«

Er hob die Hand, als wollte er sie schlagen, doch sie lachte ihn aus. »Nun mach schon, mächtiger Held von Bel-azar. Mach schon!«

Beltzer stieß sie zur Seite und ging in das angrenzende leere Zimmer, doch sie folgte ihm. Ihr Zorn traf ihn wie Feuerzungen. Er stolperte in den Hof hinter dem Gasthaus und blinzelte im hellen Sonnenlicht. Der Holzschuppen lag rechts von ihm; zu seiner Linken waren weite Felder.

Er nahm den linken Pfad und marschierte ins freie Gelände, doch nach kaum einem Kilometer setzte er sich auf einen Felsen und blickte über das zerklüftete Land. Fünf Kilometer vor ihm lag seine Hütte. Aber dort war nichts: kein Essen, nichts zu trinken – nur das Heulen der Wölfe und die Leere, die nur der Einsame kannte.

Mit einem Herzen voller Scham machte er kehrt und ging zum Holzschuppen.

An einem Bachlauf zog er sein Bärenfell-Wams und die graue Wolltunika aus. Dann stellte er seine Stiefel neben die Kleider und stieg ins Wasser. Da er keine Seife hatte, schrubbte er seinen Körper mit Minzeblättern und wusch sich das Blut aus dem Bart. Als er wieder ans Ufer kam und seine Tunika anziehen wollte, wurde ihm von deren Gestank fast übel. »Du bist tief gefallen«, sagte er zu sich selbst. Er wusch die Tunika, indem er sie gegen einen Stein schlug, um den Schmutz zu entfernen; dann wrang er sie aus und zog sie mühsam wieder an. Das Bärenfell-Wams trug er über dem Arm.

Mael sah ihn zurückkommen und fluchte leise. Sie wartete, bis sie hörte, wie die Axt in die Baumscheiben fuhr; dann ging sie zurück in die Küche, um die Fleischpasteten vorzubereiten, welche die Landarbeiter und Tagelöhner zum Mittag bestellen würden.

Im Holzschuppen arbeitete Beltzer schwer. Er genoß das Gewicht der einschneidigen Axt und das runde Holz in seinen Händen. Sein Arm hatte nichts von seiner Fertigkeit verloren, und jeder Hieb war sauber und spaltete die Scheiben in Stücke, die in den eisengefaßten Kohlebecken an jedem Ende der Gaststube brennen würden.

Kurz vor Mittag hörte er auf und karrte das Holz über den Hof. Dann trug er es in die Schänke und stapelte es neben den Kohlebecken auf. Mael sprach nicht mit ihm, und Beltzer hatte nicht das Bedürfnis, ihre scharfe Zunge zu spüren zu bekommen. Sie reichte ihm eine Schale mit Suppe und etwas Brot, als die meisten Mittagsgäste gegangen waren, und er aß schweigend. Er hätte liebend gern um einen Krug Bier gebeten, fürchtete jedoch die unvermeidliche Ablehnung.

Bei Sonnenuntergang kehrte Naza zurück und brachte einen Krug Bier zum Holzschuppen hinaus. »Wie geht es dir, mein Freund?« fragte er, füllte einen Becher und reichte ihn dem dankbaren Beltzer.

»Schlimmer als der Tod«, erwiderte dieser und trank das Bier.

»Du hättest das alles nicht tun müssen«, erklärte Naza. »Du hättest dich heute ausruhen sollen. Du hast letzte Nacht ganz schön was abbekommen.«

Beltzer schüttelte den Kopf. »Deine Frau versteht mich besser als du. Das hier ist es, was ich brauche«, sagte er und hob den Becher. »Weiß du, das alles ist verrückt, Naza. Ich war der berühmteste Mann von Gothir. Ich war der Fahnenträger. Mir wurden Wein und Speisen vorgesetzt, Geld und Geschenke in die Hände gedrückt. Ich war auf dem Gipfel des Berges. Aber da war nichts. Nichts. Nur Wolken. Und ich habe festgestellt, daß man auf diesem Berg nicht leben kann. Aber wenn er dich abschüttelt – oh, wie du dich nach ihm sehnst! Ich würde töten, um ihn noch einmal zu erklettern. Ich würde meine Seele verkaufen. Es ist so dumm! Durch den Ruhm, dachte ich, würde ich jemand *sein*. Aber so war es nicht. O ja, die Edlen luden mich eine Zeitlang in ihre Burgen ein, aber ich konnte nicht mit ihnen reden – nicht in ihrer eigenen Sprache. Nicht über Dichtung, nicht über Politik. Ich war ein Bauer. Ich kann weder lesen noch schreiben. Ich stand bei ihnen und saß bei ihnen und fühlte mich wie der Narr, der ich bin. Ich kann nur eins – ich kann eine Axt schwingen. Ich habe ein paar Nadir getötet. Ich habe die Fahne genommen. Und jetzt kann ich nicht einmal mehr wieder Bauer werden. Der Berg läßt mich nicht.«

»Warum besuchst du nicht Maggrig und Finn? Die beiden haben noch immer das Haus im Hohen Tal. Sie würden sich freuen, dich zu sehen, und ihr könntet von den alten Zeiten reden.«

»Sie waren immer Einzelgänger, und wir haben uns nie sehr nahe gestanden. Nein, ich hätte in Bel-azar sterben sollen.«

»Der Tod kommt für alle Menschen früh genug«, sagte Naza. »Wünsche ihn dir nicht. Komm herein und trink etwas.«

»Nein, heute abend möchte ich hier draußen sitzen und nachdenken. Kein Saufen. Keine Schlägerei. Ich möchte nur hier sitzen.«

»Ich schicke dir einen Krug hinaus – und eine warme Mahlzeit. Ich lasse dir auch ein paar Decken bringen.«

»Du mußt das alles nicht für mich tun, Naza.«

»Ich schulde dir etwas, mein Freund.«

»Nein«, widersprach Beltzer traurig, »du schuldest mir nichts. Und von jetzt an will ich für mein Essen arbeiten.«

Man hatte vierzig hölzerne Pfähle von fünf Zentimetern Durchmesser in den Rasen getrieben, in Reihen zu jeweils acht, je einen Meter voneinander entfernt. Die acht jungen Schüler standen vor den Pfählen und warteten auf Chareos' Anweisungen. Die Morgensonne schien hell, und eine sanfte Brise liebkoste die Ulmen, die am Rand der Rasenfläche standen.

»Nun, meine Herren«, sagte Chareos. »Ich möchte, daß ihr entlang der Pfähle geht, kehrtmacht und so schnell wie möglich zurückkommt.«

»Darf ich fragen, warum?« erkundigte sich Patris, der älteste Sohn des Grafen. »Sollen wir nicht den Gebrauch des Schwertes lernen?«

»Genau das, junger Herr. Aber ein Schwert hält man in der Hand, und das ist nur ein Aspekt der Fertigkeiten eines Schwertkämpfers. Gleichgewicht ist alles. Und jetzt nehmt bitte eure Positionen ein.«

Die Jugendlichen traten an die Pfähle und liefen vorsichtig los. Patris bewegte sich geschickt voran, machte kehrt und rannte zu Chareos zurück. Die anderen Jungen folgten etwas vorsichtiger. Drei glitten aus und mußten einen zweiten Versuch unternehmen. Diese drei nahm Chareos beiseite.

»Ihr werdet hier bei den Pfählen weitermachen, bis ich zurückkomme«, befahl er ihnen. Einer von ihnen war das dicke Kind, Akarin, der Sohn des Obersten Rates der Stadt. Er würde nie ein Schwertkämpfer werden, aber er machte alles mit, und Chareos mochte ihn.

Er nahm die anderen fünf Jungen mit zur Laufbahn. Sie war am Vortag fertig geworden, und Chareos war sehr zufrieden damit. Ein langes Brett lag schräg auf einer Plattform aus Holzbohlen, die knapp zwei Meter hoch war. Die Holzbohlen lagen auf eingefetteten Rundhölzern, so daß diese leicht hin- und herrollen konnten. Am Ende dieser Holzbahn war ein geknotetes Seil festgebunden. Daran konnte man sich über die knapp sieben Meter bis zur zweiten Bohlenbahn schwingen und von dort auf einem eingeölten Brett zu Boden rutschen. Die Jungen betrachteten diese Konstruktion und schauten sich dann an.

»Wer will der erste sein?« fragte Chareos. Niemand meldete sich. »Dann fängst du an, Jung-Lorin«, sagte der Mönch und deutete auf den rothaarigen Sohn von Salida, dem Hauptmann der gräflichen Lanzenreiter.

Entschlossen lief der Junge die Planke hinauf auf die Bohlen. Sie rollten und drehten sich unter seinen Füßen, und beinahe wäre er gefallen, richtete sich jedoch wieder auf und schaffte es langsam bis zum Seil. Dort schwang er sich mit einem Satz auf das zweite Gerüst und ließ das Seil los. Er patzte jedoch bei der Landung, so daß er auf die weiche Erde fiel. Die anderen Jungen lachten nicht. Sie wußten, daß auch sie noch an die Reihe kamen. Einer nach dem anderen versuchte es erfolglos, bis nur noch Patris übrig war. Geschickt lief er die Planke hinauf auf die Bohlen. Er bewegte sich behutsam vorwärts, erreichte das Seil und schwang sich nach vorn. Kurz vor der Landung neigte er seinen Körper zur Seite, beugte die Knie und nahm Hockstellung ein. Obwohl der Balken hin- und herrollte, war seine Balance perfekt. Doch das eingeölte Brett am Ende spielte ihm einen Streich, so daß er seitlich in den Schlamm fiel.

Chareos rief sie alle zu sich. Ihre Tuniken aus bestickter Seide waren schmutzverkrustet.

»Meine Herren, ihr seid in sehr unsoldatischer Verfassung. Aber ein Krieg würde euch noch elender aussehen lassen. Ein Soldat kämpft in Regen und Schlamm, Schnee und Eis, Wind und Wasser. Es kommt nur selten vor, daß ein Krieger bequem kämpfen kann. Jetzt versucht die Übungen noch zweimal – in derselben Reihenfolge, bitte. Patris, komm ein paar Schritte mit mir.« Er führte den Sohn des Grafen ein Stück von den anderen fort. »Du hast es gut gemacht«, sagte er, »aber du hattest keine neue Idee. Du hast beobachtet und aus den Fehlern deiner Freunde gelernt. Das eingefettete Brett hat dich überlistet, weil du nicht darüber nachgedacht hast.«

»Ich weiß jetzt, wie ich heruntergehen muß, Meister Chareos«, sagte der Junge.

»Das bezweifle ich nicht. Aber in einem richtigen Krieg hat ein Offizier vielleicht nur eine einzige Chance auf Erfolg. Denke über jedes Problem nach.«

»Das werde ich.«

Chareos ging zurück zu den drei Jungen bei den Pfählen. Sie kamen inzwischen besser mit dem Lauf klar, bis auf Akarin. »Laß mich dich anschauen«, sagte der Mönch. Der Junge stand mit rotem Gesicht vor dem Schwertmeister, als Chareos ihn über den Hüften kniff. »Du weißt natürlich, daß du zuviel Fett mit dir herumschleppst. Deine Beine sind kräftig, aber dein Körper ist nicht im Gleichgewicht. Wenn du ein wirklicher Schwertkämpfer werden willst, dann beschränke deine Ernährung auf eine Mahlzeit am Tag. Iß nur eine Suppe, mit Fleisch und Gemüse. Keine Honigkuchen. Keine Süßigkeiten. Du bist ein braver Junge, aber deine Mutter verwöhnt dich zu sehr.«

Die beiden anderen Jungen durften es an den Holzgerüsten versuchen, scheiterten jedoch kläglich. Akarin flehte Chareos an, es ebenfalls versuchen zu dürfen.

»Sie werden mich auslachen«, bettelte er. »Bitte, laß mich es versuchen.«

Chareos nickte, und der Junge rannte die Planke hinauf, schaffte es bis auf die Bohlen und wankte auf das Seil zu. Unter seinem großen Gewicht rollten die Bohlen nicht so weit wie bei den anderen Jungen. Akarin schwang sich an das Seil, verlor jedoch den Halt und fiel in eine Schlammpfütze. Es platschte kräftig, gefolgt von wildem Gelächter der anderen Jungen.

Akarin rappelte sich aus der Pfütze hoch und blinzelte seine Tränen fort.

Es gab immer einen, der die Hänseleien ertragen mußte. Das war die Natur des Rudels, wie Chareos wußte.

Er führte die Jungen zu einer nahegelegenen Wiese und öffnete die Truhe, die Schwerter, Masken und Kettenhemden enthielt. Dann teilte er die Jugendlichen in Paare ein, wobei er Patris mit Akarin zusammentat. Der Grafensohn stapfte zu dem Mönch. »Warum muß ich mit dem Schweinchen zusammensein?« begehrte er auf.

»Weil du mein bester Schüler bist«, antwortete Chareos.

»Das verstehe ich nicht.«

»Lehre ihn.«

»Und wer lehrt mich?«

»Als Offizier, junger Graf, wirst du viele Männer befehligen, und nicht alle werden begabt sein. Du mußt lernen, jeden Mann nach seinem besten Vermögen einzusetzen. Akarin wird als dein Partner mehr lernen als von jedem anderen Jungen ... und ich werde dich unterweisen.«

»Von jetzt an ist er also mein Problem?«

»Ich glaube, es ist das beste für ihn – und für dich.«

»Wir werden sehen«, sagte Patris.

Als die Übungsstunden endeten, hatte Akarin viel von Patris

gelernt, doch seine Arme und Beine waren voller blauer Flecken von den zahllosen Schlägen, die der ältere Junge ihm mit dem hölzernen Übungsschwert beigebracht hatte.

»Ich sehe euch morgen, meine Herren«, sagte Chareos, als sie müde nach Hause trotteten. »Zieht euch dann etwas passender an«, rief er ihnen nach.

Am nächsten Nachmittag versammelten sich die Jungen bei den Pfählen, als Chareos zu ihnen hinauskam. Akarin war nicht dabei. Statt dessen stand ein schlanker Knabe neben Patris.

»Und wer ist das?« fragte Chareos.

»Mein Vetter, Aleyn«, antwortet Patris.

»Wo ist Akarin?«

»Er hat beschlossen, die Übungen aufzugeben.«

»Und dafür hast du gesorgt, junger Graf?« fragte Chareos sanft.

»Ja. Du hast dich geirrt, Meister Chareos. Wenn ich Offizier bin, gibt es in meiner Truppe niemanden, der nicht auf *jedem* Gebiet ausgezeichnet ist. Schweine werde ich ganz gewiß nicht dabeihaben.«

»Ich dulde sie auch nicht, Graf. Deshalb schlage ich vor, daß du und dein Vetter euch auf der Stelle entfernt. Ihr anderen könnt mit den Pfählen beginnen.«

»Keiner rührt sich!« befahl Patris, und die Jungen erstarrten. »Du wagst es, mich zu beleidigen?« wollte er von Chareos wissen.

»Du selbst hast Schande über dich gebracht, Graf«, antwortete Chareos eisig, »und ich stehe dir nicht länger zu Diensten. Da diese Jungen deine Freunde und in gewisser Weise auf deinen guten Willen angewiesen sind, werde ich nicht von ihnen verlangen, daß sie hierbleiben und deinen Unmut herausfordern. Es gibt keinen weiteren Unterricht. Guten Tag.«

Chareos verbeugte sich vor der Gruppe und ging davon.

»Dafür wirst du büßen!« rief Patris.

Der Mönch beachtete ihn nicht und kehrte in seine Gemächer zurück. Er konnte seine Wut nur schwer bezähmen. Er war nicht auf Patris zornig, sondern auf sich selbst; er hätte es kommen sehen müssen. Der Sohn des Grafen war ein guter Athlet, doch sein Charakter war nicht lauter. Er zeigte eine Arroganz, die sich nicht bändigen ließ, und eine Grausamkeit, die sich nie würde im Zaum halten lassen.

Nach einer Weile beruhigte er sich und ging in die Bibliothek.

Hier, in der kalten, steinernen Stille des Lesesaals, saß er und studierte die Schriften des Philosophen Neucean.

Verloren in seiner Arbeit merkte er nicht, wie die Stunden verstrichen. Eine Hand berührte ihn an der Schulter.

»Der Graf wartet im Langen Saal auf dich«, sagte der Bruder Senior.

Chareos verließ die Bibliothek und ging durch den überwölbten Garten zum Langen Saal. Er hatte damit gerechnet, wegen der Entlassung von Patris zur Rede gestellt zu werden – aber ein Besuch des Grafen? Und so rasch? Chareos hatte ein ungutes Gefühl. In Gothir waren die alten Feudalgesetze zwar sehr gelockert worden, doch der Graf war noch immer die höchste Macht in den Südlanden, und er konnte, wenn ihm danach war, einen Mann auspeitschen oder ins Gefängnis werfen lassen – oder beides.

Chareos wappnete sich und stieg die Treppe zum Saal hinauf. Der Graf stand am Südfenster; seine Finger trommelten rhythmisch auf das Fensterbrett.

»Willkommen, Graf«, sagte Chareos, und der schlanke junge Mann wandte sich ihm mit einem gezwungenen Lächeln zu. Sein Gesicht war fein geschnitten, das Haar lang und blond und nach der Mode am Hof des Regenten mit dem heißen Eisen gekräuselt.

»Was sollen wir in dieser Angelegenheit unternehmen, Chareos?« fragte der Graf und winkte den Mönch zu einer Sitzgelegenheit am Fenster. Chareos nahm Platz, doch der Graf blieb stehen.

»Du sprichst von den Unterrichtsstunden?«

»Warum wäre ich sonst hier? Du hast einen ziemlichen Aufruhr verursacht. Meine Gemahlin fordert deine Auspeitschung. Der Hauptmann der Wache will dich zum Zweikampf herausfordern, und mein Sohn will dich hängen sehen – obwohl ich ihm erklärt habe, daß der Abbruch von Unterrichtsstunden wohl kaum ein Verbrechen ist. Also, was können wir tun?«

»Ist die Angelegenheit so wichtig, Graf? Es gibt viele Schwertmeister.«

»Darum geht es nicht, und das weißt du, Chareos. Du hast den Erben der Grafschaft beleidigt. Und damit, könnte man folgern, hast du auch mich beleidigt.«

»Es muß aber auch bedacht werden, ob meine Entscheidung richtig oder falsch war«, sagte der Mönch.

»Du beziehst dich auf den dicken Jungen? Ja. Aber ich möchte diese Sache regeln. Ich schlage vor, du lädst den Knaben ... wie heißt er gleich? Akarin? Du lädst ihn ein, wieder am Unterricht teilzunehmen. Dann kannst du ihm einen anderen Partner geben, und die Übungen können fortgesetzt werden.«

Chareos überdachte das Angebot; dann schüttelte er den Kopf. »Es tut mir wirklich leid, daß du dich genötigt siehst, dich dieser ... unbedeutenden Sache anzunehmen. Was angesichts der Nadir, der Sklavenfänger und deiner vielen Pflichten ein unnötiges Ärgernis ist. Ich glaube aber nicht, daß die Wiederaufnahme der Übungen angebracht ist. Dein Sohn ist hochtalentiert, aber überheblich. Wieder mit den Übungen zu beginnen, wäre wie ein Sieg für ihn. Es wäre besser für den Jungen, wenn er einen anderen Lehrmeister bekäme.«

»Du sprichst von Überheblichkeit?« fauchte der Graf. »Stolz ist das richtige Wort! Und Patris hat das Recht, stolz zu sein. Er ist mein Sohn – und wir aus dem Hause Arngir sind es gewohnt, Sieger zu sein. Die Stunden werden fortgesetzt.«

Chareos erhob sich und begegnete dem eisigen Blick des Grafen. »Ich sollte vielleicht darauf hinweisen, Graf, daß ich keine Bezahlung erhalte. Ich habe als freier Mann entschieden, die Stunden zu geben. Als freier Mann entscheide ich nun, die Übungen abzubrechen. Ich stehe bei niemandem unter Vertrag, und deshalb unterstehe ich auch nicht dem Gesetz.«

»Willst du mir damit sagen, daß die Beleidigung meiner Familie bestehen bleibt? Sei auf der Hut, Chareos. Bedenke, was das bedeutet.«

Der Mönch tat einen tiefen, langsamen Atemzug. »Graf«, sagte er schließlich, »ich habe höchste Achtung vor dir. Wenn du der Meinung bist, ich hätte Schande über dich gebracht, nimm bitte meine aufrichtige Entschuldigung entgegen. Aber zu Beginn wurde den Schülern deutlich gemacht, daß sie keinerlei Rang haben, was meinen Unterricht angeht. Keine Privilegien. Patris hat nicht nur einen meiner Schüler entlassen, sondern auch dafür gesorgt, daß die anderen meinen Anweisungen nicht gehorchten. Nach allen Regeln, denen er – und du – zugestimmt haben, mußte ich ihn entlassen. Ich kann diese Entscheidung nicht zurücknehmen.«

»Du kannst es nicht? Sei doch ehrlich, Mann. Du *willst* nicht.«

»Ich will nicht.« Eisiges Schweigen entstand zwischen ihnen, doch der Graf schien nicht willens, das Treffen zu beenden. Er schritt minutenlang vor dem Fenster auf und ab.

»Na schön«, sagte er schließlich. »Es soll sein, wie du sagst. Logar wird die Pflichten des Schwertmeisters übernehmen. Ich sehe dich dann, wie besprochen, am Petitionstag im Burgsaal.«

»Du möchtest weiterhin mit mir üben, Graf?«

»Ja. Oder entziehst du dich auch dieser Pflicht?«

»Ganz und gar nicht, Herr. Ich freue mich darauf.«

Der Graf lächelte. »Bis dann«, sagte er, machte auf dem Absatz kehrt und marschierte aus dem Saal. Chareos setzte sich. Seine Hände zitterten, und sein Herz klopfte wild.

Es machte keinen Sinn, daß der Graf an ihm festhielt. Chareos überkam das unbehagliche Gefühl, daß die nächste Übungsstunde keine angenehme Erfahrung werden würde. Sollte er öffentlich gedemütigt werden?

Er ging zum Fenster. Jetzt wäre ein guter Zeitpunkt, sich abzusetzen. Er könnte nach Norden in die Hauptstadt reisen, oder nach Vagria im Südosten. Oder sogar nach Süden durch das Land der Nadir nach Drenan zur Großen Bibliothek.

Chareos dachte an die zwölf Goldmünzen, die er noch in seinem Zimmer verborgen hatte. Sein Blick glitt durch den Saal. Hier war er ein beinahe zufriedener Mensch gewesen.

Seine Gedanken schweiften zurück in die Vergangenheit, zur letzten Nacht auf dem Torturm, als sie mit Tenaka Khan zusammensaßen, dem Herrn der Nadir mit den violetten Augen.

»Warum hast du uns am Leben gelassen?« flüsterte Chareos.

Der zweistündige Gottesdienst näherte sich dem Ende. Chareos genoß das Singen der Hymnen, die rituellen Gebete und das Gefühl der Zugehörigkeit, das die Morgenmesse begleitete. Es spielte für ihn keine Rolle, daß sein Glaube geringer war als der seiner Mitbrüder. Er fühlte sich eins mit dem Grauen Orden, und das war genug für den einstigen Soldaten.

Er erhob sich aus der knienden Haltung und ging in einer Reihe mit den anderen hinaus, den Kopf geneigt, das Gesicht durch die große Kapuze beschattet. Der Morgensonnenschein war nach der

Kühle des Mittelschiffs willkommen, als Chareos in den Langen Garten hinaustrat und die Terrassen zum Südtor hinunterging. Jenseits des Tores war der Frieden des Klosters sofort im Lärm der Menge verloren, die zum Markt eilte. Chareos ließ sich mitreißen, bis er den Hauptplatz erreichte, wo er sich aus der Menge löste und eine schmale Gasse zum Viehmarkt hinunterging. Die täglichen Versteigerungen wurden hier von urteilsfähigen Bauern und Adligen beobachtet; die Abstammung von Bullen und Pferden lang und breit in den Ställen diskutiert, die um den runden Versteigerungsplatz lagen. Chareos drängte sich bis zur vordersten Band am Geländer durch und setzte sich schweigend, als die Bullen in den Kreis geführt wurden. Das Bieten ging rege vonstatten, vor allem bei den Drenaibullen – starke Tiere mit kurzen Hörnern und viel Fleisch. Nach einer Stunde wurden die Pferde hereingebracht. Chareos steigerte bei einem Fuchswallach mit, verlor aber an einen jungen Edelmann, der drei Reihen hinter ihm saß. Dann bot er für eine schwarzbraune Stute, wurde diesmal aber von einem Gebot aus dem hinteren Teil der Arena geschlagen. Die meisten anderen Pferde hatten Senkrücken oder waren über das beste Alter hinaus, und allmählich verlor Chareos das Interesse. Dann wurde der Graue hereingebracht. Chareos wollte nicht für einen Grauen bieten. In der Wildnis fiel er zu sehr auf, anders als ein Kastanien- oder Schwarzbrauner. Aber dieses Tier hatte etwas von einem Adler an sich. Der Hals war lang und gebogen, die Ohren lagen flach am Schädel an, und die Augen blickten stolz und wild. Der Mann, der ihn führte, wirkte nervös, als hätte er Angst, das Tier könne jeden Moment auf die Hinterhand steigen und ihm den Schädel zerschmettern. Es wurde nur langsam geboten, und Chareos staunte über sich selbst, als er den Arm hob – und noch mehr, als er das Tier zu einem Preis ersteigerte, der um mehr als die Hälfte unter dem lag, was er für den Braunen geboten hatte.

Der Mann neben ihm beugte sich zu ihm. »Vorsicht, Bruder! Das ist das Pferd, das Trondian getötet hat – hat ihn erst abgeworfen und dann zu Tode getrampelt.«

»Danke für deine Besorgnis«, sagte Chareos, stand auf und ging zur Rückseite des Runds. Der Hengst war hier in einen Stall gebracht worden, und der Mönch ging zu ihm und streichelte seine glänzende Flanke. »Ich habe gehört, daß du ein Killer bist, Weißer. Aber ich wage zu behaupten, daß diese Geschichte zwei Seiten hat, nicht wahr?« Sorgfältig prüfte er die Beine des Hengstes. »Du bist ein schönes Tier.« Er zog sich zurück und ging zum Auktionstisch.

»Ich will ihn heute nachmittag reiten«, sagte er, »aber ich möchte, daß er bis zum Petitionstag hier im Stall bleibt.«

»Wie du willst«, antwortete der Auktionator. »Das macht zwölf Silberstücke für das Pferd und sechs Kupferstück für die Woche. Brauchst du einen Sattel? Wir haben einige, die passen würden.«

Chareos suchte sich einen vagrischen Sattel mit hohem Knauf und gutem Zaumzeug aus, beglich seine Rechnung, verließ den Markt und gelangte kurz darauf in die Wollgasse. Hier kaufte er Reitkleidung – weiche Lederstiefel, dunkle Wollhosen, zwei dicke weiße Hemden und einen ledernen Übermantel mit gepolsterten Schultern, der durch seitliche Schlitze viel Bewegungsfreiheit bot. Chareos erwarb auch einen pelzgefütterten Umhang aus schimmerndem schwarzen Leder.

»Eine gute Wahl, Herr«, sagte der Händler. »Das Leder ist aus Ventria und bleibt auch im strengsten Winter weich. Es ist gut geölt und wird den Regen abhalten.«

»Danke. Sag mir, wer ist der beste Schwertschmied hier?«

»Nun, das kommt natürlich darauf an. Aber mein Bruder . . .«

»Beliefert dein Bruder den Grafen?«

»Nein, aber . . .«

»Wer beliefert den Grafen?«

Der Mann seufzte. »Es ist nicht weit von hier. Suche nach Mathlin. Er hat eine Schmiede am Osttor. Geh die Wollgasse hinunter, bis du zu der Schänke Zur Grauen Eule kommst. Dann geh nach rechts bis zum Tempel und in die zweite Straße links.«

Mathlin – ein kräftig gebauter Drenai mit dunklem Bart – führte den Mönch durch seine Werkstatt zu einem Gebäude hinter der Schmiede. Hier hingen Schwerter aller Art an den Wänden – Zweihänder mit breiter Klinge, kurze Stichschwerter, Säbel und Degen, die von den Edlen Gothirs getragen wurden. Selbst Krummsäbel und doppelköpfige Äxte waren zu sehen.

»Was für eine Klinge suchst du, Mönch?«

»Einen Kavalleriesäbel.«

»Dürfte ich vorschlagen, daß du es dann in Benins Schmiede versuchst? Seine Waffen sind preiswerter als meine und kommen wahrscheinlich ebenso für dich in Frage.«

Chareos lächelte. »Was für mich in Frage kommt, Schwertschmied, entscheide ich selbst. Zeig mir einen Säbel.«

Mathlin ging zur gegenüberliegenden Wand und hob eine schimmernde Waffe herunter. Die Klinge war nur leicht gekrümmt, der Griff mit einem Handschutz aus Eisen versehen. Er warf sie Chareos zu, der sie geschickt auffing, in der Hand wog, sie zweimal durch die Luft sausen ließ und dann einen Stoß aus dem Handgelenk machte. »Der Schwerpunkt stimmt nicht«, sagte er. »Und weil die Waffe nicht richtig ausgewogen ist, läßt sie sich nicht gut schwingen. Vielleicht solltest du mir doch sagen, wie ich zu Benin komme.«

Mathlin lächelte. »Dieses Schwert wurde von meinem Lehrling gefertigt. Du verstehst dich auf Waffen! Also gut, Mönch. Bitte, folge mir.« Er ging voran in einen zweiten Raum. Die Schwerter hier waren schön gearbeitet, doch ohne Verzierungen – keine goldenen Blätter, kein Silberfiligran. Mathlin nahm einen Säbel von der Wand und reichte ihn Chareos. Die Klinge war nicht mehr als zwei Finger breit und scharf wie ein Rasiermesser. Der Griffschutz reichte um die Faust und schützte so die ganze Schwerthand.

»Geschmiedet aus feinstem vagrischen Stahl und gehärtet mit dem Blut des Schmieds«, sagte Mathlin. »Wenn es einen besseren Säbel gibt, habe ich ihn noch nicht gesehen. Aber kannst du ihn dir leisten?«

»Was verlangst du dafür?«

»Drei Goldstücke.«

»Dafür könnte ich fünf Pferde kaufen.«

»Das ist der Preis. Hier wird nicht gefeilscht, Herr Mönch.«

»Gib noch ein Jagdmesser und eine gute Scheide drauf, und wir sind uns einig«, erwiderte Chareos.

Mathlin zuckte die Achseln. »So sei es. Aber das Messer ist eins von denen, die mein Lehrling geschmiedet hat!«

2

An jenem Nachmittag bereitete Chareos sich in seinen neuen Kleidern zum erstenmal darauf vor, den Grauen zu reiten. Er überprüfte die Satteldecke auf Falten oder Knoten, die am Rücken des Tiers scheuern könnten, und untersuchte dann Zügel und Trense. Letztere war schwer und kantig.

»Nimm sie heraus«, wies Chareos den Stallknecht an.

»Aber das ist ein bockiges Tier, Herr. Vielleicht brauchst du die Trense.«

»Ich will ein gesundes Pferd. Dieses . . . Ungetüm zerfetzt ihm ja das Maul.«

»Vielleicht. Aber sie hält es auch in Schach.«

Chareos schüttelte den Kopf. »Sieh dir das Maul an. Da sind bereits Narben . . . alte Narben. Und auf seinen Flanken. Seine Herren waren hart zu ihm.«

Er nahm einen Apfel aus dem Faß neben der Tür und schnitt ihn mit seinem neuen Jagdmesser in Viertel. Dann bot er dem Grauen ein Stück an, der den Kopf abwandte. Chareos stellte sich auf die Seite das Pferdes und aß das erste Stück selbst, dann bot er dem Tier das nächste an. Diesmal akzeptierte der Graue das Geschenk, doch seine Augen blieben wachsam.

»Er ist gewiß schnell«, sagte der Stallknecht. »So, wie er gebaut ist. Nun – mit *der* Farbe muß er's auch sein. Willst du ihn für Nachmittagsausritte nehmen, Herr?«

»Kann sein. Vielleicht nehme ich ihn auch auf ein, zwei Reisen mit.«

Der Stallknecht kicherte. »Versuch es nicht in der Wildnis. Ein Pferd dieser Farbe sieht man dort auf mehr als einen Kilometer Entfernung, und es zieht mehr Räuber an als Hundescheiße Fliegen.«

»Ich werde daran denken«, erwiderte Chareos gereizt. Er schwang sich in den Sattel und lenkte den Hengst hinaus in die Gasse hinter dem Auktionshof.

Zwanzig Minuten später war er in den Vorbergen südlich der Stadt. Er spürte den Wind in den Haaren, während der Hengst in vollem Galopp dahinjagte. Er ließ dem Tier für ein paar hundert Meter seinen Willen; dann hielt er ihn zurück und drängte ihn nach links einen sanften Hügel hinauf. Oben ließ er das Pferd eine Weile im Schritt gehen und beobachtete seine Atmung. Er hätte sich keine Sorgen zu machen brauchen. Nach wenigen Minuten schnaubte der Hengst nicht mehr, und auf seinen Flanken war kaum Schweiß zu sehen.

»Du bist stark«, sagte Chareos und streichelte den langen, schlanken Hals, »und schnell. Aber wann wirst du mich wissen lassen, warum du ein so bockiges Tier bist?«

Der Hengst ging weiter, doch als Chareos ihn in Trab fallen ließ, um über die Hügel zu reiten, gehorchte das Pferd augenblicklich. Nach einer Stunde lag die Stadt weit hinter ihnen, wenngleich Chareos ihre Türme im fernen Dunst noch erkennen konnte. Er beschloß umzukehren, da es rasch dunkel wurde und der große Hengst nun doch ermüdete. Als er das Tier einen kurzen Abhang hinunterlenkte, sah er dicke Rauchwolken im Süden, jenseits der Hügel, aufsteigen. Er ritt weiter, in ein Wäldchen hinein. Auf einer Lichtung traf er auf eine Gruppe von Soldaten, die um ein paar kleine Lagerfeuer saßen. Chareon erkannte den Offizier – der abseits von seinen Männern saß – als Logar, den Streiter des Grafen.

»Südlich von euch hinter dem Hügel brennt es«, sagte Chareon zu ihm. »Habt ihr den Rauch nicht gesehen?«

»Was geht dich das an?« fragte Logar und erhob sich geschmeidig. Er war hochgewachsen und schlank, ein junger Mann mit kalten Augen und einem dunklen, dreifach gegabelten Bart. Er kam heran und baute sich dicht vor dem Hengst auf. Das Pferd mochte die Nähe des Soldaten nicht und wich zurück. Chareos beruhigte das Tier.

»Es geht mich gar nichts an«, sagte er. »Ich wünsche euch einen guten Tag.« Er verließ die Lichtung, erklomm den Hügel und blickte auf einen Schauplatz der Verwüstung hinunter. Zwölf Häuser brannten, und mehrere Leichen lagen auf der Erde. An anderer Stelle versuchten Menschen, die Flammen an einer großen Gemeinschaftsscheune unter Kontrolle zu bringen. Chareos fluchte und kehrte zum Lager der Soldaten zurück.

Logar würfelte mit einem Unteroffizier. Beide Männer blickten auf, als Chareos herankam. »In der Nähe ist ein Dorf«, erklärte Chareos, »das angegriffen wurde. Nimm deine Männer und helft bei den Löscharbeiten. Und das sage ich dir – ich werde dich dem Grafen wegen Pflichtversäumnis melden.«

Alle Farbe wich aus Logars Gesicht, als er aufstand und nach dem Griff seines Säbels griff. »Steig ab, du Hurensohn! Von deinesgleichen lasse ich mich nicht beleidigen!«

»Schon passiert«, erwiderte Chareos. »Und jetzt tu, was ich dir sage.« Er riß den Hengst herum und galoppierte ins Dorf, wo er das Pferd so anband, daß es den Rauch nicht wittern konnte. Dann rannte er los, um den Dörflern zu helfen. Das Feuer an der Scheune war außer Kontrolle. Als ein Mann mit einem Eimer Wasser an ihm vorbeirannte, hielt Chareos ihn an. »Ihr müßt herausholen, was ihr könnt. Die Scheune ist nicht mehr zu retten«, sagte er. Der Mann nickte und lief zu den anderen, als die Soldaten ins Dorf gelangten und sich in die Arbeit stürzten. Drei der Häuser wurden gerettet, aber die Scheune brannte lichterloh weiter. Einige Männer hieben mit Äxten einen Zugang an der Rückseite der Scheune frei, so daß die anderen hineinkommen und so viele Kornsäcke wir möglich herauszerren konnten. Der Kampf zog sich bis weit in den Abend hinein; aber schließlich erstarben die Feuer.

Chareos ging zu einem Wasserlauf in der Nähe und wusch sich den Ruß von Händen und Gesicht. Er betrachtete seine neuen Kleider. Das Wams war versengt, ebenso die Hosen. Das Hemd war schwarz vom Rauch und die Stiefel abgescheuert.

Er setzte sich. Seine Lungen brannten, und er hatte den Geschmack von Holzrauch auf der Zunge. Ein junger Mann näherte sich ihm.

»Sie haben elf unserer Frauen mitgenommen, Herr. Wann reitet ihr ihnen nach?«

Chareos stand auf. »Ich bin kein Soldat. Ich war nur zufällig in der Nähe. Du mußt dich an den Offizier des Trupps wenden. Er heißt Logar.«

»Tausend Verwünschungen über ihn!« fauchte der junge Mann. Chareos sagte nichts, besah sich den Dörfler jedoch genauer. Er war groß und schlank, hatte langes, dunkles Haar und scharfe, blaue Augen unter den dichten Brauen – ein attraktives Gesicht, obwohl es durch Rauch und Holzkohle geschwärzt war.

»Gib acht, was du sagst, Jüngling«, warnte Chareos ihn. »Logar ist der Streiter des Grafen.«

»Das ist mir egal. Der alte Paccus hat uns vor dem Überfall gewarnt, und wir haben vor drei Tagen beim Grafen um Hilfe gebeten. Wo waren die Soldaten, als wir sie brauchten?«

»Woher wußte Paccus von dem Überfall?«

»Er ist Seher. Er hat uns Tag und Stunde genannt. Wir haben versucht, gegen die Angreifer zu kämpfen, aber wir haben keine Waffen.«

»Wer waren sie?«

»Nadren. Gesetzlose, die mit den Nadir Handel treiben. Um Sklaven! Wir müssen die Frauen zurückbekommen! Wir *müssen*!«

»Dann geh zum Offizier. Wenn er dir nicht hilft, geh zum Grafen. Bald ist Petitionstag.«

»Glaubst du, es interessiert den Grafen, was mit ein paar armen Bauern passiert?«

»Das weiß ich nicht«, antwortete Chareos. »Wo ist Paccus?«

Der junge Mann deutete auf die andere Seite des zerstörten Dorfes, wo ein alter Mann, in eine Decke gewickelt, auf der Erde saß. Chareos ging zu ihm hinüber.

»Guten Tag, Herr.«

Der alte Mann sah auf; seine Augen strahlten im Mondschein. »So beginnt es also«, sagte er leise. »Willkommen, Chareos. Wie kann ich dir helfen?«

»Du kennst mich? Sind wir uns schon begegnet?«

»Nein. Wie kann ich dir helfen?«

»Da drüben ist ein junger Mann, der behauptet, du hättest von dem Überfall gewußt. Er ist wütend – verständlicherweise. Woher wußtest du, was geschieht?«

»Ich sah es in einem Traum. Ich sehe viele Dinge in meinen Träumen. Ich sah dich auf der Lichtung hinter dem Hügel, wie du den niederträchtigen Logar nach dem Rauch fragst. Aber er wollte sich nicht in einen Kampf verwickeln lassen. Wer kann ihn dafür tadeln?«

»Ich. In einer Armee ist kein Platz für Feigheit.«

»Du hältst es für Feigheit, Chareos? Wir reden von einem Mann, der sechzehn Gegner im Zweikampf getötet hat. Nein, er wurde von den Sklavenhändlern bezahlt. Seit die Sklaverei in Gothir verboten wurde, hat der Kopfpreis sich vervierfacht. Unsere elf Frauen werden vielleicht jeweils fünfzehn Goldstücke einbringen. Ravenna mehr.«

»Das ist viel Geld«, gab Chareos zu.

»Die Nadir können es sich leisten. Ihre Schatzkammern quellen über vor Gold und Juwelen aus Drenan, Lentria, Vagria und Mashrapur.«

»Woher weißt du, daß Logar sich bestechen ließ?«

»Woher weiß ich, daß du vorhast, die Stadt am Petitionstag zu verlassen? Woher weiß ich, daß du nicht allein reisen wirst? Woher weiß ich, daß ein alter Freund in den Bergen auf dich wartet? Woher? Weil ich ein Seher bin. Doch heute wünschte ich, ich wäre nie mit dieser Gabe geboren worden.«

Der alte Mann wandte den Kopf ab und blickte auf die aschebedeckte Erde. Chareos stand auf. Als er zurück zu seinem Hengst ging, trat ihm eine hochgewachsene Gestalt in den Weg.

»Was willst du, Logar?« fragte der Mönch.

»Du hast mich beleidigt. Jetzt wirst du dafür bezahlen!«

»Du willst dich mit mir duellieren?«

»Ich kenne dich nicht, daher gelten die Gesetze des Duells nicht für uns. Wir werden nur kämpfen.«

»Du kennst mich sehr wohl, Logar. Sieh genau hin und stell dir das Gesicht über dem grauen Gewand eines Mönchs vor.«

»Chareos? Verdammt! Willst du dich hinter den Regeln deines Ordens verstecken? Oder willst du dich mir stellen wie ein Mann?«

»Zuerst werde ich zum Grafen gehen und mit ihm dein . . . seltsames Verhalten von heute besprechen.« Er ging weiter; dann drehte er sich um. »Ach, übrigens . . . wenn du das Gold ausgibst, das du heute verdient hast, dann denke an die Toten, die hier liegen. Es sind zwei Kinder darunter. Vielleicht solltest du helfen, sie zu begraben.«

Der Hengst blieb ruhig stehen, als Chareos in den Sattel stieg. Der Reiter warf einen Blick zurück auf die schwelenden Überreste des Dorfes und ritt dann wachsam zurück in die ferne Stadt.

»Es tut mir sehr leid, daß du beschlossen hast, uns zu verlassen«, sagte Bruder Senior, erhob sich aus seinem Stuhl und beugte sich mit ausgestreckter Hand über seinen Schreibtisch. Chareos nahm die Hand und schüttelte sie.

»Auch ich bin voller Bedauern, Vater. Aber es ist Zeit.«

»Zeit, mein Sohn? Was ist Zeit anderes als der Atemzug zwischen Geburt und Tod? Ich hatte gedacht, du würdest allmählich den Sinn des Daseins verstehen und den Willen der QUELLE in allen Dingen zu sehen. Es stimmt mich sehr traurig, dich so bewaffnet zu sehen«, sagte er und deutete auf den Säbel und das Jagdmesser.

»Wo ich hinreise, werde ich die Waffen vielleicht brauchen, Vater.«

»Ich habe schon vor langer Zeit gelernt, daß das Schwert keinen Schutz bietet, Chareos.«

»Ich will nicht mit dir streiten, Vater. Doch muß gesagt werden, daß die Mönche hier nur in Frieden und Sicherheit leben können, weil andere sie mit dem Schwert verteidigen. Ich will deine Ansichten nicht herabsetzen – ich wünschte, alle Menschen würden so denken. Aber das tun sie nicht. Ich kam als gebrochener Mann zu dir, und du hast mich aufgerichtet. Doch wenn alle Menschen so leben würden wie du und ich, gäbe es keine Kinder und keine Menschlichkeit. Wo wäre dann der Wille der QUELLE?«

Der Bruder lächelte. »Oh, Chareos, wie engstirnig du denkst! Glaubst du denn, *dies* ist alles, was es gibt? Du warst ein Jünger, mein Sohn. In fünf oder zehn Jahren wärst du bereit gewesen, die wahren Mysterien zu studieren. Du hättest die Magie des Universums geschaut. Gib mir noch einmal deine Hand.«

Chareos reichte sie ihm, und der Mönch nahm seine Finger und drehte die Handfläche nach oben. Dann schloß der Seniorbruder die Augen und saß still wie eine Statue. Er schien nicht einmal zu atmen. Langsam verstrichen die Minuten. Chareos wurde allmählich die Schulter steif, da er mit ausgestrecktem Arm dasaß. Er entwand seine Hand aus dem Griff des Ältesten und wartete schweigend. Schließlich öffnete der Mönch die Augen, schüttelte den Kopf und griff nach einem Becher Wasser.

»Deine Reise wird lang sein, mein Freund, und gefahrvoll. Möge der Herr aller Harmonie mit dir reisen.«

»Was hast du gesehen, Vater?«

»Mancher Kummer darf nicht vor seiner Zeit geteilt werden, mein Sohn. Aber in dir ist nichts Böses. Geh jetzt, denn ich muß ruhen.«

Chareos schlenderte ein letztes Mal über das Klostergelände, ehe er zum Bergfried in der Mitte der Stadt wanderte. Dieser Bergfried war vor ein paar hundert Jahren erbaut worden, um die nördliche Mautstraße zu bewachen. Doch als die Nadirhorden Ulrics sich sammelten, zerstörten sie die große Stadt im Süden, Gulgothir, die

Hauptstadt des Königsreichs Gothir, und das Land wurde entzweigerissen. Flüchtlinge strömten nach Norden, über die Berge, fort von der Tyrannei der Nadir. Eine neue Hauptstadt wurde am westlichen Ufer des Ozeans erbaut, und der Bergfried in Talgithir wurde zum südlichsten Punkt im Land der Gothir. Die Stadt war seit jenen längst vergessenen Tagen gewachsen, und jetzt war der Bergfried nur noch eine kleine Insel inmitten einer geschäftigen Stadt.

Die Großen Tore aus Eiche und Eisen waren geschlossen, doch Chareos schloß sich der Schlange am Nebentor an, die langsam in den äußeren Hof vorrückte. Dort waren die Bittsteller – Männer und Frauen mit Klagen, über die nur der Graf entscheiden konnte. Mehr als zweihundert Menschen waren bereits versammelt, und jeder trug eine flache Scheibe aus Ton, in die eine Nummer eingedrückt war. Wenn diese Nummer aufgerufen wurde, ging der Bittsteller in die Haupthalle und trug dem Grafen seinen Fall vor. Von den Hunderten, die warteten, wurden nur etwa ein Dutzend gehört. Die anderen kamen am nächsten Petitionstag wieder.

Chareos schritt die breiten steinernen Stufen zu den beiden Wächtern empor. Ihre Speere waren gekreuzt, doch die Männer hoben sie, um Chareos in die inneren Gemächer hindurchzulassen. Dreimal hatte er bereits versucht, mit dem Grafen Kontakt aufzunehmen, um ihm von den Taten seiner Soldaten zu berichten. Doch jedesmal war er mit dem Bescheid abgewiesen worden, der Graf sei zu beschäftigt, um gestört zu werden.

Ein Diener führte Chareos in den Speisesaal. Die langen Tische waren abgeräumt worden, und jetzt saßen der Graf und sein Gefolge der Tür zugewandt. Der erste Bittsteller stand bereits vor ihnen und erzählte von einem gebrochenen Versprechen beim Verkauf von drei Bullen. Er hatte die Hälfte der Zahlung bei Lieferung erhalten, aber der Rest war ihm verweigert worden. Der Angeschuldigte war ein Adliger, ein entfernter Verwandter des Grafen. Es wurde festgestellt, daß der Mann recht hatte, und der Graf befahl, daß das Geld bezahlt wurde. Außerdem sprach er dem Kläger fünf Silberstücke für den Zeitverlust zu, den die Sache ihn gekostet hatte. Der Adlige erhielt darüber hinaus die Strafe von zwanzig Goldstücken.

Der Kläger verbeugte tief und ging. Die nächste Person, die aufgerufen wurde, war eine Witwe. Sie erklärte, ein Mann, der behauptete, sie zu lieben, habe ihr Erbe gestohlen. Der Mann wurde in den Saal gezerrt, in schwere Ketten gelegt. Sein Gesicht war angeschwollen und blutig, und er gestand, was ihm zur Last gelegt wurde. Der Graf befahl, ihn zu hängen.

Einer nach dem anderen traten die Bittsteller vor, bis der Graf sich mittags erhob. »Genug für einen Tag, bei den Göttern«, sagte er.

Ein junger Mann drängte sich durch die Haupttüren, verfolgt von den Wachen. »Mein Herr, hört mich an!« rief er. Die beiden Wachen packten die Arme des Mannes und wollten ihn fortzerren.

»Wartet!« rief der Graf. »Laßt ihn sprechen!«

Chareos erkannte den großen jungen Dörfler und drängte sich vor, um zu hören, was er vorzubringen hatte.

»Mein Dorf wurde von Räubern überfallen. Elf unserer Frauen wurden gefangen, um an die Nadir verkauft zu werden. Wir müssen sie zurückholen, Herr.«

»Ach ja, das Dorf. Eine traurige Angelegenheit«, sagte der Graf. »Aber da können wir nicht viel tun. Wir sind den Spuren der Räuber bis in die Berge gefolgt, doch sie sind ins Land der Nadir entkommen, und das unterliegt nicht meiner Gerichtsbarkeit.«

»Dann willst du gar nichts tun?« rief der Mann.

»Erhebe deine Stimme nicht vor mir, Bauer!« brüllte der Graf.

»Wir zahlen dir Steuern, und wir erwarten Schutz von dir. Aber deine Soldaten blieben in ihrem Versteck im Wald, während unsere Leute dahingemetzelt wurden. Regieren jetzt Feiglinge die Gothir?«

»Ergreift ihn!« rief der Graf, und die Wachen sprangen auf den Dörfler zu und packten ihn. »Er soll ausgepeitscht werden. Schafft ihn raus!«

»Ist *das* deine Antwort?« rief der Jüngling. »Ist *das* Gerechtigkeit?«

Der Graf beachtete ihn nicht, und der junge Mann wurde weggezogen. Die Türen schlossen sich hinter ihm. »Ah, Chareos«, sagte der Graf. »Willkommen. Bist du bereit für die Vorstellung?«

»Das bin ich, Graf«, erwiderte Chareos und trat vor. »Aber darf ich zuerst ein Wort zu den Vorwürfen des jungen Mannes sagen?«

»Das darfst du nicht!« fauchte der Graf. »Logar!« Der Streiter erhob sich aus seinem Sessel und ging zu den beiden Männern. »Ich habe mir letzte Woche bei den Übungen die Schulter verletzt«, sagte der Graf, »und sie macht mir noch immer zu schaffen. Aber um meine Gäste nicht zu enttäuschen – würdest du meinen Platz im Kampf gegen den Helden von Bel-azar einnehmen?«

»Es ist mir ein Vergnügen«, antwortete Logar. »Darf ich vorschlagen, daß wir unsere Fähigkeiten ohne Masken und Kettenhemd unter Beweis stellen, um den Übungskampf spannender zu gestalten?«

»Ist das nicht gefährlich?« wollte der Graf wissen. »Ich möchte keinen tragischen Unfall erleben.«

»Eine gewisse Gefahr besteht, Herr, aber sie könnte der Vorstellung Würze verleihen.«

»Also gut«, stimmte der Graf zu, ohne auf Chareos zu achten. »Es sei, wie du sagst.«

Ein Page kam mit zwei Degen heran. Chareos wählte die linke Klinge und ging ein paar Schritte beiseite, um seine Muskeln aufzuwärmen. Er legte seinen Säbel und das Messer auf ein Sims. Seine Gedanken überschlugen sich. Er hatte keinen Zweifel daran, daß Logar versuchen würde, ihn zu töten. Wenn er jedoch Logar tötete, würde der Graf ihn festnehmen lassen. Mechanisch machte er seine Übungen, streckte die Muskeln der Arme, Schultern und Schenkel. Er warf einen Blick auf die zwei Zuschauerreihen und erkannte den jungen Graf Patris. Der Junge grinste wölfisch. Chareos wandte sich ab und ging auf Logar zu.

Die beiden Männer hoben ihre Waffen, grüßten einander und ließen ihre Klingen sich dann berühren. »Fangt an!« rief der Graf.

Logar griff plötzlich an, vollführte die *Klassische Chare*, doch Chareos parierte den Hieb und sprang geschmeidig nach rechts. Logars Augen wurden schmal. Dreimal warf der Soldat sich nach vorn, und jedesmal wurde sein Angriff pariert. Chareos wurde allmählich zornig. Logar machte keinen Versuch, sich zu verteidigen; denn er wußte ja, daß Chareos bei diesem Schaukampf keinen tödlichen Stoß anbringen konnte. Zweimal zuckte seine Klinge an Chareos' Kehle vorbei, und der Mönch wußte, daß es nur eine Frage der Zeit war, ehe der Streiter des Grafen seine Deckung durchbrechen würde. Aber war das der Plan des Grafen, oder lag es lediglich an Logars verletztem Stolz? Logars Schwert zielte nach Chareos' Auge, doch er wich aus, wirbelte auf dem Absatz herum und sprang zurück. Logar fuhr herum und grinste breit. Hin und her, durch die ganze Halle, fochten die beiden Schwertkämpfer. Die Zuschauer hielt es nicht mehr; wild bejubelten sie jeden

Angriff Logars. Einige Minuten vergingen, und noch immer war der Ausgang des Kampfes nicht abzusehen. Logar stieß zu. Chareos blockte den Hieb nur zum Teil ab und spürte, wie die Klinge seines Gegners ihm die Haut an der Wange ritzte.

Beim Anblick von Blut verstummten die Zuschauer schlagartig. Sie blickten den Grafen an, ob er den Schaukampf nun beendete. Aber er regte sich nicht. Also ist es sein Plan! schoß es Chareos durch den Kopf, und Zorn flackerte in ihm auf, doch er hielt ihn im Zaum. Er konnte Logar nicht töten. Dann würde der Graf ihn verhaften und wegen Mordes anklagen lassen. In kalter Wut umkreiste Chareos den Gegner und schwenkte dann blitzschnell nach rechts. Logar stieß vor. Chareos parierte drei Hiebe; dann ließ er seine eigene Klinge hoch über Logars Schwert sausen. Die Spitze von Chareos' Degen schlitzte die Haut über Logars rechtem Auge und die Stirn auf. Blut rann dem Kämpfer übers Gesicht, und er wich zurück.

Chareos wandte sich an den Grafen. »Ist der Kampf damit beendet, Herr?«

»Das war ein gemeiner Hieb«, sagte der Graf. »Du hättest ihn töten können.«

»Allerdings, denn er ist nicht sehr geschickt. Mit ein bißchen Glück wäre sein Stoß«, Chareos deutete auf den Schnitt an seiner Wange, »mir ins Gehirn gedrungen. Glücklicherweise ist nichts Schlimmes geschehen. Seine Wunde ist nicht ernst. Und jetzt, mit deiner Erlaubnis . . .« Ein Geräusch von hinten ließ ihn auf dem Absatz herumfahren. Logar hatte sich das Blut aus dem Gesicht gewischt und rannte mit ausgestreckter Klinge auf ihn zu. Chareos trat zur Seite und rammte Logar seinen Handschutz hinters rechte Ohr, so daß der Streiter bewußtlos auf den Marmorboden stürzte. »Wie ich schon sagte«, sagte Chareos kalt, »mit deiner Erlaubnis gehe ich jetzt.«

»Du bist hier nicht willkommen«, zischte der Graf. »Und auch nirgends sonst in meinen Ländern.«

Mit einer Verbeugung trat Chareos drei Schritte zurück und nahm seinen Säbel und das Messer wieder an sich. Dann verließ er mit hocherhobenem Kopf den Saal. Er spürte die feindseligen Blicke im Rücken.

Draußen im Hof waren die meisten Bittsteller geblieben, um sich die Auspeitschung anzusehen. Chareos stieg die Stufen hinab, die

Augen fest auf die sich windende Gestalt des Dörflers gerichtet, als die Peitsche auf seine Haut knallte.

Er ging auf den Hauptmann der Wache zu und fragte: »Wie viele Hiebe hat er schon erhalten?«

»Achtzehn. Bei fünfzig hören wir auf.«

»Ihr hört bei zwanzig auf«, erklärte Chareos. »Das ist die Strafe für unbotmäßiges Verhalten.«

»Der Graf hat die Anzahl nicht genauer festgelegt«, fuhr der Offizier auf.

»Vielleicht dachte er, du würdest das Gesetz kennen«, meinte Chareos, als die Peitsche wieder zuschlug.

»Das reicht«, rief der Hauptmann. »Bindet ihn los.« Seine Männer zerrten den Dörfler durch das Nebentor hinauf und ließen ihn am Wegrand liegen.

Chareos half dem Mann auf die Füße. »Danke«, wisperte er.

»In diesem Zustand schaffst du es nicht nach Hause«, erklärte Chareos. »Am besten kommst du mit mir. Ich miete uns ein Zimmer in der *Grauen Eule*, und dann kümmern wir uns um deinen Rücken.«

Die Graue Eule war ein langgestrecktes Gebäude, das um ein altes Gasthaus herumgebaut worden war, welches an der Bergstraße nach Gulgothir lag. In seiner Mitte befand sich eine L-förmige Halle, in der die Gäste von Serviermädchen mit Speisen und Getränken bedient wurden. An der Ost- und Westseite war ein neuer Gebäudeteil errichtet worden; außerdem ein offener Stall an der Rückseite.

Als Chareos sich einen Weg durch den überfüllten Gastraum bahnte, schlug seine vorstehende Schwertscheide gegen das Bein eines Mannes.

»Paß doch auf, was du machst, du Hurensohn!« brüllte der Zecher. Chareos beachtete ihn nicht, doch als er weiterging, umfaßte er den Griff seines Säbels und hielt die Scheide dicht an seinem Bein. Es war sehr lange her, daß er einen Schwertgürtel getragen hatte; er wirkte schwerfällig und fehl am Platze.

Chareos ging durch einen Türbogen und stieg die Wendeltreppe zum Flur im ersten Stock empor. Am anderen Ende betrat er das Doppelzimmer, für das er am Nachmittag bezahlt hatte. Der Dörfler schlief noch immer. Sein Atem ging tief und langsam. *Lirium* – der Trank, den der Apotheker ihm verabreicht hatte – würde ihn bis zum Morgengrauen bewußtlos bleiben lassen. Chareos hatte die Peitschenstriemen gereinigt und mit Gänsefett eingerieben. Dann hatte er ein großes Stück Leinen auf den Rücken des Dörflers gedrückt. Die Peitschenwunden waren nicht tief, doch die Haut um sie herum hatte sich abgeschält und war verbrannt vom Leder der Peitsche.

Chareos legte Holz auf das Feuer im Kamin, der in die nach Süden liegende Wand eingelassen war. Es wurde Herbst, und ein kühler Wind drang durch die windschiefen Fensterrahmen. Er legte den Schwertgürtel ab und setzte sich in einen tiefen Ledersessel vor dem Feuer. Obwohl er nun müde war, wollte sein Geist sich nicht entspannen. Die Zuflucht des Klosters schien weit weg, und düstere Gedanken überfielen ihn wie ein körperlicher Schlag. Heute hatte der Graf versucht, ihn töten zu lassen – und weshalb? Wegen eines überheblichen Kindes. Chareos warf einen Blick auf den schlafenden Dörfler. Der Junge hatte mit angesehen, wie sein Dorf dem Erdboden gleichgemacht wurde, wie die Menschen, die er liebte, geraubt wurden, und jetzt war er zu allem Überfluß auch noch ausgepeitscht worden. Gerechtigkeit war etwas für die Reichen. So war es immer schon gewesen. Chareos beugte sich vor und warf ein Stück Holz ins Feuer. Eine der drei Lampen an der Wand flackerte auf und erstarb, und er überprüfte die beiden anderen. Sie waren schon weit heruntergebrannt. Chareos zog das Klingelseil an der Westwand.

Nach ein paar Minuten klopfte ein Zimmermädchen an die Tür. Er bat um Öl für die Lampen und bestellte eine Mahlzeit und Wein. Das Mädchen blieb mehr als eine halbe Stunde weg, und auch die zweite Lampe verlosch.

Der Dörfler stöhnte im Schlaf und flüsterte einen Namen. Chareos ging zu ihm hinüber, doch der Junge schlief bereits wieder fest.

Dann endlich kehrte das Mädchen mit einer Kanne Öl zurück. »Es tut mir leid, daß es so lange gedauert hat, Herr, aber heute ist alles voll, und zwei der Mädchen sind nicht erschienen.« Sie füllte die Lampen und zündete sie mit einem langen Fidibus an. »Dein Essen kommt gleich. Es gibt kein Rindfleisch, aber das Lamm ist gut.«

Chareos nickte.

Sie blieb in der Tür stehen und sah sich noch einmal um. »Ist das der Dorfbewohner, der heute ausgepeitscht worden ist?« flüsterte sie.

»Ja.«

»Dann bist du der Mönch?«

Er nickte, und das Mädchen trat zurück ins Zimmer. Sie war klein und pummelig, mit weizenblondem Haar und einem runden, hübschen Gesicht. »Vielleicht steht es mir nicht zu, davon zu reden, Herr, aber es suchen Männer nach dir – Männer mit Schwertern. Einer von ihnen hat einen Verband an der Stirn.«

»Wissen sie, daß ich hier bin?«

»Ja, Herr. Drei Männer sind im Stall, und zwei andere sitzen jetzt im Hauptraum. Ich glaube, es sind noch mehr.«

»Ich danke dir herzlich«, sagte Chareos und drückte dem Mädchen ein halbes Silberstück in die Hand.

Nachdem sie gegangen war, verriegelte er die Tür, ging zum Kamin und döste, bis wieder jemand an die Tür klopfte. Er zog den Säbel aus der Scheide. »Wer ist da?« rief er.

»Ich bin es, Herr. Ich bringe das Essen und den Wein.«

Chareos schob den Riegel zurück und öffnete die Tür. Das Mädchen kam herein und stellte das hölzerne Tablett auf den kleinen Tisch neben dem Stuhl. »Die Männer sind immer noch da, Herr. Und der Mann mit dem Verband spricht gerade mit Finbale, dem Wirt.«

»Danke.«

»Du könntest durch die Dienstbotenräume gehen«, bot sie an.

»Meine Pferde stehen im Stall. Mach dir um mich keine Sorgen.«

Sie lächelte. »Es war gut, was du für ihn getan hast«, sagte sie mit einem Blick auf den Dörfler; dann ging sie und zog die Tür fest hinter sich zu. Chareos schob den Riegel wieder vor und setzte sich zu seiner Mahlzeit nieder. Das Fleisch war hart, das Gemüse weich und zerkocht, und der Wein kaum genießbar, aber trotzdem füllte das Mahl seinen Magen, und er lehnte sich zum Schlafen im Sessel zurück. Er träumte schlecht, doch als er erwachte, waren seine Träume zerstoben wie Rauch im Wind. Der Himmel hatte jetzt, kurz vor Morgengrauen, einen dunkelgrauen Schimmer angenommen. Das Feuer war fast erloschen, das Zimmer kalt. Chareos legte frischen Zunder auf die glühende Asche, blies die Flammen an und legte größere Scheite nach. Er war steif und durchgefroren, und sein Nacken schmerzte. Als das Feuer wieder flackerte, ging er zu dem Dörfler. Der Atem des Jünglings ging jetzt flacher. Chareos berührte ihn am Arm. Der junge Mann stöhnte und schlug die Augen auf.

Er versuchte, sich aufzusetzen, doch der Schmerz traf ihn mit Wucht, und er sank wieder zurück.

»Deine Wunden sind sauber«, sagte Chareos. »Auch wenn du Schmerzen hast, solltest du aufstehen und dich anziehen. Ich habe ein Pferd für dich gekauft. Wir verlassen die Stadt noch heute morgen.«

»Danke . . . für deine Hilfe. Ich heiße Kiall.« Der Junge setzte sich auf. Sein Gesicht war verzerrt von den Schmerzen in seinem Rücken.

»Die Wunden werden gut heilen«, erklärte Chareos. »Sie sind sauber und nicht tief. Der Schmerz kommt von den Verbrennungen der Peitsche. Aber das ist in drei oder vier Tagen vorbei.«

»Ich weiß nicht, wer du bist«, sagte Kiall.

»Chareos. Und jetzt zieh dich an. Draußen warten Männer, die unsere Abreise ein wenig schwierig machen werden.«

»Chareos! Der Held von Bel-azar?«

»Ja«, fuhr Chareos ihn an, »der wundersame Riese aus Liedern und Geschichten. Hast du nicht gehört, Junge? Wir sind in Gefahr! Zieh dich an!«

Kiall erhob sich, kämpfte sich in Hose und Stiefel, doch er konnte die Arme nicht heben, um sein Hemd anzuziehen. Chareos half ihm. Die Peitschenstriemen reichten bis zu Kialls Hüften hinab, und er konnte seinen Gürtel nicht festschnallen. »Weshalb sind wir in Gefahr?« fragte er.

Chareos zuckte die Achseln. »Ich bezweifle, daß es etwas mit dir zu tun hat. Ich hatte ein Duell mit einem Mann namens Logar. Ich könnte mir vorstellen, daß er sich ein wenig gedemütigt fühlt. Jetzt möchte ich, daß du hinunter in den Stall gehst. Meine Pferde stehen dort. Der Graue gehört mir, und mein Sattel hängt an der Box. Du weißt doch, wie man ein Pferd sattelt?«

»Ich war mal Stallbursche.«

»Gut. Achte darauf, daß der Sattelgurt straff sitzt. Zwei Boxen weiter steht ein schwarzer Wallach mit Senkrücken. Es war das beste Tier, das ich für dich finden konnte. Es ist alt und ziemlich verbraucht, aber er wird dich zurück in dein Dorf bringen.«

»Ich gehe nicht zurück ins Dorf«, sagte Kiall leise. »Ich werde die Räuber aufspüren, die Ravenna und die anderen gefangengenommen haben.«

»Eine wirklich vernünftige Idee«, sagte Chareos gereizt. »Aber jetzt sei erst mal so gut und sattle mein Pferd.«

Kiall wurde rot. »Ich verdanke dir vielleicht mein Leben, aber das heißt nicht, daß du mich verspotten mußt«, sagte er. »Ich liebe Ravenna seit Jahren, und ich werde nicht eher ruhen, als bis sie frei ist oder ich tot.«

»Du wirst letzteres sein. Aber es ist dein Leben. Und jetzt kümmere dich um mein Pferd, wenn es dir nichts ausmacht.«

Kiall öffnete den Mund, sagte aber nichts. Kopfschüttelnd verließ er das Zimmer. Chareos wartete ein paar Minuten und ging dann die Treppe zur Küche hinunter, wo zwei Küchenmädchen den Teig für das Brot kneteten. Chareos rief eins der Mädchen zu sich und bat es, ihm etwas Proviant einzupacken – gesalzenes Fleisch, einen Schinken, Maiskuchen und einen kleinen Sack Haferflocken. Als er alles beisammen hatte, bezahlte er und ging durch den nun leeren Gastraum hinaus. Der Wirt, Finbale, hing frisch gespülte Krüge an Haken über dem Tresen auf. Er nickte und lächelte, als Chareos zur Tür ging. Der ehemalige Mönch hielt inne und wandte sich ihm zu. »Guten Morgen«, sagte Finbale. Ein breites Grinsen entblößte seine Zahnlücken.

»Dir auch«, erwiderte Chareos. »Könntest du mein Pferd zur Tür bringen lassen?«

»Der Stall ist direkt über dem Hof, Herr. Und mein Junge ist noch nicht hier.«

»Dann tu es selbst«, sagte Chareos kalt.

»Ich bin sehr beschäftigt, Herr«, antwortete Finbale. Sein Lächeln verschwand, und er widmete sich wieder seine Arbeit.

Also sind sie noch hier, überlegte Chareos. Seinen Proviant in der linken Hand, trat er hinaus auf den Hof. Alles war still, und im Osten dämmerte der Morgen herauf. Es war kühl und frisch, und der Geruch nach gebratenem Speck hing in der Luft. Chareos schaute sich im Hof um und sah einen Wagen sowie eine kurze Mauer in der Nähe, die den Hühnerhof begrenzte. Links von ihm stand die Stalltür offen, doch er sah keine Spur von Kiall. Als Chareos in den Hof hinaustrat, rannte ein Mann von der Seite des Gebäudes auf ihn zu. Chareos ließ den Proviant fallen und zog seinen Säbel. Zwei weitere Männer kamen hinter dem Wagen zum Vorschein, und dann tauchte Logar aus dem Stall auf. Seine Stirn war verbunden, doch durch das Leinen sickerte Blut.

»Du bist sehr gut mit dem Degen«, sagte Logar. »Aber wie sieht es mit dem Säbel aus?«

»Mit dem Säbel bin ich besser«, antwortete Chareos.

»In diesem Fall werden wir kein Risiko eingehen«, zischte Logar. »Tötet ihn!«

Als zwei mit Schwertern bewaffnete Männer sich auf ihn stürzten, blockte Chareos einen wilden Hieb ab, wirbelte auf dem Absatz herum, um einem zweiten Stich auszuweichen, und zog dem ersten Mann seine Klinge rückhändig über die Kehle. Blut quoll aus der Wunde, und der Angreifer stürzte, ließ sein Schwert fallen und griff sich mit den Fingern an den Hals in dem vergeblichen Versuch, den Blutstrom versiegen zu lassen. Der zweite Angreifer zielte auf Chareos' Kopf, doch er duckte sich unter ihm hinweg und stieß dem Mann seine Klinge in die Brust. Ein dritter Schwertkämpfer wich mit weit aufgerissenen Augen zurück.

»Nun?« fragte Chareos mit einem wütenden Blick auf Logar. Der Streiter des Grafen stieß einen Schrei aus und griff an. Chareos blockte den ersten Hieb ab, sprang vor einem zweiten zurück, der ihm den Bauch aufgeschlitzt hätte, und landete dann eine weit ausholende Riposte, die Logar in die Lenden drang und dort die große Arterie am Oberschenkel durchtrennte. Logar ließ seinen Säbel fallen und starrte ungläubig auf das Blut, das seine Beinkleider tränkte. Dann gaben seine Beine nach, und er fiel vor Chareos auf die Knie, schaute zu seinem Bezwinger auf und blinzelte, ehe er seitwärts zu Boden sank. Chareos ging zu ihm, zog seinen Schwertgürtel hervor und steckte den Säbel des Toten wieder in die Scheide. Als Kiall in den Hof ritt, Chareos' Grauen am Zügel führend, warf der ehemalige Mönch dem Dörfler Logars Säbel zu, nahm seinen Proviant und schwang sich in den Sattel. Der letzte Schwertkämpfer stand stumm auf dem Hof. Chareos beachtete ihn nicht und lenkte sein Pferd zum Südtor.

Der Hof war mit Seilen abgesperrt worden, und an den Eingängen standen Wachen. Hinter ihnen hatte sich eine Menschenmenge versammelt und versuchte, einen Blick auf die Toten zu werfen. Der

Graf stand über der Leiche Logars und starrte auf das graue, blutlose Gesicht hinunter.

»Die Tatsachen sprechen für sich«, sagte er und deutete auf den Körper. »Seht, er hat kein Schwert. Er wurde ermordet. Ich will, daß der Mörder der Gerechtigkeit zugeführt wird! Wer hätte gedacht, daß einer der Helden von Bel-azar so tief sinken würde?« Seine Gefolgsleute, die um ihn herum standen, schwiegen, und der überlebende Schwertkämpfer wandte die Augen ab.

»Nimm zwanzig Männer«, befahl der Graf Salida, seinem Hauptmann der Lanzenreiter, »und bringt Chareos zurück.«

Salida räusperte sich. »Herr, es war nicht Logars Art, unbewaffnet herumzulaufen – und diese beiden Männer hatten ihre Schwerter gezogen. Chareos ist ein meisterlicher Schwertkämpfer. Ich kann nicht glauben . . .«

»Genug!« fuhr der Graf ihn an und wandte sich an den Überlebenden. »Du . . . wie heißt du noch gleich?«

»Kypha, Herr«, antwortete der Mann, die Augen fest auf den Boden gerichtet.

»War Logar bewaffnet, als Chareos ihn erschlug?«

»Nein, Herr.«

»Da hörst du es«, sagte der Graf zu Salida. »Und du hast noch den augenscheinlichen Beweis. Siehst du ein Schwert?«

»Nein, Herr«, antwortete Salida. »Ich werde Chareos zurückbringen. Was ist mit dem Dörfling?«

»Er war ein Werkzeug für den Mord. Er wird neben Chareos hängen.«

Die zweiundzwanzig gefangenen Frauen saßen dicht gedrängt auf vier offenen Wagen. Auf beiden Seiten ritten Krieger, harte Männer mit wilden Augen. Ravenna saß im zweiten Wagen, getrennt von ihren Freunden. Um sie herum saßen die Frauen und Mädchen, die bei zwei anderen Überfällen geraubt worden waren. Alle waren verängstigt, und es wurde nur wenig gesprochen.

Zwei Tage zuvor hatte ein Mädchen zu fliehen versucht. Es war in der Dämmerung vom Wagen gesprungen und zum Wald gerannt, doch die Männer hatten es binnen Sekunden zu Pferde eingeholt und zurückgeschleppt. Die Gefangenen waren in einem Kreis versammelt worden und mußten zuschauen, wie das Mädchen ausgepeitscht wurde. Ihre gellenden Schreie hatte Ravenna noch immer im Ohr.

Anschließend hatten einige Männer das Mädchen aus dem Lager gezerrt und vergewaltigt. Dann wurden ihr die Arme gefesselt, und man warf sie zu den anderen Gefangenen.

»Ich hoffe, ihr habt etwas gelernt«, sagte ein Mann mit einem vernarbten Gesicht. »Ihr seid Sklaven, und ihr werdet wie Sklaven zu denken anfangen. Nur dann könnt ihr überleben. Jeder Sklave, der zu fliehen versucht, wird härter bestraft als dieses Mädchen. Denkt an meine Worte!«

Ravenna würde daran denken . . .

Solange die Nadren sie gefangenhielten, gab es keine Möglichkeit zu entkommen. Nein, sie mußte es schlauer anstellen. Sie würde warten, bis sie von einem geilen Nadir gekauft wurden. Sie würde fügsam und hilfsbereit sein, liebevoll und dankbar . . . und wenn er ihrer Gefühle sicher war, würde sie fliehen.

»Woher kommst du?« flüsterte die Frau neben ihr. Ravenna sagte es ihr.

»Ich habe dein Dorf einmal besucht. Zum Sommersonnwend-Markt.«

Ravenna warf einen Blick auf die knochige Gestalt, das hagere, eckige Gesicht und das schimmernde schwarze Haar. Sie konnte sich nicht an die Frau erinnern.

»Bist du verheiratet?« fragte Ravenna.

»Ja«, antwortete die Frau mit einem Achselzucken. »Aber das spielt jetzt keine Rolle mehr.«

»Nein«, gab Ravenna ihr recht.

»Und du?«

»Ich wollte bald heiraten. In achtzehn – nein, siebzehn Tagen.«

»Bist du noch Jungfrau?« frage die Frau leise.

»Nein.«

»Ab jetzt bist du es. Sie werden danach fragen. Jungfrauen erzielen bessere Preise. Und es bedeutet, daß diese . . . Schweine dich nicht anrühren werden. Verstehst du?«

»Ja. Aber der Mann, der mich kauft . . .«

»Was wissen sie schon? Männer! Such dir eine scharfe Nadel und stich dich damit in der ersten Nacht.«

Ravenna nickte. »Danke. Das werde ich mir merken.«

Sie fielen in Schweigen, während die Wagen weiterrollten. Die

Räuber ritten wachsam, und Ravenna suchte ständig den Horizont ab.

»Erwarte keine Hilfe«, sagte die Frau.

»Man sollte die Hoffnung nie aufgeben.«

Die Frau lächelte. »Dann hoffe auf einen gutaussehenden Wilden mit freundlichem Wesen.«

Die Berge erhoben sich vor ihnen wie eine Schlachtreihe weißbärtiger Riesen, und ein eisiger Wind fegte den Reitern von den Gipfeln her ins Gesicht. Als Chareos seinen pelzgefütterten Umhang um sich zog und gürtete, warf er einen Blick auf den Dörfler. Kialls Gesicht war grau, und er schwankte im Sattel, beklagte sich aber nicht. Chareos schaute zurück auf die Stadt. Sie lag jetzt weit hinter ihnen, und er konnte nur noch die höchsten Türme hinter den Hügeln erkennen.

»Wie fühlst du dich?« fragte er Kiall. Der Dörfler schenkte ihm ein schwaches Lächeln. Die Wirkung des *Lirium* ließ nach, und der Schmerz fraß sich wie glühende Kohlen in seinen Rücken. Der alte durchgerittene Wallach war ein friedliches Tier, und normalerweise wäre der Ritt bequem gewesen; jetzt aber zerrte jede Bewegung an Kialls gemartertem Fleisch. »Wir machen gleich Rast«, sagte Chareos, »sobald wir im Wald sind. Dort gibt es Seen mit kristallklarem Wasser. Wir werden uns ausruhen, und dann kümmere ich mich um deine Wunden.« Kiall nickte und ergriff den Knauf an seinem Sattel. Ihm war übel, und auf seinem Gesicht hatte sich ein Schweißfilm gebildet. Innerlich fluchend, ritt Chareos neben das alte Pferd. Plötzlich bog der weiße Hengst seinen Hals und biß das ältere Tier. Chareos zerrte an den Zügeln, und der Wallach stieg auf die Hinterhand. Kiall fiel beinahe aus dem Sattel. Der Hengst bockte und senkte den Kopf, doch Chareos klammerte sich entschlossen fest, die Schenkel um den Rumpf des Tieres geschlossen. Sekundenlang versuchte das Pferd, ihn abzuwerfen. Dann beruhigte es sich, als wäre nichts geschehen, und stand gelassen da. Chareos stieg aus dem Sattel und streichelte den langen Hals des Hengstes. Er stellte sich vor das Pferd, rieb ihm die Nase und pustete dann langsam seinen Atem in beide Nüstern des Tieres. »Ich werde dir nichts zuleide tun. Ich bin nicht dein Herr. Ich bin dein Freund.«

Schließlich stieg er wieder auf, und sie ritten weiter nach Süden. Chareos war noch nie in diesen Bergen gewesen, doch Reisende berichteten von einer Siedlung, die um ein Gasthaus herum erbaut worden war. Er hoffte, daß es nicht mehr weit bis zum Dorf war – und daß es dort einen Heiler gab. Kialls Fieber stieg, und soweit Chareos wußte, konnten seine Wunden sich entzünden. Als Soldat hatte er viele Männer an scheinbar harmlosen Verletzungen sterben sehen. Die Haut schwoll an und verfärbte sich, das Fieber wurde schlimmer, und das Fleisch schmolz dahin. Er erinnerte sich an einen jungen Krieger in Bel-azar, der sich die Hand an einem Dorn gestochen hatte. Die Hand war zu dreifacher Größe angeschwollen und erst blau und schließlich schwarz geworden. Der Arzt hatte sie dem Krieger abgeschnitten. Dennoch war der Junge gestorben . . . unter Schreien und furchtbaren Schmerzen. Chareos warf einen Blick auf Kiall und zwang sich zu einem Lächeln, doch der junge Mann reagierte nicht.

Am späten Nachmittag konnte Kiall nicht mehr weiterreiten. Er fieberte und stöhnte, und zwei der langen Peitschenwunden auf seinem Rücken hatten sich wieder geöffnet. Chareos hatte die Handgelenke des jungen Mannes an den Sattelknauf gebunden und führte den Wallach nun am Zügel, als er die Pferde zum Ufer eines großen Sees lenkte. Er lag ganz still und spiegelte die Berge in der Umgebung auf seiner Oberfläche wider. Chareos stieg ab, pflockte die Pferde an und half Kiall auf den Boden. Der Dörfler sackte zusammen; seine Knie gaben unter ihm nach. Chareos ließ ihn liegen und suchte Holz für ein Feuer. Als Soldat hatte er viele Männer nach Auspeitschungen gesehen. Oft war es der Schock der Hiebe, der einen Mann zerbrach – mehr die Demütigung als der Schmerz. Als das Feuer flackerte, drehte er Kiall auf den Bauch, roch an dessen Wunden und nickte zufrieden. Es roch nicht nach Fäulnis. Chareos deckte ihn mit einer Decke zu. Der junge Mann war stark und stolz. Er hatte nicht über seine Schmerzen geklagt, und das bewunderte Chareos.

Er setzte sich an Feuer und blickte über die Berge und die Pinienhaine hinweg, die grün aus dem Schnee ragten. Es hatte einmal eine Zeit gegeben, wo ein solcher Anblick ihn an Freiheit hatte denken lassen, diese weite Schönheit, die überwältigende Größe der Gipfel. Jetzt aber, stellte er fest, sprachen sie nur von der Nichtigkeit der Menschen zu ihm. Kriege, Krankheiten, Könige und Eroberer waren nichts für diese Gipfel.

»Was scheren euch meine Träume?« fragte Chareos, dessen Gedanken zurück zu Tura wanderten, wie so oft, wenn diese nachdenkliche Stimmung ihn überkam. Die schöne, schwarzhaarige Tura. Sie hatte ihn sich männlicher fühlen lassen, als er sich gewünscht hatte. Aber was Tura so freigebig zu schenken schien, hatte sie sich grausam zurückgestohlen. Chareos wurde bei der Erinnerung rot. Wie viele Liebhaber hatte sie genommen, ehe Chareos ihre Untreue entdeckte? Zehn? Zwanzig? Wie viele seiner Freunde hatten das Geschenk ihres Körpers angenommen? Der Held von Bel-azar! Wenn sie nur wüßten. Chareos, der Schwertkämpfer, war nicht dorthin gegangen, um zu kämpfen, sondern um zu sterben.

Darin lag kein Heldentum. Doch die Barden scherten sich nicht um Wahrheitstreue. Sie sangen von silbernen Klingen und schneidigen Taten – die Scham des Hahnreis hatte in der Sage von Belazar keinen Platz.

Chareos stand auf und schlenderte zum Seeufer, wo er niederkniete, um zu trinken. Er verschloß die Augen vor seinem Spiegelbild. Als er zum Feuer zurückkehrte, sah er, daß Kiall friedlich schlief. Die Sonne stand schon tief im Westen, und die Luft wurde kühler. Chareos lockerte die Sattelgurte der Pferde und breitete seine Decke dicht am Feuer aus.

Er streckte sich aus und starrte zu den Sternen empor. Er hatte Tura vergeben wollen. Er hatte sie weit fort von der Festung bringen und ein neues Leben mit ihr beginnen wollen, aber sie hatte nur gelacht. Es gefiel ihr, wo sie war – wo Männer zur Hand waren, starke Männer, wollüstige Männer, Männer, die ihr Geschenke machten. Vor seinem geistigen Auge konnte er sehen, wie er sie schlug und ihre Schönheit unter seinen Fäusten zerschmetterte. Aber das hatte er nie getan. Er hatte sich aus dem Zimmer zurückgezogen, bezwungen von der Kraft ihres Lachens – die Liebe, die er in sein Herz gelassen hatte, zerrissen unter den Klauen des Verrats. Er hatte nie wieder geliebt, nie wieder eine Frau in sein Herz oder sein Bett gelassen.

Ein Wolf heulte in der Ferne, ein einsamer, trauriger Laut. Chareos häufte Erde um das Feuer und schlief.

Vogelgezwitscher drang in seine Träume, und er erwachte. Trotz des Schlafs fühlte er sich nicht erfrischt, und er wußte, er hatte wieder von Tura geträumt. Wie immer konnte er sich kaum an etwas erinnern – nur ihr Name hallte in seinen Gedanken wider. Er setzte sich auf und schauderte. Das Feuer war fast erloschen, und so kniete er sich davor nieder, blies die Asche zu neuem Leben an und legte Zweige auf die winzigen Flammen. Dann stand er auf und verließ ihren Lagerplatz, um trockenes Holz zu sammeln.

Als das Feuer wieder kräftig flackerte, ging er zu seinem Hengst und klopfte ihm den Hals. Er nahm ein wenig kaltes Fleisch aus seinem Proviantbeutel und kehrte damit an die Wärme des Feuers zurück. Kiall erwachte und setzte sich vorsichtig. Die Farbe war in sein Gesicht zurückgekehrt, und er lächelte Chareos an.

Der ehemalige Mönch schnitt den Schinken mit seinem Jagdmesser und reichte ihn dem Dörfler.

»Wo sind wir?« fragte Kiall.

»Etwas fünfzehn Kilometer von der alten Zollstraße entfernt. Du siehst besser aus.«

»Es tut mir leid, daß ich eine Last für dich bin. Und noch mehr, daß du für mich töten mußtest.«

»Das habe ich nicht für dich getan, Kiall. Sie haben mich gejagt. Ein hochmütiges Kind wird zurechtgewiesen, und jetzt sind drei Männer tot. Es ist verrückt.«

»Du warst unglaublich bei dem Kampf. So etwas habe ich noch nie gesehen. Du warst so ruhig.«

»Weißt du, warum sie gestorben sind?« fragte Chareos.

»Sie waren nicht so gut wie du?« riet Kiall.

»Stimmt. Das waren sie nicht. Aber das ist nicht der einzige Grund. Sie starben, weil sie etwas hatten, wofür sie lebten. Iß dein Frühstück auf.«

Drei Tage zogen sie immer höher in die Berge, überquerten Flüsse und Bäche. Hoch über ihnen flogen die Schneegänse auf dem Weg zu ihren weit entfernten Brutplätzen. In den Gewässern kämpften die Biber gegen die Fluten und bauten ihre Dämme. Kialls Wunden heilten in der klaren Bergluft schnell. Er trug jetzt Logars Säbel an der Seite.

Die Gefährten hatten während ihres Aufstiegs nur wenig gesprochen, und abends am Lagerfeuer saß Chareos gedankenverloren und den Blick nach Norden gerichtet.

»Wohin gehen wir?« fragte Kiall, als sie am fünften Morgen die Pferde sattelten.

Chareos schwieg einen Moment. »*Wir* reiten zu einer Siedlung, die Wirtshausweiler heißt. Dort werden *wir* Proviant kaufen. Danach werde *ich* nach Süden über die Steppe reiten. Und ich werde allein reiten, Kiall.«

»Du willst mir nicht helfen, Ravenna zu retten?« Seit sie das Gasthaus verlassen hatten, sprach der Dorfbewohner zum erstenmal wieder von dem Überfall. Chareos straffte den Sattelgurt des Hengstes, ehe er sich umdrehte, um dem jungen Mann ins Gesicht zu sehen.

»Du weißt nicht, in welche Richtung die Räuber davon sind. Du weißt nicht, wie ihr Anführer heißt. Inzwischen werden die Frauen verkauft sein. Es ist hoffnungslos, Kiall. Gib es auf.«

»Das kann ich nicht«, erwiderte der junge Mann. »Ich liebe sie, Chareos. Ich habe sie geliebt, seit wir Kinder waren. Warst du jemals verliebt?«

»Liebe ist etwas für Narren. Sie ist nichts weiter als rauschendes Blut in den Lenden ... es liegt kein Geheimnis, keine Magie darin. Such dir eine andere, Junge. Inzwischen ist sie wahrscheinlich ein halbes Dutzend Mal vergewaltigt worden, und vielleicht hat sie sogar festgestellt, daß es ihr gefällt.«

Kialls Gesicht wurde weiß, und Logars Säbel zuckte durch die Luft. Chareos sprang zurück. »Was soll das, zum Teufel?«

»Entschuldige dich! Auf der Stelle!« befahl Kiall und zielte mit der Säbelspitze auf Chareos' Kehle.

»Wofür? Daß ich dir das Offensichtliche klargemacht habe?« Der Säbel stieß vor, doch Chareos wich der Spitze aus und zog seine eigenes Schwert. »Sei kein Narr, Junge. Du bist nicht in der Verfassung, gegen mich zu kämpfen. Und selbst wenn du es wärst, könnte ich dich in Stücke hauen.«

»Entschuldige dich«, verlangte Kiall.

»Nein«, sagte Chareos leise. Der Dörfling attackierte wild, doch Chareos parierte mühelos, und aus dem Gleichgewicht gebracht, stürzte Kiall zu Boden und ließ den Säbel fallen. Er griff danach, doch Chareos hielt die Klinge mit dem Stiefel fest. Kiall wand sich, schoß hoch und rammte den Kopf in Chareos' Bauch, so daß beide Männer stürzten. Kialls Faust krachte gegen Chareos' Kinn. Der ehemalige Mönch wehrte einen zweiten Hieb ab, doch ein dritter überraschte ihn, so daß er seinen Säbel verlor. Kiall packte die Klinge und sprang auf. Chareos versuchte aufzustehen, doch die Spitze seines eigenen Säbels berührte die Haut an seiner Kehle.

»Du steckst voller Überraschungen, Bursche«, bemerkte Chareos.

»Und du bist ein Hurensohn«, zischte Kiall, ließ den Säbel in den Schnee fallen und wandte sich ab. Seine Wunden hatten sich wieder geöffnet, und frisches Blut sickerte in gezackten Linien durch den Rücken seiner Tunika.

Chareos stand auf und schob den Säbel in die Scheide.

»Es tut mir leid«, sagte er. Kiall blieb stehen und ließ die Schultern hängen. »Ich meine es ehrlich. Ich bin kein Mann, der die Frauen besonders schätzt, aber ich weiß, was es heißt, verliebt zu sein. Warst du lange verheiratet?«

»Wir waren nicht verheiratet«, antwortete Kiall.

»Verlobt?«

»Nein.«

»Was dann?« fragte Chareos erstaunt.

»Sie wollte bald einen anderen Mann heiraten. Seinem Vater gehörte das ganze Weideland im Osten. Sie war eine gute Partie.«

»Aber sie liebte dich?«

»Nein«, gestand Kiall. »Nein, sie hat mich nie geliebt.« Der junge Mann schwang sich in den Sattel.

»Das verstehe ich nicht«, meinte Chareos. »Du willst dich auf die Suche machen, um eine Frau zu retten, die dich nicht liebt?«

»Sag mir ruhig noch einmal, was ich für ein Narr bin«, sagte Kiall.

»Nein, nein. Verzeih mir diese Bemerkung. Ich bin älter als du und zynisch, Kiall. Aber ich sollte nicht spotten. Ich habe kein Recht dazu. Aber was ist mit ihrem Verlobten? Ist er tot?«

»Nein. Er hat eine Übereinkunft mit Ravennas Vater getroffen und wird jetzt ihre jüngere Schwester Karyn heiraten. Sie wurde nicht geraubt.«

»Dann hat er nicht lange getrauert«, stellte Chareos fest.

»Er hat sie nie geliebt. Er wollte sie nur, weil sie schön und ihre Familie reich ist. Ravennas Vater züchtet Schweine, Rinder und Pferde. Er ist der häßlichste Mann, den ich je gesehen habe, doch seine Töchter sind vom Himmel gezeichnet.«

Chareos hob den Säbel des Jungen auf und reichte ihm die Waffe mit dem Griff voran.

Kiall blickte auf die Klinge. »Es hat wenig Zweck, daß ich dieses Schwert trage. Ich habe kein Geschick in solchen Dingen.«

»Falsch«, widersprach Chareos lächelnd. »Du hast eine gute Hand, ein schnelles Auge und ein stolzes Herz. Alles, was dir fehlt, ist Unterricht. Den werde ich dir geben – während wir nach Ravenna suchen.«

»Du kommst mit mir? Warum?«

»Guck einem geschenkten Gaul nie ins Maul«, antwortete Chareos, ging zu seinem Grauen und stieg in den Sattel. Das Pferd zitterte.

»O nein«, flüsterte Chareos. Der Hengst bockte wild; dann stieg er auf die Hinterhand und drehte sich in der Luft, so daß Chareos über seinen Kopf hinweg mit einem knochenerschütternden Satz im Schnee landete. Der Hengst machte ein paar Schritte, bis er über ihm stand. Chareos zog sich hoch und stieg wieder in den Sattel.

»Ein seltsames Tier«, meinte Kiall. »Ich glaube, er mag dich nicht.«

»Natürlich mag er mich, Junge. Den letzten Mann, den er nicht mochte, hat er zu Tode getrampelt.«

Chareos berührte die Flanken des Hengstes mit den Fersen und ritt voran nach Süden.

Er blieb einige Längen vor Kiall, während sie durch den Morgen ritten, denn er war sich bewußt, daß er keine Antworten hatte, die der Junge verstehen würde. Er hätte ihm eine Geschichte erzählen können, die sich vor dreißig Jahren abgespielt hatte – von einem Kind, das keine Hoffnung hatte, bis ein Krieger namens Attalis es rettete und ihm ein Vater geworden war. Er hätte ihm von einer Mutter erzählen können, die auch Ravenna hieß, eine stolze, mutige Frau, die sich geweigert hatte, den Mann zu verlassen, den sie vergötterte, selbst für den Sohn, den sie liebte. Aber dies hätte bedeutet, ein Geheimnis zu teilen, das Chareos mit Scham erfüllte – einer unerfüllten Pflicht, einem gebrochenen Versprechen. Er spürte die frische Brise auf seiner Haut, roch die Bäume und den Schnee in der Luft. Er warf einen Blick zum Himmel hinauf.

Es gab nichts, was er Kiall sagen konnte. Der Junge war glücklich. Der legendäre Schwertmeister hatte eingewilligt, ihn zu begleiten, und was Kiall betraf, war ihr Erfolg damit sicher.

Chareos' Gedanken kehrten zu dem Bauernmädchen zurück und

dem Mann, der sie liebte – so, wie er Tura geliebt hatte, ein hoffnungslos einseitiges Gefühl. Doch selbst jetzt noch, nach der Bitterkeit und dem Schmerz, würde Chareos durch ein Flammenmeer wandern, wenn Tura ihn brauchte. Aber sie brauchte ihn nicht ... hatte ihn nie gebraucht.

Nein, die Frau, die jetzt seine Hilfe brauchte, war die Tochter eines Schweinezüchters. Chareos drehte sich im Sattel und sah sich nach Kiall um. Der junge Mann lächelte und winkte.

Chareos wandte den Blick wieder auf die vor ihm liegenden Berge und dachte an den Tag, als Tura ihn verlassen hatte. Er hatte allein in dem kleinen Hof hinter dem Haus gesessen. Die Sonne versank hinter den Wolken, die wie rotes Feuer zu brennen schienen. Finn hatte ihn dort gefunden.

Der Bogenschütze hatte sich neben ihn auf die Steinbank gesetzt. »Sie hat dich nicht geliebt, Mann«, sagte Finn, und Chareos hatte geweint wie ein Kind. Eine Zeitlang saß Finn schweigend da; dann legte er Chareos die Hand auf die Schulter und sprach leise auf ihn ein. »Die Menschen träumen von vielen Dingen. Wir träumen von Ruhm, den wir nie erringen werden, von Reichtümern, die wir nie gewinnen. Aber das närrischste von allem ist der Traum von der Liebe, der großen, immerwährenden Liebe. Vergiß ihn.«

»Ich kann nicht«, hatte Chareos geantwortet.

»Dann verbirg ihn. Denn die Truppen warten, und es ist ein langer Ritt nach Bel-azar.«

3

Der Hirsch senkte den Kopf in den Fluß; seine lange Zunge leckte das klare Wasser auf. Etwas traf ihn mit einem heftigen Schlag in die Seite, der Kopf fuhr hoch, und ein Pfeil drang ihm durch ein Auge tief ins Gehirn. Die Vorderbeine gaben nach, und er stürzte zu Boden. Blut rann ihm aus dem Maul.

Die beiden Jäger erhoben sich aus dem Gebüsch und plantschten durch den Wasserlauf zu dem Kadaver. Beide trugen mit Fransen und Perlen verziertes Hirschleder und gekrümmte Jagdbogen aus vagrischem Horn. Der jüngere der beiden Männer – schlank, blond und mit Augen von einem verblüffenden Blau – kniete neben dem Hirsch nieder und öffnete die Arterie der Kehle des Tieres. Der andere Mann, größer und vollbärtiger, beobachtete ihn aus dem Unterholz.

»Hier ist niemand, Finn«, sagte der blonde Jäger. »Du wirst langsam alt und siehst Gespenster.«

Der bärtige Mann fluchte leise. »Ich kann die Bastarde riechen. Sie sind hier irgendwo! Kann mir nicht vorstellen, warum. Nichts zu stehlen hier für sie. Keine Weiber. Aber sie sind hier, ganz klar. Scheiß-Nadren!«

Der kleinere Mann weidete den Hirsch aus und begann, dem Tier mit einem zweischneidigen Jagdmesser die Haut abzuziehen. Finn legte einen Pfeil auf den Bogen und beobachtete finster das Unterholz auf der anderen Seite.

»Du machst mich nervös«, sagte der Jüngere.

»Wir sind jetzt seit zwanzig Jahren zusammen, Maggrig, und du liest Spuren immer noch wie ein Blinder die Schrift.«

»Wirklich? Wer hat denn letztes Jahr gesagt, daß die Tätowierten auf Jagd gingen? Wer hat vier Tage lang Wache gestanden, ohne eine Spur von den Kopfjägern zu sehen?«

»Sie waren da! Sie wollten uns damals nur nicht töten«, erwiderte Finn. »Wie lange willst du das Tier denn noch in Stücke schneiden?«

In diesem Moment tauchten vier Männer aus dem Gebüsch auf der anderen Seite des Flusses auf. Sie waren alle mit Bogen und Schwertern bewaffnet, doch auf den Sehnen lagen keine Pfeile, und die Schwerter steckten in ihren Scheiden.

»Wollt ihr das Wild nicht mit uns teilen?« rief ein schlanker, bärtiger Mann.

»Wir brauchen es für unseren Wintervorrat. Hirsche sind zur Zeit ziemlich knapp«, erklärte Finn. Maggrig, der neben dem Kadaver kniete, steckte sein Jagdmesser weg, nahm seinen Bogen auf und zog einen Pfeil aus dem Köcher.

»Auf dieser Seite sind noch zwei«, flüsterte er.

»Ich weiß«, sagte der ältere Mann, innerlich fluchend. Da sich zwei weitere Nadren im Gebüsch hinter ihnen versteckt hielten, saßen sie in der Falle.

»Ihr seid nicht gerade sehr freundlich«, sagte der Nadrenkrieger, während er und die anderen langsam zu den Jägern wateten.

»Ihr könnt da stehenbleiben«, rief Finn und spannte seinen Bogen. »Wir brauchen hier keine Gesellschaft.« Maggrig war zuversichtlich, daß Finn die Männer im Fluß in Schach halten konnte, und legte einen Pfeil auf die Sehne. Seine blauen Augen suchten prüfend das Unterholz hinter ihnen ab. Ein Bogenschütze erhob sich aus dem Gebüsch. Sein Pfeil zielte auf Finns Rücken. Maggrig spannte und schoß im selben Moment. Sein Pfeil drang dem Mann in die Kehle, und der Pfeil des Räubers zischte über Finn hinweg und klatschte vor den vier Männern ins Wasser.

»Ich habe ihm nicht den Befehl gegeben zu schießen«, sagte der schlanke Mann und deutete mit dem Arm auf die Männer neben sich. Sie zogen sich langsam zurück, doch Finn sagte nichts, sondern hielt den Blick fest auf sie gerichtet.

»Der andere ist jetzt schußbereit«, flüsterte Maggrig. »Mußt du so einladend da stehen?«

»Hölle, ich bin es leid, in der Kälte herumzustehen«, antwortete Finn. »Bring den Hurensohn dazu, sich zu zeigen.« Maggrig spannte die Sehne und schoß einen Pfeil ins Gebüsch. Sie hörten einen überraschten Schrei. Dann sprang ein Bogenschütze auf, in dessen Oberarm ein Pfeil steckte. Finn wirbelte auf dem Absatz herum und schickte einen zweiten Pfeil los, der dem Mann in die Brust drang, so daß er kopfüber in die Büsche fiel. Finn fuhr wieder herum, doch die Männer auf der anderen Flußseite waren im Wald verschwunden.

»Ich werde also alt, wie?« fauchte Finn. »Deine Stiefel haben mehr Verstand als du!« Maggrig packte Finns Wams und riß ihn von den Füßen, während drei Pfeile durch die Luft sausten, wo er gerade gestanden hatte. Maggrig schickte einen Pfeil zurück über den Fluß, wußte aber, daß er nicht getroffen hatte.

»Zeit, nach Hause zu gehen, alter Mann«, sagte Maggrig. Ein Pfeil traf den Boden vor ihm, streifte einen Stein und prallte dann gegen den Kadaver. Hastig zerrten die beiden Männer das erlegte Wild außer Schußweite, packten die besten Fleischstücke in die Haut des Tieres und verschwanden im Wald. Einige Kilometer bewegten sie sich vorsichtig, doch es gab keine Anzeichen, daß sie verfolgt wurden.

Schließlich überquerten sie die Berghänge, bis sie zu der halb verborgenen Hütte an der Nordseite gelangten. Sobald sie drinnen waren, entfachte Finn ein Feuer, zog sich die nassen Stiefel aus und schleuderte sie gegen die Kaminwand. Die Hütte bestand aus zwei Räumen. Ein großes Bett stand an der Wand gegenüber der Feuerstelle, und neben der Tür befand sich das einzige Fenster. Bärenfelle bedeckten den Boden. Maggrig öffnete die Tür zur der angrenzenden Werkstatt, wo sie ihre Bögen und Pfeile fertigten und das Eisen für die Pfeilspitzen zurechthämmerten. Er hörte Finn fluchen.

»Verdammte Nadren! Als ich so alt war wie du, Maggrig, hatten wir berittene Patrouillen, die die Berge nach solchem Abschaum durchkämmten. Was für Zeiten! Heute kommen die Hundesöhne frech wie die Dachse hier anspaziert, um ehrlichen Leuten ihr Abendessen zu stehlen. Verflucht sollen sie sein!«

»Warum so wütend?« fragte Maggrig. »Wir haben zwei von ihnen getötet *und* unser Abendessen behalten. Sie haben uns keine Probleme gemacht, nur daß wir drei Pfeile eingebüßt haben.«

»Sie werden uns noch Schwierigkeiten machen. Mörderische Wilde, die Bande! Sie werden Jagd auf uns machen.«

»Na und? Wir haben doch Finn, den Großen Jäger, der Gefahren riechen kann! Kein Vogel kann hier in den Bergen auch nur einen ziehen lassen, ohne daß Finn es riecht.«

»Du bist ungefähr so witzig wie ein gebrochenes Bein. Ich habe ein schlechtes Gefühl, mein Junge, in der Luft liegt Tod, und der riecht schlimmer als der Winter.« Er schauderte und streckte seine großen, knochigen Hände dem Feuer entgegen.

Maggrig sagte nichts. Er spürte es ebenfalls.

Sie schleppten die Hirschviertel in die Werkstatt, wo Maggrig sie an Eisenhaken aufhängte. Dann breitete er die Haut aus und begann mit der mühsamen Arbeit, das Fett herunterzuschaben. Er brauchte ein neues Hemd für den Winter, und ihm gefiel die rotbraune Farbe des Leders. Finn schlenderte herein und setzte sich an die Werkbank, nahm müßig einen Pfeil in die Hand, begutachtete ihn und legte ihn wieder weg. Normalerweise würde er Federn zurechtschneiden, aber jetzt saß er nur da und starrte auf die Arbeitsfläche.

Maggrig warf ihm einen Blick zu. »Macht dir dein Rücken wieder zu schaffen?«

»Immer, wenn der Winter kommt. Verdammt! Ich hasse es, nach Wirtshausweiler zu gehen, aber es muß sein. Muß von den Räubern berichten.«

»Wir könnten Beltzer besuchen.«

Finn schüttelte den Kopf. »Er wird betrunken sein, wie üblich. Und noch eine Beleidigung von diesem Kerl, und ich schwöre, ich reiße ihm die Gedärme raus!«

Maggrig stand auf und streckte sich. »Das meinst du doch nicht ernst. Ebensowenig wie er. Er ist einsam, Finn, nichts weiter.«

»Er tut dir leid, was? Mir nicht. Er war schon streitsüchtig, als er verheiratet war. Und in Bel-azar war er gemein. Er hat etwas Niederträchtiges an sich – ich kann ihn nicht ausstehen.«

»Warum hast du dann seine Axt gekauft, als sie versteigert wurde?« wollte der blonde Jäger wissen. »Zwei Jahre Fallenstellen, um dafür zu bezahlen! Und was hast du damit gemacht? Hast sie in Öltuch gewickelt und ganz unten in die Kommode gelegt.«

Finn breitete die Hände aus. »Manchmal verstehe ich mich selbst nicht. Wahrscheinlich hat mir der Gedanke nicht gefallen, daß irgendein Adliger aus dem Norden sich die Axt an die Wand hängt. Jetzt wünschte ich, ich hätte es nicht getan. Wir könnte das Geld gut gebrauchen. Um Salz zu kaufen. Verdammt, mir fehlt das Salz. Vielleicht könnten wir ein paar Bögen eintauschen. Weißt du, wir hätten uns die Zeit nehmen sollen, um die Waffen von diesen Nadren mitzunehmen. Hätten dafür bestimmt etwas Salz bekommen können.«

Wolfsgeheul durchschnitt die Nacht. »Stinkende Hurensöhne!« sagte Finn, stand auf und ging zurück in den Wohnraum.

Maggrig folgte ihm. »Hast du es jetzt schon auf Wölfe abgesehen?«

»Wolfsgeheul ruft kein Echo hervor, Junge. Kannst du dir denn gar nichts merken?«

»Ich wurde erzogen, um Priester zu werden, Finn. Da hat man nicht viel Verwendung für das Wissen um Wolfsheulen und Echos.«

Finn kicherte. »Wenn sie die Hütte finden, kannst du ja rausgehen und ihnen etwas vorbeten.«

»Was glaubst du, wie viele sind es?«

»Schwer zu sagen«, antwortete Finn. »Normalerweise bilden sie Gruppen von etwa dreißig, vielleicht auch weniger.«

»Oder mehr?« fragte Maggrig leise.

Finn nickte. Wieder erklang das Wolfsgeheul.

Und diesmal war es näher . . .

Chareos zügelte sein Pferd auf einer Hügelkuppe und blickte zurück in das hinter ihnen liegende Tal.

»Was ist?« fragte Kiall. »Das ist jetzt das vierte Mal, daß du dich umschaust.«

»Ich dachte, ich hätte Reiter gesehen. Sonnenlicht, das auf Helmen oder Lanzen funkelt. Es könnte eine Patrouille sein.«

»Sie werden wohl kaum nach uns suchen, oder? Ich meine, wir haben doch kein Gesetz gebrochen.«

Chareos sah Kiall ins Gesicht und las die Angst, die dort geschrieben stand. »Ich habe keine Ahnung. Der Graf ist ein rachsüchtiger Mann, und er glaubt, ich hätte ihn beleidigt. Aber selbst er kann keine Möglichkeit finden, mich in dieser Sache anzuklagen. Laß uns weiterreiten. Wir sollten im Laufe des Vormittags Wirtshausweiler erreichen, und im Moment würde ich meine Seele für eine warme Mahlzeit und ein warmes Bett verkaufen.«

Über ihnen hingen schwere Wolken, die Schnee verhießen, und die Temperatur war in den vergangenen beiden Tagen stark gefallen. Kiall trug lediglich ein Wollhemd und Beinkleider, und allein sein Anblick ließ Chareos frieren. »Ich hätte Handschuhe kaufen sollen«, sagte er und blies sich in die Hände.

»Es ist noch nicht sehr kalt«, meinte Kiall fröhlich.

»Wenn man in meinem Alter ist, schon«, fauchte Chareos.

Kiall kicherte. »Du siehst nicht aus, als wärst du weit über fünfzig.«

Chareos schluckte eine zornige Entgegnung herunter und lenkte den Hengst den Hang hinab. Das ganze Leben ist ein Kreislauf, ermahnte er sich. Er dachte an die Tage zurück, als er den alten Kalin dafür gescholten hatte, daß er beinahe schon senil war. Der alte Kalin? Der Mann war damals zweiundvierzig gewesen – fast drei Jahre jünger, als Chareos jetzt war.

Der Hengst geriet ins Rutschen. Chareos zog den Kopf des Tieres hoch und lehnte sich im Sattel zurück. Der Graue gewann das Gleichgewicht wieder und erreichte ohne Zwischenfall den Fuß des Hügels. Der Pfad verbreiterte sich zu einer Bergstraße, ausgefahren von den breiten, mit Leder umrandeten Rädern der Karren, die Holz nach Talgithir brachten. Die Bäume boten Schutz vor dem Wind, und Chareos fühlte sich wieder etwas wohler. Kiall ritt neben ihm, doch der Graue schnappte nach dem Wallach, der auf die Hinterhand stieg. Der Dörfler klammerte sich mühsam fest.

»Du solltest das Tier verkaufen«, meinte Kiall. »Er hat den Teufel im Leib.«

Das war ein guter Rat, doch Chareos wußte, daß er den Grauen behalten würde. »Er ist launisch und ein Einzelgänger. Aber ich mag ihn. Er erinnert mich an mich selbst.«

Oberhalb einer Ansammlung von Gebäuden, in deren Mitte ein Gasthaus stand, kamen sie aus dem Wald. Grauer Rauch stieg aus den zwei steinernen Schornsteinen der Schänke, und vor dem Haupteingang sahen sie Männer stehen.

»Wir haben eine schlechte Zeit gewählt«, murmelte Chareos. »Die Waldarbeiter und Tagelöhner warten auf ihr Mittagessen.«

Die beiden Männer ritten in die Siedlung hinunter. Die Ställe befanden sich auf der Rückseite des Wirtshauses, und dort sattelte Chareos den Grauen ab und führte ihn in einen Unterstand. Mit der Heugabel schaufelte er Heu in die Futterkrippe und striegelte dem Tier den Rücken. Dann ging er mit Kiall in die Schänke. Sie war ziemlich voll, und dicht bei den Feuerstellen war kein Platz mehr frei. Die beiden Männer ließen sich an einem Tisch nieder.

Eine mollige Frau kam zu ihnen. »Guten Morgen, meine Herren. Wir haben heute Pasteten und einen guten Rinderbraten anzubieten. Ihr könnt auch wohlschmeckenden Honigkuchen haben, der warm serviert wird.«

»Habt ihr Zimmer frei?« fragte Chareos.

»Ja, Herr. Das obere Gästezimmer. Ich lasse dort ein Feuer machen, es wird gleich bereit sein.«

»Wir werden dort essen«, sagte er. »Aber zuvor hätten wir gern zwei Becher Glühwein, wenn's recht ist.«

Sie machte einen Knicks und verschwand im Gewühl. Die Menschenmenge flößte Chareos Unbehagen ein, als er den Wein trank. Die Luft war stickig und roch nach Holzrauch, Schweiß und gebratenem Fleisch. Nach einer Weile kehrte die Frau zurück und führte sie die Treppe hinauf in das obere Gästezimmer. Es war groß und kalt, trotz des frisch angezündeten Feuers, aber es hatte zwei weiche Betten, einen Tisch und vier tiefe Ledersessel.

»Es wird bald warm«, sagte die Frau. »Dann müßt ihr das Fenster öffnen. Der linke Laden klemmt ein wenig, aber mit einem kräftigen Stoß bekommt ihr ihn auf. Das Holz hat sich verzogen, wißt ihr. Ich bringe euch gleich euer Essen.«

Chareos zog seinen Umhang aus und schob einen Sessel vor das Feuer. Kiall ließ sich ihm gegenüber nieder und beugte sich vor. Sein Rücken heilte zwar schnell, doch die Wunden schmerzten noch immer.

»Wohin gehen wir von hier aus?« fragte er.

»Nach Südwesten ins Land der Nadir. Dort werden wir von den Nadren hören, die dein Dorf überfallen haben. Wenn wir Glück haben, ist Ravenna verkauft worden. Dann sollten wir es schaffen, sie zurückzurauben.«

»Was ist mit den anderen?«

»Um Himmels willen, Junge! Wahrscheinlich sind sie über das ganze Land verteilt. Einige wird man zweimal oder noch öfter verkaufen. Nie und nimmer können wir sie alle finden. Gebrauch deinen Verstand. Warst du jemals in der Steppe?«

»Nein«, gab Kiall zu.

»Es ist ein weites Land. Gewaltig. Endloses Grasland, verborgene Täler, Wüsten. Die Sterne scheinen ganz nah zu sein, und auch ein Mann könnte ein ganzes Jahr lang marschieren, ohne auch nur ein einziges Zeltdorf zu sehen. Die Nadir sind ein Nomadenvolk. Sie könnten einen Sklaven in . . . sagen wir, Talgithir, kaufen und drei Monate später in Drenan sein. Sie gehen, wohin sie wollen – es sei denn, der Khan ruft sie zum Krieg. Es wird schwer genug sein, Ravenna zu finden. Glaub mir!«

»Ich denke immerzu an sie«, sagte Kiall, wandte sich ab und starrte ins Feuer. »Wie verängstigt sie sein muß. Ich fühle mich schuldig, weil ich hier bequem am Feuer sitze.«

»Wir dürfen nichts überhasten, Kiall. Ravenna ist eine schöne Frau, sagst du. Deswegen werden sie ihr nichts antun. Ist sie noch Jungfrau?«

»Natürlich!« zischte Kiall errötend.

»Gut. Dann wird man sie nicht vergewaltigen. Sie wird einen guten Preis erzielen, und das kann bedeuten, daß die Nadren sie ein, zwei Monate behalten. Beruhige dich, mein Junge.«

»Bei allem Respekt, Chareos, würde es dir etwas ausmachen, mich nicht Junge zu nennen? Das habe ich zuletzt vor mehr als fünf Jahren gehört. Ich bin neunzehn.«

»Und ich bin vierundvierzig – das macht dich für mich zu einem Junge. Aber es tut mir leid, wenn es dich kränkt . . . Kiall.«

Der Dörfler lächelte. »Es kränkt mich nicht. Ich glaube, ich bin zu empfindlich. Aber ich fühle mich in deiner Gegenwart . . . jung und nutzlos. Ich bin Apothekergehilfe, ich kenne mich mit Kräutern und Medizin aus. Aber von Schwertkunst verstehe ich nichts. Ich wüßte nicht einmal, wo ich anfangen sollte, nach Ravenna zu suchen. Wenn du mich ›Junge‹ nennst, verstärkt das nur mein Gefühl der . . . Unzulänglichkeit bei unserer Suche.«

Chareos lehnte sich vor und legte ein Stück Holz aufs Feuer. Dann blickte er in die ernsten grauen Augen des jungen Mannes. »Sprich nicht von deiner Unzulänglichkeit«, sagte er. »Du hast deinen Wert unter Beweis gestellt, als du vor dem Graf gesprochen hast . . . und mehr. Nicht ein Mann unter hundert hätte eine Suche wie diese begonnen. Du wirst lernen, Kiall. Jeden Tag. Und das ist deine erste Lektion: Ein Krieger hat nur einen wahren Freund. Nur einen Mann, auf den er sich verlassen kann. Sich selbst. Er ernährt seinen Körper gut, er trainiert ihn, arbeitet an ihm. Wo ihm Fertigkeiten fehlen, übt er. Wo ihm Wissen fehlt, lernt er. Aber vor allen Dingen muß er glauben. Er muß an seine Willensstärke, seine Entschlußkraft, sein Herz und seine Seele glauben. Sprich nicht schlecht von dir, denn der Krieger in dir hört deine Worte und wird durch sie herabgesetzt. Du bist stark und tapfer. Du verfügst über eine edelmütige Gesinnung. Laß sie wachsen – du wirst es schon schaffen. – Wo bleibt unser verdammtes Essen?«

Draußen rannten zwei Jäger in die Siedlung. Der größere Mann warf einen Blick zurück und fluchte.

Aus dem Walt kamen vierzig Reiter mit gezogenen Schwertern.

Finn rannte die Stufen zum Wirtshaus hinauf, riß die Tür auf und schrak vor der Masse der eingekeilten Menschen drinnen zurück. »Überfall!« brüllte er, machte sofort kehrt und lief hinüber zur Scheune, wo Maggrig an einem Seil zum Heuboden hinaufkletterte. Das grollende Donnern von Hufen wurde lauter. Finn sah sich nicht um, sondern sprang nach dem Seil und zog sich hoch, bis er neben seinem Gefährten niederkniete. Maggrig legte einen Pfeil in den Bogen. »Wir hätten im Wald bleiben sollen«, sagte er. »Ich glaube nicht, daß wir hier sicherer sind.«

Finn erwiderte nichts. Die Reiter galoppierten unter Kriegsgeheul in die Siedlung und schwangen ihre Krummschwerter. Unter ihnen waren einige Nadirkrieger mit lackierten Brustplatten; andere waren gesetzlose Gothir, mit Äxten und Messern bewaffnet. Alle trugen kleine, runde Schilde, die sie am linken Unterarm befestigt hatten. Als sie von ihren Pferden sprangen und auf die Gebäude zurannten, schoß Finn einen Pfeil ab, der den Hals eines Mannes streifte. Auch Maggrig verschoß einen Pfeil, der jedoch von einem gehörnten Helm abprallte und in den Arm eines anderen Kriegers drang. Sieben der Räuber griffen die Scheune an. Finn fluchte lauthals. Ein zweiter Pfeil verließ singend seinen Bogen, traf aber nur einen erhobenen Schild. Maggrigs nächster Pfeil drang einem Mann in den Schenkel, so daß er taumelte und stürzte. Die anderen sechs Räuber rannten unter ihnen in die Scheune.

Finn stand auf und suchte mit raschem Blick den Heuboden ab. Etwas zehn Schritte hinter ihnen lehnte eine Leiter, die zu einer Falltür führte. Er ging hinüber, um sie hochzuziehen, doch ehe er die Leiter außer Reichweite hatte, sprang ein großer Räuber in die Höhe und zerrte sie zurück, so daß Finn um ein Haar mitgerissen und durch die Falltür gestürzt wäre.

»Ich vergesse dich nicht, du stinkender Bastard«, brüllte der Nadrenkrieger am Fuße der Leiter und starrte zu Finn hinauf. »Du bist ein toter Mann! Ich werde dir die Därme rausreißen!«

Den Schild vor sich haltend, kletterte er die Leiter hinauf. Finn fluchte und lief zurück zu Maggrig.

»Du hast einen tollen Platz ausgesucht«, flüsterte Finn. Maggrig spannte seinen Bogen, schoß einen Pfeil ab und traf einen Mann im Rücken, der auf das Wirtshaus zulief.

»Was meinst du? Sollten wir lieber gehen?« fragte er.

»Nein. Ich finde, wir sollten bleiben und Blumen pflanzen«, murmelte Finn. Der Nadrenkrieger hinter ihnen hatte den Heuboden erreicht. Finn schoß auf ihn, doch der Mann wehrte den Pfeil mit seinem Schild ab und zog sich durch die Öffnung hoch. Finn ließ seinen Bogen fallen und sprang den Krieger mit den Füßen voran an, so daß sein rechter Fuß gegen das Kinn des Mannes krachte. Halb betäubt sank er zurück, hielt jedoch immer noch sein Schwert fest, das er wild schwenkte. Finn rollte außer Reichweite. Maggrig lief herbei, um ihm zu helfen, doch Finn winkte ihn beiseite. Während er sich auf die Füße rollte, hob der schwarzbärtige Jäger den Bogen und den Köcher auf und schwang sich beides über die Schulter. »Gehen wir!« rief er Maggrig zu. »Jetzt!« Er ließ sich auf den Bauch fallen, packte das Seil und schlitterte durch die Öffnung im Heuboden. Auf halben Wege nach unten ließ er sich fallen. Maggrig kam ihm nach.

Tief in der Scheune, hinter den Holzvorräten für den Winter, erwachte Beltzer. Sein Schädel pochte, und er setzte sich stöhnend auf. Er blinzelte, als er die Nadrenkrieger an der Leiter sah. Schlimmer noch, einer fuhr herum und sah ihn. Beltzer rappelte sich mühsam auf. Als der Mann sein Schwert hob und angriff, packte Beltzer mit der rechten Hand den Stiel eines Beils, das in einem Stück Holz steckte. Er zog es heraus und stellte sich dem Schwertkämpfer. Der dünne Säbel zielte auf seinen Kopf, doch Beltzer duckte sich und hieb dem Mann das Beil in die Rippen. Unter der Wucht des Aufpralls zerbrach der hölzerne Schaft. Vier weitere Krieger kamen auf ihn zu, und mit einem Wutgeheul senkte Beltzer den Kopf und warf sich ihnen entgegen. Drei der Nadren wurden von dem Füßen gerissen, doch der vierte kam mit erhobenem Schwert näher. Ein Pfeil drang ihm in die Schläfe, und er taumelte, ehe er auf die Knie fiel. Beltzers Riesenfaust hieb auf die Männer ein – im Nahkampf konnten sie ihre Schwerter nicht benutzen. Er rappelte sich auf, trat einen Mann gegen den Kopf und lief zurück zu den Holzstapeln. Die Nadren stürmten hinter ihm her.

An der Rückseite der Scheune lehnte die langschäftige Baumaxt an der Wand. Beltzer schnappte sie und fuhr zu den Angreifern herum. Zwei Männer starben in den ersten Sekunden des Getümmels. Der Überlebende wich zuerst zurück und machte dann kehrt, um sich in die Sicherheit des äußeren Hofes zu flüchten. Ein Pfeil von Finn traf ihn im Lauf, und er stürzte kopfüber zu Boden.

»Was, bei allen sieben Höllen, geht hier vor?« brüllte Beltzer, doch Maggrig und Finn waren verschwunden, und er setzte sich auf einen Baumstumpf und starrte die Toten an. Aus dem Augenwinkel nahm er eine Bewegung auf der Leiter wahr, wo ein Nadrenkrieger vom Heuboden herunterkletterte. Der Mann warf einen Blick auf den Riesen mit der Axt und rannte davon, so schnell er konnte.

Draußen hatte Finn seinen Bogen fallen lassen und hielt jetzt zwei blutbefleckte Jagdmesser in den Händen. Neben ihm lagen zwei Nadrenkrieger und Maggrig. Acht Räuber umkreisten ihn. »Kommt schon, Jungs«, schnaubte er. »Kommt und sterbt!«

Beltzer schlenderte aus der Scheune, die Axt geschultert, und sah den umzingelten Finn. »Bel-azar!« brüllte er. Der Kreis um Finn löste sich auf, als der Riese angriff, und die wirbelnde Axt zersprengte die Angreifer. Ein Krieger mit einem kurzen Speer rannte auf Finn zu, der auswich und dem Mann sein Jagdmesser in den Bauch rammte.

Im Wirtshaus herrschte Chaos. Die Räuber hatten sich einen Weg hinein gekämpft und hieben und hackten auf die wehrlosen Arbeiter ein. Einige waren bereits tot, andere verwundet. Die Überlebenden kauerten sich auf dem Boden zusammen, die Augen von den Kriegern abgewendet, die über ihnen standen und sie bewachten. Ein Nadrenkrieger war über die Theke geklettert und hielt Nazas Frau Mael an der Kehle gepackt. Eine Messerklinge schwebte über ihrem rechten Auge. Naza lag in einer Blutlache zu seinen Füßen.

»Wo ist es, du fette Kuh?« zischte der Krieger, doch eine plötzliche Bewegung an der Rückseite des Raumes erregte seine Aufmerksamkeit. Er drehte sich um, die Augen zusammengekniffen. Eine Tür hatte sich geöffnet, und ein großer Mann mit einem schimmernden Schädel erschien. Hinter ihm kam ein zweiter Mann, jünger, aber ebenfalls bewaffnet. Die Augen des Nadren zuckten zurück zu dem ersten Mann. Er war nicht mehr jung, bewegte sich aber geschmeidig. »Steht nicht einfach so rum«, befahl der Nadren seinen Kriegern. »Packt sie!«

Die Landarbeiter wichen zurück, um eine Gasse zu bilden, als einige Nadren auf die Neuankömmlinge zuliefen. Schwerter zuckten, und das Klirren von Stahl wurde von den Schreien der Sterbenden untermalt. Der Nadren, der Mael festhielt, mußte zusehen, wie seine Männer von dem großen Schwertkämpfer niedergemetzelt wurden. Er schleuderte Mael zur Seite, schwang sich über die Theke und lief los, um Hilfe rufend.

Doch in der Tür blieb er abrupt stehen und fluchte, denn aus dem Wald im Norden galoppierten zwanzig Lanzenreiter heran. Der Nadren schwang sich in den Sattel des nächststehenden Pferdes und zerrte die Zügel von dem Pfahl, um den sie lose geschlungen waren.

»Zu Pferde! Zu Pferde!« brüllte er. Dann waren die Lanzenreiter da. Die Räuber, von denen die meisten zu Fuß waren, stoben vor dem Angriff auseinander, doch die Lanzenreiter rissen ihre Reittiere herum und setzten den fliehenden Nadren nach. Ein Dutzend der Räuber, inzwischen zu Pferde, griffen ihrerseits an und versuchten, sich einen Weg nach Süden freizukämpfen.

Drinnen in der Schänke stolperte Chareos. Ein Schwert sauste auf seinen Kopf zu, und er warf sich nach rechts und landete in einem Knäuel von Landarbeitern. Der letzte Nadren stand mit erhobenem Schwert über ihm, doch Kiall schnitt ihm mit seinem Säbel die Kehle durch. Chareos kam wieder auf die Füße und ging zur Tür. Draußen sah er, wie Salida und seine Lanzenreiter verzweifelt gegen die Räuber ankämpften. Die Nadren, die inzwischen erkannt hatten, daß sie in der Überzahl waren, griffen mit wilder Wut an. Chareos schob seinen Säbel in die Scheide und zog sein Jagdmesser. Dann stürzte er sich zwischen die Reiter, zerrte einen Nadren aus dem Sattel und stieß ihm sein Messer zwischen die Rippen. Er schwang sich auf den Rücken des Pferdes, zog wieder seinen Säbel und kämpfte sich einen Weg zu Salida frei.

Drinnen warf Kiall den Arbeitern einen finsteren Blick zu. »Wollt ihr damit vor euren Kindern angeben?« rief er. »Wie ihr euch bei Gefahr zusammengekauert habt? Steht auf! Bewaffnet euch!«

Sieben der Männer standen auf, doch die meisten blieben, wo sie waren. Die sieben Mann nahmen sich Waffen der toten Nadren und folgten Kiall ins Freie. »Auf sie!« rief der junge Dörfler, stürmte los und stieß seinen Säbel tief in den Rücken eines Reiters.

Bei der Scheune kniete Beltzer neben Finn, der Maggrigs Kopf in seinen Schoß gebettet hatte. Der blonde Jäger blutete aus einer Kopfwunde.

Beltzer griff nach Maggrigs Handgelenk. »Er ist nicht tot«, sagte er, doch Finn beachtete ihn nicht. Beltzer fluchte, stand auf, schob

Finn beiseite und packte Maggrig am Hemd. Er zerrte den bewußtlosen Jäger zurück in die Scheune, weg von den stampfenden Hufen der Pferde.

Finn blinzelte und folgte ihm. »Nicht tot?« flüsterte er.

»Bleib bei ihm«, sagte Beltzer und wog seine Axt in der Hand.

»Wohin gehst du?« fragte Finn.

»Ein paar Nadren töten. Dann werde ich etwas trinken – viel trinken.«

Der Riese verschwand wieder im Getümmel. Finn lehnte sich zurück und blickte auf Maggrig hinab. Er fühlte den Puls des Jüngeren. Er schlug kräftig und gleichmäßig.

»Du machst mir nichts als Kummer«, sagte Finn.

Langsam wendete sich das Schlachtglück. Die Lanzenreiter, die nun mit Säbeln kämpften, waren disziplinierter als die Räuber, und Chareos hatte sich mit Salida in der Mitte zusammengeschlossen. Die beiden Schwertkämpfer schienen unbezwingbar.

Einige Nadren machten kehrt und galoppierten davon; weitere folgten ihnen. Insgesamt entkamen siebzehn Mann.

Die anderen wurden getötet, wo sie gerade standen . . .

Elf Lanzenreiter waren gefallen, vier weitere schwer verwundet. Das Gelände vor der Schänke war blutgetränkt. Sechs Pferde waren getötet worden, zwei zuckten verkrüppelt am Boden. Überall lagen die Leichen der toten Krieger. In der plötzlichen Stille schwang Salida ein Bein über den Sattel und glitt zu Boden. Er wischte seinen Säbel am Hemd eines toten Mannes sauber und schob ihn in die Scheide. Chareos stieg neben ihm ab.

»Gerade zur rechten Zeit, Hauptmann«, sagte der ehemalige Mönch.

»Allerdings, Chareos. Meinen Dank. Du hast gut gekämpft.«

»Wenn Dämonen sich erheben, muß es sein«, zitierte Chareos.

»Ich muß mit dir reden«, sagte Salida und führte sein Pferd vom Schlachtfeld. Chareos folgte ihm zu einem Brunnen hinter dem Wirtshaus, wo beide Männer tranken, ehe Salida sich auf dem Brunnenrand niederließ. »Der Graf hat den Befehl erteilt, dich festzunehmen. Er will dich hängen sehen.«

»Weshalb?« fragte Chareos.

»Wegen des Mordes an Logar.«

»Wie kann man einen Mann des Mordes beschuldigen, der von drei Schwertkämpfern angegriffen wurde?«

»Logar war unbewaffnet.«

»Was! Einen Moment mal.« Chareos ging zurück zum Kampfplatz und rief Kiall zu sich. »Gib mir für einen Augenblick dein Schwert.« Er brachte den Säbel zu Salida. »Erkennst du das?«

Der Hauptmann betrachtete die Klinge; dann schaute er Chareos an. »Ja, das ist Logars Säbel. Aber das beweist gar nichts, Chareos. Es gibt einen Zeugen gegen dich, und der Graf will deinen Tod.«

»Glaubst *du* mir?«

Der Hauptmann lächelte müde. »Ich habe dir schon geglaubt, ehe ich das Schwert sah. Logar war eine Schlange. Aber das ist nicht der entscheidende Punkt, und du stellst mich vor ein Problem. Meine Befehle lauten, dich zurückzubringen. Wenn ich das tue, wirst du mit Gewißheit hängen. Tue ich es nicht, verliere ich mein Kommando. Warum, in Bars Namen, hast du diesen verdammten Unterricht abgebrochen?« Ohne auf eine Antwort zu warten, stand Salida auf und ging ins Wirtshaus zurück. Er rief einen Unteroffizier zu sich und gab ihm Anweisungen für den Abtransport der Toten.

Chareos saß am Brunnen mit Kiall. »Was willst du jetzt tun?« fragte der Dörfling. Chareos zuckte die Achseln. »Du kannst nicht zurückgehen«, meinte Kiall.

»Nein«, gab Chareos ihm recht, »ich kann nicht zurückgehen.« Ein Schatten fiel auf sie, und Chareos wurde plötzlich von den Füßen gehoben und fand sich in einer rippenquetschenden, stürmischen Umarmung wieder. Beltzer wirbelte ihn ein paarmal herum; dann küßte er ihn auf beide Wangen.

»Ich wollte meinen Augen nicht trauen«, sagte der Riese. »Was machst du hier, Schwertmeister? Bist du gekommen, um mich zu sehen? Hast du eine Aufgabe für mich? Gütige Götter im Himmel, was für ein Tag!«

»Laß mich runter, du Affe!« rief Chareos. Beltzer setzte ihn ab und trat einen Schritt zurück, die Hände in die Hüften gestemmt.

»Bei allen Göttern, du siehst älter aus. Maggrig und Finn sind auch hier. Wir sind alle hier! Es ist wunderbar. Ich habe darauf gewartet, daß endlich etwas passiert. Irgend etwas! Aber dich hier zu haben . . . nun sag schon was, Schwertmeister.«

»Du siehst schrecklich aus«, sagte Chareos, »und gegen deinen Atem riecht verfaulter Fisch wie feinstes Parfüm. Außerdem glaube ich, daß du mir eine Rippe gebrochen hast.«

»Wer ist der Junge?« fragte Beltzer und zeigte mit dem Daumen auf Kiall.

»Er heißt Kiall. Wir reisen zusammen.«

»Schön, dich kennenzulernen«, sagte Beltzer und hieb Kiall auf den Rücken. Der Dörfler stöhnte und taumelte.

»Was ist los mit ihm?« fragte Beltzer.

»Er ist ausgepeitscht worden«, erwiderte Chareos und rieb sich die Rippen, »und du hast ihn vermutlich daran erinnert. Lebst du jetzt hier?«

»Gewissermaßen. Ich helfe Naza – das ist der Wirt. Kommt, ihr müßt ja sterben vor Durst. Wir wollen ein Glas trinken oder zwei... oder drei. Gott, was für ein Glückstag! Ich hole uns Bier.«

»Was *war* das?«

»Das war Beltzer. Einmal gesehen, vergißt man ihn nie mehr.«

»Beltzer?« flüsterte Kiall. »Der goldhaarige Held von Bel-azar?«

»Du wirst noch feststellen, Kiall, daß man Liedern und Sagen nicht trauen darf. Früher hätte Beltzer vielleicht in den Augen einer blinden Sau gut ausgesehen... auch wenn ich es bezweifle. Ich habe gesehen, daß Huren ihn abwiesen, obwohl seine Taschen von Goldmünzen überquollen.«

»Es ist unglaublich«, flüsterte Kiall. »Er ist häßlich und fett – und er stinkt.«

»Und das sind noch seine Vorzüge«, sagte Chareos. »Warte mal, bis du ihn näher kennenlernst.« Er stand auf und ging zur Scheune, wo Finn Maggrig auf die Füße half.

»Ihr werdet immer noch von Schwierigkeiten angezogen wie die Motten vom Licht«, bemerkte Chareos mit einem Lächeln.

»Scheint so, Schwertmeister«, antwortete Finn. »Der Junge hier hat sich den Schädel aufgeschlagen.«

»Bring ihn auf mein Zimmer.«

»Ich möchte nicht allzu lange hierbleiben«, wandte Finn ein. »Ich hasse überfüllte Orte – du weißt ja.«

»Ja, ich erinnere mich. Aber gib mir bitte eine Stunde. Kiall wird dir den Weg zeigen.«

Chareos ging zu Salida hinüber, der auf dem erhöhten Pfad saß, der rings um das Wirtshaus führte.

»Ich habe ein paar alte Freunde getroffen, Hauptmann. Ich bin auf meinem Zimmer, falls du mich sprechen möchtest.«

Salida nickte. »Besorg deinem Freund einen anderen Säbel. Ich werde Logars Waffe dem Grafen bringen.«

»Und was ist mit mir, mein Freund? Und mit dir?«

»Du gehst, wohin du willst, Chareos. Möge die QUELLE dich geleiten. Und was mich angeht . . . wer weiß? Ich war nicht immer Hauptmann der Lanzenreiter. Vielleicht gibt es noch andere Aufgaben, die mir Freude machen. Aber ich glaube, der Graf schickt weitere Krieger hinter dir her. Er ist nicht mehr bei Verstand, wenn es um dich geht.«

»Sei vorsichtig, Salida.«

»Ja, es ist eine Welt für vorsichtige Männer«, erwiderte er und deutete mit einer Hand auf das Schlachtfeld.

In der Gaststube waren die Leichen weggebracht worden und hatten nur blutige Spuren auf den Holzdielen hinterlassen. Das östliche Ende des Speisesaals war nun ein Lazarettbereich, in dem Soldaten Wunden nähten und Verbände anlegten. Chareos sah die Frau des Wirtes neben ihrem Mann sitzen. Mit einer tiefen Wunde in der Schulter und einer Beule an der Stirn saß Naza mit weißem Gesicht und einem schweren Schock da.

Chareos ging zu ihnen hinüber, und die Frau blickte auf und lächelte müde. »Danke für deine Hilfe, Herr«, sagte sie. »Ich dachte, die Angreifer würden ihn umbringen.«

»Was wollten sie?« fragte Chareos.

»Die Waldarbeiter werden morgen entlohnt. Wir haben das Silber hier versteckt. Es sind vierhundert Männer, und sie werden einmal im Vierteljahr bezahlt. Es ist eine ansehnliche Summe.«

»Ich verstehe. Hättest du etwas dagegen, wenn ich mir etwas zu essen aus der Küche hole? Mein Gefährte und ich haben immer noch nichts gegessen.«

»Ich mache euch sofort etwas zurecht«, bot sie an und wurde rot.

»Nein, nein«, wehrte Chareos rasch ab. »Bleib bei deinem Mann. Es macht mir keine Mühe, sei gewiß.«

»Du bist sehr freundlich, Herr«, sagte Mael.

Chareos ging in die Küche. Einige Tische waren umgeworfen worden, und der Boden war mit zerbrochenen Töpfen und Geschirr bedeckt. Doch ein großer Topf mit dicker Suppe blubberte noch immer auf dem gewaltigen eisernen Herd. Ein Dienstmädchen trat von der Rückseite des Gebäudes her ein. Sie war klein und schlank, mit dunklen Locken. Sie machte einen Knicks. »Kann ich dir helfen, Herr?« fragte sie.

»Bring etwas zu essen. Suppe, Fleisch, Brot . . . was auch immer, in das obere Gastzimmer. Ach ja, und ein paar Leinentücher für Verbände. Machst du es bitte gleich?« fragte er und reichte ihr ein Silberstück. Sie steckte die Münze in die Tasche und knickste erneut.

Chareos ging in sein Zimmer zurück, wo Finn auf dem einzigen breiten Bett saß und mit einem Tuch die Wunde an Maggrigs Kopf abtupfte. Der Schnitt war nicht tief; die Schläfe war blau angelaufen und geschwollen. Beltzer saß am Feuer, einen Krug Bier in der Hand. Kiall stand am Fenster und sah auf das Schlachtfeld hinunter. Er hatte sich heute selbst überrascht, als er die Feldarbeiter in den Kampf führte – die Erregung war groß gewesen, und seine Angst war im Chaos des Getümmels untergegangen. Jetzt fühlte er sich als Krieger. Er blickte zum Himmel hinauf. Wie blau er war, wie frisch und klar die Luft. Er drehte sich um und lächelte Chareos an; dann wanderte sein Blick zu Beltzer. Häßlich war der Mann, doch er hatte seine Axt geschwungen wie ein sagenhafter Riese. Maggrig und Finn hatte er nicht in Aktion gesehen; aber allein im selben Raum zu sein wie die Helden von Bel-azar, erfüllte ihn mit Stolz.

Eine Dienstmagd brachte das Essen, doch Kiall hatte keinen Hunger mehr. Beltzer nahm sich seinen Anteil, während Chareos schweigend dem Riesen gegenübersaß und ins Feuer starrte. Finn hatte einen Leinenverband um Maggrigs Kopf gewickelt, und der jüngere Mann war auf dem Bett eingeschlafen. Es wurde nicht geredet, und so zog Kiall sich einen Stuhl heran und setzte sich schweigend. Seine Hände fingen zu zittern an; der Magen drehte sich ihm um. Chareos sah es und reichte ihm ein Stück dunkles Brot.

»Iß das«, befahl er. Kiall nickte und knabberte an der Kruste, und die Übelkeit verging.

»Was jetzt?« fragte Beltzer und stellte den leeren Krug neben seinen Stuhl. »Wieder Holz hacken und Waldarbeiter verhauen?«

»Was schlägst du vor?« fragte Chareos leise.

»Ich möchte, daß es wieder so ist, wie es war«, antwortete der Riese.

»Nichts ist, wie es war. Ich sag' dir was, Beltzer, alter Freund – es war *nie* so, wie es war.«

»Was soll das denn heißen? Na ja, du warst immer schon so klug mit Worten. Aber Worte sind nichts weiter als Schweinefürze. Ich bin nicht alt. Ich kann mit jedem Mann mithalten! Ich kann einen See aus Bier trinken und immer noch ein Faß voll Sand über den Kopf stemmen. Und es gibt keinen Mann auf der Welt, der es im Kampf mit mir aufnimmt.«

»Da hst du wahrscheinlich recht«, pflichtete Chareos ihm bei. »Aber jung bist du nicht mehr. Wie viele Jahre hast du auf dem Buckel, Beltzer? Fünfzig?«

»Achtundvierzig. Und das ist *nicht* alt.«

»Älter als Kalin in Bel-azar gewesen ist. Und hast du ihm nicht geraten, nach Hause zu gehen und das Kämpfen den Jüngeren zu überlassen?«

»Das war ein Scherz«, fauchte Beltzer. »Und ich wußte damals nicht, was ich jetzt weiß. Bei den Göttern, Schwertmeister, es muß doch etwas für mich zu tun geben!«

Chareos lehnte sich in seinem Sessel zurück und streckte die Beine dem Feuer entgegen. »Ich bin auf einer Suche«, sagte er leise.

Beltzer beugte sich vor; seine Augen funkelten. »Erzähl mir davon«, bat er.

»Ich helfe dem jungen Kiall, eine Frau zu retten, die von den Nadren geraubt wurde.«

»Eine Dame von Adel? Eine Prinzessin?«

»Nein, ein Dorfmädchen – die Tochter eines Schweinezüchters.«

»Was? Warum? Wie kann man dabei Ruhm ernten? Die Nadren rauben seit Jahrhunderten Frauen. Wer wird schon ein Lied über die Rettung der Tochter eines Schweinezüchters singen?«

»Niemand«, gab Chareos zu. »Aber wenn du lieber hier bleibst und Holz hackst . . .«

»Das habe ich nicht gesagt! Leg mir keine Worte in den Mund. Welcher Trupp hat sie geraubt?«

»Das weiß niemand.«

»Zu welchem Nadirlager sind sie geritten?«

Chareos zuckte die Achseln. »Das wissen wir nicht.«

»Wenn du dich über mich lustig machst, schlage ich dir den Schädel ein«, sagte Beltzer. »Was *wissen* wir denn?«

»Wir wissen, daß das Mädchen geraubt wurde. Jetzt müssen wir sie nur noch finden – und zurückrauben.«

»Dafür brauchst du den Tätowierten Mann, und der ist verschwunden. Wahrscheinlich ist er längst tot.«

»Genau das habe ich auch gedacht«, stimmte Chareos zu, »aber ich werde ins Tal reiten und ihn suchen. Es sei denn, du hast einen besseren Plan.«

»*Alles* ist besser als diese ganze Geschichte«, sagte Beltzer. »Sie werden dir den Kopf abhacken und ihn schrumpfen, um ihn am Gürtel zu tragen. Du sprichst noch nicht einmal ihre Sprache.«

»Aber du.«

»Ich brauche mehr Bier«, sagte Beltzer, stand auf und ging aus dem Zimmer.

»Wer ist der Tätowierte Mann?« fragte Kiall. »Und wo ist das Tal?«

»Das Tor ist nicht von dieser Welt«, antwortete Finn, der sich zu ihnen gesellte. »Und nur ein vollkommen Verrückter würde dorthin gehen. Was für ein Spiel spielst du, Chareos? Niemand geht ins Tal.«

»Das ist kein Spiel, Finn«, erwiderte Chareos. »So, wie sie ist, kann man diese Aufgabe nicht lösen. Es sei denn, wir finden einen Mann, der Geisterspuren folgen kann. Kennst du jemand anders, der so gut ist wie Okas?«

»Nein«, gab Finn zu. »Aber das Tal? Ich würde nicht dorthin gehen, und wenn das Heil meiner Seele davon abhinge. Und Beltzer auch nicht. Sie mögen dort keine Besucher.«

»Ich gehe mit dir«, sagte Kiall. »Ich gehe überall hin, wenn sich eine Möglichkeit bietet, Ravenna zu finden.«

»Ich erinnere mich an die Zeit, als *wir* so geredet haben«, meinte Finn. »Es ist ein Wunder, daß wir so lange überlebt haben, Schwertmeister. Wenn du sterben willst, warum springst du nicht von einer Klippe oder schneidest dir die Adern mit einer scharfen Klinge auf? Das Tätowierte Volk wird dich langsam und qualvoll töten. Aber das weißt du ja.«

Chareos drehte sich zu Finn um und lächelte. »Ich kenne die Gefahren, Finn, und ich werde nicht ohne Beltzer gehen. Aus irgendeinem Grund schien Okas ihn zu mögen.«

»Vielleicht lag es an dem Gestank«, sagte Finn. »Er war der einzige Mensch, den ich je getroffen habe, der noch schlimmer stank als Beltzer. Trotzdem – diese Reise würde ich nicht unternehmen.«

»Was ist denn so schrecklich dort?« fragte Kiall.

Finn kratzte sich den Bart. »Okas zufolge ist das Land heiß, und es gibt dort Tiere, die sich von Menschenfleisch ernähren. Außerdem sammelt das Tätowierte Volk Schädel und läßt sie durch Magie schrumpfen. Vor etwa zwanzig Jahren führte ein Edelmann namens Carsis eine kleine Truppe ins Tal. Ihre Schrumpfköpfe fand man später auf Speere gesteckt am Taleingang. Zehn Jahre lang kreischten die Köpfe Warnungen, wann immer ein Reisender vorüberkam. Ich habe sie einmal gesehen – ja, und sie gehört. Sie sprechen von den Schrecken der Hölle.«

»Sind die Schädel noch da?« fragte Kiall.

»Nein. Der Lordregent schickte eine Abteilung von Lanzenreitern in die Berge. Sie errichteten ein großes Feuer und verbrannten die Köpfe.«

»Kommt das Tätowierte Volk auch in unser Land?«

»Manchmal, mein Junge. Und dann verschließt ein Mann seine Türen und sitzt bei Nacht da. Schwert und Bogen griffbereit. Willst du immer noch dorthin gehen?«

Kiall schluckte schwer. »Ja. Egal, wohin ich auch gehen muß.«

»Gesprochen wie ein Held«, sagte Finn säuerlich.

Die Tür öffnete sich und Beltzer trat ein, zwei Krüge Bier in den Händen. »Ich komme mit euch«, sagte er zu Chareos.

»Gesprochen wie ein Narr«, flüsterte Finn.

Die Soldaten hoben etwa achthundert Meter von der Siedlung einen flachen Graben aus. Die Leichen der Nadren, ihrer Rüstungen und Waffen beraubt, wurden ohne große Zeremonie in diesen Graben geworfen. Die Leichen der Soldaten, insgesamt elf, wurden in ihre Decken gewickelt und ehrerbietig auf einen Wagen geladen. Sie sollten ein Ehrenbegräbnis in Talgithir erhalten.

Salida befahl, das Grab der Nadren mit Steinen aufzufüllen, damit Wölfe und Füchse dort nicht nach Nahrung gruben. Es war schon fast dunkel, und er spürte die Müdigkeit bis in die Knochen. Sieben der Toten waren neue Rekruten gewesen, nicht an den Krieg gewöhnt, aber vier waren langjährige Veteranen. Einer davon war Salidas Diener gewesen, ein kluger, humorvoller Mann namens Caphes. Er hatte Frau und fünf Söhne in Talgithir, und Salida sah dem Besuch, den er der Familie machen mußte, mit Unbehagen entgegen. Hufgeklapper ließ ihn herumfahren. Chareos kam auf einem riesigen weißen Hengst auf ihn zugeritten.

Der ehemalige Mönch stieg vom Pferderücken.

»Ich wollte nur sichergehen«, sagte er zu Salida, »daß du dir die Sache mit meiner Gefangennahme nicht anders überlegt hast.«

Salida blickte in die dunklen Augen des Mannes, doch er konnte die Gedanken des hochgewachsenen Schwertkämpfers nicht darin lesen. »Nein, habe ich nicht«, sagte er, und Chareos nickte.

»Du bist ein guter Mann, Salida. Hier, ich habe dir Logars Säbel gebracht.« Er reichte dem Offizier die in ihrer Scheide steckende Waffe. Dann griff er in den Beutel, der hinter seinem Sattel hing, und brachte einen Weinschlauch und zwei lederbezogene Messingbecher zum Vorschein. »Leistest du mir Gesellschaft?« fragte er.

»Warum nicht? Aber laß uns ein Stück von dem Totengestank weggehen – ich habe wirklich genug davon.«

»Du siehst müde aus«, meinte Chareos. »Und das liegt nicht nur an dem Kampf, oder?«

Sie schlenderten zu einer Gruppe von Felsblöcken und setzten sich. Salida schnallte seine eiserne Brustplatte ab und legte sie neben sich. »Nein. Ich habe inzwischen Familie, Chareos. Es gab einmal eine Zeit, da glaubte ich, daß Soldaten etwas bewirken könnten.« Er nahm einen Becher roten Wein und nippte daran. »Aber jetzt? Ich habe drei Söhne und eine schöne Frau. Die Nadir sammeln sich wieder, und eines baldigen Tages werden sie über die Berge kommen und die Gothir vernichten. Was wird dann aus meinen Söhnen und ihren Träumen?«

»Vielleicht kommen die Nadir ja doch nicht«, sagte Chareos. »Die Gothir haben nicht viel. Es ist kein reiches Land.«

»Die Nadir scheren sich nicht um Reichtümer. Sie leben für den Krieg. Und was haben wir ihnen entgegenzusetzen? Die Armee ist auf zweitausend Mann reduziert worden. Wir könnten heute nicht einmal Bel-azar halten.« Er trank seine Wein aus und hielt Chareos seinen Becher zum Nachschenken hin. Chareos füllte ihn schweigend.

»Ich bin zur falschen Zeit geboren«, fuhr Salida mit einem gezwungenen Lächeln fort. »Ich hätte in den großen Tagen Offizier sein sollen, als die Gothir das ganze Land der Nadir bis hinauf zu den Delnoch-Bergen überrannten.«

»Es ist alles ein Kreislauf«, erklärte Chareos. »Die Gothir hatten ihre großen Tage, ebenso wie die Drenai und die Vagrier. Jetzt leben wir in der Zeit der Nadir. Auch diese Zeit wird vorübergehen, und dann wird ein Offizier wie du am letzten Vorposten des Nadirreiches sitzen und sein Schicksal bejammern und sich um die Träume seiner Söhne sorgen.«

Salida nickte. »Hoffentlich kommt der Tag bald«, sagte er grinsend. »Stimmt es, daß du früher ein Drenai-Prinz warst?«

Chareos lächelte und schenkte sich ebenfalls nach. »Das wollen die Sänger uns glauben machen.«

»Hast du nie daran gedacht, in dein Heimatland zurückzukehren?«

»Dies ist mein Heimatland. Aber ja, ich habe hin und wieder daran gedacht, über die Delnoch-Berge zu gehen . . . eines Tages, vielleicht.«

»Ich habe einmal die Burg Tenaka besucht«, erzählte Salida. »Es ist ein unglaublicher Ort: sechs große Mauern und ein Bergfried innerhalb von Mauern, die einen Meter dick sind.«

»Ich kenne die Burg als Dros Delnoch«, sagte Chareos. »Es hieß, daß sie nie eingenommen werden könne. Ich bin mit Geschichten über Druss die Legende und Rek, den Bronzegrafen, aufgewachsen. Seltsam, daß diese Burg ausgerechnet von einem Nachkommen Reks erobert wurde. Burg Tenaka? Das gefällt mir irgendwie nicht.«

»Du bist ihm einmal begegnet, nicht wahr? Dem Großen Khan?«

»Ja. Vor sehr langer Zeit. In einem anderen Leben.« Chareos erhob sich. »Wenn du nichts dagegen hast, würde ich jetzt gern einen anderen Säbel für meinen Gefährten suchen. Ich bezweifle, daß die Nadren etwas vergleichbar Gutes hatten. Aber er ist schließlich auch kein Schwertkämpfer.«

»Es hat keinen Zweck, unter den Waffen der Nadren zu suchen Sie sind aus minderwertigem Eisen und schlecht geschmiedet. Ich hatte meinem Diener ein Schwert geschenkt. Es ist eine gute Klinge, und er hat keine Verwendung mehr dafür. Nimm sie mit meinem Segen.» Salida ging zu dem Wagen hinüber und nahm einen Kavalleriesäbel in einer hölzernen, lederüberzogenen Scheide heraus. »Sie ist gut ausgewogen und scharf.«

»Ich danke dir, mein Freund«, sagte Chareos und hielt ihm die Hand hin. Salida ergriff sie.

»Wenigstens kann ich meinen Söhnen erzählen, daß ich Seite an Seite mit einem der Helden von Bel-azar gekämpft habe.«

»Möge die QUELLE mit dir sein, Salida.«

Der Hauptmann beobachtete, wie Chareos sich in den Sattel schwang. Der Hengst stieg und ging sofort in Galopp über. Salida blieb noch einige Minuten stehen, während der Reiter immer kleiner wurde; dann kehrte er wieder zu seinen Aufgaben zurück. Er ließ den Wagen anspannen und die reiterlosen Pferde dahinter anbinden.

Ein trauriger Ritt zurück nach Talgithir stand bevor.

4

Eine unheimliche Stille lag wie ein unsichtbarer Mantel über dem Hochwald, als das Licht der Morgendämmerung auf das Wirtshaus fiel. Kiall schaute sich in der scheinbar verlassenen Siedlung um. Man sah nur noch wenige Spuren des Kampfes, von den getrockneten Blutspuren im Schnee abgesehen. Beltzer schulterte sein Gepäck und stampfte mit den Füßen. »Ich hasse die Kälte«, erklärte er.

»Wir sind noch nicht einmal aufgebrochen«, meinte Finn, »und schon beklagst du dich.«

Kiall mühte sich ab, die Arme durch die Riemen seines Rucksacks zu bekommen, und Maggrig half ihm, indem er die Schlingen über die dicke Ziegenfellweste schob, die Kiall nun trug.

»Er ist zu groß für mich«, sagte Kiall.

»Das nenne ich Dankbarkeit«, knurrte Beltzer, »nach all der Mühe, die ich hatte, ihn dir zu besorgen.«

»Du hast ihn einem toten Nadren abgenommen«, erinnerte Chareos ihn.

»Mußte ihn aber erst töten«, erwiderte Beltzer aufgebracht.

Chareos beachtete ihn nicht und schulterte sein Gepäck. Finn hatte ihm einen pelzgefütterten Umhang mit großer Kapuze geliehen, die er nun aufsetzte und unter dem Kinn festband. Er ging ein Stück zur Seite und zog seinen Säbel. Nach ein paar Ausfällen und Paraden zur Übung schob er das Schwert in die Scheide und rückte die Schlingen seines Gepäcks zurecht. Er senkte die Arme, und der Rucksack fiel herunter ... der Säbel zuckte durch die Luft. Noch zweimal wiederholte Chareos das Manöver. Schließlich war er zufrieden und gesellte sich wieder zu den anderen. Sein Rucksack saß jetzt zwar weniger bequem – die Riemen schnitten ihm in die Schultern, und das Gewicht lagerte zu tief in seinem Rücken –, aber er konnte rasch abgeworfen werden, wenn es sein mußte, und das war ihm die Unbequemlichkeit wert.

Die Gruppe brach auf dem eisbedeckten Pfad auf. Chareos war noch nie gern gewandert, hatte auf Finns Rat hin aber die Pferde in der Siedlung gelassen und Naza einen Vorschuß gezahlt, damit er die Tiere fütterte und pflegte, während sie unterwegs waren.

Die beiden Bogenschützen hatten es abgelehnt, die drei Abenteurer zu begleiten. Doch Finn hatte sich immerhin bereit erklärt, sie zum Kreischenden Tor zu führen. Als Chareos hinter Finn herstapfte, überdachte er alle Probleme auf dem vor ihnen liegenden Weg. Die Nadren waren noch immer im Wald, doch sie stellten keine allzugroße Bedrohung dar. Fünf gutbewaffnete Männer sollten abschreckend genug wirken, vor allem, nachdem die Räuber so übel zugerichtet worden waren. Nein, das größte Problem lag jenseits des Tores.

Das Tätowierte Volk war ein Mysterium. Manche sagten, diese Menschen wären einst von dieser Welt gewesen, aber von der Völkerwanderung vor zehn Jahrhunderten zurückgedrängt worden, als die kriegsliebenden Drenai, die Gothir und die wilden Nadirstämme das Land von Norden, Süden und Osten her überrannten. Eine Legende behauptete, das Tätowierte Volk hätte Zauberei benutzt, um ein Tor zwischen Welten zu öffnen, so daß der Stamm in ein verborgenes, fruchtbares und reiches Land entkommen konnte. Eine andere Sage berichtete, daß das Tor schon seit den Tagen vor dem Eisfall bestand – ein letztes Überbleibsel einer einstmals stolzen Zivilisation –, und daß dahinter Berge aus Gold lägen.

Doch wie auch immer die Wahrheit aussehen mochte, das Tor existierte, und bei seltenen Gelegenheiten kamen ein oder mehrere Angehörige des Tätowierten Volkes hindurch. So war es gewesen, als Okas sechs Monate vor der Schlacht bei Bel-azar ins Lager der Armee gekommen war. Er hatte sich an Chareos' Lagerfeuer niedergekauert und schweigend gewartet, bis Beltzer ihm einen Teller mit Fleisch und Brot anbot. Er war ein kleiner, dickbäuchiger Mann, nicht größer als einen Meter fünfzig, und er trug nur ein Lendentuch, das mit hellen Steinen geschmückt war. Sein ganzer Körper war mit blauen Tätowierungen bedeckt; manche besaßen die Form von Blättern, andere bestanden aus runenartigen Symbolen, die um Bilder herum angeordnet waren, welche Szenen am Lagerfeuer darstellten. Auch sein Gesicht war mit geschwungenen Linien tätowiert, und das bartlose Kinn war vollständig blau, geformt wie ein Bart, mit einem gewichsten Schnurrbart darüber. Erstaunlicherweise beherrschte er die Gemeinsame Sprache, wenn auch nicht besonders gut. Doch was noch erstaunlicher war: In den vier Monaten, die Okas bei ihnen war, lernte der ungebildete Beltzer die Sprache des Stammesangehörigen. Okas erwies sich in dieser Zeit als unschätzbar wertvoll. Seine Fähigkeiten im Spurenlesen wurden von niemandem erreicht; zumindest von keinem der Gothir. Und Okas war ein großer ›Finder‹. Chareos' Offizier Jochell verlor einen wertvollen goldenen Ring und ließ die Unterkünfte aller eingezogenen Männer durchsuchen. Durch Beltzer teilte Okas dem Offizier mit, daß er den vermißten Gegenstand finden würde.

Jochell zweifelte daran, doch er hatte Okas' Fähigkeiten während der Jagd auf Nadirräuber beobachten können. Zum großen Vergnügen der Männer nahm Okas die Hand des Offiziers und hielt sie für eine Weile schweigend fest, die Augen geschlossen. Dann löste er seinen Griff und trabte aus dem Lager. Jochell sattelte sein Pferd und ritt ihm nach. Chareos und Finn folgten, neugierig auf das Ergebnis. Zwei Stunden später waren sie am Schauplatz des Kampfes, den sie am Vortag mit dem Nadir-Trupp ausgetragen hatten. Westlich des Schlachtfeldes floß ein schmaler Wasserlauf. Okas ging dorthin und kniete am Ufer nieder. Dann grunzte er und deutete mit dem Finger auf irgend etwas. Jochell ging zu ihm hinüber. Dort, dicht unter der Oberfläche, zwischen die Kieselsteine geschmiegt, lag der goldene Ring; der helle Opal in seiner Mitte funkelte blau.

Jochell war hocherfreut und gab Okas zwei Goldstücke. Der Stammesangehörige starrte sie eine Weile an; dann warf er sie Chareos zu. In dieser Nacht verließ Okas die Gefährten, nachdem er über eine Stunde lang mit Beltzer zusammengesessen hatte. Er verabschiedete sich von niemand sonst. Er nahm einfach seine Decke und verschwand aus dem Lager.

Am nächsten Morgen hatte Chareos Beltzer gefragt: »Was hat er dir gesagt?«

»Er sagte mir, ich solle mich in den nächsten Tagen dicht bei dir, Maggrig und Finn halten. Und er hat gesagt, daß Jochells Ring noch vor dem Wintermond die Hand eines Nadirs schmücken würde.«

»Ich wünschte, ich hätte nicht gefragt«, sagte Chareos.

»Er ist erst ein paar Stunden fort, und ich vermisse ihn schon jetzt«, sagte Beltzer. »Glaubst du, wir werden ihn wiedersehen?«

Jetzt, als sie durch den frühmorgendlichen Frost wanderten, dachte Chareos wieder an jenes Gespräch und die vielen, die darauf gefolgt waren. Beltzer erzählte ihm von dem Land jenseits des Tores. Es war heiß und feucht, mit riesigen Bäumen und ausgedehntem, offenem Grasland und Seen. Es gab dort gewaltige Tiere, größer als Häuser, und Raubkatzen mit Fangzähnen wie lange Messer. Es war eine Welt voller plötzlicher Stürme und plötzlichem Tod.

»Denkst du daran, dorthin zu gehen?« hatte Chareos gefragt. Beltzer wandte sich errötend ab.

»Ich wäre gern dorthin gegangen, aber Okas sagt, das Tätowierte Volk tötet jeden Eindringling. Ihre Geschichte ist voll von Massakern und dem Mord an ihrem Volk durch unsere Rassen – sie haben Angst, daß dies wieder geschehen könnte.«

Der Himmel verdunkelte sich, und das Donnergrollen brachte Chareos' Gedanken zurück in die Gegenwart. Finn ließ haltmachen und drehte sich zu Chareos um. »Es wird bald dunkel, und wir bekommen heftigen Schneefall«, sagte er. »Ich schlage vor, wir suchen nach einem Lagerplatz und warten das Unwetter ab. Wir bauen zwei Schutzhütten und sammeln Feuerholz.« Die Gruppe drang in ein dichtes Kiefernwäldchen ein. Finn und Maggrig erkundeten das Gelände und fanden zwei gute Lagerplätze. Kiall schaute zu, wie die Jäger Schnüre an die Spitzen von vier jungen Bäumen banden. Diese wurden dann zusammengezogen und befestigt. Finn schickte Beltzer und Chareos los, Zweige von den umliegenden Kiefern zu schneiden; diese wurden durch die zusammengebundene Schößlinge geflochten, so daß ein kugelförmiger Unterschlupf von etwa drei Metern Durchmessern entstand. Kiall, Chareos und Beltzer ließen von den Bogenschützen die Wände vervollständigen; dann errichteten sie in zehn Meter Entfernung ihre eigene Schutzhütte.

Schneefall setzte ein – zuerst sanft; dann fielen dicke Flocken. Der Wind wurde stärker und trieb den Arbeitern den Schnee ins Gesicht, so daß sich Eis auf Augenbrauen und Bärten bildete. Ein kleines Feuer brannte in einem Ring aus Steinen, doch es spendete nicht genug Hitze, um einem Mann die Hände zu wärmen. Geschweige denn, den Tod von seinem Körper fernzuhalten, dachte Kiall düster. Der Schnee fiel dichter, stopfte die Lücken in den Wänden der Schutzhütten zu und hielt den eisigen Wind ab.

Die Temperatur begann zu klettern. »Zieht eure Mäntel und Westen aus«, befahl Chareos.

»Mir ist jetzt schon kalt genug«, protestierte Kiall.

»Wie du willst«, sagte Chareos und zog seinen pelzgefütterten

Mantel und das schwere wollene Überhemd aus. Er legte Brennholz nach und bettete sich wieder, den Kopf auf seinem Gepäck. Beltzer tat es ihm gleich, nachdem er seine Bärenfellweste abgestreift hatte. Kiall blieb noch einige Minuten zitternd sitzen. Eine Zeitlang sagte niemand ein Wort. Kiall öffnete die Schnalle, die seinen Nadrenumhang hielt. Kaum hatte er sich aus der Ziegenfellweste geschalt, umfing ihn die Wärme des Feuers.

»Das verstehe ich nicht« sagte er. Chareos stütze sich auf einen Ellbogen und lächelte.

»Wolle und Pelz sind nicht nur dafür gemacht, die Kälte draußen zu halten, sondern auch, um die Wärme drinnen zu halten. Deshalb funktioniert es auch umgekehrt. Wenn dein Körper kalt ist und draußen ist es warm, verhindern die Pelze, daß die Wärme zu dir durchdringt.«

»Warum hast du mir das nicht gleich gesagt?«

»Ich finde, manche Männer lernen am besten, indem sie leiden«, antwortete Chareos.

Kiall ignorierte den Tadel. »Warum wollten Finn und Maggrig ihre eigene Schutzhütte haben?« fragte er. »Hier bei uns ist doch Platz genug für sie.«

»Sie sind lieber allein«, antwortete Beltzer. »So war es immer schon. Aber es tut mir leid, daß sie nicht mit uns durch das Tor kommen wollen. Ich habe nie einen besseren Schützen als Maggrig gesehen – oder einen kühleren Kämpfer als Finn.«

»Warum wollen sie nicht mit uns kommen?« fragte Kiall.

»Sie haben mehr Verstand als wir«, erklärte Chareos.

Ravennas Träume waren seltsam und bruchstückhaft. Sie war ein Kind in den Armen ihrer Mutter – sicher, warm und geborgen. Sie war ein Reh, das durch den Wald rannte, verfolgt von Wölfen mit langen gelben Fängen, scharf wie Schwerter. Sie war ein Vogel, gefangen in einem goldenen Käfig und nicht fähig, ihre Flügel auszubreiten.

Sie erwachte. Die anderen Frauen, die um sie herum lagen, schliefen. Die Luft war stickig, denn es gab keine Fenster. Ravenna schloß die Augen. Morgen würde sie nackt auf dem Auktionstisch stehen. Ihr Herz begann wild zu schlagen. Sie versuchte, ruhig zu atmen und sich zu entspannen.

Wieder flossen die Träume. Jetzt sah sie einen Ritter in schimmernder Rüstung, der durch die Tore preschte, daß die Nadren vor ihm auseinanderstoben. Er beugte sich vom Sattel herunter, riß sie von der Versteigerungsplattform und ritt in die Steppe hinaus. Als sie sicher zwischen den Bäumen waren, half er ihr herunter und stieg neben ihr ab. Er hob sein Visier ... das Gesicht dahinter war die verweste Fratze eines Toten. Das Fleisch hing in ledernen Streifen von dem grinsenden Schädel.

Sie schrie ...

Und erwachte. Die anderen Frauen schliefen noch immer – der Schrei war Teil ihres Alptraums gewesen. Ravenna war froh darüber. Sie wickelte die dünne Decke eng um ihre Schultern und setzte sich. Ihr Kleid aus gelb gefärbter Wolle war schmutzig, und sie konnte den abgestandenen Schweiß riechen.

»Ich werde das hier überleben«, sagte sie sich. »Ich werde nicht der Verzweiflung nachgeben.«

Der Gedanke stärkte sie nur für einen Augenblick; dann senkte sich das volle Gewicht ihrer Gefangenschaft auf sie und zerschmetterte ihre Entschlossenheit.

Sie weinte leise. Die Frau aus dem Karren erhob sich aus ihren Decken, kam zu ihr und legte ihr einen dünnen Arm um die Schultern.

»Morgen«, sagte sie, »wenn du auf der Bühne stehst, versuche nicht, einen Käufer zu verlocken. Die Nadir halten nichts von Frauen. Sie betrachten sie wie Vieh. Sie fürchten stolze Frauen. Verstehst du? Halte den Kopf gesenkt und gehorche den Befehlen des Auktionators. Denke nicht an deine Nacktheit. Sei sanft und gefügig.«

»Wenn sie stolze Frauen fürchten, vielleicht will mich dann niemand kaufen.«

»Sei nicht töricht!« fuhr die ältere Frau sie an. »Wenn du trotzig erscheinst, läßt der Versteigerer dich auspeitschen, bis du gefügig bist – oder du wirst von einem Mann gekauft, dem es Vergnügen macht, Frauen Schmerzen zuzufügen. Du brauchst einen Herrn, der dich gleichgültig behandelt. Einen sanften Nadir gibt es nicht. Aber es ist besser, von einem gleichgültigen Wilden rasch im Bett abgefertigt zu werden, als daß man wie ein Hund geprügelt wird.«

»Wie kommt es, daß du soviel weißt?« fragte Ravenna.

»Ich bin schon einmal verkauft worden«, antwortete die Frau.

»Ich habe sieben Jahre als Hure in Neu-Gulgothir verbracht. Zuvor bin ich an einen Nadirhäuptling verkauft worden.«

»Aber du bist entkommen?«

»Ja. Und ich werde es wieder schaffen.«

»Wie kommt es, daß du so stark bist?«

»Ich war einmal mit einem schwachen Mann verheiratet. Schlaf jetzt. Und wenn du nicht schlafen kannst, ruh dich aus. Du willst doch keine dunklen Ringe unter deinen hübschen Augen haben.«

»Wie heißt du?«

»Was spielt das für eine Rolle?« antwortete die Frau.

Salida schritt in den großen Saal, die Rüstung staubbedeckt und stumpf, die Augen blutunterlaufen und müde. Doch er hielt sich noch immer kerzengerade, das Kinn hochgereckt. Es waren mehr als vierzig Edelmänner anwesend. Salida verbeugte sich vor dem Grafen, und ihre Blicke trafen sich.

»Bringst du mir Chareos?« fragte der Graf leise.

»Nein, Herr. Aber ich bringe dir Logars Säbel.« Er hielt die Klinge in der Scheide hoch und legte sie auf die Empore vor den Grafen. »Ich bringe dir auch den Besitzer der *Grauen Eule,* der den Kampf mit angesehen hat. Er wartet draußen. Er sagt, daß Logar und zwei andere Männer den Mönch angegriffen haben, und daß Chareos sich vortrefflich verteidigt hat. Kypha hat gelogen.«

»Du hast diese Nachforschungen auf eigene Faust unternommen?« fragte der Graf und erhob sich aus seinem Ebenholzsessel. Seine Augen blickten kalt.

»Ich weiß, Herr, wie hoch du die Gerechtigkeit schätzt. Ich muß dir ebenfalls sagen, daß Chareos und der Dorfbewohner Kiall zusammen mit mir und den Männern aus Talgithir gegen eine große Bande von Nadren in einer regelrechten Schlacht gekämpft haben. Chareos hat mindestens sechs von ihnen getötet. Ohne ihn, Beltzer, Maggrig und Finn hätten wir den Kampf wohl verloren. Ich nahm an – vielleicht zu Unrecht –, daß du die Zeitvergeudung nicht gutheißen würdest, Chareos zurückzubringen.«

Der Graf blieb eine Zeitlang schweigend stehen; dann lächelte er. »Es gefällt mir, wenn meine Offiziere Initiative zeigen, Salida, und das hast du getan. Du hast eine Bande von Räubern vernichtet und, soviel ich gehört habe, großen Mut gezeigt. Du sollst belobigt werden – sowohl für deine Taten im Kampf als auch für deine Klugheit. Geh jetzt. Ruh dich aus. Du hast es verdient.«

Salida verbeugte sich und trat zwei Schritte zurück, ehe er sich umdrehte und aus dem Saal marschierte. Wohl wissend, daß aller Augen auf ihm ruhten, wandte der Graf sich wieder seinen Gästen zu. Eine Stunde lang schlenderte er gut gelaunt zwischen ihnen umher. Kurz vor Einbruch der Dunkelheit verließ er den Saal und ging rasch durch die steinernen Flure des Bergfrieds, bis er die Treppe zu seinen privaten Gemächern erreichte.

Er betrat sein Studierzimmer und schloß die Tür. Ein großer Mann stand am Fenster. Er war hager und hatte ein Adlergesicht, blasse Augen und eine Hakennase; von der Stirn bis zum Kinn zog sich eine auffallende weiße Narbe. Er trug einen schwarzen Ledermantel, der im Licht der Laternen schimmerte, und von einem Wehrgehänge um seine Brust hingen drei Messer.

»Nun, Harokas?« fragte der Graf.

»Der Mann, dieser Kypha, ist tot. Irgendwie ist es ihm gelungen, in seiner Badewanne zu ertrinken«, antwortete Harokas. »Wie ich höre, ist die andere Angelegenheit abgeschlossen.«

Der Graf schüttelte den Kopf. »Nichts ist abgeschlossen. Der Mann hat mich – durch meinen Sohn – beleidigt, und mich dann in der Öffentlichkeit herabgesetzt. Finde ihn – und töte ihn.«

»Ich bin geschickt im Umgang mit der Klinge, Herr. Aber *so* gut, als daß ich . . .«

»Ich habe nicht gesagt, kämpfe mit ihm, Harokas. Ich sagte, *töte* ihn.«

»Es steht mir nicht an, Kritik . . .«

»Allerdings nicht!« tobte der Graf.

Harokas' grüne Augen wurden schmal, doch er sagte nichts.

»Ich will, daß er weiß, warum er stirbt«, fuhr der Graf fort.

»Was soll ich ihm sagen, Herr?« fragte Harokas. »Daß ein Held von Bel-azar dem Untergang geweiht ist, weil er einen arroganten Burschen zur Disziplin rief?«

»Hüte dich, Harokas«, zischte der Graf. »Meine Geduld ist nicht grenzenlos – selbst nicht mit denen, die mir gut und treu gedient haben.«

»Es wird geschehen, wie du befiehlst«, sagte Harokas. Mit einer Verbeugung verließ er das Studierzimmer.

Kiall träumte unruhig. Wieder und wieder sah er, wie die Nadren über das Dorf herfielen. Er hörte ihre wilden Kriegsschreie und sah die Sonne auf ihren Schwertern und Helmen funkeln. Er war hoch oben im Wald gewesen, angeblich, um Kräuter für die Apotheke zu sammeln. Doch in Wirklichkeit war er umhergewandert, hatte geträumt und sich vorgestellt, er wäre ein Ritter oder ein Barde oder ein Edelmann in einer Mission. In seiner Fantasie war er ein Mann von eisernem Mut und tödlichen Fähigkeiten. Doch als er die Nadirschreie hörte, war er wie angewurzelt stehengeblieben und hatte das Gemetzel, die Plünderung, die Vergewaltigungen und das Niederbrennen mit angesehen. Er hatte beobachtet, wie Ravenna und die anderen quer über die Sättel der Räuber geworfen und nach Süden entführt wurden. Und er hatte nichts unternommen.

Da hatte er erkannt, warum Ravenna ihn zurückgewiesen hatte, und er litt wieder den gleichen Kummer wie bei ihrer Begegnung auf der Hochwiese an dem silbernen Bachlauf.

»Du bist ein Träumer, Kiall«, hatte sie gesagt, »und ich mag dich. Ich mag dich wirklich. Aber ich brauche mehr als Träume. Ich will einen Mann, der etwas aufbaut. Ich brauche einen starken Mann.«

»Das bin ich«, hatte er ihr versichert.

»Nur in deinem Kopf. Jetzt mußt du mich verlassen. Wenn Jarel sieht, wie du mit mir redest, wird er eifersüchtig. Und es wäre nicht klug von dir, Jarel zu verärgern.«

»Ich habe keine Angst vor Jarel. Aber ich *liebe* dich, Ravenna. Ich kann nicht glauben, daß es dir gar nichts bedeutet.«

»Armer Kiall«, flüsterte sie und streichelte seine Wange. »Immer noch der Träumer. Liebe? Was ist Liebe?« Dann hatte sie ihn ausgelacht und war davongegangen.

Kiall erwachte. Sein Körper war warm unter der Decke, doch sein Gesicht war kalt. Er stützte sich auf einen Ellbogen und sah, daß das Feuer langsam verlosch. Er legte Holz nach und setzte sich. Beltzer schnarchte, und Chareos lag noch in tiefem Schlaf. Die Flammen leckten über das Holz und flackerten auf. Kiall wärmte sich die Hände und wickelte sich die Decke um die Schultern.

Er schnüffelte. Die Luft in der Schutzhütte war stickig und voller Rauch; dennoch konnte er den ranzigen Gestank wahrnehmen, der von Beltzer ausging. Das war kein Traum. Hier saß er mit den Helden von Bel-azar, auf einer Suche, um ein schönes Mädchen aus den Klauen des Bösen zu retten. Ein schlechtgelaunter Schwertmeister, ein übelriechender Krieger und zwei Jäger, die kaum ein freundliches Wort über die Lippen brachten.

Beltzer schnaubte und drehte sich um; sein Mund stand offen. Kiall sah, daß ihm mehrere Zähne fehlten, und daß einige andere schwärzlich und faul waren. Wie konnte dieser fette alte Mann *jemals* der goldhaarige Held der Legende gewesen sein?

Ich hätte im Dorf bleiben und die Künste des Apothekers erlernen sollen, sagte er sich. Dann hätte ich es mir wenigstens leisten können, mir eine Frau zu nehmen und ein Heim zu bauen. Aber nein, der Träumer mußte seinen Willen haben. Er hörte das Knirschen von Stiefeln draußen im Schnee, und Angst stieg in ihm auf, als er sich vorstellte, wie die Nadren sich anschlichen, während sie im Schlaf lagen. Vorsichtig erhob er sich und kleidete sich rasch an. Dann hörte er Maggrigs Stimme. Kiall zog seine Stiefel an, ließ sich auf die Knie nieder und schob sich hinaus auf die schneebedeckte Lichtung. Der Himmel zeigte ein sattes Samtblau, und die Sonne ging soeben über den Bergen im Osten auf. Maggrig und Finn häuteten vier weiße Kaninchen. Der Schnee um sie herum war blutbespritzt.

»Guten Morgen«, sagte Kiall. Der jüngere Mann lächelte und winkte, doch Finn beachtete den Dorfbewohner nicht. Kiall ging zu ihnen. »Ihr seid früh auf«, bemerkte er.

»Früh für manche«, knurrte Finn. »Mach dich nützlich.« Er warf Kiall ein Kaninchen zu, das dieser ungeschickt abzog. Finn sammelte die Eingeweide und warf sie tief ins Gebüsch; dann schabte er das Fett von den Fellen und stopfte sie in sein Gepäck.

Kiall wischte sich die blutverschmierten Hände im Schnee sauber und setzte sich auf einen Stein. Finns Bogen lehnte dagegen, und Kiall streckte eine Hand danach aus.

»Rühr ihn nicht an!« fauchte Finn.

Kiall wurde zornig. »Glaubst du, ich wollte ihn stehlen?«

»Ist mir gleich – aber faß ihn nicht an.«

Maggrig setzte sich neben Kiall. »Nimm es dir nicht zu Herzen«, sagte er leise. »Kein Bogenschütze mag es, wenn ein anderer seine Waffe berührt. Es ist . . . ein Aberglaube, denke ich. Weißt du, jeder Bogen ist nur für *seinen* Bogenschützen gemacht. Selbst ich darf ihn nicht benutzen.«

»Niemand muß sich für mich entschuldigen«, sagte Finn verdrießlich.

Maggrig beachtete ihn nicht. »Wenn wir zu der Hütte kommen«, erzählte er Kiall, »wirst du viele Bögen sehen. Finn wird dir vielleicht einen schenken – eine Waffe, die deiner Armlänge und deiner Zugkraft entspricht.«

»Das hätte keinen Sinn«, sagte Kiall. »Ich habe kein Auge fürs Schießen.«

»Hatte ich auch nicht, als ich Finn das erste Mal begegnete. Aber es ist erstaunlich, was ein Mann lernen kann, wenn er einen wirklichen Meister zur Seite hat. Finn hat jeden Preis gewonnen, der es wert war, mitgenommen zu werden. Er hat sogar den Talisman des Lordregenten gegen die besten Bogenschützen aus sechs Ländern errungen: Drenai, Vagrier, Nadir, Ventrier und selbst Bogenschützen aus Mashrapur. Niemand konnte es mit Finn aufnehmen.«

»Damals nicht und heute auch nicht« murmelte Finn, doch seine Miene wurde weicher, und er lächelte. »Kümmere dich nicht um mich, Bursche«, sagte er zu Kiall. »Ich mag die Menschen nicht besonders. Aber ich wünsche dir nichts Schlechtes und ich hoffe, daß du deine Dame findest.«

»Es tut mir leid, daß ihr nicht mit uns reisen wollt«, sagte Kiall.

»Mir nicht. Ich habe nicht das Bedürfnis, meinen Kopf eingeschrumpft auf einem Pfahl zu sehen, oder mir die Haut vor einem Nadirzelt abziehen zu lassen. Meine Kampftage sind längst vorbei. Die Suche nach einer schönen Frau und dergleichen ist etwas für junge Männer wie dich.«

»Aber Beltzer kommt auch mit«, erinnerte Kiall ihn.

Finn grunzte. »Er hat nie aufgegeben. Und er ist ein guter Mann, wenn es zu einer Prügelei kommt – alles, was recht ist.«

»Chareos auch«, sagte Maggrig leise.

»Ja«, gab Finn ihm recht. »Ein seltsamer Mann, Chareos. Aber beobachte ihn, Junge, und lerne von ihm. Männer seiner Art gibt es nicht allzu viele – wenn du verstehst, was ich meine.«

»Ich bin mir nicht sicher . . .«

»Er ist ein Mann mit eisernen Prinzipien. Er weiß, daß die Welt aus Grautönen besteht, aber er führt sein Leben, als wäre sie schwarz und weiß. Er hat Adel im Herzen – Edelmut, wenn du willst. Du wirst wissen, was ich meine, wenn es zum Ende kommt. Und jetzt genug geredet. Weck deine Gefährten. Wenn sie frühstücken wollen, sollen sie aufstehen. Ich warte nicht auf sie.«

Obwohl es einige Tage nicht mehr schneite, kam die Gruppe nur langsam über die Gipfel voran. Am fünften Tag kam Maggrig, der die Gruppe anführte, dem Bau einer Schneeleopardin und ihren Jungen zu nahe. Der Leopard schien förmlich aus dem Unterholz zu explodieren, fauchend und schnaubend. Maggrig wurde von den Füßen geworfen; ein gezackter Riß lief über den Ärmel einer Tunika. Beltzer und die anderen rannten herbei und brüllten, so laut sie konnten – doch das Tier duckte sich vor ihnen, die Ohren flach an den Schädel gelegt, die Fangzähne entblößt. Finn zerrte Maggrig außer Reichweite, und die Reisenden machten einen weiten Bogen um das Tier. Maggrigs Arm war aufgerissen, doch die Wunde war nicht tief, und Finn nähte und verband sie.

Am nächsten Morgen erreichten sie das Tal, in dem verborgen die Hütte der Jäger lag. Ein Schneesturm tobte, und sie kämpften sich mühsam, mit gesenkten Köpfen, zu der zugefrorenen Tür durch. Eine Schneewehe lag davor und versperrte die Tür und das Fenster daneben. Beltzer räumte den Schnee weg, indem er ihn mit seinen gewaltigen Pranken beiseite schaufelte. Drinnen war es eiskalt, doch Finn zündete ein Feuer an. Trotzdem dauerte es mehr als eine Stunde, ehe Wärme durch die Hütte strömte.

»Das war Glück«, sagte Beltzer, als er sich schließlich seine Bärenfellweste abstreifte und sich auf das Fell vor dem Feuer hockte. »Der Schneesturm hätte uns auch vor ein paar Tagen überraschen können. Dann hätten wir draußen in den Bergen wochenlang in der Falle gesessen.«

»Vielleicht war es Glück für dich, Dummkopf«, sagte Finn, »aber ich finde die Vorstellung nicht besonders reizvoll, mein Heim für endlose Tage mit verschwitzten Leibern vollzustopfen.«

Beltzer grinste den schwarzbärtigen Jäger an. »Du bist der abweisendste Mensch, der mir je begegnet ist. Wo habt ihr was zu trinken?«

»Draußen im Brunnen. Wo sonst?«

»Ich meine das Bier. Oder den Wein. Oder den Malzbrand.«

»Wir haben hier nichts.«

»Nichts?« fragte Beltzer, und seine Augen wurden groß. »Überhaupt nichts?«

»Keinen Tropfen«, antwortete Maggrig lächelnd. »Bist du immer noch der Meinung, du hättest Glück gehabt?« Sein Gesicht war weiß, und Schweiß rann ihm in die Augen. Er versuchte aufzustehen, sank jedoch im Stuhl zurück.

»Was ist los mit dir?« fragte Finn, stand auf und ging zu dem jüngeren Mann hinüber.

Maggrig zuckte die Achseln. »Ich fühle . . . mich . . . nicht . . .« Er kippte seitwärts vom Stuhl. Finn fing ihn auf und trug ihn zum Bett. Chareos folgte ihm.

»Er fiebert«, sagte Chareos, nachdem er seine Hand auf die Stirn des Jägers gelegt hatte. Maggrig schlug die Augen auf. »Das Zimmer . . . dreht sich . . . Durst . . .« Finn brachte ihm einen Becher Wasser und hielt seinen Kopf, während er trank.

Kiall räusperte sich. »Wenn du Wasser zum Kochen bringst, bereite ich einen Trank für ihn.«

Finn fuhr zu ihm herum. »Was bist du? Ein Magier?«

»Ich war Apothekerlehrling, und ich habe in Wirtshausweiler einige Kräuter und Pulver gekauft.«

»Nun, dann komm her und schau ihn dir an, Junge. Steh nicht einfach da!« tobte Finn.

Kiall ging zum Bett. Zuerst untersuchte er die Wunde an Maggrigs Schläfe. Sie hatte sich geschlossen und heilte gut, doch sein Meister hatte Kiall immer erklärt, daß ein Schlag auf den Kopf oft ein Schock für den ganzen Körper bedeutete. Vielleicht hatte die zweite Verletzung durch den Leoparden den Jäger in geschwächtem Zustand erwischt. Kiall versuchte, sich daran zu erinnern, was Ulthen ihm über solche Wunden erzählt hatte, und entfernte den Verband von Maggrigs Arm. Der Riß war zackig und flammend rot, doch er eiterte nicht und zeigte auch sonst keine Anzeichen einer Infektion.

Kiall nahm einen kleinen Kupfertopf und kochte über dem Feuer Wasser auf. Dann öffnete er sein Bündel und nahm ein dickes Päckchen heraus, das in Ölpapier gewickelt war. Darin lagen ein Dutzend kleinerer Päckchen, jedes geschmückt mit einem handgemalten Blatt oder einer Blume. Kiall wählte zwei der Päckchen aus und öffnete sie. Er zerrieb die Blätter, ließ sie ins Wasser fallen und rührte die Brühe mit einem Löffel um. Anschließend nahm er den Topf vom Feuer und stellte ihn zum Abkühlen daneben.

»Riecht gut«, meinte Beltzer.

»Woher willst du das wissen?« zischte Finn. »Was hast du da gemacht, Junge?«

»Das ist ein Trank aus Weidenblättern und Schwarzwurz. Beide sind gut gegen Fieber. Aber die Schwarzwurz hilft auch, das Blut zu reinigen, und sie kräftigt einen Kranken.«

»Wofür ist es noch gut?« fragte Beltzer.

»Es hilft, den Knochen zu heilen und läßt Schwellungen abklingen, und es beseitigt Durchfall. Mein Meister hat mir auch erzählt, daß es benutzt wird, um Wundbrand zu verhindern. Ach ja ... es ist auch gut gegen rheumatische Schmerzen.«

»Wo du die Zutaten dann schon einmal hier hast, Junge«, sagte Beltzer, »solltest du besser gleich noch einen Topf kochen. Ich habe Rheumatismus im Knie. Tut höllisch weh.«

Als der Trank abgekühlt war, trug Kiall ihn zu Maggrig ans Bett, und Finn hielt den Kopf des Jägers, während er trank. Zuerst hustete er, schluckte aber die Hälfte des Inhalts, ehe er zurücksank. Kiall deckte ihn zu, und Finn setzte sich ans Kopfende und tupfte Maggrig den Schweiß von der Stirn. Beltzer trank den Topf leer und stieß laut auf.

Ungefähr eine Stunde lang blieb Maggrigs Zustand unverändert, doch schließlich glitt er in den Schlaf hinüber. »Seine Farbe ist ein bißchen besser, meinst du nicht auch?« sagte Finn mit einem Blick auf Kiall. Der Jüngling nickte, obwohl er nur wenig Veränderung erkennen konnte. »Wird er jetzt wieder gesund?« fragte Finn.

»Das werden wir morgen sehen«, antwortete Kiall vorsichtig. Er stand auf und streckte sich. Als er sich umsah, stellte er fest, daß Beltzer vor dem Feuer eingeschlafen und Chareos nirgends zu sehen war. Die Tür zum Hinterzimmer stand offen, und Kiall schlenderte hindurch. Hier war es kälter, aber nicht unangenehm. Chareos saß an der Werkbank und prüfte Holzstücke, die für einen Langbogen zurechtgeschnitten waren.

»Darf ich mich zu dir setzen?« fragte der Dörfling.

Chareos blickte auf und nickte. »Wie geht es Maggrig?«

»Ich weiß es nicht genau«, flüsterte Kiall. »Ich habe erst ein paar Monate bei Ulthen gearbeitet. Aber der Trank wird das Fieber senken. Ich bin mir allerdings nicht sicher, was die Armwunde betrifft. Vielleicht hatte die Raubkatze etwas unter den Klauen – Kot, verfaultes Fleisch ...«

»Nun, er hat zwei Möglichkeiten – leben oder sterben«, sagte Chareos. »Behalte ihn im Auge. Tu was du kannst.«

»Im Augenblick kann ich nicht mehr viel tun. – Das ist ein dünner Bogen, nicht wahr?« Er betrachtete das schlanke Stück Holz in Chareos' Händen.

»Es ist nur ein Teil, einer von dreien. Finn wird sie zusammenbinden, um größere Biegsamkeit zu erzielen. Du weißt, was für ein Holz das ist?«

»Nein.«

»Es ist Ebenholz. Ein seltsames Holz. Wenn du es aufritzt, hat es zwei Schattierungen – hell und dunkel. Das Helle ist biegsam, das Dunkle zieht sich zusammen.« Er hielt das Stück hoch und zeigte es Kiall. »Siehst du? Das helle Holz wird für die äußere Krümmung verwendet, wo die größte Beweglichkeit gebraucht wird; das Dunkle für die innere Krümmung, wo es sich zusammenzieht. Es ist schönes Holz. Das wird eine herrliche Waffe.«

»Ich wußte nicht, daß du auch Bogenschütze bist.«

»Bin ich auch nicht, Kiall. Aber ich war Soldat, und es zahlt sich aus, wenn ein Soldat die Wirkungsweise aller tödlichen Waffen versteht. Mir wird kalt hier drinnen – und ich habe Hunger.« Chareos legte das Holz zurück und ging in den Hauptraum hinüber, wo Finn neben Maggrig eingeschlafen war, während Beltzer reglos auf dem Boden lag. Chareos stieg über den Riesen hinweg und legte Holz aufs Feuer; dann nahm er getrocknetes Fleisch und Früchte aus seinem Bündel und teilte es mit Kiall.

»Danke, daß du mir helfen willst«, sagte Kiall leise. »Es bedeutet viel für mich. Finn hat mir erzählt, daß du edelmütig wärst.«

Chareos lächelte und lehnte sich in seinem Stuhl zurück. »Ich bin nicht edelmütig, Kiall. Ich bin selbstsüchtig, wie die meisten Menschen. Ich tue, was ich will, und gehe, wohin ich will. Ich bin niemandem Rechenschaft schuldig. Und danke mir nicht, ehe wir sie befreit haben.«

»Warum *bist* du mit mir gekommen?«

»Warum muß es immer Antworten geben?« entgegnete Chareos. »Vielleicht hatte ich Langeweile. Vielleicht, weil meine Mutter Ravenna hieß. Vielleicht, weil ich insgeheim ein edler Prinz bin, der dafür lebt, unlösbare Aufgaben zu übernehmen.« Er schloß die Augen und schwieg einen Moment. »Und vielleicht kenne ich mich selbst nicht«, flüsterte er.

Im Laufe des Vormittags war Maggrigs Fieber verschwunden. Er war aufgewacht und hatte Hunger. Finn zeigte keine Erleichterung. Er nahm Bogen und Köcher und brach mit Chareos und Beltzer auf, um im Schnee den Pfad zum Tal des Tores zu suchen. Kiall blieb bei dem jüngeren Jäger. Er bereitete ein Frühstück aus Haferflocken und Honig zu und richtete das Feuer. Dann zog er sich einen Stuhl an Maggrigs Bett heran, und die beiden unterhielten sich fast den ganzen Morgen.

Maggrig wollte nicht von der Schlacht bei Bel-azar reden, doch er erzählte Kiall von der Zeit, als er Student in einem Kloster gewesen war. Er war an seinem sechzehnten Geburtstag davongelaufen und hatte sich einer Gruppe von Bogenschützen aus Talgithir angeschlossen. Zwei Monate hatte er mit ihnen verbracht, ehe er zur Festung geschickt wurde. Dort hatte er Finn und die anderen kennengelernt.

»Finn ist nicht gerade der freundlichste Mensch, der mir je begegnet ist«, sagte Kiall.

Maggrig lächelte. »Man lernt, hinter die barschen Worte zu schauen und nur die Taten zu beurteilen. Hätte ich ihn nicht getroffen, hätte ich Bel-azar nicht überlebt. Er ist schlau und ein geborener Kämpfer. Ein Stein gibt eher nach als Finn. Aber er hat sich nie viel aus Gesellschaft gemacht. Euch alle hier zu haben, muß schrecklich für ihn sein.«

Kiall schaute sich inder Hütte um. »Wie hältst du das aus? Hier zu leben, meine ich? Ihr seid ein paar Tagesreisen von jeder Zivilisation entfernt, und die Berge sind wild und abweisend.«

»Finn findet Städte wild und abweisend«, erwiderte Maggrig. »Es ist ein schönes Leben hier. Es gibt reichlich Wild und Bergschafe. Es gibt Tauben und Kaninchen, und viele Wurzeln und Knollen, um eine Suppe zu würzen. Und du solltest die Berge mal im Frühling sehen – in leuchtenden Farben unter einem Himmel so blau, daß dir die Tränen in die Augen treten. Was braucht man mehr?«

Kiall sah den blonden Jäger an – die klaren blauen Augen und die schönen, beinahe vollkommenen Züge. Er sagte nichts. Maggrig begegnete seinem Blick und nickte. Gegenseitiges Verständnis sprach aus ihren Augen.

»Erzähl mir von Ravenna«, bat Maggrig. »Ist sie schön?«

»Ja. Ihr Haar ist lang und dunkel, ihre Augen braun. Sie hat lange Beine, und ihre Hüften wiegen sich beim Gehen. Ihr Lachen ist wie die Sonne nach einem Sturm. Ich werde sie finden, Maggrig . . . eines Tages.«

»Das hoffe ich für dich«, sagte der Jäger und berührte Kiall am

Arm, »und ich hoffe auch, daß du nicht enttäuscht wirst. Sie ist vielleicht weniger, als du in Erinnerung hast. Oder mehr.«

»Ich weiß. Vielleicht ist sie mit einem Nadirkrieger verheiratet und hat ein paar Kleinkinder am Rockzipfel. Aber das stört mich nicht.«

»Du würdest diese Kinder aufziehen wie deine eigenen?« wollte Maggrig wissen. Seine Miene war schwer zu deuten, und Kiall wurde rot.

»Darüber habe ich noch nicht nachgedacht. Aber . . . ja, wenn sie es möchte.«

»Und wenn sie will, daß du sie in Ruhe läßt?«

»Was soll das heißen?«

»Es tut mir leid, mein Freund – es steht mir nicht an, Kritik zu üben. Aber, so wie ich es verstanden habe, hat die Dame dich schon einmal abgewiesen. Vielleicht tut sie das wieder. Wenn eine Frau Kinder hat, verändert sie sich. Die Kinder werden ihr Leben. Und wenn ihr Vater sie liebt – und die Nadir lieben ihre Kinder sehr –, dann will sie vielleicht bei ihm bleiben. Hast du einmal an diese Möglichkeit gedacht?«

»Nein«, antwortete Kiall aufrichtig, »aber wie viele Möglichkeiten soll ich bedenken? Sie könnte tot sein oder als Hure verkauft. Sie könnte krank sein. Sie könnte verheiratet sein. Doch in welcher Situation sie auch sein mag – wenn sie nicht tot ist, wird sie wissen, daß jemand sie so sehr liebt, daß er sie befreien will. Das ist wichtig, glaube ich.«

Maggrig nickte. »Da hast du recht, mein Freund. Du hast einen klugen Kopf auf deinen jungen Schultern. Aber beantworte mir eine Frage, wenn du kannst: Hat die Dame noch andere Tugenden außer ihrer Schönheit?«

»Tugenden?«

»Ist sie freundlich, liebevoll, verständnisvoll, mitfühlend?«

»Ich . . . ich weiß es nicht«, gestand Kiall. »Daran habe ich nie gedacht.«

»Ein Mann sollte sein Leben nicht für Schönheit allein riskieren, Kiall. Schönheit vergeht. Da könntest du dein Leben ebensogut für eine Rose aufs Spiel setzen. Denk mal darüber nach.«

Finn schlenderte durch das verlassene Lager. Der Schnee war von schweren Stiefeln festgetrampelt; es gab drei leere Schutzhütten.

»Wie viele Männer?« fragte Chareos.

»Ich würde sagen, sieben. Vielleicht acht.«

»Wann?« wollte Beltzer wissen.

»Vergangene Nacht. Sie sind nach Osten aufgebrochen. Wenn sie unsere Spuren finden, werden sie direkt zu unserer Hütte geführt.«

»Bist du sicher, daß es Nadren sind?« fragte Chareos.

»Es gibt hier oben sonst niemanden«, sagte Finn. »Wir sollten zurückgehen. Maggrig kann in seinem Zustand nicht kämpfen, und dein Dörfling ist kein Gegner für sie.«

Kiall stand in der Tür und fühlte die warme Sonne auf seinem Gesicht. Von den langen Eiszapfen, die vom Dach hingen, tropfte es stetig. Er wandte sich um.

»Wie seltsam«, sagte er zu Maggrig, der Wildbret in einen großen Eisentopf schnitt. »Die Sonne ist so warm wie im Sommer, und das Eis schmilzt.«

»Es ist erst Herbst«, erklärte Maggrig. »Der Schneesturm war nur ein Vorgeschmack des Winters. Wir haben oft solche Stürme. Die Temperatur fällt einige Tage, und dann ist es wieder wie im Frühling. Der Schnee wird in ein, zwei Tagen weggetaut sein.«

Kiall zog seine Stiefel an und nahm den Säbel, den Chareos ihm gegeben hatte.

»Wohin gehst du?« fragte Maggrig.

Kiall grinste. »Ehe sie zurückkommen, möchte ich gern ein bißchen mit dieser Klinge üben. Weißt du, ich bin nicht gerade ein Schwertkämpfer.«

»Ich auch nicht. Ich habe es nie gelernt.« Maggrig wandte sich wieder der Suppe zu, gab Gemüse und ein wenig Salz hinein. Nachdem er den Topf über das Feuer gehängt hatte, ließ er sich in einen Stuhl sinken. Er fühlte sich schwach und schwindlig, und alles drehte sich um ihn herum.

Kiall trat hinaus in den Sonnenschein und hieb mit dem Säbel von links nach rechts durch die Luft. Es war eine gute Klinge, scharf, mit lederbezogenem Griff und einem eisernen Handschutz. Oft war er in seiner Jugend allein durch die Wälder gewandert, nur mit einem langen Stock, und hatte so getan, als wäre er ein Kriegerritter – seine Feinde wichen vor seiner tödlichen Klinge zurück, entsetzt von seinen ehrfurchteinflößenden Fechtkünsten. Er wog den Säbel und hieb und stieß nach unsichtbaren Gegnern: Drei, vier, fünf Männer starben durch den funkelnden Stahl. Schweiß rann ihm über den Rücken, und sein Arm wurde müde. Zwei weitere Gegner starben. Er wirbelte auf dem Absatz herum, um einen Stoß von hinten abzuwehren... seine Klinge klirrte gegen eine Pfeilspitze, so daß der Schaft zersplitterte. Kiall blinzelte und blickte auf das zerstörte Geschoß im Schnee hinab.

Dann schaute er auf und sah die Nadren am Waldrand. Ein Mann hielt einen Bogen; sein Mund stand vor Erstaunen offen. Insgesamt waren es sieben Männer – vier davon mit verbundenen Wunden an Kopf oder Armen. Alle standen schweigend und starrten den Mann mit dem Schwert an.

Kiall blieb vor Schreck wie angewurzelt stehen. Seine Gedanken überschlugen sich. »Das war ein toller Trick«, sagte einer der Neuankömmlinge – ein kleiner, untersetzter Mann mit schwarzsilbernem Bart. »Ich habe noch nie gesehen, wie ein Pfeil im Flug durchschnitten wurde. Und ich hätte nie geglaubt, daß ein Mann sich so schnell bewegen kann.«

Kiall warf noch einen Blick auf den Pfeil und holte tief Luft. »Ich hatte mich schon gefragt, wann ihr euch zeigen würdet«, sagte er, selbst überrascht, daß seine Stimme kühl und gelassen klang.

»Ich habe ihm nicht befohlen zu schießen«, sagte der Anführer der Nadren.

»Das interessiert mich nicht«, erwiderte Kiall hochmütig. »Was wollt ihr hier?«

»Etwas zu essen. Das ist alles.« Kiall sah, wie die Augen des Mannes nach rechts zuckten, und warf einen Blick zurück. Maggrig stand in der Tür der Hütte, den Bogen in den Händen, einen Pfeil auf der Sehne. Ein unbehagliches Schweigen entstand. Die Nadren waren angespannt; ihre Hände ruhten an den Waffen. Ein Krieger stellte sich neben den Anführer und flüsterte ihm etwas zu, das Kiall nicht hören konnte. Der Anführer nickte und sah Kiall an.

»Du warst einer der Schwertkämpfer in der Stadt. Du warst mit dem großen Mann zusammen – dem Eiskrieger.«

»Ja«, gab Kiall zu. »Das war ein Kampf, was?«

»Er hat uns in Stücke gehauen. So etwas habe ich noch nie gesehen.«

»Er ist sehr gut«, sagte Kiall, »aber ein harter Lehrmeister für einen Studenten wie mich.«

»Er ist dein Schwertmeister?«

»Ja. Der beste, den man finden kann.«

»Jetzt verstehe ich, wieso du einen Pfeil im Flug zersplittern kannst.« Der Nadren breitete die Hände aus. »Nun gut. Da wir entweder kämpfen oder hungern müssen, ist es wohl an der Zeit, daß wir unsere Fähigkeiten messen.« Er zog sein Kurzschwert aus der Scheide an seiner Hüfte.

»Ist das klug?« gab Kiall zu bedenken. »Vier von euch sind verwundet. Es scheint mir kein sonderlich fairer Wettstreit zu sein – und Krieger sollten um Wertvolleres als um einen Topf Suppe kämpfen.«

Der Mann schwieg einen Moment; dann lächelte er Kiall an. »Du würdest uns hineinlassen?« fragte er leise.

»Selbstverständlich«, antwortete Kiall. »Aber als Zeichen eures guten Willens müßt ihr natürlich eure Waffen hierlassen.«

»Ha! Und was würde dich dann hindern, uns niederzumachen?«

»Was hindert mich jetzt?« entgegnete Kiall.

»Du bist ein arroganter junger Schnösel«, fauchte der Anführer. »Aber da ich dich in Aktion gesehen habe, hast du wohl das Recht dazu.« Er stieß sein Schwert wieder in die Scheide, schnallte seinen Gürtel ab und ließ die Waffe zu Boden fallen. Die anderen Nadren folgten seinem Beispiel. »Und wo ist jetzt die Suppe?« Kiall schob seine Klinge in die Scheide und deutete auf die Hütte. Maggrig trat einen Schritt zurück ins Innere. Kiall holte tief Luft, um sich zu beruhigen; dann folgte er den Kriegern.

Zuerst war die Atmosphäre in der Hütte gespannt. Maggrig saß auf dem Bett und schärfte ein Jagdmesser mit langen, knirschenden Strichen an einem Wetzstein, während Kiall die Suppe austeilte. Sie war noch nicht ganz gar, doch die Nadren verschlangen sie gierig. Einer der Männer schien schwächer zu sein als die anderen. Er hatte eine Wunde an der Schulter, die dick verbunden war. Dennoch sickerte ständig Blut hindurch. Kiall ging zu ihm. »Laß mich das mal sehen«, bat er. Der Nadren klagte nicht, als Kiall sanft den Verband abnahm. Das Fleisch klaffte auseinander; die Wunde war angeschwollen und gerötet. Kiall legte den Verband wieder an und nahm ein paar Kräuter aus seinem Bündel. Er wählte die Blätter aus, die er brauchte, und ging wieder zu dem Mann.

»Was ist das?« fragte der Krieger. »Sieht aus wie Unkraut.«

»Es hat viele Namen«, erklärte Kiall. »Meist wird es Fetthenne genannt. Man füttert Hühner damit.«

»Ich bin doch kein Huhn!«

»Es heilt auch schwärende Wunden. Aber es ist deine Entscheidung.«

»Bist du Arzt?« fragte der Anführer.

»Ein Krieger muß sich auch mit Wunden auskennen, und wie man sie behandelt«, erwiderte Kiall.

»Laß ihn«, sagte der Anführer, und der Krieger lehnte sich wieder zurück, doch seine dunklen, schrägstehenden Augen blieben fest auf Kialls Gesicht gerichtet, und der junge Mann spürte den Haß in diesem Blick. Er drückte die Hautlappen aneinander und nähte die Wunde. Dann legte er die Blätter darauf. Maggrig brachte ein Stück Leinen für einen neuen Verband, den Kiall anlegte.

Der Krieger sagte nichts. Er ging zur Wand und rollte sich zum Schlafen auf dem Boden zusammen. Der Anführer der Nadren kam zu Kiall. »Ich heiße Chellin«, sagte er. »Du hast uns Gutes getan. Danke.«

»Ich heiße Kiall.«

»Ich könnte einen Mann wie dich gebrauchen. Wenn du je nach Süden über die Mittleren Gipfel reist, frage nach mir.«

»Ich werde daran denken«, sagte Kiall.

Die Spannung im Raum ließ nach, und die Nadren lehnten sich zurück. Kiall richtete das Feuer und nahm sich Suppe. Er bot auch Maggrig einen Teller an. Doch Maggrig schüttelte den Kopf und lächelte.

Als die Nachmittagssonne ihren langsamen Abstieg zu den Bergen im Westen begann, weckte Chellin seine Männer und ging mit Kiall hinaus in den Sonnenschein. Gerade als sie ihre Waffen wieder aufnahmen, erschienen Chareos, Finn und Beltzer. Chareos hatte seinen Säbel in der Hand.

Kiall winkte ihnen beiläufig zu; dann wandte er sich an Chellin. »Viel Glück auf eurer Reise«, sagte er.

»Dir auch. Ich bin froh, daß der Eiskrieger nicht hier war, als wir kamen.«

Kiall kicherte. »Ich auch.«

Der Krieger, dessen Arm Kiall versorgt hatte, trat auf ihn zu. »Der Schmerz ist fast weg«, sagte er mit ausdrucksloser Miene. Er streckte die Hand aus und gab Kiall einen Goldraq.

»Das ist nicht nötig«, meinte Kiall.

»Doch«, gab der Mann zurück. »Dann stehe ich nicht länger in deiner Schuld. Wenn ich dich das nächste Mal sehe, werde ich dich töten – so, wie du meinen Bruder bei dem Überfall getötet hast.«

Als die Nadren verschwunden waren, ging Kiall zurück zur Hütte. Er hörte Chareos lachen, als er die drei Stufen zur Tür hinaufstieg. Drinnen unterhielt Maggrig sie mit der Geschichte von Kiall, dem Pfeil-Zersplitterer. Kiall wurde rot. Chareos stand auf und schlug ihm auf die Schultern.

»Das hast du gut gemacht«, sagte er. »Du hast schnell gedacht und die Situation unter Kontrolle bekommen. Aber wie hast du den Pfeil abgewehrt?«

»Das war Zufall. Ich wußte nicht einmal, daß sie da waren. Ich habe mit dem Säbel geübt und bin herumgefahren. Der Pfeil traf meine Klinge.«

Chareos grinste breit. »Um so besser. Ein Krieger braucht Glück, Kiall, und diese Nadren werden die Geschichte von deiner Kunst weitererzählen. Das kann dir noch sehr nützlich sein. Aber es war ein großes Risiko. Maggrig hat erzählt, wie du ihnen gedroht hast, sie alle eigenhändig zu töten. Laß uns ein Stück gehen.«

Der Schwertmeister und der junge Dorfbewohner wanderten hinaus in den verblassenden Sonnenschein. »Ich bin zufrieden mit dir«, sagte Chareos, »aber ich glaube, es ist an der Zeit, daß ich dir ein wenig Unterricht erteile. Wenn du dann das nächste Mal bewaffneten Männern gegenüberstehst, braucht du sie vielleicht nicht mehr zu täuschen.«

Eine Stunde lang übte Chareos mit dem jungen Mann. Er zeigte ihm, wie er den Säbel halten, wie er sein Handgelenk bewegen, vorstoßen und parieren mußte. Kiall lernte rasch, und seine Reflexe waren gut. Während einer Pause in den Übungen setzten sich Chareos und sein Schüler auf einen umgestürzten Baumstamm.

»Um gut zu sein, braucht es harte Arbeit, Kiall, aber um tödlich zu sein, braucht es ein wenig mehr. Im Schwertkampf liegt eine Magie, die nur wenige beherrschen. Vergiß die Klingen oder die Fußarbeit – der Kampf wird im Kopf entschieden. Ich habe einmal gegen einen Mann gekämpft, der besser war als ich, schneller und stärker. Aber er hat wegen eines Lächelns verloren. Er stieß zu, ich parierte, und als unsere Klingen sich berührten, grinste ich ihn an. Er verlor die Nerven. Vielleicht spürte er, daß ich ihn verspottete. Er griff mich mit rasender Wut an, und ich habe ihn getötet. Laß niemals Zorn oder Wut oder Angst dich beherrschen. Dieser Rat läßt sich leicht geben, aber er ist schwer zu befolgen. Man wird dich ködern wollen, man wird über dich lachen, man wird spotten. Aber das sind alles nur Geräusche, Kiall. Man wird die Menschen verletzen, die du liebst. Man wird alles tun, um dich wütend zu machen oder andere Gefühle hervorzurufen. Doch um zu siegen, mußt du kühl bleiben. Und jetzt laß uns essen – falls die Nadren uns noch Suppe übriggelassen haben.«

Chareos saß unter den Sternen, den Umhang lose um die Schultern gelegt. Er spürte die kühle nächtliche Brise im Gesicht. In der Hütte war alles still, von Beltzers rhythmischem Schnarchen abgesehen. Eine weiße Eule flog über ihm und stieß hinab. Chareos konnte ihre Beute nicht sehen, oder ob die Eule sie erwischt hatte. Ein Fuchs schnürte aus dem Unterholz und rannte über den Schnee, ohne den Mann zu beachten.

Erinnerungen drängten sich in Chareos' Gedanken, Tage der Jugend und des Ehrgeizes, wunderbare Zeiten des Ruhms, Nächte der Verzweiflung und düsterer Melancholie. Was hast du erreicht? fragte er sich. Was gab es tatsächlich zu erreichen? Er erinnerte sich an die Trennung von seinen Eltern und an die lange, kalte Reise, die darauf folgte. Das war hart für einen kleinen Jungen gewesen. Die Erinnerungen waren bruchstückhaft, und er schob sie fort. Seine Jugend in Neu-Gulgothir war einsam gewesen, trotz der Freundschaft und Anleitung von Attalis, seinem Schwertmeister und Vormund. Chareos hatte sich unter den Jungen seines Alters nie recht wohl gefühlt, aber schlimmer noch war, daß er sich dem merkwürdigen Lebensstil des Adels von Gothir nicht anpassen konnte. Erst auf einer Reise nach Norden begann er die Gothir zu verstehen. Er war an einem Dorf vorbeigekommen, das sich an einen Berg schmiegte. Oberhalb der Siedlung befand sich ein gewaltiger Überhang aus Steinen und Felsen.

»Das sieht gefährlich aus«, meinte Chareos zu Attalis.

Der alte Mann nickte.

»Eines Tages wird es herunterstürzen«, sagte er. »Nur wenige werden überleben.«

»Warum leben die Menschen dann hier?«

»Weil es schon immer so war, Junge. Nach einer Weile bemerken sie die Gefahr gar nicht mehr. Man kann nur eine gewisse Zeit mit der Angst leben. Dann nimmst du sie auf, und sie hat keine Macht mehr über dich.«

So waren die Gothir. Ständig lebten sie mit der Drohung einer Nadirinvasion, die sie nicht verhindern konnten. Der Adel organisierte endlose Feste, Bankette, Tänze und die verschiedenen Unterhaltungen: Sie behielten nur eine Scheinarmee, um die Brüstungen von Bel-azar zu bemannen. In jenen Tagen der Apathie war Chareos zum Mann herangewachsen. Als ausgezeichneten Schwertkämpfer, dank der Unterweisung von Attalis, erhielt er eine Offiziersstelle bei den Säbelfechtern – der Elitetruppe, die der Lordregent aufstellte. Er erinnerte sich jetzt voller Verlegenheit an seinen Stolz, als ihm das erste Mal der weiße Umhang und der silberne Säbel überreicht wurden. Er hatte mit zweihundert anderen jungen Männern vor der Galerie gestanden, den Rücken kerzengerade, die Augen fest auf den Lordregenten auf seinem Ebenholzthron gerichtet. Er fühlte sich wie ein Mann, und das Schicksal lächelte ihm zu.

Zwei Wochen später lag seine Welt in Schutt und Asche. Attalis, immer ein stolzer Mann, wurde in einen belanglosen Streit mit Targon verwickelt, dem Streiter des Lordregenten. Der Streit weitete sich zu einer Blutfehde aus, und Targon forderte den alten Mann öffentlich heraus. Das Duell wurde am Königlichen Hof ausgetragen. Chareos, der mit den Säbelfechtern auf Patrouille war, hörte erst zwei Tage später davon. Attalis war von einem Stich in die Schulter verwundet worden und auf die Knie gefallen; sein Schwert glitt klirrend auf das Steinpflaster. Targon hatte einen Schritt nach vorn gemacht und dem alten Mann die Kehle aufgeschlitzt.

Chareos hatte um Sonderurlaub gebeten, um dem Begräbnis beizuwohnen, was ihm gewährt wurde. Er verwendete seine mageren Ersparnisse – und verpfändete den Sold des nächsten Jahres –, um ein Stück Land zu kaufen, einen Marmorsarkophag und eine Statue über dem Grab. Als dies getan war, suchte er Targon auf. Der Mann war einen Kopf größer als Chareos und gertenschlank. Er war schnell und voller Vertrauen auf seine Fähigkeiten. Wieder fand das Duell am Königlichen Hof statt.

Targon hatte den jungen Offizier spöttisch angelacht. »Ich hoffe, du bist ein besserer Gegner als der alte Mann«, sagte er. Chareos sparte sich eine Antwort. Seine dunklen Augen waren auf Targons schwärzliche Züge gerichtet, als er seinen geborgten Degen zog. »Angst, mein Junge?« fragte Targon. »Solltest du auch haben!«

Der Lordregent hob seinen Arm, und beide Männer präsentierten ihre Schwerter. Das Duell begann in einer hitzigen Reihe von Hieben, Paraden und Riposten. Chareos wußte nach wenigen Sekunden, daß er unterlegen war, doch er behielt die Ruhe – sicher in dem Wissen, daß seine Klinge irgendwie ihr Ziel im Fleisch seines Gegners finden würde. Hin und her über den Hof fochten die zwei Krieger; ihre Klingen schimmerten in der Morgensonne. Dreimal spürte Chareos, wie das Schwert seines Gegners ihm die Haut ritzte – zweimal am Oberarm, einmal auf der Wange. Blut rann ihm bis zum Kinn. Doch Targon fand keine Schwachstelle, um den tödlichen Hieb anzubringen. Er verlor allmählich die kühle Beherrschtheit, griff mit vermehrter Wut an, doch sein junger Gegner wehrte ihn jedesmal ab.

Die beiden Männer traten voneinander zurück. Schweiß stand auf ihren Gesichtern. »Du brauchst lange, um zu sterben, Junge«, bemerkte Targon.

Chareos lächelte. »Du gehst mit dem Schwert um wie ein Nadirweib«, sagte er.

Targon wurde rot und griff erneut an. Chareos blockte seine Klinge ab, machte eine Bewegung aus dem Handgelenk und stieß seinen Degen tief in Targons rechte Schulter, durchdrang Muskeln und Sehnen. Targon fiel die Waffe aus der Hand, und zum erstenmal stand Furcht in seinen hellen Augen. Sekundenlang beobachtete Chareos seinen Gegner, dann sauste seine Klinge zischend durch die Luft und schlitzte Targon die Kehle auf.

Der Streiter des Lordregenten taumelte rückwärts und umklammerte mit beiden Händen die Wunde. Blut quoll durch seine Finger, als er auf die Knie sank. Chareos trat vor und setzte dem Sterbenden seinen Stiefel an die Brust. Mit einem verächtlichen Schubs stieß er Targon auf den Rücken. Die Zuschauer verharrten schweigend. Dann rief der Lordregent Chareos nach vorn, während Pagen zu Targon rannten, um die Blutung einzudämmen.

»Du hast ihm nicht nur das Leben, sondern auch seine Würde genommen«, sagte der Lordregent.

»Wenn ich könnte, Herr, würde ich ihm in die Hölle folgen und auch seine Seele vernichten«, erwiderte Chareos.

An jenem Nachmittag hatte Chareos allein an Attalis' Grab gestanden. »Du bist gerächt, mein Freund«, sagte er. »Er starb, wie du gestorben bist. Ich weiß nicht, ob es wichtig für dich ist. Aber ich habe mich an deine Lehren erinnert und ließ nicht zu, daß mein Haß die Kontrolle über mich gewann. Ich glaube, du wärst stolz auf mich gewesen.« Er schwieg für einen Moment, und seine Augen füllten sich mit Tränen. »Du warst ein Vater für mich, Attalis. Ich habe dir nie gesagt, wieviel du mir bedeutet hast oder dir auch nur für deine Freundschaft und deine Gesellschaft gedankt. Ich tue es jetzt. Ruhe in Frieden, mein Freund.«

Ein Vierteljahrhundert später, vor Finns Hütte, weinte Chareos der Schwertmeister wieder um den alten Mann, um seine zerstörten Hoffnungen und seine unerfüllten Träume.

Es war immer Attalis' Wunsch gewesen, daß sie eines Tages nach Hause zurückkehren und alles wiederherstellen würden, was verlorengegangen war. Ohne den alten Mann hatte Chareos diesen Traum mit kalter Logik betrachtet – und ihn unbarmherzig von sich geschoben.

Jetzt trocknete er sich die Augen mit einem Zipfel seines Mantels ab. »Was würdest du von unserer Mission halten, Attalis?« flüsterte er. »Die Jagd nach der Tochter eines Schweinezüchters? Ja, beinahe kann ich dich lachen hören.«

Er stand auf und ging in die Hütte, wo ein Feuer brannte und in der es warm und gemütlich war. Kiall und Beltzer schliefen vor der Feuerstelle; Maggrig lag in tiefen Träumen auf dem Bett an der gegenüberliegenden Wand. Aus dem Hinterzimmer drang der Schein einer Lampe, und Chareos ging leise durch die Hütte und schaute hinein. Finn saß dort, die Füße auf die Werkbank gelegt, und schnitt müßig Federn für neue Pfeile.

»Ich konnte nicht schlafen«, sagte Chareos und ließ sich dem schwarzbärtigen Jäger gegenüber nieder.

Finn schwang die Beine zu Boden und rieb sich die Augen. »Ich auch nicht. Was ist mit uns geschehen?«

Chareos zuckte die Achseln. Im Licht der Laterne sah Finn älter aus; sein Gesicht wirkte wie aus Holz geschnitzt. Tiefe Schatten lagen unter seinen Augen und am Hals, und in seinem dichten Bart glitzerten silberne Fäden. »Du scheinst deinen Frieden gefunden zu haben, mein Freund«, sagte Chareos. »Hier oben in den Bergen hast du Freiheit und mehr Land als manche Könige.«

»Kein großartiges Leben für einen Jungen – wenn er sich auch nicht beklagt.«

»Der *Junge* muß jetzt sechsunddreißig sein. Wenn ihm das Leben hier nicht gefällt, ist er alt genug – und manns genug –, das auch zu sagen.«

»Kann sein«, meinte Finn, nicht recht überzeugt. »Aber trotzdem, vielleicht ist es an der Zeit, weiterzuziehen.«

»Du wirst nirgendwo einen schöneren Platz finden, Finn.«

»Das weiß ich«, fauchte der Jäger, »aber es steckt noch mehr dahinter. Ich bin kein Jüngling mehr, Chareos. Ich fühle mich alt. Meine Knochen schmerzen im Winter, und meine Augen sind auch nicht mehr das, was sie einmal waren. Eines Tages werde ich sterben. Ich möchte den . . . Maggrig . . . nicht allein hier oben lassen. Ich mag Menschen nicht besonders. Sie sind gemein, haben ein schlechtes Benehmen und sind immer auf der Suche nach etwas zu stehlen oder zu lügen oder zu verleumden. Aber vielleicht ist das nur meine persönliche Meinung. Maggrig kommt mit Menschen zurecht. Er mag Gesellschaft. Es ist Zeit, daß er wieder lernt, unter Menschen zu leben.«

»Denk gründlich darüber nach, Finn«, riet Chareos. »Du bist glücklich hier.«

»Ich *war* es. Aber nichts währt ewig, Schwertmeister. Nicht das Leben, nicht die Liebe, nicht die Träume. Ich glaube, ich hatte von allem mehr, als mir zustand. Ich bin recht zufrieden.«

»Was willst du tun?«

Finn blickte auf und sah Chareos in die Augen. »Ich hatte nie viele Freunde. Brauchte auch nie welche, glaube ich. Aber du – und dieser fette Riese – seid das, was einer Familie am nächsten kommt. Also kommen wir mit euch. Natürlich nur, wenn du möchtest.«

»Das brauchst du nicht erst zu fragen, Finn.«

»Gut«, sagte Finn und stand auf. »Das nimmt mir eine Last vom Herzen. Vielleicht finden wir das Mädchen sogar. Wer weiß?«

Tsudai beobachtete die Auktion ohne großes Interesse. Die hellhäutigen Gothirfrauen mit ihren kalten blauen Augen und den riesigen, kuhartigen Brüsten waren nicht nach seinem Geschmack. Er wandte sich vom Fenster ab und betrachtete die dunkelhaarige

Frau, die auf dem satinbezogenen Diwan saß. Das hier war eine *wirkliche* Nadirschönheit.

Er hatte sie zum erstenmal gesehen, als Tenaka Khan sie nach Ulrickham gebracht hatte. Sie war vierzehn Jahre alt gewesen, ihre Haut golden, die Augen stolz. Tsudai hatte immer geglaubt, daß stolze Frauen ein Fluch des Teufels seien, und er hatte sich danach gesehnt, sie auszupeitschen, zu sehen, wie sie sich zu seinen Füßen wand. Selbst jetzt noch erregte ihn die Erinnerung daran.

Er setzte sich neben sie. Als sie dünn lächelte und von ihm abrückte, rötete sich sein Gesicht, aber er zwang sich, ruhig zu bleiben.

»Dein Bruder, Jungir, schickt dir Grüße. Er hofft, daß du bei guter Gesundheit bist«, sagte Tsudai. »Ich werde ihm sagen, daß es der Fall ist, denn ich habe dich nie schöner gesehen, Tanaki.«

»Warum sollte ich nicht bei guter Gesundheit sein?« fragte sie. »Hat Jungir mich nicht in dieses öde Land geschickt, damit ich die frische Luft genieße?«

»Es war zu deiner eigenen Sicherheit, Prinzessin. Es gab Gerüchte um Anschläge, und man fürchtete um dein Leben.«

Darauf lachte sie, und das klingende Geräusch tat wenig dazu bei, Tsudais körperliches Unbehagen zu lindern. Ihr Blick begegnete dem seinen, und zum erstenmal schien es ihm, als lächelte sie mit echter Wärme.

»Warum spielen wir so törichte Spiele, Tsudai? Hier ist sonst niemand, und wir wissen beide, warum mein Bruder mich hergeschickt hat. Er hat seine eigenen Brüder und wahrscheinlich auch seinen Vater umgebracht. Warum sollte er davor zurückschrecken, auch seine Schwester umzubringen? Ich sage dir, weshalb. Weil ich die einzige Hoffnung der Nadir bin, ihnen einen männlichen Erben zu schenken. Trotz all seines Geschicks mit Pferden und Waffen – Jungir ist unfruchtbar.«

Tsudai erbleichte. »Das darfst du nicht sagen! Wenn das dem Khan hinterbracht wird . . .«

»Nicht einmal du würdest das wagen. Nicht einmal aus zweiter Hand. Warum bist du also wirklich hier, Tsudai?«

Er schluckte seinen Ärger hinunter. Es war unbequem, hier in der vollen Rüstung seines Ranges zu sitzen. Er griff nach der Schnalle seiner schwarzsilbernen Brustplatte.

»Zieh dich nicht aus«, wies sie ihn zurecht. »Das wäre unschicklich.«

»Unschicklich? Was weißt du schon von Schicklichkeit? Du nimmst dir eine endlose Reihe barbarischer Liebhaber und wechselst sie jeden Tag. Du bist von edlem Geblüt. So solltest du dich nicht benehmen.«

Tanaki stand auf und hob die Arme über den Kopf. Ihre Gestalt war schlank und geschmeidig, und die kurze Seidentunika glitt hoch und entblößte ihre glatten goldenen Schenkel.

»Du tust das nur, um mein Blut in Wallung zu bringen«, fauchte Tsudai und stand auf. Er war sich der Erregung bewußt, die seinen Körper durchströmte.

»Nicht einmal ein Vulkan könnte dich in Wallung bringen«, entgegnete sie. »Und jetzt sag mir endlich, warum du hier bist!«

Er blickte ihr fest in die violetten Augen und unterdrückte den Wunsch, sie zu schlagen, sie vor sich auf die Knie zu zwingen.

»Dein Bruder wünscht lediglich über dein Wohlergehen Bescheid zu wissen«, sagte Tsudai. »Ist das so schwer zu verstehen?«

Sie lachte hämisch. »Mein Wohlergehen? Wie reizend von ihm! Ich sah, wie dein Diener die neuen Sklaven abschätzte. Der große Krieger, Tsudai, dazu degradiert, neue Konkubinen zu finden. Hast du etwas gefunden, das dir gefällt, Tsudai?«

»Ich fand keine von ihnen attraktiv, obwohl ein oder zwei darunter sind, die in Frage kämen. Aber du tust mir Unrecht, Tanaki. Ich kam her, um mit dir zu reden. Du weißt, wie gefahrvoll deine Lage ist. Du weißt, daß dein Tod jederzeit zweckdienlich werden könnte. Vor vier Jahren hattest du die Gelegenheit, meine Frau zu werden. Jetzt biete ich dir dieses Geschenk noch einmal. Sag ja, und du bist in Sicherheit.«

Sie trat näher zu ihm, und ihr Duft hüllte ihn ein. Sie hob die Hände, legte sie auf seine Schultern und blickte ihm tief in die dunklen, schrägstehenden Augen.

»Sicher? Bei dir? Ich kann mich erinnern, als du um meine Hand anhieltest. Ich habe es mit geziemendem Ernst überdacht. Ich habe Spione in deinen Palast geschickt, Tsudai. Nicht eine deiner Frauen ist ohne Peitschennarben. Ich weiß, was du willst«, flüsterte sie heiser, »und du wirst es nie bekommen!« Dann lachte sie wieder und trat einen Schritt zurück. Er hob die Hand, holte aus. Sie duckte sich aus seiner Reichweite, und dann war sie ihm ganz nahe. Tsudai erstarrte, als die Dolchspitze seinen Hals berührte. »Ich könnte dich jetzt töten«, sagte sie.

Jetzt war es an ihm zu lachen, als er ihre Hand beiseitefegte. »Du willst trotz allem noch leben, nicht wahr? Und ein Angriff auf mich wäre dein Untergang. Ich habe dir meine Hand geboten, Tanaki. Aber jetzt werde ich warten. Und wenn für dich der Tag des Leidens kommt, wird es Tsudai sein, der zu dir reitet. Es wird Tsudai sein, den du anflehst. Doch ich sage dir schon jetzt, daß dein Flehen unerhört bleibt. Wenn wir uns das nächste Mal begegnen, wirst du nicht so hochmütig sein.«

Der Krieger machte auf dem Absatz kehrt und marschierte aus dem Zimmer. Tanaki steckte den kleinen Dolch wieder in die Scheide und schenkte sich einen Becher Wein ein.

Es war dumm gewesen, Tsudai zu verärgern. Er war ein vertrauter Ratgeber von Jungir Khan, und es wäre klug gewesen, sich seiner Freundschaft zu versichern. Aber der Mann hatte etwas an sich – eine Seelenkälte, eine Niederträchtigkeit –, das sie nicht ertragen konnte.

Ihr Vater, Tenaka, hatte ihm nicht getraut. »Ich habe nichts gegen einen Mann, der in seinem Haushalt auf Disziplin achtet«, hatte Tenaka seiner Tochter gesagt. »Aber ein Mann, der eine Peitsche braucht, um mit einer Frau fertigzuwerden, hat in meinen Diensten nichts zu suchen.«

Tanaki mußte schlucken, als sie an ihren Vater dachte, an seine violetten Augen, die voller Wärme waren, an sein Lächeln, das wie die Morgendämmerung war – einladend, beruhigend. Ein Knoten lag in ihrem Magen, und Tränen stiegen ihr in die Augen. Wie konnte er nur tot sein? Wie konnte der größte Mann der Welt tot sein?

Sie blinzelte ihre Tränen fort, ging zum Fenster und beobachtete die Versteigerung, während sie überlegte, welche der Frauen Tsudai kaufen würde. Sie hatte selten Mitleid mit den Sklaven. Aber heute . . .

Sie sah, wie eine dunkelhaarige, junge Frau auf den Tisch gezerrt wurde; dann riß man ihr das gelbe Kleid herunter. Sie hatte eine schöne Figur, und ihre Brüste waren nicht zu groß. Tanakis Blick schweifte zu Tsudais Bieter hinüber, und sie sah, wie er die Hand hob.

Es gab noch einige andere Bieter, doch die Frau wurde an den Nadirgeneral verkauft.

»Sei auf der Hut, Mädchen«, wisperte Tanaki. »Dein Leben hängt davon ab.«

5

Maggrigs Schwäche, durch das Fieber hervorgerufen, dauerte noch fünf Tage an. Chareos fuhr fort, Kiall die grundlegenden Kenntnisse des Schwertfechtens beizubringen. Beltzer, der schlecht gelaunt war, streifte allein in den Bergwäldern umher. Finn verbrachte viel Zeit in seiner Werkstatt und fertigte einen neuen Langbogen.

Der Schnee vor der Hütte war fast verschwunden, und die Sonne schien mit sommerlicher Wärme über die Berge.

Am Morgen des sechsten Tages, als die Reisenden sich auf den Aufbruch zum Tal des Schreienden Tores vorbereiteten, rief Finn Beltzer in die Werkstatt. Die anderen standen um ihn herum, als der Jäger eine messingbeschlagene Eichentruhe aus ihrem Versteck unter einer Sitzbank hervorzog. Finn öffnete die Truhe und nahm einen langen, in Öltücher gewickelten Gegenstand heraus. Er legte ihn auf die Arbeitsplatte und schnitt die Schnüre mit seinem Jagdmesser auf. Er winkte Beltzer heran. »Nimm es. Es gehört dir.«

Der Riese wickelte die Tücher ab, und dann lag eine schimmernde, doppelköpfige Axt vor ihm. Schaft und Griff waren so lang wie der Arm eines Mannes – geölte Eiche, verstärkt mit Silberdraht. Die Köpfe waren gekrümmt und scharf, mit Säure geätzt und mit silbernen Runen verziert. Beltzers Hand schloß sich um den Schaft, und er hob die Waffe.

»Schön, sie wiederzuhaben«, sagte er und ging ohne ein weiteres Wort aus der Werkstatt.

»Dummer, undankbarer Kerl!« wütete Maggrig. »Er hat nicht einmal Danke gesagt.«

Finn zuckte die Achseln und zeigte ein seltenes Lächeln. »Es reicht, daß er sie hat«, sagte er.

»Aber sie hat dich ein Vermögen gekostet. Wir hatten zwei Jahre lang kein Salz, und auch sonst nicht viel.«

»Vergiß es. Es ist vorbei.«

Chareos trat vor und legte eine Hand auf Finns Schulter. »Das war sehr edel von dir. Beltzer war nicht mehr derselbe ohne diese Axt. Er war betrunken, als er sie in Talgithir verkaufte, und er wußte nie, was aus ihr geworden war.«

»Ich weiß. Wir sollten aufbrechen.«

Die Reise zum Tal dauerte drei Tage. Sie sahen keine Spur von Nadren und erblickten nur einmal einen einzelnen Reiter weit im Süden. Die Luft war dünn hier oben, und die Reisenden sprachen nicht viel. Gegen Abend saßen sie an ihren Lagerfeuern, legten sich früh schlafen und standen bei Tagesanbruch auf.

Für Kiall waren es seltsame Tage. Es war ein Abenteuer, voller Versprechen – doch diese Männer, diese Kriegskameraden, sprachen kaum ein Wort. Und wenn, dann redeten sie über das Wetter oder über die Zubereitung der Mahlzeiten. Kein einziges Mal erwähnten sie das Tor, oder die Nadir, oder ihre Mission. Und als Kiall versuchte, diese Themen zur Sprache zu bringen, wurde es mit einem Achselzucken abgetan.

Das Tal war eine Enttäuschung für Kiall. Es war genauso wie einige andere, durch die sie gekommen waren. Die von Pinien bewachsenen Hänge fielen zu einer tiefen Klamm zwischen den Bergen ab. Auf dem Grund waren Wiesen; ein Wasserlauf schlängelte sich hindurch. Rehe zogen über die sanften Hügel, und in ihrer Nähe grasten Schafe und Ziegen.

Finn und Maggrig wählten einen Lagerplatz, setzten ihre Bündel ab, nahmen ihre Bögen und gingen davon, um Wild für ihr Abendessen zu erlegen. Chareos stieg auf einen Hügel in der Nähe und suchte prüfend die Umgebung ab, während Beltzer ein Feuer machte, sich daneben setzte und die tanzenden und flackernden Flammen beobachtete.

Kiall setzte sich dem kahlen Riesen gegenüber. »Das ist eine schöne Axt«, sagte er.

»Die beste«, grunzte Beltzer. »Es heißt, daß Druss die Legende eine Axt aus den Älteren Tagen besaß, die niemals rostete und niemals ihre Schärfe verlor. Aber ich glaube nicht, daß sie besser war als diese hier.«

»Du hast sie in Bel-azar dabeigehabt?«

Beltzer blickte auf, und seine kleinen, runden Augen fixierten Kiall. »Wieso fasziniert dieser Ort dich so? Du warst nicht dabei – du weißt nicht, wie es war.«

»Es war ruhmreich. Es ist Teil unserer Geschichte«, erwiderte Kiall. »Wenige gegen viele. Es war eine Zeit der Helden.«

»Es war eine Zeit der Überlebenden – wie alle Kriege. Es waren gute Männer dort, die am ersten Tag starben, und Feiglinge, die es fast bis zum Schluß geschafft haben. Es gab Diebe, Plünderer und

Männer, die vergewaltigten oder mordeten. Es war Schreien, Flehen und Wimmern. An Bel-azar war nichts gut. Nichts.«

»Aber ihr habt gesiegt«, beharrte Kiall. »Ihr wurdet im ganzen Land geehrt.«

»Ja, das war gut – die Ehren, meine ich. Die Paraden und Bankette. Und die Frauen. Ich hatte noch nie so viele Frauen. Junge, alte, dicke, dünne: Sie konnten es nicht abwarten, die Beine für einen Helden von Bel-azar zu spreizen. Das war der wahre Ruhm, mein Junge – was danach kam. Bei allen Göttern, ich würde meine Seele für etwas zu trinken verkaufen.«

»Empfindet Chareos auch so wie du – über Bel-azar, meine ich?«

Beltzer kicherte. »Er glaubt, ich weiß es nicht . . . aber ich weiß es. Der Schwertmeister hatte eine Frau«, sagte er und drehte den Kopf, um zu sehen, ob Chareos immer noch oben auf dem Hügel war. »Bei den Göttern – sie war eine Schönheit. Dunkles Haar, das glänzte wie geölt, und ein Körper, den der Himmel geformt hatte. Tura war ihr Name. Sie war die Tochter eines Händlers. Mann, war der froh, sie loszuwerden! Jedenfalls, Chareos nahm sie ihm aus den Händen und baute ein Haus für sie. Schönes Haus. Großer Garten. Sie waren ungefähr vier Monate verheiratet, als Tura ihren ersten Liebhaber nahm. Er war Späher bei den Säbeln – der erste von vielen, der sich in dem Bett wälzte, das Chareos ihr gemacht hatte. Und er? Der Schwertmeister, der tödlichste Schwertkämpfer, den ich je gesehen habe? Er wußte nichts. Er kaufte ihr Geschenke, sprach ständig von ihr. Und wir alle wußten es. Dann fand er es heraus . . . ich weiß nicht wie. Das war kurz vor Bel-azar. Er hat den Tod gesucht, Junge – mehr als jeder andere. Aber niemand *konnte* ihn töten. Er trug Kurzschwert und Dolch, und über seinem Leben hing ein Zauber. Vergiß nicht, ich war an seiner Seite, und ich sterbe nicht so leicht. Als die Nadir davonritten, war niemand so enttäuscht wie Chareos.«

Kiall schwieg und starrte gedankenverloren ins Feuer.

»Hab' ich dich geschockt, Junge?« fragte Beltzer. »Nun, das Leben ist voller unangenehmer Überraschungen. Es hat nie einen besseren Ehemann gegeben als Chareos. Götter, er hat sie geliebt. Weißt du, wo sie endete?«

Kiall schüttelte den Kopf.

»Sie wurde Hure in Neu-Gulgothir. Der Schwertmeister weiß es nicht. Aber ich hab' gesehen, wie sie dort bei den Docks ihrem Gewerbe nachging. Zwei Kupfermünzen.« Beltzer lachte. »Zwei ihrer Vorderzähne fehlten, und sie war ganz und gar nicht mehr so schön. Damals hatte ich sie auch. Für zwei Kupfermünzen. In einer Gasse. Sie flehte mich an, sie mitzunehmen. Sie würde überall hingehen, sagte sie. Alles für mich tun. Sie sagte, sie hätte keine Freunde und keine Bleibe.«

»Was geschah mit ihr?« flüsterte Kiall.

»Sie warf sich von den Docks und starb. Man fand sie zwischen dem Abfall und den Abwässern treibend.«

»Warum hast du sie gehaßt?« wollte Kiall wissen. »Sie hatte dir doch nichts getan.«

»Sie gehaßt? Ja, vielleicht. Ich sag' dir warum. Während der ganzen Zeit, als sie Chareos Hörner aufgesetzt hatte, hat sie sich mir nie angeboten. Sie hat mich wie den letzten Dreck behandelt.«

»Hättest du ihr Angebot denn angenommen?«

»Natürlich. Ich sagte doch, sie war schön wie eine Göttin.«

Kiall sah Beltzer ins Gesicht und erinnerte sich an das Lied von Bel-azar. Dann wandte er den Blick ab und legte Holz aufs Feuer. »Willst du nicht mehr reden, Jung-Kiall?« fragte Beltzer.

»Es ist besser, manche Dinge nicht zu wissen«, antwortete der Dörfling. »Ich wünschte, du hättest es mir nicht erzählt.«

»Das Leben einer Hure ist nie eine schöne Geschichte.«

»Nein, wahrscheinlich nicht. Aber ich dachte nicht an sie, ich dachte an dich. Deine Geschichte ist ebenso abstoßend wie ihre.«

Kiall stand auf und ging davon. Die Sonne ging unter, und die Schatten wurden länger. Er fand Chareos auf einem umgestürzten Baumstamm sitzen und in den Sonnenuntergang starren. Der Himmel glühte; rote Banner wehten über den Bergen.

»Es ist schön«, sagte Kiall. »Ich habe den Sonnenuntergang immer geliebt.«

»Du bist ein Romantiker«, stellte Chareos fest.

»Ist das schlimm?«

»Nein, es ist die beste Art zu leben. Ich habe auch einmal so gefühlt – und ich war nie glücklicher.« Chareos stand auf und streckte sich. »Behalte deine Träume, Kiall. Sie sind wichtiger, als du glaubst.«

»Das werde ich. Sag mir, magst du Beltzer?«

Chareos lachte laut auf, und dieses Lachen, reich und voller

Humor, hallte im Tal wider. »Niemand mag Beltzer«, sagte er. »Am wenigsten mag er sich selbst.«

»Warum hast du ihn dann mitgenommen? Warum hat Finn seine Axt gekauft?«

»Du bist der Träumer, Kiall. Sag du es mir.«

»Ich weiß es nicht. Ich kann es mir nicht vorstellen. Er ist so grob. Seine Sprache ist primitiv, und er hat keine Vorstellung von Freundschaft oder Treue.«

Chareos schüttelte den Kopf. »Beurteile ihn nicht nach seinen Worten, mein Freund. Wenn ich allein dort unten im Tal stünde, umzingelt von hundert Nadirkriegern, und ich würde nach ihm rufen – Beltzer käme! Auch Finn oder Maggrig. Und würde es seinen Tod bedeuten.«

»Das kann ich kaum glauben«, sagte Kiall.

»Laß uns hoffen, daß er es dir nie beweisen muß.«

Bei Morgengrauen des nächsten Tages zogen die Suchenden in die schattigen Kiefernwälder, indem sie einem Wildpfad folgten, der sich zu einem flachen Wasserlauf hinunterwand. Sie wateten hindurch und kletterten auf der anderen Seite ein niedriges, steiles Ufer zu einer kleinen Lichtung empor. Ein heftiger Wind blies, und ein unheimlicher, hoher Schrei hallte um sie herum. Finn und Maggrig schlugen sich seitwärts ins Gebüsch und verschwanden im Unterholz. Beltzer nahm seine Axt aus der Scheide an seiner Seite, spuckte in die Hände und wartete. Chareos stand reglos, die Hand am Schwert.

Kiall merkte, daß er am ganzen Körper zitterte. Er unterdrückte das Verlangen, kehrtzumachen und von der Lichtung zu fliehen. Wieder ertönte der Schrei – ein auf- und abschwellendes Heulen, das den Männern das Blut in den Adern gefrieren ließ. Chareos ging weiter, Beltzer folgte ihm. Kiall rann der Schweiß in die Augen; er brachte es nicht fertig, sich zu bewegen. Er holte tief Luft und zwang sich, weiterzugehen.

In der Mitte der Lichtung, etwa fünfzig Schritt von ihnen entfernt, stand ein riesiges, steinernes Gebilde. Davor, auf Lanzen, die mit Federn und bemalten Steinen verziert waren, steckten zwei Köpfe.

Kiall konnte die Augen nicht von den eingeschrumpften Gesichtern wenden. Die Augenhöhlen waren leer, doch die Münder zitterten bei jedem Schrei. Maggrig und Finn kamen zu den anderen.

»Können wir den Lärm nicht beenden?« zischte Beltzer, und Chareos nickte. Er ging rasch zu der ersten Lanze und hielt die Hand hinter den abgetrennten Kopf. Sofort verstummte der Schrei. Chareos nahm den ersten Kopf herunter und legte ihn zu Boden, dann den zweiten. Jetzt herrschte Stille; nur der böige Wind heulte. Chareos hockte sich nieder, nahm den schweigenden Kopf und drehte ihn in den Händen. Dann nahm er sein Jagdmesser, stieß es tief durch die Kopfhaut und schob sie zurück. Die Haut dehnte sich nahezu unglaublich, ehe sie sich von dem hölzernen Schädel löste. Chareos stand auf und hob das Holz an seine Lippen – sofort ertönte wieder der markerschütternde Schrei. Er warf den Gegenstand zu Finn hinüber. »Es ist nur eine Art Flöte«, sagte der ehemalige Mönch. »Der Wind tritt durch die drei Löcher in der Basis ein, und die Schilfrohre im Mund sorgen für den Klang. Aber es ist schön gearbeitet.« Er hielt inne und nahm den Skalp bei den Haaren. »Ich weiß nicht, was das ist«, sagte er, »aber es ist nicht menschlich. Seht mal, das Haar ist hier angenäht worden.«

Kiall nahm den zweiten Kopf, betrachtete ihn eingehend und drehte ihn herum. Der Wind pfiff hindurch, und ein tiefes Stöhnen ertönte. Kaill machte einen Satz und ließ den Kopf fallen. Er schimpfte über sich selbst, während die anderen lachten.

Chareos ging zu dem Steingebilde. Es waren zwei steinerne Säulen, vier Meter hoch und einen Meter breit, bedeckt mit einer eingeritzten Schrift, die er nicht kannte. Auf den Säulen lag ein gewaltiger Querstein, so daß der Eindruck eines Tores entstand. Chareos kauerte davor nieder und betrachtete die Schrift.

Kiall ging um das Tor herum zur Rückseite. Hier sind Symbole«, sagte er, »und der Stein scheint eine andere Farbe zu haben. Irgendwie weißer . . .« Er machte einen Schritt nach vorn.

»Halt!« brüllte Chareos. »Versuche nicht, hindurchzugehen.«

»Warum nicht?« fragte Kiall.

Chareos hob einen runden Kieselstein auf. »Fang ihn«, sagte er und warf ihn durch das Tor. Kiall öffnete die Hand, doch der Stein verschwand. »Wirf mir einen zu«, befahl der Schwertmeister. Kiall gehorchte. Wieder verschwand der Stein.

»Nun, gehen wir hindurch?« fragte Beltzer.

»Noch nicht«, erwiderte Chareos. »Erzähl mir noch einmal alles, was Okas dir über das Tor gesagt hat.«

»Es war nicht gerade viel. Es führt zu einer anderen Welt. Das ist alles.«

»Hat er nicht gesagt, es führt zu vielen Welten?«

»Doch«, gab Beltzer zu, »aber wir wissen nicht, wie die Magie funktioniert.«

»Genau«, sagte Chareos. »Hat Okas einen Hinweis gegeben, wann er durch das Tor gehen würde? Bei Tag, Mitternacht, Sonnenuntergang?«

»Nein. Davon hat er nichts gesagt, wenn ich mich recht entsinne. Ist das wichtig?«

»Hat er gesagt, durch welche Seite er eintrat? Von Nord oder Süd?«

»Hat er nicht gesagt. Laßt uns einfach hindurchgehen und sehen, was wir finden«, drängte Beltzer.

Chareos stand auf. »Nimm meine Hand und halt sie gut fest. Zähle bis fünf und zieh mich dann zurück.« Er ging zum Eingang und streckte den Arm aus. Beltzer packte sein Handgelenk, und Chareos beugte sich vor, so daß sein Kopf langsam verschwand. Beltzer spürte, wie der Körper zusammensackte – er zählte gar nicht erst, sondern zerrte Chareos zurück. Das Gesicht des Schwertmeisters war weiß. Eis hatte sich auf seinem Schnurrbart gebildet, und seine Lippen waren blau vor Kälte. Beltzer legte ihn ins Gras, während Finn begann, die erfrorene Haut zu massieren. Nach einer Weile schlug Chareos die Augen auf und starrte Beltzer wütend an.

»Ich sagte, zähl bis fünf, nicht bis fünftausend.«

»Du warst nur ein paar Herzschläge lang dort drin«, sagte Finn. »Was hast du gesehen?«

»Herzschläge? Auf der anderen Seite ist mindestens eine Stunde vergangen. Ich habe nichts gesehen, außer Schnee und Eisstürmen. Keine Spur von Leben. Und am Himmel standen drei Monde.« Er setzte sich auf.

»Was können wir tun?« fragte Beltzer.

»Mach ein Feuer. Ich denke darüber nach. Aber sag mir alles über Okas und seinen Stamm. Alles, woran du dich erinnern kannst. *Alles.*«

Beltzer kauerte sich neben Chareos ins Gras. »Es ist nicht viel,

Schwertmeister. Ich hatte nie ein gutes Gedächtnis für Einzelheiten. Sie nennen sich selbst das Volk des Traums der Welt, aber ich weiß nicht, was das bedeutet. Okas hat versucht, es mir zu erklären, aber ich habe es nicht mitbekommen – die Wörter umschwirrten meinen Kopf wie Schneeflocken. Ich glaube, dieses Volk betrachtet die Welt als Lebewesen, wie einen gewaltigen Gott. Aber sie beten eine einäugige Göttin an, die Jägerin, und der Mond ist für sie ihr blindes Auge. Die Sonne ist ihr gutes Auge. Das ist alles.«

Finn zündete das Feuer an und gesellte sich zu den beiden Männern. »Ich habe sie gesehen«, sagte er. »In den Bergen. Sie bewegen sich nachts – ich glaube, sie jagen.«

»Gut. Warten wir auf Mondschein«, entschied Chareos. »Dann versuchen wir es noch einmal.«

Die Stunden vergingen quälend langsam. Finn bereitete eine Mahlzeit aus den letzten ausgesuchten Stücken des Rehs, das sie am Vorabend erlegt hatten. Beltzer wickelte sich in seine Decken und schlief, die Hand an der Axt. Kiall schlenderte vom Feuer zum Kamm eines nahe gelegenen Hügels. Dort ließ er sich nieder, dachte an Ravenna und stellte sich die überwältigende Freude vor, die sie empfinden würde, wenn er zu ihr kam. Er schauderte. Eine plötzliche Niedergeschlagenheit traf ihn wie ein Schlag. Würde er jemals zu ihr reiten? Und wenn – würde sie einfach nur lachen, wie sie ihn schon einmal ausgelacht hatte? Würde sie auf ihren neuen Ehemann zeigen und sagen: ›Er ist mein Mann. Er ist stark, kein Träumer wie du‹?

Kiall hörte hinter sich ein Geräusch und drehte sich um. Finn kam auf ihn zu. »Möchtest du allein sein?« fragte Finn.

»Nein.«

Finn setzte sich und blickte über das zerklüftete Land. »Dies ist ein schönes Fleckchen Erde«, meinte er, »und so wird es auch bleiben, bis die Menschen es entdecken und ihre Städte und Dörfer bauen. Ich könnte hier bis zu meinem Tod leben – und es nie bedauern.«

»Maggrig hat mir erzählt, daß du das Stadtleben haßt«, sagte Kiall.

Der Jäger nickte.

»Mir geht es nicht um die endlosen Steine und Mauern – es sind die Menschen. Nach Bel-azar wurden wir von Stadt zu Stadt gezerrt, damit die Menge uns begaffen konnte. Man hätte glauben können, wir wären Götter. Wir alle haßten es – außer Beltzer. Er fühlte sich wie im Himmel. Chareos war der erste, der sagte: ›Schluß.‹ Eines Morgens ritt er einfach davon.«

»Er hatte ein trauriges Leben gehabt, wie ich gehört habe«, sagte Kiall.

»Traurig? Inwiefern?«

»Seine Frau. Beltzer hat mir davon erzählt.«

»Beltzer hat ein großes Maul, und die Privatangelegenheiten eines Mannes sollten privat bleiben. Ich sah sie zuletzt vor drei Jahren in Neu-Gulgothir. Sie ist endlich glücklich.«

»Sie ist tot«, widersprach Kiall. »Sie wurde Straßenmädchen und hat sich umgebracht.«

Finn schüttelte den Kopf. »Ja, Beltzer hat mir das auch erzählt, aber es stimmt nicht. Sie war eine Hure, aber sie heiratete einen Kaufmann und gebar ihm drei Söhne. Soweit ich weiß, sind sie immer noch zusammen. Sie erzählte mir, daß sie Beltzer getroffen hatte – das war der Tiefpunkt ihres Lebens. Ich kann's mir vorstellen. Jedesmal, wenn ich Beltzer sehe, geht es mir genauso. Nein, Beltzer hörte von einer Hure, die sich ertränkt hatte, und der Rest war Wunschdenken. Sie war glücklich, als ich sie sah – zum erstenmal in ihrem Leben. Ich habe mich für sie gefreut.«

»Dann hast du sie nicht gehaßt?«

»Warum sollte ich sie hassen?« fragte Finn.

»Sie hat Chareos betrogen«, antwortete Kiall.

»Ihr Vater hat sie an ihn verkauft. Sie hat Chareos nie geliebt. Sie war zart und temperamentvoll – sie erinnerte mich an ein Rehkitz, das ich einmal sah. Ich jagte, und das Tier sah mich. Es kannte weder Bogen noch Jäger, und es hatte keine Angst. Als ich mit gespanntem Bogen dastand, trottete es auf mich zu. Ich ließ den Pfeil fallen, und das Rehkitz schmiegte sich an meine Hand. Dann ging es seines Wegs. Tura war genauso. Ein Rehkitz auf der Suche nach einem Jäger.«

»Dann mochtest du sie also?«

Finn gab keine Antwort, sondern stand auf und stieg den Hügel hinab. Die Sonne ging unter, und ein geisterhafter Mond schien durch die Wolken.

Chareos wartete, während der Mond höher stieg. Er tauchte die Lichtung in silbernes Licht, und das uralte steinerne Tor schimmerte und glänzte wie kaltes Eisen. Chareos stand auf und drehte den Kopf, dehnte die Muskeln an Schultern und Hals, um die Spannung zu lösen, die aus der Furcht geboren war. Irgend etwas tief in seinem Innern flackerte auf; eine lautlose Stimme mahnte ihn zur Vorsicht. Er spürte, daß er kurz vor einer Reise stand, die ihn an einen Ort bringen würde, an den er nicht gehen wollte, auf dunklen und gefahrvollen Pfaden. Es gab keine warnenden Worte, nur ein Gefühl kalter Bedrohung.

»Bist du bereit?« fragte Beltzer. »Oder möchtest du lieber, daß ich es versuche?«

Chareos antwortete nicht. Er ging zum Tor und streckte den Arm aus. Beltzer packte sein Handgelenk, als er sich vorbeugte, so daß sein Oberkörper verschwand. Sekunden später zog er ihn zurück.

»Ich weiß nicht, ob das der Ort ist, aber die Beschreibung paßt. Da drüben ist Urwald. Die Sonne scheint hell.« Er wandte sich an Maggrig und Finn. »Ich brauche nur Beltzer bei mir. Ihr anderen solltet hierbleiben und auf unsere Rückkehr warten.«

»Mir wird langweilig, wenn ich nur herumsitze«, sagte Finn. »Wir kommen mit euch.«

Chareos nickte. »Dann laßt uns gehen, ehe wir unseren Verstand wieder beisammen haben.«

Er machte kehrt – und war nicht mehr zu sehen. Beltzer folgte ihm; Maggrig und Finn traten gemeinsam hindurch. Kiall war plötzlich allein auf der Lichtung. Sein Herz klopfte wild. Angst durchströmte ihn. Einige Herzschläge lang stand er wie angewurzelt; dann sprang er mit einem wilden Aufschrei durch das Tor – und krachte Beltzer in den Rücken, so daß der Riese auf dem schlammbedeckten Pfad lang hinschlug. Beltzer fluchte, bückte sich und hievte Kiall auf die Füße. Kiall lächelte entschuldigend und schaute sich um. Riesige, mit Ranken bewachsene Bäume umgaben sie. Pflanzen mit Blättern wie Speere und schweren, purpurnen Blüten wuchsen am Boden. Die Hitze war drückend, und die Suchenden schwitzten in ihren dicken Winterkleidern. Doch was Kiall am meisten beeindruckte, war der Geruch – überwältigend und ekelerregend mischte sich verrottende Vegetation mit dem Moschusduft unzähliger Blumen, Pflanzen und Pilze. In der Ferne, zu ihrer Linken, ertönte ein kehliges Gebrüll, das von einer

Kakophonie schnatternder Schreie in den Bäumen über ihren Köpfen beantwortet wurde. Kleine, dunkle Wesen mit langen Schwänzen sprangen von Ast zu Ast oder schwangen sich an Lianen weiter.

»Sind das Dämonen?« flüsterte Beltzer.

Niemand antwortete ihm. Chareos drehte sich nach dem Tor um. Auf dieser Seite schimmerte es wie Silber, und die Runenschrift war kleiner, unterbrochen von Mond- und Sternensymbolen. Er blickte zur Sonne empor.

»Hier ist es fast Mittag«, sagte er. »Morgen um diese Zeit werden wir uns auf den Rückweg machen. Ich schlage vor, wir folgen jetzt diesem Pfad. Mal sehen, ob wir ein Dorf finden. Was meinst du, Finn?«

»Der Vorschlag ist so gut wie jeder andere. Ich werde den Pfad markieren, falls jemand verlorengeht.« Finn zog sein Jagdmesser und schnitzte einen Pfeil, der auf das Tor deutete. Daneben ritzte er die Zahl zehn ein. »Das sind Schritte. Ich werde in weitem Bogen um unseren Pfad herum Baumstämme auf diese Weise markieren. Falls wir getrennt werden, müßt ihr nach den Zeichen suchen.« Kiall war sich bewußt, daß Finn seine Bemerkungen an ihn richtete, und nickte.

Die Gruppe brach vorsichtig auf und folgte dem sich windenden Pfad fast eine Stunde lang. In dieser Zeit verschwand Finn des öfteren, bog links ab und tauchte von rechts wieder auf. Die kleinen, dunklen Wesen in den Bäumen begleiteten sie und ließen sich hin und wieder zu den tieferen Ästen hinab, wo sie an ihren Schwänzen hingen und die Eindringlinge ankreischten. Vögel mit prachtvollem roten, grünen und blauen Gefieder saßen auf Zweigen und pflegten ihre Federn mit gekrümmten Schnäbeln.

Nach der ersten Stunde ließ Chareos Halt machen. Die Hitze war unvorstellbar, und ihre Kleider waren von Schweiß durchtränkt. »Wir bewegen uns ungefähr in südöstlicher Richtung«, sagte Chareos zu Kiall. »Merk dir das.«

Im Unterholz zu ihrer Rechten war eine Bewegung. Die speerartigen Blätter teilten sich . . . und ein monströser Kopf erschien. Das Gesicht war halbmenschlich und pechschwarz, die Augen klein und rund. Das Wesen hatte lange, scharfe Zähne, und als es sich zu seiner vollen Höhe von etwa einem Meter achtzig aufrichtete, sah man seine massigen Arme und Schultern. Beltzer zog seine Axt und stieß einen donnernden Kriegsruf aus. Das Wesen blinzelte und starrte ihn an.

»Geht weiter. Langsam«, ordnete Chareos an. Behutsam folgte die Gruppe dem Pfad. Chareos ging vorneweg. Finn, der einen Pfeil auf seinen gekrümmten Jagdbogen gelegt hatte, bildete die Nachhut.

»Wie abstoßend«, flüsterte Kiall mit einem Blick auf das schweigende Wesen hinter ihnen.

»So spricht man nicht über Beltzers Mutter«, sagte Maggrig. »Hast du nicht gemerkt, daß sie einander erkannt haben?« Finn und Chareos kicherten. Beltzer schimpfte.

Der Pfad wurde breiter und führte zu einer flachen, schalenförmigen Senke hinab, die von Bäumen befreit worden war. Dort standen runde Hütten, vor denen Kochfeuer brannten. Doch niemand würde sie mehr nutzen. Überall waren Tote – manche lagen auf dem Boden, einige waren gepfählt, andere am Rand des Dorfes an Bäume genagelt. Große, aufgeblähte Vögel saßen auf vielen der Leichen oder hockten in häßlichen Reihen auf den Dächern.

»Ich glaube, wir haben das Tätowierte Volk gefunden«, sagte Finn. Kiall saß auf dem Hang oberhalb des verwüsteten Dorfes und beobachtete seine Gefährten, die durch die Ruinen streiften. Finn und Maggrig gingen um die Hütten herum und suchten nach Spuren, während Beltzer und Chareos von Hütte zu Hütte gingen und nach Überlebenden suchten. Doch es gab keine. Kiall spürte, wie Verzweiflung in ihm aufstieg. Dies war das dritte Mal in seinem jungen Leben, daß er die Spuren eines Überfalls sah. Beim erstenmal war Ravenna geraubt worden; andere, ältere Frauen hatte man vergewaltigt oder mißhandelt, und Männer waren erschlagen worden. Beim zweitenmal hatte Kiall einen wilden, wütenden Kampf mit Schwertern und Messern miterlebt – und sich daran beteiligt, mit erhitztem Blut, angefeuert von dem Wunsch zu töten. Hier war nun das drittemal, und es war das schlimmste Gemetzel von allen. Von seinem Standort konnte er die Leichen von Frauen und Kindern sehen, und selbst sein ungeübtes Auge erkannte die sinnlose Gewalttätigkeit, die hier stattgefunden hatte. Das war kein Sklavenraub gewesen. Das Tätowierte Volk war ausgelöscht worden.

Nach einer Weile schulterte Maggrig seinen Bogen und kam zu Kiall herauf.

»Da unten ist es entsetzlich«, sagte der Jäger. »So wie es aussieht, wurde bei dem Überfall nichts mitgenommen. Etwa zweihundert Krieger haben heute das Dorf umzingelt, sind einmarschiert und haben praktisch jeden Einwohner getötet. Es gibt ein paar Spuren, die nach Norden führen, und es sieht aus, als hätten sich ein paar Angehörige des Tätowierten Volkes freikämpfen und fliehen können. Vielleicht ein Dutzend. Aber sie wurden verfolgt.«

»Warum sollte jemand so etwas tun, Maggrig? Was wird damit gewonnen?«

Der Jäger breitete die Hände aus. »Ich kann dir keine Antwort darauf geben. Ich habe einmal an einem Überfall auf ein Nadirlager teilgenommen. Wir hatten einige unserer Männer gefunden, die über Lagerfeuern gefoltert und denen die Augen ausgebrannt worden waren. Wir folgten den Tätern in ihr Dorf und nahmen sie gefangen. Unser Offizier, ein kultivierter Mann, befahl, daß alle Kinder von den Gefangenen Aufstellung nehmen sollten. Dann erschlug er sie vor den Augen ihrer Eltern. Anschließend wurden die Nadir gehängt. Er erzählte uns, daß die Nadir den Tod nicht fürchten, daß es also keine echte Strafe sei, sie umzubringen. Aber ihre Kinder vor ihren Augen niederzumetzeln – das sei Gerechtigkeit.« Maggrig schwieg.

Kiall blickte aufs Dorf hinab. »Dort gibt es nirgends Gerechtigkeit«, sagte er. Die anderen kamen zu ihnen, und die Gruppe verließ den Abhang, um ihr Lager aufzuschlagen. Finn konnte kein Feuer anzünden, weil das Holz zu feucht war, und so saßen die Suchenden im Kreis, ohne kaum ein Wort zu wechseln.

»War Okas unter den Toten?« fragte Kiall.

Chareos zuckte die Achseln. »Schwer zu sagen. Viele Leichen waren fast nackt. Aber ich habe keine Tätowierungen gesehen, an die ich mich erinnern kann.«

»Sind wir mitten in einen Krieg geraten?«

»Nein«, antwortete Finn. »Das Tätowierte Volk ist nur klein und hat einwärts gerichtete Füße. Die Spuren der Mörder zeigen, daß sie groß waren. Das hier habe ich gefunden«, fuhr er fort und zog ein zerrissenes goldenes Armband aus der Tasche seines Rehlederwamses. Beltzer keuchte auf, als er es sah.

»Gerechter Himmel«, rief er. »Wie schwer ist es?« Finn warf es ihm zu.

»Es muß bestimmt hundert Raq wert sein«, sagte der Riese.

»Der Besitzer warf es weg, als es zerriß«, sagte Finn. »Gold scheint hier nicht viel wert zu sein.«

»Das stimmt«, gab Chareos ihm recht und zog eine kleine, mit

Widerhaken versehene Pfeilspitze hervor – auch sie war aus Gold.

»Allmählich gefällt es mir hier«, bemerkte Beltzer. »Wir könnten als reiche Männer zurück nach Gothir kommen.«

»Laß uns zufrieden sein, wenn wir als *lebende* Männer zurückkommen«, fuhr Chareos ihn an.

»Da stimme ich dir zu«, flüsterte Finn und streckte Beltzer seine Hand hin, der das Armband nur ungern zurückgab.

Chareos stand auf. »Es wird langsam dunkel«, sagte er. »Ich denke, wir sollten zurück zum Tor gehen und dort unser Lager aufschlagen.« Er schulterte sein Bündel und führte die anderen nach Nordwesten. Sie bewegten sich vorsichtig und blieben oft stehen, während Finn den Pfad vor ihnen erkundete. Kiall wurde immer nervöser. Sie hätten kaum eine Chance, selbst eine Legion von feindlichen Kriegern anrücken zu hören – bei dem Geschnatter der dunklen Wesen in den Bäumen, dem fernen Gebrüll jagender Raubkatzen und dem Rauschen von Flüssen und Bächen, die sie nicht sahen. Kiall hielt sich dicht hinter Chareos. Beltzer, mit einer riesigen Axt in den Händen, bildete die Nachhut.

Vor ihnen ließ Finn sich in die Hocke sinken, hob den Arm und reckte dreimal die Faust in die Luft. Dann rollte er sich nach links und war nicht mehr zu sehen. Maggrig warf sich ins Unterholz, rasch gefolgt von Chareos und Beltzer. Kiall stand für einen Moment allein auf dem Pfad. Drei große Krieger erschienen, die eine junge Frau mit sich zerrten: Sie sahen Kiall und blieben verblüfft stehen. Es waren großgewachsene Männer, mit bronzefarbener Haut und glattem, dunklem Haar. Gold glitzerte an ihren Armen und Knöcheln. Zwei von ihnen trugen Waffen aus dunklem Holz, während der dritte ein langes Messer aus poliertem Gold bei sich führte. Sie trugen Halsketten aus farbigen Steinen, und ihre Gesichter waren in vielen Farben bemalt. Die Frau war klein, ihre Haut kupferfarben. Auf ihrer Stirn war eine blaue Tätowierung. Sie trug lediglich ein Lendentuch aus Tierhaut.

Langsam zog Kiall seinen Säbel. Einer der Krieger stieß einen Kriegsruf aus und stürzte sich auf ihn, die hölzerne Keule hoch erhoben. Kiall ließ sich in die seitliche Kauerstellung fallen, die Chareos ihn gelehrt hatte; dann sprang er nach vorn, und sein Säbel fuhr in die Brust des Mannes. Der bronzene Krieger taumelte rücklings, als das Schwert aus ihm herausglitt. Er blickte auf die Wunde hinab, sah das Blut hervorschießen und fiel mit dem

Gesicht voran zu Boden. Die junge Frau riß sich von ihren Fängern los und rannte den Pfad entlang auf Kiall zu, der zur Seite trat, um sie vorbeizulassen. Die beiden anderen Krieger blieben unsicher stehen. Doch hinter ihnen kam eine Schar ihrer Kameraden.

Kiall warf sich nach links ins Unterholz, als die Jäger vorwärts stürmten. Die Erde gab nach, und er verlor den Halt, glitt aus und rutschte einen schlammigen Abhang hinunter.

Leicht außer Atem, versuchte er aufzustehen. Er packte seinen Säbel und blickte nach oben: Die bronzenen Krieger kamen zu ihm herunter. Er machte auf dem Absatz kehrt und rannte einen schmalen Pfad entlang. Breite, überhängende Blätter schlugen ihm ins Gesicht, dornige Zweige rissen an seinen Kleidern. Zweimal rutschte er aus und stürzte, doch die blutrünstigen Schreie seiner Verfolger schürten seine Panik und beschleunigten seine Flucht.

Wo waren seine Freunde? Warum halfen sie ihm nicht?

Er zwängte sich durch einen letzten Abschnitt dichten Unterholzes und tauchte am schlammigen Ufer eines großen Flusses auf, der breiter als die Seen seiner Heimat war. Sein Atem ging stoßweise; in seinen Ohren dröhnte sein Herzschlag.

Wo soll ich hin?

Er hatte völlig die Orientierung verloren, und dichte, tiefhängende Wolken verbargen die Sonne. Er hörte Rufe von links, schwenkte nach rechts ab und rannte am Flußufer entlang.

Ein riesiger Drache erhob sich aus dem Wasser. Sein langes Maul starrte vor Zähnen. Kiall schrie auf und sprang vom Ufer weg. Ein Speer schoß neben seinem Kopf durch die Luft, und er drehte sich gerade noch rechtzeitig um und sah, wie ein bronzener Krieger sich auf ihn warf. Der Krieger prallte gegen Kiall, so daß beide Männer zurück zum Ufer rollten. Da ihm der Säbel entglitten war, schnellte Kiall hoch und rammte dem Mann seine Faust ins Gesicht, so daß er zur Seite kippte. Der Krieger kam auf die Beine, doch Kiall sprang ihm mit den Füßen voran an. Seine Stiefel trafen die Brust des Mannes und schleuderten ihn zurück ins dunkle Wasser. Als der Krieger wieder an die Oberfläche kam und zum Ufer waten wollte, tauchte hinter ihm der Kopf des Drachen auf. Die ungeheuren Kiefer schlossen sich um das Bein des Mannes. Er stieß einen panischen Schrei aus und begann, mit einem goldenen Messer auf die Schuppenhaut des Ungeheuers einzustechen. Blut wogte aus dem Wasser, und Kiall beobachtete entsetzt, wie der Krieger fortgezerrt wurde.

Dann riß er sich von der Unglücksstelle los und nahm seinen Säbel wieder auf. Zwischen den Bäumen suchte er nach Spuren seiner Feinde. Eine plötzliche Bewegung hinter ihm ließ ihn mit erhobenem Schwert herumfahren. Es war die junge Frau, und sie winkte ihn zu sich in ihr Versteck im Gebüsch. Er lief zu ihr, ließ sich auf die Knie fallen und kroch in die Büsche mit den spitzen Blättern. Sorgfältig schob die Frau die Blätter wieder vor die Öffnung.

Binnen weniger Sekunden erreichten weitere Feinde den Schauplatz. Sie standen am Ufer und beobachteten den Kampf zwischen dem sterbenden Krieger und dem Drachen. Als es vorbei war, hockten die Jäger sich im Kreis nieder und sprachen leise miteinander. Einer deutete auf den Pfad, und es kam Kiall so vor, als würden sie darüber streiten, welche Richtung sie einschlagen sollten. Eine große Spinne, haarlos und aufgebläht, krabbelte auf Kialls Hand. Er unterdrückte einen Schrei. Das Mädchen beugte sich rasch vor, pflückte ihm das Insekt von der Haut und setzte es behutsam auf ein Blatt.

Die Jäger erhoben sich und gingen davon, verschwanden im Dschungel.

Kiall lehnte sich zurück und lächelte die junge Frau an. Sie lächelte nicht zurück, sondern legte ihm die Hand auf die Brust, dann auf die Stirn und drückte schließlich ihre Finger auf Kialls Mund. Da Kiall nicht wußte, wie er darauf reagieren sollte, nahm er ihre Hand und küßte sie. Sie legte sich neben ihm nieder, schloß die Augen und schlief ein.

Eine Zeitlang lag er wach, zu verängstigt, um die Sicherheit seines Unterschlupfes zu verlassen. Dann glitt auch er in einen leichten Dämmerschlaf – und erwachte, als der Mond hoch über den Bäumen stand. Die Frau setzte sich und kroch ins Freie. Kiall folgte ihr. Sie flüsterte ihm etwas zu, doch es war eine Sprache, die er noch nie gehört hatte.

»Okas?« fragte er. Ihr Kopf fuhr herum. »Ich suche Okas.«

Sie zuckte die Achseln und trabte am Flußufer entlang. Kiall folgte ihr durch den mondbeschienenen Dschungel, auf Hügel und über Erhebungen, hinab durch rankenüberwucherte Hohlwege zu einer großen Höhle, vor der sie stehenblieb und die Hand ausstreckte. Kiall nahm sie und wurde hineingeführt. Fackeln flackerten, und er sah mehr als dreißig Angehörige des Tätowierten Volkes, die um Feuer saßen, die sie in Steinkreisen angezündet hatten. Zwei junge Männer näherten sich ihnen. Nachdem die Frau kurz mit ihnen gesprochen hatte, wurde Kiall tiefer in die Höhle geführt.

Ein alter Mann, fast zahnlos, saß mit überkreuzten Beinen auf einem hohen Felsen. Sein Körper war vollständig mit Tätowierungen bedeckt, und die untere Hälfte seines Gesichts war blau gefärbt, so daß es aussah, als hätte er einen Bart mit hochgezwirbeltem Schnurrbart.

Die Frau sprach zu dem alten Mann, dessen Gesicht völlig ausdruckslos blieb. Schließlich drehte sie sich zu Kiall um und fiel auf die Knie. Sie nahm seine Hand und küßte sie zweimal; dann stand sie auf und ging davon.

»Ich bin Okas«, sagte der alte Man.

»Ich bin . . .« begann Kiall.

»Ich weiß, wer du bist. Was willst du von mir?«

»Deine Hilfe.«

»Warum sollte ich der Seele Tenaka Khans helfen wollen?«

»Ich weiß nicht, wovon du redest«, sagte Kiall. »Ich möchte eine Frau retten, die ich liebe – das ist alles.«

»Wo ist der dicke Beltzer?«

»Ich habe die Gefährten aus den Augen verloren, als wir angegriffen wurden.«

»Von den Azhtacs! Auch das weiß ich! Gib mir deine Hand.« Kiall streckte die Hand aus, und Okas nahm sie und drehte sie mit der Handfläche nach oben. »Du hast deine Frau verloren – und doch nicht deine Frau. Und du bist auf der Suche, die du nicht verstehst, die aber das Schicksal eines Volkes bestimmen wird, das du nicht kennst. Wahrlich, Kiall, du bist Teil des Traums der Welt.«

»Aber wirst du mir helfen? Chareos sagt, du kannst Geistspuren folgen. Er sagt, daß wir Ravenna ohne deine Hilfe niemals finden.«

Der alte Mann ließ Kialls Hand los. »Mein Volk ist am Ende. Der Tag der Azhtacs ist heraufgedämmert. Doch bald wird ein anderer Tag anbrechen, und die Azhtacs werden die Zerstörung ihrer Heime und die Qual ihres Volkes mit ansehen. Doch das bringt mir keine Freude. Und ich möchte nicht hier sein, wenn sie kommen, um meine Kinder zu töten. Ich hatte vor, heute nacht zu sterben, still, hier auf diesem Stein. Aber jetzt werde ich mit dir kommen und auf einem anderen Stein sterben. Dann werde ich mit dem Traum der Welt eins.«

»Ich weiß nicht, wie ich dir danken soll«, sagte Kiall.

»Komm«, sagte der alte Mann und ließ sich neben ihn auf den Boden gleiten, »wir wollen die *Geister-die-noch-kommen* suchen.«

Chareos zerrte sein Schwert aus dem Körper des sterbenden Azhtac und fuhr herum, um zu sehen, ob seine Gefährten Hilfe brauchten. Beltzer stand mit erhobener Axt über einem toten Krieger. Maggrig und Finn hatten ihre Messer weggesteckt und Pfeile auf ihre Bögen gelegt. Neun tote Azhtacs lagen um sie herum. Chareos warf einen Blick zur Sonne empor. Es war fast Mittag, und das silbergraue Tor rief sie.

»Wo, in Bars Namen, ist Kiall?« rief Chareos.

Finn kam zu ihm. »Ich habe so viele Bäume markiert, wie ich konnte, Chareos. Ich glaube, er ist tot.«

Beltzer fiel neben einem Leichnam auf die Knie und begann an dem goldenen Reif zu zerren, den der Mann um seine Stirn trug. In diesem Moment stieß Maggrig einen Warnschrei aus, und eine große Gruppe von Azhtacs stürmte zwischen den Bäumen hervor.

»Zurück!« rief Chareos. Beltzer fluchte und sprang auf. Maggrig und Finn rannten durch das Tor. Beltzer hob seine Axt und brüllte einen Kriegsruf. Die Azhtacs wurden langsamer. Beltzer drehte sich um und stürmte durch das Tor, gefolgt von Chareos.

Auf der anderen Seite schien der Mond hell, und die Kälte war nach der Hitze des Dschungels betäubend. Ein Speer zuckte durch das Tor, fiel zu Boden und verschwand halb im Schnee. Beltzer stellte sich neben das Tor. Als ein Arm und ein Kopf hindurchschauten, krachte seine Axt in den Schädel und schleuderte den Mann zurück durch die Öffnung. Dann war Stille.

»Das viele Gold«, sagte Beltzer, »und ich habe nicht das kleinste Stück bekommen!«

»Du hast dein Leben«, erinnerte ihn Finn.

Beltzer fuhr zu ihm herum. »Und was ist das wert?«

»Das reicht jetzt! brüllte Chareos. »Wir haben einen Kameraden auf der anderen Seite des Tores. Also hört auf zu streiten und laßt mich nachdenken.«

In einem Kreis aus Steinen, in Sichtweite des Tores, zündete

Maggrig ein Feuer an, um das sich alle scharten. »Du willst zurückgehen, Schwertmeister?« fragte Maggrig.

»Ich weiß es nicht, mein Freund. Wir hatten Glück, daß wir beim erstenmal entkommen sind. Ich nehme an, sie stellen Wachen am Tor auf – und das macht es doppelt gefährlich.«

»Ich finde, wir sollten zurückgehen«, sagte Beltzer. »Ich bin bereit, es zu riskieren.«

»Für den Jungen oder für das Gold?« fragte Maggrig.

»Für beides, wenn du es unbedingt wissen willst«, fauchte Beltzer. Chareos schüttelte den Kopf. »Nein«, widersprach er, »das wäre töricht. Kiall ist allein dort, aber er ist ein einfallsreicher Bursche. Finn hat die Bäume markiert, und wenn Kiall noch am Leben ist, wird er dem Pfad zurück zum Tor folgen. Wir warten hier auf ihn.«

»Und was ist, wenn du mit den Wachen recht hast, he?« fragte Beltzer. »Wie kommt er an denen vorbei?«

»Ich vermute, daß sie das Tor beobachten, um zu sehen, wer von dieser Seite durchkommt. Vielleicht hat er eine Gelegenheit, hindurchzulaufen.«

»Vergißt du nicht etwas, Chareos?« fragte Maggrig. »Wenn er den falschen Zeitpunkt wählt, weiß niemand, wohin das Tor ihn bringt.«

»Wie ich schon sagte, er ist einfallsreich. Wir warten.«

Eine Zeitlang saßen sie schweigend da. Der Wind frischte auf und trieb den Schnee vor sich her; das Feuer flackerte und schien nur wenig Wärme auszustrahlen. »Wir erfrieren noch bei dieser Warterei«, brummte Beltzer. »Auf der anderen Seite ist es wenigstens wärmer.«

»Es ist kälter, als es sein sollte«, meinte Finn plötzlich. »Als wir hier weggingen, hatte es gerade zu tauen angefangen. Das Wetter hätte sich eigentlich nicht so schnell ändern können.«

»Vielleicht ist es gar nicht so schnell geschehen«, sagte Chareos und zog seinen Umhang fester um sich. »Als ich zuerst durch das Tor schaute, schien ich festgefroren und konnte mich kaum bewegen, für mindestens eine Stunde. Ihr aber sagtet, es wären nur ein paar Herzschläge vergangen. Nun, wir waren einen Tag auf der anderen Seite – das könnte auf dieser Seite eine Woche oder einen Monat bedeuten.«

»Hoffentlich kein Monat, Schwertmeister«, sagte Maggrig leise.

»Wenn doch, sitzen wir den ganzen Winter über in diesem Tal fest. Und es gibt nicht genug Wild.«

»Unsinn!« schnaubte Beltzer. »Wir würden einfach durch das Tor gehen und ein paar Tage abwarten, um dann im Frühling hierher zurückzukehren. Das wäre doch möglich, Chareos?«

Der Schwertmeister nickte.

»Nun, worauf warten wir dann?« fragte Beltzer. »Laßt uns zurückgehen und den Burschen suchen.«

Finn verkniff sich eine zornige Erwiderung, als Beltzer aufstand. In diesem Moment stieg ein Funke aus dem Feuer empor und schwebte in der Luft, schwoll allmählich an zu einem glühenden Ball. Beltzer starrte mit offenem Mund und packte seine Axt. Chareos und die anderen blickten die schwebende Kugel verwundert an, beobachteten voller Erstaunen, wie sie so groß wie der Kopf eines Mannes wurde. Die Farbe verblaßte, bis die Kugel fast durchsichtig war, und die Gefährten konnten sehen, wie sich das Tor und der wirbelnde Schnee darin spiegelten. Finn keuchte auf, als zwei winzige Gestalten in der Kugel erschienen und durch das Miniaturtor schritten.

»Das ist Okas«, sagte Beltzer und starrte in die Kugel. »Und der Junge ist bei ihm.« Er fuhr herum, doch das echte Tor war leer. Die Szenerie innerhalb der schwebenden Kugel schimmerte und veränderte sich. Jetzt konnten sie Finns Hütte sehen, und ein warmes Feuer, das im Kamin brannte. Okas saß mit gekreuzten Beinen vor dem Feuer, die Augen geschlossen. Kiall saß am Tisch.

Die Kugel verschwand.

»Er hat den alten Knaben gefunden«, sagte Beltzer. »Er hat Okas gefunden.«

»Ja, und sie sind vor uns da«, murmelte Finn.

Die vier Männer standen auf. Chareos deckte das Feuer ab, und sie marschierten los durch den Schnee.

In der Hütte schlug Okas die Augen auf. »Sie kommen«, sagte er.

»Ich hatte schon fast die Hoffnung aufgegeben«, antwortete Kiall. »Zwölf Tage ist eine lange Zeit, wenn man in diesem Dschungel festsitzt.«

Okas kicherte. »Sie sind schon vor uns gegangen. Aber ich weiß, wie man das Tor benutzt.« Er stand auf und streckte sich. Er war klein, nicht mehr als ein Meter fünfzig, mir runden Schultern und dickem Bauch. Sein Alter konnte irgendwo zwischen sechzig und hundert liegen, und er sah aus, als ob eine steife Brise ihm die Knochen brechen könnte. Und doch war er durch den Schnee gewandert, nur mit seinem Lendentuch bekleidet, und schien weder unter der Kälte noch an Erschöpfung zu leiden. Und er hinterließ kaum Abdrücke im Schnee, als würde er nicht mehr als ein Vögelchen wiegen. Er sah zu Kiall auf. »Und nun erzähl mir alles, was du über den Großen Khan weißt.«

»Warum interessiert dich das? Das verstehe ich nicht«, sagte Kiall.

»Ich war hier, als er seine Armeen ins Land der Drenai führte«, erklärte Okas. »Und auch, als sie nach Bel-azar marschierten. Starker Mann, der Khan. Großer Mann, vielleicht. Aber er ist tot, ja?«

»Ich weiß nicht viel über ihn. Er hat die Drenai und die Vagrier unterworfen. Er starb vor einigen Jahren und liegt im Grab von Ulric.«

»Nein, liegt er nicht«, widersprach Okas. »Er ist in einem namenlosen Grab bestattet. Aber ich weiß, wo es ist. Wie starb er?«

»Ich weiß nicht. Sein Herz hat versagt, nehme ich an. So sterben die meisten Leute – selbst Könige. Bist du sicher, daß Chareos kommt?«

Okas nickte. Er goß sich einen Becher Wasser ein. »Ich habe ihnen eine Nachricht geschickt. Sie kommen. Der dicke Beltzer ist enttäuscht. Er wollte zurück in den Dschungel, um dich zu suchen – und um reich zu werden. Der dicke Beltzer wollte immer reich werden.«

»Er ist dein Freund?«

»Alle Menschen sind meine Freunde«, sagte Okas. »Wir gehören alle zum Traum. Aber ja. Ich mag den dicken Beltzer sehr.«

»Warum? Was gibt es an ihm zu mögen?« fragte Kiall.

»Frag mich das in einem halben Jahr noch einmal. Ich werde jetzt schlafen. Ich bin älter, als ich aussehe.«

Kiall hielt das kaum für möglich, sagte jedoch nichts. Okas setzte sich vors Feuer, verschränkte die Arme und fiel aufrecht in Schlaf. Kiall blies die Laterne aus und legte sich auf das Bett an der Wand.

Die anderen kamen. Die Suche nach Ravenna war im Gange.

Er schlief traumlos.

Es dauerte noch zwei Tage, ehe die erschöpften Reisenden die Zuflucht der Hütte erreichten. Beltzer war zuerst drinnen. Er umarmte Okas stürmisch, hob ihn hoch und wirbelte ihn herum, bis der kleine Mann vergnügt lachte. »Wie kommt es, daß du noch lebst, Dicker?« fragte er. »Wie kommt es, daß dich noch keiner umgebracht hat?«

»Sie versuchen es ständig«, antwortete Beltzer. Er setzte den alten Mann ab und betrachtete prüfend dessen faltige Haut und die wäßrigen Augen. »Bei der QUELLE, du siehst selbst beinahe so aus, als wärst du schon tot.«

»Bald«, sagte Okas lächelnd. »Der Traum ruft. Aber ich werde noch ein Weilchen bei meinen alten Freunden bleiben.« Er wandte sich an Chareos, der seinen eisverkrusteten Umhang abgelegt hatte, und nun zitternd vorm Feuer stand und seine nassen Sachen auszog. »Du und ich, wir reden«, sagte Okas. »Hinterzimmer guter Platz.«

»Sofort?«

»Ja«, antwortete Okas und ging in die Werkstatt. Chareos nahm eine frische Tunika aus seinem Bündel und zog sich an; dann ging er zu Okas. Der alte Mann ergriff seine Hand und hielt sie einige Augenblicke fest. »Setz dich«, befahl er, »und erzähl mir von der Suche.«

Chareos berichtete von dem Überfall auf das Dorf und von Kialls Liebe zu Ravenna. »Die anderen kommen aus verschiedenen Gründen mit. Beltzer ist eine verlorene Seele, vom Berg herabgestiegen. Finn hat Angst, daß Maggrig nach seinem Tod allein ist.«

»Und du?«

»Ich? Ich habe nichts Besseres mit meinem Leben vor.«

»Ist das wahr, Chareos? Hast du keinen Traum?«

»Den Traum eines anderen. Es war nie mein eigener.«

Okas kletterte auf die Werkbank und setzte sich. Seine kurzen Beine baumelten herab; sie reichten nur halb bis auf den Boden. Er betrachtete Chareos prüfend. »Nicht dein Traum, sagst du. Dann verstehst du weder die Natur dieser Suche, noch, wohin sie dich führt. Erzähl mir von Tenaka Khan und der Nacht am Torturm.«

Chareos lächelte. »Weißt du alles, Okas?«

»Nein, deshalb frage ich.«

»Er stieg auf den Turm und setzte sich zu uns, und wir sprachen von vielen Dingen: von der Liebe, dem Leben, der Macht, Eroberungen, Pflicht. Er war ein kenntnisreicher Mann. Er hatte einen Traum, aber er sagte, die Sterne stünden ihm im Weg.«

»Was hat er damit gemeint?«

»Ich weiß nicht. Er war damals kein Jüngling mehr. Vielleicht meinte er den Tod.«

»Wie starb er?«

»Soweit ich weiß, brach er bei einem Fest zusammen. Er trank Wein, und sein Herz hat versagt.«

»Was geschah dann? Nach dem Fest?«

Chareos breitete die Hände aus. »Woher soll ich das wissen? Sie haben ihn in Ulrics Grab beigesetzt. Es war eine große Zeremonie, und Tausende nahmen daran teil. Unsere eigenen Botschafter – und andere aus Ventria und dem Osten – waren dabei. Dann wurde sein ältester Sohn Jungir der neue Khan. Er ließ alle seine Brüder töten und herrscht jetzt über die Nadir. Was hat das mit unserer Suche zu tun? Oder bist du nur neugierig?«

Okas hob die Hand, so daß der Zeigefinger aufwärts zeigte, und drehte sie in der Luft. Goldenes Licht entströmte dem Finger und bildete einen Kreis. Andere Kreise entstanden, kreuzten den ersten, bis eine Kugel in der Luft hing. Er senkte die Hand und bildete eine gerade, goldene Linie. »Diese Linie zeigt, wie du eure Suche siehst: flach, gerade, Anfang, Ende. Aber so«, sagte er und hob die Augen zu der Kugel, »ist sie wirklich. Deine Linie wird von vielen anderen berührt. Ich kenne dein Geheimnis, Chareos. Ich weiß, wer du bist. Du bist der Sohn des letzten Grafen von Dros Delnoch. Du bist der Erbe der Bronzerüstung. Und das macht dich zu einem Blutsverwandten von Tenaka Khan und zu einem Abkömmling sowohl von Ulric als von Graf Regnak, dem zweiten Bronzegrafen.«

»Das ist ein Geheimnis, das du hoffentlich mit niemand anderem teilst«, flüsterte Chareos. »Ich habe kein Verlangen, zu den Drenai zurückzukehren, und ich möchte nicht, daß mich jemand findet.«

»Wie du wünscht ... aber das Blut ist stark, und es ruft über die Jahrhunderte hinweg. Das wirst du feststellen. Warum hat Tenaka Khan euch am Leben gelassen?«

»Ich weiß es nicht. Wirklich nicht.«

»Und die *Geister-die-noch-kommen?*«

»Nur ein weiteres Rätsel«, antwortete Chareos. »Sind nicht alle Menschen die Geister der Zukunft?«

»Ja. Aber in der Sprache der Nadir kann man diesen Ausdruck

auch als *Gefährten des Geistes* übersetzen, oder sogar als *Gefolgschaft des Geistes.* Nicht wahr?«

»Ich kenne mich mit den Feinheiten der Nadirsprache nicht aus. Was macht das für einen Unterschied?«

Okas sprang leichtfüßig auf den Boden. »Ich werde euch zu dem Nadrendorf bringen, wo Ravenna und die anderen gefangengehalten wurden. Dann sehen wir weiter.«

»Ist sie noch immer dort?«

»Das kann ich nicht sagen. Ich werde ihre Geistspur in ihrem Heimatdorf aufnehmen.«

Okas ging zurück in den Hauptraum, wo Kiall ein schweres Bündel auf den Tisch gehievt hatte. Als er es öffnete, rollten goldene Gegenstände auf die Holzplatte und funkelten im Licht der Lampe. Es waren Armbänder, Halsketten, Broschen, Ringe und sogar ein Gürtel mit einer Schnalle aus massivem Gold.

»Oh, Freude!« rief Beltzer, griff mit seinen riesigen Fingern in den Schatz und hob ein Dutzend Gegenstände in die Höhe. »Chareos sagte, du wärst einfallsreich, aber das ist untertrieben.«

»Damit sollten wir Ravenna zurückkaufen können«, sagte Kiall.

»Damit könntest du hundert Frauen kaufen«, entgegnete Beltzer. »Wann teilen wir?«

»Überhaupt nicht«, erklärte Kiall. »Wie ich schon sagte, dies ist für Ravenna.«

Belzter wurde rot. »Ich habe auch dafür gearbeitet«, sagte er, »und du mußt es von den Toten genommen haben, die ich am Tor erschlagen habe. Ein Teil davon gehört mir. Mir!« Er nahm eine Handvoll der goldenen Gegenstände und steckte sie sich in die Taschen. Kiall trat einen Schritt zurück und zog sein Schwert, doch Beltzer sah die Bewegung und schwang seine Axt.

»Hört mit diesem Unsinn auf!« rief Chareos und stellte sich zwischen die beiden. »Steck die Klinge weg, Kiall. Und du, Beltzer, leg das Gold zurück.«

»Aber Chareos . . .«, begann Beltzer.

»Sofort!«

Beltzer warf das Gold wieder auf den Tisch, stapfte davon und setzte sich vors Feuer. Chareos wandte sich mit zornigem Blick an Kiall. »Es ist etwas Wahres an dem, was er sagt. Denk darüber nach!«

Kiall schwieg einen Moment; dann entspannte er sich. »Teil du es gerecht, Chareos«, sagte der junge Mann. »Ich werde meinen Anteil dafür verwenden, Ravenna zu kaufen.«

Finn trat an den Tisch, nahm einen einzigen Ring und steckte ihn sich an den Finger. »Das reicht für mich«, sagte er. Maggrig wählte ein Armband. Chareos nahm nichts.

Beltzer stand auf und starrte die anderen finster an. »Ihr werdet mich nicht beschämen«, zischte er. »Ich nehme, was mir gehört!« Er schaufelte eine Reihe von Gegenständen in seine tiefen Taschen und kehrte ans Feuer zurück.

»Bei Morgengrauen brechen wir nach Wirtshausweiler auf«, entschied Chareos. »Dort kaufen wir zusätzliche Pferde. Da du jetzt reich bist, Beltzer, kannst du dir selbst eins kaufen – und alle Lebensmittel und Vorräte, die du brauchst.«

6

»Du sagst mir, ich bin in großer Gefahr – aber du weißt nicht, wovon sie ausgeht?« fragte Jungir Khan ruhig, doch mit kalter Stimme. Er lehnte sich in dem mit Elfenbein eingelegten Thron zurück und starrte auf den Schamanen hinunter, der vor ihm kniete.

Shotza hielt die Augen auf den Teppich gerichtet und wählte seine Worte mit Bedacht. Er war der dritte Schamane, der Jungir Khan diente – der erste war gepfählt, der zweite erwürgt worden. Shotza war fest entschlossen, dafür zu sorgen, daß es keinen vierten geben würde. »Großer Khan«, sagte er, »es ist eine magische Barriere errichtet worden. Ich brauche Zeit, sie zu durchdringen. Ich weiß bereits, woher die Magie kommt.«

»Und woher kommt sie?« flüsterte Jungir.

»Von Asta Khan, Herr.« Shotza riskierte einen Blick, um festzustellen, welche Wirkung der Name auf den Mann über ihm ausübte.

Jungirs Gesicht zeigte keinerlei Ausdruck, doch seine dunklen Augen verengten sich. »Er lebt noch? Wie ist das möglich? Er war ein alter Mann, als mein Vater Khan wurde. Er verließ die Stadt vor mehr als zwanzig Jahren, um zu sterben.«

»Aber er starb nicht, Herr. Er lebt noch immer in den Mondbergen. Dort gibt es viele Höhlen, und Tunnel, die bis zur Mitte der Welt reichen.«

Jungir stand auf. Er war groß für einen Nadir, wie es auch sein Vater Tenaka gewesen war. Er hatte jettschwarzes Haar, das er straff zurückgebunden trug, und einen kurzen, sorgfältig gestutzen, dreifach gegabelten Bart. Seine dunklen Augen standen schräg und verrieten nichts über seine Abstammung als Halbblut. »Steh auf«, befahl er dem kleinen Schamanen, und Shotza erhob sich. Er war nur knapp über einen Meter fünfzig groß, drahtig und kahl. Obwohl er noch keine sechzig Lenze zählte, war sein Gesicht von tiefen Falten durchzogen, und seine Haut war schlaff.

Jungir blickte in die seltsam blassen Augen des Schamanen und lächelte. »Fürchtest du mich?« fragte er.

»Wie ich die Winde des Todes fürchte, Herr.«

»Liebst du mich?«

»Lieben? Du bist mein Khan. Die Zukunft der Nadir liegt in dir«, antwortete Shotza. »Was brauchst du noch meine Liebe?«

»Du hast recht. Ich brauche sie nicht. Aber du hast klug geantwortet. Und jetzt erzähle mir von Asta.«

Der Khan kehrte zu seinem Thron zurück und setzte sich, legte den Kopf in den Nacken und blickte zu dem seidenen Dach hinauf, das dem Thronsaal das Aussehen eines riesigen Zelts verlieh. Die Seidenstoffe waren ein Geschenk aus dem Östlichen Königreich Kiatze, Mitgift für die Braut, die man ihm von dort geschickt hatte.

»Nachdem Asta die Wölfe verließ, verschwand er aus dem Wissen der Menschen«, begann Shotza. »Wir alle dachten, er sei gestorben. Aber beim letzten Vollmond, als ich versuchte, dem Silberpfad deines Schicksals zu folgen, stellte ich fest, daß sich ein dichter Nebel über das Zeichen deines Hauses gelegt hatte. Ich habe versucht, ihn zu durchdringen, und zuerst gelang es mir auch. Dann aber verhärtete er sich zu einer Mauer. Ich flog in die Höhe, doch ich fand ihr Ende nicht. Mit Hilfe aller verborgenen Kräfte, die meine Meister mich lehrten, durchbrach ich endlich die Mauer. Aber nur für sehr kurze Zeit. Doch ich sah das Gesicht von Asta Khan. Und ich spürte die Gefahren, die dir im nächsten Jahr drohen.«

Shotza leckte sich die Lippen und wählte auch seine nächsten Worte sorgfältig. »Ich sah eine schimmernde Rüstung aus Bronze, die unter einem Stern schwebte, und einen Schwertkämpfer von großer Kunstfertigkeit. Aber dann bemerkte Asta mich – ich wurde zurückgeworfen, und die Mauer schloß sich wieder.«

»Und das ist alles, was du gesehen hast?« fragte Jungir leise.

»Alles, was ich klar sehen konnte«, antwortete Shotza, der sich hütete, seinen König zu belügen.

Der Khan nickte. »Finde Asta Khan – und töte ihn. Nimm hundert Mann von meiner Leibgarde. Durchkämme die Berge. Bring mir seinen Kopf.«

»Mit allem Respekt, Großer Khan, du könntest tausend Männer ausschicken und würdest ihn nicht finden. Asta war der größte aller Schamanen. Menschen können ihn nicht fangen.«

»Seine Magie ist stärker als deine?«

Shotza schloß die Augen. »Ja, Herr. Es gibt keinen Menschen auf der Welt, der es mit ihm aufnehmen könnte.«

»Es ist nicht meine Art, zweitrangige Leute in meinen Diensten zu haben, Shotza.«

»Nein, Herr. Aber es gibt eine Möglichkeit, ihn zu besiegen. Ich habe sechs gute Schüler. Zusammen – und mit bestimmten notwendigen Opfern – könnten wir Asta bezwingen.«

»Notwendige Opfer?«

»Blutsverwandte von Asta Khan, geopfert in der Mittwinternacht.«

»Wie viele solcher Opfer?«

»Mindestens zwanzig. Vielleicht dreißig. Jeder einzelne wird den alten Mann schwächen.«

»Weißt du denn, wo Astas Familie sich aufhält?«

»Ja, Herr.«

»Dann überlasse ich dir die Vorbereitungen, Shotza. Und nun zu dieser Gefahr von der Bronzerüstung. Kündigt sie einen weiteren Aufstand der Drenai an?«

»Ich glaube nicht, Herr. Ich sah das Abbild der Rüstung, aber der Stern stand im Norden. Aus dem Land der Gothir kann keine Bedrohung durch die Drenai kommen. Aber sobald ich Astas Mauer durchbrochen habe, werde ich mehr wissen. Ich werde alles wissen.«

Shotza machte eine tiefe Verbeugung. Jungir entließ ihn mit einer Handbewegung, und der Schamane ging in seine Räume und ließ sich auf einem seidenbezogenen Diwan nieder. Befreit von dem stechenden Blick Jungir Khans, legte er sich hin und ließ seiner Angst freien Lauf. Sein Herz klopfte heftig, und er konnte kaum atmen. Langsam beruhigte er sich und dankte den Göttern der Steppe, daß Jungir ihn nicht nach den anderen Bildern gefragt hatte.

Er hatte einen Säugling gesehen, der auf einem kalten Steinboden lag, in einen Mantel gewickelt.

Und über dem Kind schwebte der grimmige Geist von Tenaka Khan, dem Herrn der Wölfe.

Jungir sah dem kleinen Mann nach. Dann blieb er für einige Minuten schweigend sitzen. Er konnte Shotzas Angst riechen, und er wußte nur zu gut, daß der Schamane ihm mehr hätte sagen können. Keiner dieser Zauberer sagte je die volle Wahrheit. Es war gegen ihre Natur. Geheimniskrämerisch, listig und schlau, verließen sie sich auf ihre Gerissenheit und Tücke. Doch sie waren von Nutzen. Shotza war der beste, und es mußte ihn viel Mut gekostet haben zuzugeben, daß Asta Khan mächtiger war als er. Jungir stand auf und reckte sich. Er ging zu der Zeltbahn, die das Fenster verdeckte, und zog sie zur Seite.

Die neue Stadt Ulrickham erstreckte sich vor seine Augen: niedrige, einstöckige Wohngebäude aus sonnengebrannten Lehmziegeln und Steinen. Doch in allen Häusern hingen die Zeltbahnen, die für die Nadir erst ein Zuhause ausmachten. Seit zehntausend Jahren Nomaden, waren sie für Städte aus Stein nicht geschaffen. Doch Tenaka hatte darauf bestanden, Städte zu bauen, mit Schulen und Krankenhäusern.

»Es steht dem größten Reich der Welt nicht gut an, wenn seine Bürger wie Wilde leben«, hatte er zu Jungir gesagt. »Wie können wir wachsen? Wie können wir die Ereignisse der Welt fester in den Griff bekommen, wenn wir nicht lernen, zivilisiert zu leben? Es reicht nicht, auf dem Schlachtfeld gefürchtet zu sein.«

Solche Reden hatten ihn bei den älteren Kriegsherrn der Nadir unbeliebt gemacht. Doch wie konnten sie sich gegen den Mann wenden, der erreichte, was selbst der mächtige Ulric nicht vollbracht hatte? Wie konnten sie den Mann verraten, der die rundäugigen Südländer erobert hatte?

Jungir wandte sich vom Fenster ab und schlenderte in die Halle der Helden. Hier waren, nach der Art der eroberten Drenai, Statuen von Nadirkriegern aufgestellt. Jungir blieb vor dem Abbild seines Vaters stehen und starrte in die kalten, grauen Augen. »Genauso, wie ich dich in Erinnerung habe, Vater«, flüsterte er. »Kalt und zurückhaltend.« Die Statue war hervorragend gearbeitet und zeigte die schlanke Kraft des Khans, das feine Kinn und die edle Haltung. In einer Hand hielt er ein Langschwert, in der anderen den Helm Ulrics. »Ich habe dich geliebt«, sagte Jungir.

Ein kalter Hauch ließ die Fackeln aufflackern, und Schatten tanzten auf dem steinernen Gesicht, so daß es zum Leben zu erwachen schien. Jungir konnte beinahe sehen, wie die steinernen Augen violett schimmerten und der Mund sich zu diesem zynischen Lächeln verzog, das ihm immer noch in Erinnerung war. Er schauderte. »Ich habe dich geliebt«, wiederholte er, »aber ich wußte von deinem Plan. Du hast mich gut ausgebildet, Vater. Auch ich hatte meine Spione. Kein Mann sollte glauben, daß er ewig lebt... nicht einmal Tenaka Khan. Und hättest du Erfolg gehabt, wo wäre dann ein Platz für Jungir gewesen? Der ewige Erbe eines lebendigen Gottes? Nein. Ich bin auch vom Blute Ulrics. Ich hatte das Recht zu herrschen und mein eigenes Leben zu führen.«

Die Statue schwieg. »Wie seltsam, Vater. Mir ist, als würde ich zu dir sprechen, als du noch am Leben warst, obwohl ich nur zu deiner Büste rede. Es war immer so, als spräche man mit einem Stein. Ich habe geweint, als du starbst. Und ich hätte dich beinahe zurückgehalten, als du das Gift getrunken hast. Beinahe. Ich habe die Hand nach dir ausgestreckt. Du hast in meine Augen gesehen, und du hast nichts gesagt. Ein einziges Wort von dir, und ich hätte dich zurückgehalten. Aber du hast den Blick abgewandt. Hast du es gewußt, als das Gift deine Seele berührte? In diesen letzten Augenblicken, als du auf dem Boden lagst und ich neben dir kniete – wußtest du da, daß ich es war, der das schwarze Pulver in deinen Wein geschüttet hatte? Wußtest du es?« Er blickte wieder in die kalten Augen. »Warum hast du mich nie geliebt?« fragte er.

Doch die Statue schwieg.

Die zwölf Tage, die sie jenseits des Tores verloren hatten, mußten die Suchenden teuer bezahlen, denn ein wütender Schneesturm hielt sie achtzehn Tage lang in der Hütte gefangen. Die Lebensmittel wurden knapp, und beinahe wäre Finn umgekommen, als er aufbrach, um zu jagen. Nachdem er ein Reh erlegt hatte, wurde er von einem zweiten Schneesturm überrascht und mußte in einer Höhle Schutz suchen. Eine Lawine versperrte den Eingang, und nur mit Hilfe von Okas' Magie fanden Chareos und die anderen den Jäger und gruben einen Tunnel zu ihm hindurch.

Am neunzehnten Tag ließen die Winterstürme nach, doch es dauerte noch weitere drei Wochen, ehe die erschöpfte Gruppe den letzten Hügel vor Wirtshausweiler erklomm.

Beltzer ging auf dem Weg zum Gasthaus voran. Er hämmerte an die Tür und rief nach Naza. Der kleine Mann stieß einen Freudenschrei aus, als er den Riesen sah, und umarmte ihn.

»Ich hatte schon Angst, du wärst tot«, sagte er. »Kommt rein, kommt rein! Mael hat gerade das Feuer angezündet. Es wird bald warm sein. Kommt herein!«

»Wo sind denn all die anderen?« fragte Kiall.

»Zu dieser Jahreszeit wird kein Holz gefällt«, antwortete Naza. »In den nächsten zwei Monaten wird niemand hier sein. Die meisten Pässe sind versperrt. Setzt euch ans Feuer. Ich hole euch Wein.« Sein Lächeln verblaßte, als Okas eintrat. »Er ist ... er ist ...«, stammelte der Wirt.

»Ja, ist er«, sagte Chareos rasch. »Er ist aber auch ein Freund, der seit drei Tagen nichts gegessen hat, genau wie wir.«

»Zuerst den Wein«, rief Beltzer, legte die Arme um Nazas Schultern und schob ihn Richtung Keller.

Die Flammen ergriffen die Scheite und begannen aufzulodern; dennoch war es in der Gaststube kalt. Chareos zog sich einen Stuhl heran und setzte sich. Seine Augen waren glanzlos, von dunklen Ringen umrandet. Selbst der abgehärtete Finn war erschöpft. Nur Okas und Kiall schienen die Strapazen in den Bergen kaum etwas ausgemacht zu haben. Dem alten Mann hatte die Kälte nichts anhaben können, und der Jüngling hatte mit jedem Tag, der verstrich, an Kraft gewonnen.

»Wir sind für so was zu alt«, sagte Finn, der Chareos' Gedanken las. Chareos nickte. Er war zu müde, um zu antworten. Beltzer kehrte mit dem Wein zurück, stieß einen Schürhaken tief in das Feuer und wartete, bis das Eisen hellrot glühte. Dann steckte er es in den Weinkrug. Er schenkte fünf Becher aus und reichte jedem einen. Seinen Becher leerte er in einem Zug und füllte ihn sofort wieder. Naza brachte Brot, geräucherten Käse und kaltes Fleisch.

Nach der Mahlzeit stieg Chareos langsam die Treppe zum oberen Gastzimmer hinauf, zog seine Stiefel aus und war eingeschlafen, noch ehe sein Kopf das Kissen berührte. Maggrig und Finn bezogen einen zweiten Raum, während Okas sich vor dem Feuer zum Schlafen niederlegte.

Beltzer und Kiall saßen noch zusammen. Der Riese rief nach einem dritten Krug Wein.

Mael brachte ihn. »Ich nehme an, du hast noch immer kein Geld?« fragte sie.

»O doch, hat er«, sagte Kiall. »Zahl die Rechnung, Beltzer.«

Beltzer murmelte eine Verwünschung, griff in seine Tasche und zog einen breiten Goldring hervor. Mael nahm ihn und schätzte sein Gewicht. »Das sollte für die Hälfte deiner Schulden bei Naza reichen«, sagte sie und streckte wieder die Hand aus.

»Du bist eine harte Frau«, brummte Beltzer. Er angelte in seiner Tasche nach einem kleinen Gegenstand, doch er hatte nur größere. Schließlich zog er ein Armband hervor. »Das ist zehnmal soviel wert, wie ich euch schulde«, sagte er.

Mael lachte ihn an, als sie das Armband nahm und prüfte. »Ich habe noch nie eine solche Arbeit gesehen – oder Gold, das so rot ist wie dieses. Naza wird dir dafür einen guten Preis machen. Du hast recht. Es ist weit mehr wert, als du uns schuldest. Ich sorge dafür, daß du den Rest zurückerstattet bekommst.

»Gib dir keine Mühe«, sagte Beltzer und errötete. »Behalte es. Wahrscheinlich komme ich eines Tages wieder ohne eine einzige Kupfermünze in der Tasche.«

»Da ist was Wahres dran«, meinte sie.

Nachdem sie gegangen war, wandte Beltzer sich an Kiall. »Was starrst du so, Junge? Noch nie gesehen, wie ein Mann seine Schulden bezahlt?«

Kiall hatte zuviel Wein getrunken. Sein Kopf war leicht, seine Gedanken heiter. »Ich hätte nie gedacht, daß du *deine* bezahlst.«

»Was soll das heißen?«

»Ich hielt dich für ein selbstsüchtiges, gieriges Schwein«, sagte Kiall lächelnd, ohne den wachsenden Zorn Beltzers zu bemerken.

»Ich zahle immer meine Schulden«, erklärte der Riese.

»Wirklich? Du hast Finn nicht einmal dafür gedankt, daß er deine Axt zurückgekauft hat – und er hat sie teuer bezahlt.«

»Das geht nur Finn und mich etwas an. Du zählst nicht, Junge. Und jetzt halte deine Zunge im Zaum – ehe ich sie dir herausschneide!«

Kiall blinzelte und wurde schlagartig nüchtern. »Und du bist ein Lügner«, sagte er. »Du hat mir erzählt, Tura wäre tot. Ertrunken im Hafen. Alles Lüge. Und ich habe keine Angst vor dir, du dickbäuchiger Eber. Drohe mir nicht!«

Beltzer sprang auf. Kiall erhob sich und tastete nach seinem Säbel; aber da packte Beltzer ihn bereits an der Jacke, hob ihn in die Luft und holte mit der Faust aus. Da trat Kiall ihm in die Lenden, und der Riese brüllte vor Schmerz auf, ließ den jüngeren Mann fallen und taumelte zurück. Jetzt zog Kiall seinen Säbel. Beltzer grinste ihn an – und trat vor.

»Was willst du damit, Junge? Willst du den alten Beltzer aufspießen? Wirklich?« Kiall wich zurück. Er war sich klar darüber, daß die Situation außer Kontrolle geraten war. Beltzer stürzte sich auf ihn und fegte den Säbel beiseite. Kiall traf mit einer geraden Linken in Beltzers Gesicht. Der Riese beachtete den Hieb gar nicht und schlug Kiall mit der offenen Hand ans Kinn, so daß der Jüngere zu Boden ging. Halb betäubt kam Kiall auf die Knie und rammte Beltzer den Kopf in den Bauch. Beltzers Knie fuhr mit schrecklicher Wucht in die Höhe und riß Kialls Kopf nach hinten . . . Als er wieder zu sich kam, hockte er vor dem Feuer in einem Stuhl. Ihm gegenüber saß Beltzer.

»Einen Schluck Wein?« fragte Beltzer. Kiall schüttelte den Kopf. Ein Hammer schlug in seinem Kopf. »Du bist ein guter Kämpfer, Junge, und eines Tages wirst du vielleicht ein Wolf. Aber Wölfe sind zu schlau, um es mit einem Bären aufzunehmen.«

»Ich werde daran denken«, versprach Kaill. »Und jetzt möchte ich doch einen kräftigen Schluck Wein.«

Beltzer reichte ihm einen Becher. »Ich liebe den alten Finn. Er weiß, wieviel es mir bedeutet hat, die Axt zurückzubekommen. Er brauchte dafür keine Worte. Damals in Bel-azar zerrten die Nadir Finn von der Brüstung. Chareos, Maggrig und ich sprangen hinunter, um ihn zu befreien. Ich war es, der Finn auf dem Rücken trug und uns den Weg zum Torturm freikämpfte. Damals dankte Finn mir auch nicht – er brauchte es gar nicht. Verstehst du?«

»Ich glaube schon.«

»Es liegt am Wein. Trinke ich viel, rede ich zuviel. Du magst mich nicht, oder?«

Kiall betrachtete das flache, häßliche Gesicht unter der schimmernden Glatze und starrte in die kleinen, runden Augen. »Nein, nicht sehr«, gab er zu.

Beltzer nickte ernst. »Na, mach dir deshalb keine Gedanken. Ich mag mich selbst auch nicht besonders. Aber ich war auf dem Berg, Junge. Niemand kann mir das wegnehmen.«

»Ich war auch auf dem Berg«, sagte Kiall.

»Nicht auf *meinem* Berg. Aber eines Tages schaffst du es vielleicht.«

»Was ist so Besonderes daran?«

»Nichts«, antwortete Beltzer.

»Warum sollte ich dann dorthin wollen?«

Beltzer blickte von seinem Weinbecher auf. »Weil dort deine Dame ist, Kiall.«

Die grauen Steinmauern waren in Mondlicht getaucht, und eine jagende Eule flog tief über die verlassenen Wehrgänge. Chareos konnte die Schreie der Verwundeten und Sterbenden hören, doch auf den Steinen lagen keine Toten, und kein Blut sammelte sich bei den Stufen des Torturms. Als er sich auf den Rand des mit Zinnen besetzten Wehrganges setzte und über das Tal von Bel-azar hinwegschaute, versanken die Schreie in den Tiefen seiner Erinnerungen. Das Land war jetzt bar allen Lebens. Wo die Lagerfeuer der Nadir das Tal wie zu Boden gefallene Sterne erleuchtet hatten, gab es jetzt nur noch schimmerndes Gras, vereinzelte Felsen und einen längst abgestorbenen, vom Blitz getroffenen Baum.

Chareos war allein. Er konnte sich nicht daran erinnern, nach Bel-azar gereist zu sein, aber das schien keine Rolle zu spielen. Auf eine seltsame Art spürte er, daß er zu Hause war – sicher und inmitten der Geister der Vergangenheit.

Sicher? Dunkle Gestalten bewegten sich am Rand seines Blickfeldes, verschwanden in den Schatten, wenn er herumfuhr, um sich ihnen zu stellen. Er wich zu der verrotteten Tür des Torturms zurück und stieg die Wendeltreppe zu dem kreisförmigen Wehrgang empor. Dort zog er sein Schwert und wartete. Er hörte das Kratzen von Krallen auf der Treppe, roch die üblen Ausdünstungen der Bewohner der Dunkelheit: Schleim auf Fell, der süße, ekelerregende Gestank aus Mäulern, die sich von totem Fleisch ernährten.

Er schlug die obere Tür zu. Sie hatte keinen Riegel, und er stieß sein Schwert in den Schließhaken und verkeilte auf diese Weise die Tür. Schwere Körper krachten gegen das Holz.

»Beltzer!« brüllte Chareos. »Hilf mir!«

Doch es kam keine Antwort. »Maggrig! Finn!«

»Mir scheint, du bist allein, Verwandter«, sagte eine leise Stimme, und Chareos drehte sich langsam um, wohl wissend, wen er sehen würde. Der hochgewachsene Mann saß auf der Kante des Wehrgangs; das schwarze Haar war im Nacken zusammengebunden, und die violetten Augen wirkten im Mondlicht grau.

»Willst *du* mir helfen?« wisperte Chareos.

»Blut hilft immer Blut, mein Freund. Bist du nicht mein Verwandter?«

»Ja. Ja, das bin ich. Willst du mir helfen? Bitte!«

Die Tür zersplitterte, und eine klauenbewehrte Hand fuhr hindurch und zerrte an dem Holz.

»Hinfort!« rief Tenaka Khan. Die zischenden Schreie hinter der Tür wurden leiser, und die Hand verschwand.

»Sind das deine Wesen?« fragte Chareos.

»Nein, aber sie erkennen die Stimme der Macht. Und sie können Angst riechen, wie ein Löwe Blut riecht. Warum hast du Angst, Chareos?«

»Ich weiß nicht, wie ich herkam. Ich bin allein.«

»Das ist keine Antwort. Die Angst brachte dich hierher. Aber was hat deine Angst verursacht?«

Chareos lachte, doch es lag keinerlei Humor darin. »Das fragst ausgerechnet du? Du, der meinen Vater und meine Mutter erschlug und einen Ausgestoßenen aus mir gemacht hast? Ich sollte dich hassen, Tenaka. Einst dachte ich, ich würde dich hassen. Aber dann bist du allein auf diesen Turm geklettert, hast dich zu uns gesetzt und mit uns geredet.« Chareos starrte den Mann vor sich an. Er war genauso gekleidet wie in jener Nacht vor so vielen Jahren, in schwarze Reitstiefel und lederne Beinkleider, darüber ein Hemd aus schwarzer Seide, mit Silber bestickt. »Du nennst mich Verwandter«, wisperte Chareos. »Du weißt, wer ich bin?«

»Ich wußte es, als ich dich zum ersten Mal auf diesem Turm sah«, antwortete Tenaka. »Blut erkennt Blut.«

»Ich hätte dich töten sollen!« zischte Chareos, »für all die Qualen. Ich war zwölf, als sie mich von Dros Delnoch fortschickten. In der Nacht, als deine Horden endlich die letzte Mauer erstürmten, wurde ich aus der Festung und ins Land der Gothir gebracht. Die letzten Worte meines Vaters an mich waren: ›Räche mich, mein Sohn. Und denke an die Drenai.‹ Meine Mutter war schon tot. Und wofür? Damit ein verräterischer Schuft wie du die Nadirwilden in die letzte Bastion der Zivilisation bringen konnte. Was meine Angst verursacht? Du wagst es, mich das zu fragen?«

»Ich frage es immer noch«, erwiderte der Khan ruhig. »Und alles, was du mir erzählst, ist eine Geschichte, die ich schon kenne.«

»Du stammst vom Bronzegrafen ab und wurdest von den Drenai erzogen. Wie konntest du sie vernichten?«

»Ja, wie konnte ich nur?« erwiderte der Khan. »Würdest du die Geschichte meines Lebens wirklich kennen, würdest du eine solche Frage nicht stellen. Wie du weißt, wurde ich von den

Nadir aufgezogen, bis ich vierzehn war. Glaubst du, du wärst das einzige Kind, das jemals Leid und Zurückweisung erlitten hat? Ich wurde dafür gehaßt, daß ich ein halber Drenai war. Dann wurde ich, wie es der Heiratsvertrag meiner Mutter vorsah, zu den Drenai geschickt. Haben sie sich von den Nadir unterschieden? Nein. Für sie war ich ein Wilder aus der Steppe – ein Wesen, das sie quälen und peinigen konnten. Aber ich lernte, unter ihnen zu leben. Und ich kämpfte für sie. Ich ritt mit dem Drachen. Ich fand sogar ein paar Freunde unter ihnen. Doch als der verrückte Kaiser Ceska das Land mit Terror überzog, riskierte ich mein Leben und meine Seele, um den Drenai zu helfen. Ich habe meine Schulden an sie gezahlt. Ich brachte die Nadir, um die Armee des Kaisers zu vernichten, und ich erlaubte Rayvan und deinem Vater, eine neue Republik zu errichten. Warum ich Dros Delnoch Jahre später eingenommen habe? Weil ich der Khan war! Weil der Tag der Nadir angebrochen war. Doch wenn man mich des Verrats beschuldigen kann – was ist dann mit dir? Warum hast du nicht dem Befehl deines Vaters gehorcht? Warum bis du nicht nach Hause zurückgekehrt?«

»Zu welchem Zweck denn?« rief Chareos. »Um zu sterben? Um was zu erreichen?«

»Also das ist es, was du fürchtest?« antwortete Tenaka Khan. »Du hattest Angst, es zu versuchen. Angst zu versagen.«

»Wage es nicht, über mich zu urteilen!« tobte Chareos. »Ich lasse mir von einem mörderischen Verräter nicht vorwerfen, versagt zu haben.«

Tenaka Khan breitete die Hände aus. »Und wen habe ich verraten, Chareos? Ich war der Khan der Nadir. Ich hatte die Drenai einmal gerettet. Ich habe sie gewarnt, daß ich zurückkommen würde. Aber du – du hast deinen Vater verraten und alle deine Vorfahren bis hin zu Regnak, dem zweiten Bronzegrafen. Er hielt Dros Delnoch, gegen eine scheinbar unüberwindliche Macht. Generationen von Drenaikriegern sind gestorben, um ihre Heimat zu schützen, aber du nicht. Nein, du warst zufrieden damit, eine Hure zu heiraten und hier in Bel-azar eine kleine Schlacht zu gewinnen.«

Chareos zog sein Schwert aus der Verriegelung der Tür und fuhr zu Tenaka herum.

»Willst du es mir so vergelten, daß ich deine Seele gerettet habe?« fragte Tenaka sanft. »Erst vor wenigen Augenblicken hast du mich um Hilfe gegen die Untiere der Nacht gebeten.«

Chareos senkte sein Schwert. »Bin ich ein Feigling?« flüsterte er.

»Es gibt viele Formen von Feigheit, Chareos. Der eine Mann kann sich vielen Feinden mit dem Schwert stellen, aber nicht einer Krankheit, die ihn lähmt. Ein anderer begegnet dem Tod mit einem Lächeln, aber fürchtet die Jahre der Härte und Plackerei, die das Leben bedeuten. Bist du ein Feigling?«

Chareos setzte sich auf die Brustwehr und starrte auf das Schwert in seiner Hand. »Ich habe nie einen Gegner gefürchtet. Aber ja, ich bin ein Feigling. Ich hatte nicht die Kraft, zu den Drenai zurückzukehren . . . habe sie immer noch nicht.«

»Ihr habt den Tätowierten Mann gefunden?«

»Ja. Ja, wir haben ihn gefunden. Und er kommt mit uns auf unsere . . . Reise.«

»Du hast das Gefühl, diese Suche ist unter deiner Würde?« fragte der Khan.

»Wir wollen die Tochter eines Schweinezüchters retten, die von Nadrenräubern gefangen wurde. Wird die Sonne vom Himmel stürzen, wenn wir versagen?«

Tenaka stand auf und legte Chareos die Hände auf die Schultern. »Ich bin ins Land der Drenai zurückgekehrt, um einen Verrückten zu töten. Statt dessen fand ich einen Freund, eine Liebe und eine Heimat, von der ich nie wußte, daß ich sie verloren hatte. Aus dem Schattenprinz wurde der Große Khan, und ich führte die Nadir zu Höhen, von denen sie nie zu träumen gewagt hatten. Urteile nicht über deine Suche, ehe du sie beendet hast. Erinnerst du dich an jene andere Nacht auf diesem Turm?«

»Wie könnte ich sie je vergessen? Du hast uns am Leben gelassen.«

»Eines Tages, schon bald, wirst du wissen warum.«

Chareos erwachte. Das Feuer war erloschen, das Zimmer kalt. Er zitterte und zog die Decken über seinen ausgekühlten Körper. Er sah immer noch die schrägstehenden violetten Augen aus seinem Traum und spürte die Kraft der Hände auf seinen Schultern.

Die Tür öffnete sich, und Okas trat ein. Er kam leise ans Bett und setzte sich.

»Der Tag bricht an«, sagte der Alte. »Deine Suche geht weiter.«

»Ich hatte einen Traum, Okas.«

»Ich auch. Ich träumte von einem Bett aus Binsen und einer sanften Frau.«

»Und ich von Tenaka Khan.«

»War er in Bel-azar?« wollte der Tätowierte Mann wissen.

»Ja.« Chareos setzte sich. »Woher weißt du das?«

»Ich wußte es nicht«, erwiderte Okas blinzelnd. »Es war eine Frage.«

»Und warum hast du diese Frage gestellt?«

Der alte Mann schwieg einen Augenblick. »Es gibt da ein Geheimnis. Tenaka Khan wurde bei seinem Vorfahren Ulric im Großen Grab beigesetzt. Es wurde von seinem Sohn Jungir versiegelt, und tausend Bannsprüche wurden gesprochen, damit es nie geöffnet werden kann.«

»Das weiß ich alles«, fauchte Chareos.

»Du weißt es nicht«, sagte Okas, »sonst würdest du das Rätsel lösen. Ich begreife die Magie, die in der Welt verborgen ist, und ich kann die Herzen der Menschen lesen. Doch die QUELLE aller Dinge hat ihre eigenen Geheimnisse – und die kann ich nicht lesen. Tenaka Khan starb und wurde begraben; das wissen wir. Sein Sohn war sehr darauf bedacht, daß niemand in das Grab gelangen kann; auch das wissen wir. Aber hier liegt das Geheimnis, Chareos: Warum liegen Tenaka Khans Gebeine in Bel-azar verborgen?«

»Das ist unmöglich. Es wäre ein Sakrileg.«

»Und doch ist es so.«

Chareos schüttelte den Kopf. »Unsere Suche hat nichts mit Tenaka Khan zu tun. Wir werden nicht in die Nähe von Bel-azar kommen.«

»Bist du sicher?«

»Ich würde mein Leben darauf verwetten.«

Okas erwiderte nichts.

7

Chien-tsu war kein Mann, der gern reiste. Er mochte weder den Staub der Steppe noch das trockene, ungastliche Land. Vor allem verabscheute er die engen Behausungen, den Gestank der Städte und die kaum verhohlene Feindseligkeit der Nadir. In Hao-tzing hieß es, daß die Nadir eng mit dem Volk des Reiches der Mitte verwandt seien. Chien-tsu bezweifelte dies. Trotz der Ähnlichkeit in Hautfarbe und Sprache konnte er sich nicht vorstellen, daß beide Rassen gleichen Ursprungs waren. Er war der festen Überzeugung, daß die Götter zuerst die Nadir schufen und dann, als sie die scheußlichen Makel erkannten, die diese Spezies aufwies, das vollkommene Volk erschufen und ihm das Reich der Mitte anvertrauten. Dieser verhaßte Besuch bestätigte nur seine Theorie. Die Nadir schienen dem Baden abgeneigt, und ihre Kleider blieben von einer Jahreszeit zur nächsten ungewaschen – wahrscheinlich sogar von Jahrzehnt zu Jahrzehnt, dachte er.

Und was für ein Land! Obwohl er mit leichtem Gepäck reiste, das einem Botschafter der Höchsten Stadt nicht angemessen war, fand er es immer noch schwierig, Unterkünfte für seine zweiundvierzig Diener, elf Konkubinen und sechzig Mitglieder der Königlichen Garde zu finden. Er hatte sich darauf beschränken müssen, sechzehn Wagen zu erwerben, die notwendige Dinge wie Zelte, Betten, Tische, Stühle, weiche Leinenlaken, Harfen, Flöten, zwei emaillierte Badewannen und fünf mannshohe Spiegel transportierten. Und er hatte lediglich fünfundzwanzig Kisten mit persönlichem Gepäck, das seine – gänzlich unzureichende – Reisegarderobe enthielt.

Chien-tsu fand es seltsam, daß der Kaiser einer seiner Töchter erlaubt hatte, einen Wilden zu heiraten, doch ein weiser Mann stellte die Entscheidungen des Göttlichen nicht in Frage. Und Chien-tsu war, wie alle zivilisierten Menschen wußten, überaus weise für seine zweiunddreißig Jahre.

Vor der Stadt zügelte er sein Pferd und seufzte. Die Gebäude waren vorwiegend unansehnlich, und dem Palast, der in der Mitte emporragte, fehlte – obgleich er eine arrogante, beinahe primitive Schlichtheit aufwies – jede Spur von ästhetischer Schönheit. Er besaß sechs quadratische Türme und einen zinnenbewehrten

Wehrgang. Es flatterten keine Banner. Chien-tsu ließ die Wagen halten und befahl, sein Zelt aufzuschlagen. Sobald dies geschehen war, ließ er seine Spiegel aufstellen und ein Bad bereiten. Seine Dienerinnen wuschen den Staub von seinem Körper und massierten ihn mit aromatischen Ölen. Sein langes dunkles Haar wurde sorgfältig eingeölt und gekämmt, aus der Stirn genommen und mit Elfenbeinkämmen festgesteckt. Dann zog er Beinkleider aus goldbestickter blauer Seide an und Schuhe mit goldenen Bändern. Sein Hemd bestand aus der weißesten Seide, und darüber legte er eine lackierte Brustplatte aus Holz und Leder an, die mit einem goldenen Drachen geschmückt war. Sein langes Krummschwert hing zwischen seinen Schulterblättern, und zwei Messer in schimmernden hölzernen Scheiden wurden sorgfältig in der Satinschärpe versteckt, die er um seinen Leib band. Er ließ die Geschenke für Jungir Khan zusammentragen: Es waren siebzehn Kisten – entsprechend dem Alter der neuen Königin der Nadir. Chien-tsu dachte bei sich, daß es schön sein würde, Mai-syn wiederzusehen. Sie war die jüngste der legitimen Töchter des Kaisers, atemberaubend schön, und sie spielte die neunsaitige Harfe perfekt.

Er stieg in den Sattel und führte seine Entourage aus fünf Lakaien und vierunddreißig Trägern zum Palast.

Sie wurden von zwanzig Soldaten begrüßt, angeführt von einem Offizier mit einer Silberkette, der den Kopf in einer lässigen Verbeugung neigte. Chien-tsu runzelte die Stirn, denn die Verbeugung hätte viel tiefer ausfallen müssen, um der Höflichkeit Genüge zu tun. Er hob den Kopf und blickte dem Offizier in die Augen... Das Schweigen wuchs. Es war zwar unziemlich, zuerst zu sprechen, doch Chien-tsus Verärgerung war so groß, daß er beinahe gegen dieses Gebot verstoßen hätte.

»Nun?« fauchte der Offizier schließlich. »Was wollt ihr?«

Chien-tsu war verblüfft, unterdrückte jedoch seinen wachsenden Zorn. Es wäre nicht schicklich, gleich am ersten Tag in der Stadt einen Mann zu töten.

»Ich bin Chien-tsu, Botschafter des Höchsten Kaisers am Hofe Jungir Khans. Ich bin mit angemessenen Geschenken zum Geburtstag der Königin gekommen. Sei so freundlich und führe mich zu den Königlichen Hoheiten.«

Wie Chien-tsu erwartet hatte, veränderte sich der Ausdruck des Mannes. Er verbeugte sich noch einmal, diesmal ein wenig tiefer als vorgeschrieben. Dann brüllte er einen Befehl, und die zwanzig Soldaten machten kehrt. »Folge mir«, bat er Chien.

Hinter den großen Toren befand sich kein offener Hof, sondern ein Labyrinth aus Tunneln. Sie gelangten rasch in einen großen Garten östlich des Tores. Eine Reihe von Ställen erstreckte sich zur Rechten, und Chien-tsu stieg ab und erlaubte einem Stallknecht, sein Pferd davonzuführen. Die Gruppe wurde von einem zweiten Offizier übernommen. Er war größer als der erste und trug eine silberne Brustplatte und Helm. Er verbeugte sich korrekt vor Chien und lächelte.

»Willkommen, Botschafter. Der Khan hatte dich noch nicht erwartet.«

»Ist es denn heute nicht der Geburtstag?«

Der Offizier blickte verwirrt drein. »Bitte, folge mir«, sagte er. Chien und seine Begleiter gingen durch ein weiteres kompliziertes System aus Gängen und Korridoren, bis sie schließlich in eine große Vorhalle mit einer gewaltigen Doppeltür aus Eiche gelangten, die mit Silber beschlagen war.

Vier Wachen standen vor der Tür. Sie traten zur Seite, als der Offizier näher kam, und die Flügel schwangen auf. Zu Chiens Erstaunen erinnerte das Innere des Hauptsaales an ein riesiges Zelt mit Vorhängen und Wandbehängen aus feinster Seide. Am anderen Ende, auf einer erhöhten Plattform, lagerte der Große Khan auf einem satinbezogenen Diwan. Chien trat ein und verbeugte sich tief, wobei er diese Haltung die obligatorischen zehn Herzschläge lang einhielt.

Der Khan winkte ihn heran. »Willkommen, Botschafter. Ein unerwartetes Vergnügen.« Die Stimme des Mannes war tief und kräftig. Er stand auf und stieg von der Empore. »Wir haben erst morgen mit dir gerechnet.«

Chien hob die Hände und klatschte, und die vierunddreißig Träger traten vor und stellten die Truhen in einer Reihe vor dem Khan nieder. Dann zogen sich die Männer zurück, die Köpfe geneigt, die Augen abgewandt. Chien verbeugte sich erneut. »Großer Khan, ich bin mit Geschenken vom Göttlichen Herrscher des Goldenen Reiches gekommen, zur Feier des ersten Jahres eurer Vermählung. Im Namen Seiner Majestät möchte ich mich erkundigen, ob Mai-syn deinem Herzen auch weiterhin ausgesuchte Freuden bereitet.«

»Das tut sie«, antwortete Jungir. »Und jetzt zu den Truhen, wenn es recht ist.«

Das war nicht die Antwort, die Chien erwartet hatte, doch er ließ sich seine Bestürzung nicht anmerken, und öffnete die erste der silberbeschlagenen Truhen. Er nahm einen schönen Mantel aus silberner Seide heraus, bestickt mit Perlen, und hielt ihn dem Khan hin.

»Sehr schön«, sagte der Khan. »Sind das alles Kleider?«

»Nein, Großer Kahn«, erwiderte Chien mit einem gezwungenen Lächeln. Er öffnete die zweite Truhe, die mit Smaragden gefüllt war. Einige waren faustgroß.

»Was ist das in deinem Land in . . . sagen wir, Pferden und Männern wert?« fragte der Khan.

»Ein Mann könnte damit eine Armee von zehntausend Lanzenträgern ausrüsten und sie einen ganzen Sommer lang unterhalten«, antwortete Chien.

»Gut. Sie gefallen mir. Und die anderen?«

Einige enthielten Gold, andere Parfüms und Gewürze oder Kleidungsstücke. Die letzte Truhe rief die stärkste Reaktion des Nadir-Kriegsherrn hervor. Chien nahm einen Säbel von blendendem Glanz heraus. Der Griffschutz war aus Gold, mit Edelsteinen besetzt; der Griff war mit Goldfaden umwunden. Doch der Knauf war milchweiß und in der Form eines Wolfsschädels geschnitzt.

Jungir nahm die Klinge und ließ sie durch die Luft sausen. »Sie ist vollkommen«, sagte er mit glänzenden Augen. »Sie ist phantastisch ausgewogen und erstaunlich scharf. Ich bin wirklich erfreut. Überbringe deinem König meinen Dank. Sag ihm, ich hätte nicht gewußt, daß es in seinem Land solche Reichtümer gibt. Wann wirst du die Rückreise antreten? Morgen?«

»Wie du wünschst, Großer Khan.«

»Morgen wäre es gut für dich, denn der Winter wird bald die Häfen erreichen, und ich möchte nicht, daß deine Reise unbequem wird.«

»Es ist freundlich von dir, dich um meine Bequemlichkeit zu sorgen, aber Seine Majestät hat mir aufgetragen, seine Tochter zu sehen und ihr eine Botschaft seiner Liebe und Zuneigung zu überbringen.«

»Ich werde ihr diese Botschaft mitteilen«, erklärte Jungir hochmütig.

»Und ich zweifle nicht daran, Großer Khan, daß du sie kunstvoller überbringst, als ich es könnte. Aber mein König hat mir befohlen, seine Tochter aufzusuchen. Und du wirst mir sicher zustimmen, daß ein Untertan immer den Befehlen seines Herrschers gehorchen muß.«

»Allerdings«, sagte Jungir, »doch ich fürchte, das wird nicht möglich sein. Die . . . Königin ist in meinem Palast im Süden. Es ist eine Reise von zwei Monaten. Ich bin sicher, dein König wird verstehen, daß du seinen Wunsch nicht erfüllen konntest.«

»Aber das kann ich, Großer Khan. Ich werde nach Süden reisen und dann nach Hause. Mit deiner Erlaubnis, selbstverständlich.«

Jungirs Gesicht verdunkelte sich, doch seine Miene blieb freundlich. »Es wäre nicht ratsam, Botschafter. Die Steppe ist . . . gefährlich für Fremde. Viele Stämme belästigen . . . Ausländer noch immer.«

»Ich verstehe, Majestät. Selbst im Reich der Mitte gibt es Banditen und Gauner, die dem Willen des Kaisers nicht gehorchen. Aber ich bin sicher, meine Soldaten werden es mit ihnen aufnehmen. Und ich weiß deine Besorgnis um die Sicherheit eines bescheidenen Botschafters zu schätzen.«

Jungir lächelte gepreßt und ging zurück auf die Empore. »Man wird euch Unterkünfte anweisen, Botschafter, und mein Haushofmeister wird dich mit den Führer und Vorräten versorgen, die du für deine Reise brauchst. Und jetzt muß ich mich um Staatsgeschäfte kümmern.«

Chien verbeugte sich, aber nicht tief. Dann richtete er sich gerade auf. »Ich kann dir nicht genug danken, Majestät, für die Zeit, die du mir gewidmet hast.« Er machte sieben Schritte rückwärts anstatt zehn und drehte sich dann um.

Als die großen Türflügel sich wieder schlossen, wandte sich Jungir an einen breitschultrigen Krieger, der neben ihm stand. »Du wirst sie eine Woche lang nach Süden führen. Dann unternimmst du einen Angriff auf sie. Niemand überlebt. Du verstehst, Kubai?«

»Jawohl, Herr.«

»Und sorge dafür, daß sie sich nicht im Palast herumtreiben. Niemand soll diese gelbgesichtige Schlampe erwähnen.«

»Wie du befiehlst, Großer Khan.«

Der Haushofmeister führte Chien durch das Gewirr von Tunneln zu drei großen, rechteckigen, benachbarten Räumen. Die Fenster in den Westwänden blickten auf einen ausgesucht scheußlichen Garten hinaus. Im ersten Raum standen ein Bett, vier Stühle, ein Tisch und drei Laternen. Der zweite war lediglich mit einem schmalen Bett und einer einzigen Laterne ausgestattet, während der dritte sich mit einer metallenen Badewanne, drei Zubern Wasser und einigen dünnen Handtüchern schmückte.

»Das ist fast zuviel des Luxus«, sagte Chien ohne einen Hauch von Spott. Der Haushofmeister lächelte dünnlippig und ging. Chien wandte sich an seinen Diener Oshi, einen drahtigen ehemaligen Sklaven, der Chiens Familie schon seit vierzig Jahren diente. »Such die Gucklöcher«, befahl Chien in einem seltenen Kiatze-Dialekt. Oshi verbeugte sich und ging einige Minuten im Zimmer umher.

»Es gibt keine, Herr«, verkündete Oshi schließlich.

»Nehmen ihre Beleidigungen denn gar kein Ende?« fauchte Chien. »Glauben diese Barbaren, daß ich nicht wichtig genug bin, um mir nachzuspionieren?«

»Es sind Wilde, Herr.«

»Geh und sieh nach, wo sie Sukai und die anderen untergebracht haben. Schicke Sukai zu mir.«

»Sofort, Herr. Oder soll ich zuerst dein Bad bereiten?«

»Ich werde morgen baden. Ich traue diesen Nadir zu, daß sie in die Wasserzuber uriniert haben.« Oshi kicherte und ging. Chien zog ein leinenes Taschentuch aus seiner Tasche und staubte damit einen der Stühle ab. Ein dunkler Schatten huschte hinter ihm durch den Raum, und Chien fuhr herum und zog blitzschnell das kleine Wurfmesser aus seinem Ärmel. Die Klinge schoß durch den Raum, und die schwarze Ratte, beinahe zweigeteilt, starb auf der Stelle.

Minuten später, als Chien am Fenster stand und auf das graugrüne Gestrüpp hinuntersah, das als königlicher Garten galt, klopfte es leise an der Tür.

»Herein!« befahl er.

Sukai marschierte ins Zimmer und verbeugte sich so tief, wie es seine lackierte lederne Brustplatte zuließ. Er war weder groß noch eine besonders eindrucksvolle Erscheinung, doch seine Fertigkeit im Umgang mit der langen, gekrümmten *Chantanai*-Klinge war im ganzen Reich der Mitte berühmt. Er diente Chien schon seit elf Jahren – und in dieser Zeit hatte Chien Sukai nicht einmal gesehen, ohne daß sein Haar gekämmt, geölt und gelackt war. Jetzt aber hing es ihm strähnig auf die Schultern.

»Warum kommst du her und siehst aus wie der niederste Bauer?« fragte Chien, der immer noch den Kiatze-Dialekt benutzte.

»Ich bitte tausendmal um Entschuldigung, edler Herr«, erwiderte Sukai. »Ich bereitete gerade mein Bad vor – ich dachte, du würdest nicht warten wollen, bis ich mich anständig gekleidet hätte.«

»Da hast du recht, Sukai. Aber es war ungehörig, dein Bad vorzubereiten, ohne dich vorher zu vergewissern, ob ich dich brauchte. Nun ja – in einer Stadt der Barbaren ist es schwer, zivilisiertes Benehmen beizubehalten. Hast du dein Zimmer durchsucht?«

»Das habe ich, Herr. Es gibt keine Geheimgänge und keine geheimen Lauschmöglichkeiten.«

»Schändlich!«

»Es ist ein unverschämtes Volk.«

Oshi trat lautlos ein, verbeugte sich zweimal – und sah die tote Ratte. Er zog Chiens Messer heraus und hob den Kadaver am Schwanz hoch. »Sie hat Flöhe«, sagte er und hielt das Tier am ausgestreckten Arm.

»Wirf sie aus dem Fenster«, befahl Chien. »Wenn wir sie hierlassen, bekommen wir sie wahrscheinlich als Abendessen serviert.« Oshi schleuderte die Ratte in den Garten hinunter und ging ins Hinterzimmer, um das Messer zu säubern, während Chien sich wieder an den Krieger wandte. »Morgen brechen wir nach Süden auf.«

»Jawohl, Herr.«

Chien zögerte und schloß die Augen. Seine Konzentration wurde stärker, und er spürte die schwebende Gegenwart eines Geistes im Raum. Er lächelte. Also sind sie doch nicht solche Wilden, dachte er. Seine Finger zuckten an seinen Gürtel; Sukai verstand die Botschaft und wechselte geschickt von Kiatze zu Nadir.

»Wird der Große Khan uns Führer zur Verfügung stellen, Herr?«

»Aber gewiß. Er ist ein edler König, von vornehmem Blut. Aber ich denke, wir sollten seine Gastfreundschaft nicht über Gebühr in Anspruch nehmen. Du sorgst dafür, daß eine Wache von zwanzig Männern die Frauen und alle Diener außer Oshi zurück nach Kiatze begleitet. Ich werde eine Botschaft an den Göttlichen Kaiser schicken, um ihm den Erfolg unserer Mission und die freundlichen Worte Jungir Khans zu übermitteln. Die Reise nach Süden wäre für meine Mädchen zu beschwerlich.«

»Ja, Herr.«

»Wir nehmen nur einen Wagen – mit Geschenken für die Königin. Alle meine Sachen gehen zurück nach Kiatze.«

»Mit Ausnahme deines Zeltes, Herr?«

»Nein, das auch. Ich nehme meine Farben und Pinsel mit, das ist alles. Vielleicht gibt es am Wegesrand ein paar interessante Blumen zu sehen.« Seine Finger schienen ein Staubkörnchen von seinem Ärmel zu schnippen.

Sukai verbeugte sich. »Ich habe viele rote Blüten bemerkt, Herr.«

»Du wirst noch sehr viel mehr sehen.«

Sukais Miene verhärtete sich. »Habe ich die Erlaubnis, an meine Familie zu schreiben, Herr?«

»Selbstverständlich. Und jetzt geh. Wir sehen uns bei Tagesanbruch.«

Als der Offizier gegangen war, kehrte Oshi mit Chiens frisch gesäubertem Messer zurück. Chien steckte die Klinge in die geölte Scheide in seinem Ärmel.

Oshi zog den abgestaubten Stuhl ans Fenster, und Chien nahm darauf Platz, scheinbar in Gedanken verloren. Er konzentrierte sich auf den zudringlichen Geist im Zimmer und sah einen dünnen, zerknitterten alten Mann mit blassen Augen und einem Wieselgesicht. Er schwebte dicht unter der hohen Decke. Chien saß schweigend, bis die Gegenwart des Beobachters verschwand.

»Oshi!«

»Ja, Herr?«

»Geh in die Küche und hole ein wenig Brot. Die Nadir haben bestimmt keinen Fisch, aber such mir etwas getrocknetes Fleisch aus, das nicht völlig verdorben ist.«

»Sofort!«

Chien verschränkte die Arme und dachte an Mai-syn. Für sie mußte dieser Ort mehr als erbärmlich gewesen sein. Er konzentrierte sich auf die Schönheit ihres Gesichts und versuchte, mit ihrem Geist in Verbindung zu treten. Doch er fand nur kosmisches Schweigen. Vielleicht ist sie zu weit weg von hier, dachte er. Vielleicht auch nicht, sagte die dunklere Seite seines Wesens.

Der Haushofmeister klopfte an die Tür und teilte Chien mit, daß Jungir Khan ein Fest zu seinen Ehren geben würde. Es solle heute abend bei Mondaufgang beginnen. Er könne gern den Hauptmann seiner Wache mitbringen, falls er dies wünsche. Chien verbeugte sich und nahm die Einladung an.

Welche neue Demütigung planen die Wilden für heute abend? überlegte er.

Die große Halle war voller Krieger, die um zahlreiche schlichte Tische saßen, die ein riesiges offenes Viereck bildeten. Jungir Khan, in einer enganliegenden, goldbestickten, schwarzen Ledertunika, saß am südlichen Ende der Halle; hinter ihm war die Thronempore. Rechts von Jungir Khan saß Chien, zu dessen Rechter Sukai saß, der sich unbehaglich fühlte und nur wenig aß. Links von Jungir saß ein verschrumpelter alter Mann, den der Khan als Shotza, den Hofschamanen, vorstellte. Chien verneigte sich leicht vor dem Mann. »Wir haben viel von den Künsten der Nadirschamanen gehört«, sagte er.

»Und wir von den Hofmagiern Kiatzes«, entgegnete Shotza. »Ist es wahr, daß sie kleine goldene Maschinen bauen, die in der Luft fliegen und Vögel nachahmen?«

»Der Göttliche Kaiser besitzt drei davon«, antwortete Chien-tsu.

Shotza nickte, schien jedoch nicht überzeugt.

Es gehörte zum Fest, eine ungeheure Menge Fleisch zu essen, das in Kiatze selbst die Hofhunde verschmäht hätten, da es bereits zu faulen angefangen hatte. Um dies zu übertünchen, begruben die Gäste das Essen unter Gewürzen. Chien aß wenig und trank noch weniger. Der Schnaps, den die Nadir konsumierten, wurde – wie man ihm erklärte – aus ranziger Ziegenmilch destilliert. »Wie einfallsreich«, bemerkte er. Wie passend, dachte er.

Zwischen den endlosen Gängen fanden Vorstellungen von Jongleuren oder Akrobaten statt. Sie waren nicht besonders geschickt, doch Chien applaudierte höflich.

»Wir haben viel von den kriegerischen Fähigkeiten der Kiatze gehört«, sagte Jungir Khan plötzlich. »Würde dein Offizier uns die Ehre eines Schaukampfes gewähren?«

»Welcher Art?« fragte Chien.

»Schwertfechten.«

»Bei allem Respekt, Großer Khan, aber das geht nicht. Die Seele eines Kriegers wohnt zum Teil in seiner Klinge, die deshalb nicht gezogen werden darf, außer zum Blutvergießen – und das, fürchte ich, wäre keine Darbietung von Kunstfertigkeit mehr.«

»Dann laß ihn bis zum Tod kämpfen«, sagte der Khan.

»Ich fürchte, ich verstehe nicht, Herr. Ist das eine Art Scherz?«

»Ich scherze nie über den Krieg, Botschafter. Ich bitte lediglich darum, daß dein Schwertkämpfer mir die Fertigkeiten der Kiatze zeigt. Ich würde es dir übelnehmen, wenn du es mir verweigerst.«

»Ich hoffe, Majestät, daß du meine Worte nicht als Weigerung auffaßt. Ich bitte dich nur, es dir noch einmal zu überlegen. Wäre es nicht ein Unglück, wenn es auf einem Fest einen Toten gäbe?«

»Das kommt darauf an, wer stirbt«, antwortete der Khan kalt.

»Sehr gut, Majestät«, sagte Chien und wandte sich an Sukai. »Der Khan wünscht die Kriegskünste eines Kiatzeoffiziers zu sehen. Sei ihm zu Diensten.«

»Wie du befiehlst«, antwortete Sukai. Er stand auf und sprang über den Tisch. Er war weder groß noch breitschultrig. Sein Gesicht war breit und flach, die Augen dunkel, und bis auf einen dünnen Schnurrbart, dessen Enden ihm bis zum Kinn reichten, war er glattrasiert. Er zog ein langes, zweihändiges Krummschwert und wartete. Er fuhr sich mit den Fingern über die Brust. Chien las die signalisierte Frage und mußte sich bemühen, nicht zu stolz zu blicken. ›Erwartest du von mir, daß ich sterbe?‹ hatte Sukai gefragt. Chien hob die Hand, um sein kunstvoll gelacktes Haar zu berühren. Sukai verstand – und verbeugte sich.

Jungir Khan deutete auf einen Krieger am anderen Ende der Halle. »Zeig unseren Gästen, wie ein Nadir kämpft«, rief er, und der Mann sprang in das Viereck.

»Verzeihung, Majestät«, sagte Chien mit ausdrucksloser Miene.

»Was gibt es?«

»Es scheint mir nicht fair, nur einen Mann gegen Sukai kämpfen zu lassen. Er wäre tödlich beleidigt.«

Das Gesicht des Khans verdunkelte sich, und er hob eine Hand. Schweigen senkte sich über den Saal. »Unser Gast, der Botschafter des Landes Kiatze, sagt, daß ein Nadirkrieger allein kein Gegner für seinen Streiter ist.« Zorniges Murmeln erhob sich. Wieder durchschnitt die Hand des Khans die Luft, und alles schwieg. »Kann das wahr sein?«

»Nein!« brüllte die Gästeschar.

»Aber er behauptet auch, daß sein Streiter beleidigt wäre, wenn er sich nur einem Gegner stellen müßte. Sollen wir einen so stattlichen Krieger beleidigen?« Diesmal erfolgte keine Reaktion. Die

Nadir warteten darauf, daß ihr Khan ihnen die Richtung vorgab. »Nein, wir können unsere Gäste nicht beleidigen. Deshalb werdet ihr, Ulai und Yet-zan, euch eurem Kameraden anschließen.« Die beiden Nadirkrieger kletterten in das Viereck. »Der Kampf soll beginnen«, befahl Jungir.

Die Nadirkrieger bildeten einen Kreis um die noch immer reglose Gestalt Sukais, dessen großes Schwert leicht auf seiner Schulter ruhte. Plötzlich stürmte der erste Nadir nach vorn; die anderen folgten ihm. Sukai wirbelte auf dem Absatz herum. Sein Schwert sauste nieder und drang dem ersten Angreifer durch Schulterblatt und Brust. Er fuhr wieder herum und blockte einen Stoß ab, hieb dem Schwertkämpfer den Kopf von den Schultern, ließ sich auf ein Knie fallen und rammte dem dritten Mann seine Klinge in den Bauch.

Sukai steckte das große Schwert wieder in die Scheide auf seinem Rücken und wartete, die Hände in die Hüften gestemmt. Zu seinen Füßen lagen drei Leichen, deren Blut den Mosaikfußboden besudelte.

»Er ist ein guter Krieger«, brach die Stimme Jungir Khans sie Stille.

»Nicht besonders, Herr«, erwiderte Chien und verbarg seine Freude. »Ich fand, der letzte Hieb war ziemlich nachlässig ausgeführt. Ein vierter Mann hätte ihn in diesem Moment töten können.«

Jungir Khan sagte nichts, sondern winkte mit der Hand. Diener traten in das Viereck, und die Tische wurden zurückgeschoben, so daß die Toten aus dem Saal geschleppt werden konnten. Sägespäne wurde über das Blut gestreut.

Das Fest dauerte noch eine Stunde, doch Jungir sprach nicht mehr mit dem Botschafter aus dem Land Kiatze.

Gegen Mitternacht endete das Fest. Chien stand auf und verbeugte sich vor Jungir. »Mit deiner Erlaubnis, Khan?«

Jungir nickte. »Das Glück möge dich auf deiner Reise begleiten«, sagte er.

»Wenn du es wünschst, wird es gewiß so sein«, antwortete Chien. »Ich danke dir für dieses Fest. Mögen die Götter dir allen Segen bringe, den du verdienst.«

Von Sukai gefolgt, marschierte Chien-tsu aus dem Saal.

In seinen Räumen wandte er sich an Sukai.

»Ich bitte um Entschuldigung«, sagte er, »daß ich deine Würde verletzt habe. Es war nicht ziemlich, der Bitte des Khans zu entsprechen.«

Sukai machte eine tiefe Verbeugung und neigte dreimal den Kopf. »Eine Entschuldigung ist nicht nötig, Herr. Ich lebe, um dir zu dienen.«

Chien betrat sein Zimmer und sah, daß Oshi die Nadirlaken vom Bett gezogen und die Matratze mit Laken aus feiner Seide überzogen und eine mit Gänsedaunen gefüllte Decke darauf gebreitet hatte. Der Diener selbst schlief am Fußende des Bettes.

Chien zog seine Kleider aus, faltete sie sorgfältig zusammen und legte sie auf den Stuhl am Fenster. Dann stieg er ins Bett und legte sich zurück. Er hatte den Wunsch, ein heißes, duftendes Bad genießen zu können.

Oshi erhob sich vom Fußende. »Brauchst du irgend etwas, Herr?«

»Nichts, danke.«

Oshi ließ sich wieder auf dem Fußboden nieder, und Chien starrte durch das Fenster auf die hellen Sterne. Aller Wahrscheinlichkeit nach war Mai-syn tot. Er konnte keine Wärme von ihrem Geist erspüren. Nie mehr würde ihr Lachen unter dem Himmel zu hören sein, nie mehr würde ihr süßer Gesang die Nacht bezaubern. Doch er konnte nicht sicher sein; deshalb mußte er die Reise nach Süden zumindest antreten. Denn falls Mai-syn tot war, würde die Gruppe – daran zweifelte Chien nicht – angegriffen und getötet, sobald sie aus der Stadt war. Jungir Khan hatte gewiß nicht den Wunsch, daß die Nachricht vom Tod seiner Tochter den Kaiser erreichte. Nein, den Mord an Chien würde man Räubern oder Banditen in die Schuhe schieben, und dann würden noch mindestens ein weiteres Jahr kostbare Geschenke fließen.

Es mußte eine Möglichkeit geben, die Pläne des Khans zu durchkreuzen. Das gebot die Ehre.

Chien lag noch einige Stunden wach. Schließlich huschte ein Lächeln über sein Gesicht.

Und er schlief ein.

Obwohl die Wintersonnwende bevorstand, lag die Wärme eines zeitigen Frühlings in der Luft, als die Suchenden die langgestreckten Hügel ins Tal von Kialls Siedlung hinabritten. Die Gefühle des jungen Mannes waren zwiespältig, als er auf die hölzernen Gebäude und die neue Palisade hinuntersah. Er war zu Hause – und doch nicht daheim. Alle Träume seiner Kindheit ruhten hier; die Geister seiner Jugend spielten noch immer im Hochwald. Er kannte jede Biegung der Pfade, alle geheimen Plätze, die umgestürzten Bäume und die verborgenen Höhlen. Und doch hatte das Dorf sich verändert. Von den ausgebrannten Gebäuden war nichts mehr zu sehen, und am Rande des Dorfes standen zwölf neue Häuser. Tanai, der Bäcker, war bei dem Überfall getötet worden; sein Haus und die Bäckerei waren völlig ausgebrannt. Jetzt stand eine neue Bäckerei an der Stelle, und Kiall hatte das Gefühl, als würde jemand mit einem heißen Messer in seinen Erinnerungen wühlen und die Bilder zerschneiden, die ihm lieb und teuer waren.

Chareos führte die kleine Gruppe in die Siedlung hinunter und durch die noch unfertige Palisade zum Hauptplatz. Die Dorfbewohner hielten in ihrer Arbeit inne, um die Reiter zu beobachten, und ein großer, dicker Mann in einer Tunika aus grüner Wolle, über der ein breiter Gürtel den hervorstehenden Bauch zu halten versuchte, baute sich vor ihnen auf, die muskulösen Arme vor der Brust verschränkt.

»Was wollt ihr hier?« fragte er. Seine Stimme war tief, sein Tonfall überheblich.

Chareos stieg aus dem Sattel und ging auf ihn zu. »Wir suchen Schutz für die Nacht.«

»Fremde sind hier nicht willkommen.«

Kiall hielt es nicht mehr aus. Er schwang sein Bein über den Sattelknauf und sprang zu Boden. »Ich bin kein Fremder!« rief er wütend. »Aber wer, in Bars Namen, bist du? Ich kenne dich nicht.«

»Ich dich auch nicht«, erwiderte der Mann. »Sagt, was ihr wollt – oder tragt die Konsequenzen.«

»Konsequenzen?« schnaubte Beltzer. »Wovon redet er?«

»Von den Bogenschützen, die sich überall in den Gassen verstecken«, erklärte Finn.

»Oh«, machte Beltzer.

Chareos blickte sich um und sah die Krieger. Sie schienen nervös und verängstigt zu sein; ihre Finger zitterten auf den gespannten Sehnen. Jeden Augenblick konnte ein versehentlicher Schuß den Platz in ein Schlachtfeld verwandeln, wie Chareos wußte. »Wir sind keine Nadren«, sagte er mit ruhiger Stimme. »Ich kam in der Nacht des Überfalls her und versuchte, den Leuten zu helfen. Der junge Mann hier ist Kiall. Er stammt aus diesem Dorf.«

»Tja, ich kenne ihn nicht, und ich glaube, mir liegt auch nichts daran«, gab der Mann mürrisch zurück.

»Ich heiße Chareos. Es wäre nett, wenn du mir wenigstens deinen Namen sagst.«

»Ich brauche zu Leuten wie euch nicht höflich zu sein«, sagte der Mann. »Verschwindet!«

Chareos breitete die Hände aus und trat näher auf ihn zu. Blitzschnell packte er die Tunika des Mannes mit der Linken und zerrte ihn nach vorn. Seine rechte Hand zuckte hoch, und die Klinge seines Jagdmessers ruhte an der Kehle des Mannes.

»Ich hasse schlechte Manieren«, sagte Chareos ruhig. »Und jetzt befiehl deinen Männern, die Waffen sinken zu lassen, oder ich schneide dir die Kehle durch.«

Der Mann schluckte schwer, so daß seine schlaffe Haut gegen die Messerspitze drückte. Ein paar Blutstropfen fielen auf seine Tunika.

»Legt . . . legt eure Waffen nieder«, flüsterte er.

»Lauter, du Idiot!« zischte Chareos, und der Mann tat, wie ihm geheißen.

Zögernd gehorchten die Bogenschützen, doch sie scharten sich dicht um die Gruppe. Chareos, der den Dicken immer noch festhielt, wandte sich an die Menge. »Wo ist Paccus der Seher?« rief er. Niemand antwortete ihm.

Kiall trat vor. »Erinnert sich denn keiner an mich?« fragte er. »Was ist mir dir, Ricka? Oder dir, Anas? Ich bin es – Kiall.«

»Kiall?« fragte ein großer, dünner Mann mit pockennarbigen Gesicht. Er kam näher, um den jungen Krieger genauer zu betrachten. »Du *bist* es«, sagte er überrascht. »Aber du siehst so anders aus. Warum bist du zurückgekommen?«

»Um Ravenna zu suchen, natürlich.«

»Warum?« fragte Anas. »Inzwischen ist sie die Frau eines Nadir – oder schlimmeres.«

Kiall wurde rot. »Ich werde sie trotzdem suchen. Was geht hier vor? Wer ist dieser Mann? Und wo ist Paccus?«

Anas zuckte die Achseln. »Nach dem Überfall sind viele Familien nach Norden gezogen, um sich näher an Talgithir niederzulassen. Neue Familien sind hergezogen. Das ist Norral. Er ist ein guter Mann und unser Anführer. Die Palisade war seine Idee, wie auch die Bogenschützen. Wir wollen uns in Zukunft selbst verteidigen, Kiall. Wir werden für die Nadren nicht noch einmal ein so leichtes Ziel sein, falls sie wieder in Gothir einfallen.«

»Was ist mit Paccus?«

»Er starb vor drei Tagen.«

Im Hintergrund steckte Chareos sein Messer in die Scheide und stieß Norral von sich. Beltzer und die anderen stiegen von den Pferden.

Kiall schaute die Dorfbewohner an. »Wir sind keine Räuber«, sagte er. »Ich stamme aus diesem Dorf. Morgen werden wir aufbrechen, um die Frauen zu suchen, die bei dem Überfall geraubt wurden. Wir werden sie zurückholen. Ihr kennt diese Krieger hier vielleicht nicht von Angesicht, aber ihr habt von ihnen gehört. Dies hier ist Chareos der Schwertmeister, und dies ist Beltzer mit der Axt. Der Mann mit dem dunklen Bart ist der berühmte Bogenschütze Finn, und neben ihm steht sein Freund Maggrig. Dies sind die Helden von Bel-azar, meine Freunde. Der andere Mann ist ein Mystiker aus dem Land des Tätowierten Volkes. Er wird dem Geistpfad folgen, der uns zur Rettung unserer Leute führt.«

Anas starrte Beltzer ungläubig an. »*Er* ist der berühmte Axtschwinger?«

»Ja, das bin ich, du Ziegenhirn!« donnerte Beltzer, zog die Axt und hielt Anas die schimmernde Klinge unters Kinn. »Möchtest du noch mehr Beweise sehen?«

»Nein, nein«, sagte Anas und machte einen Schritt zurück.

Norral trat neben Chareos. »Ich bitte tausendmal um Entschuldigung«, flüsterte er. »Das konnte ich nicht wissen. Bitte, fühlt euch in meinem Heim wie zu Hause. Es wäre mir eine Ehre, wenn ihr die Nacht in meinem Haus verbringen würdet.«

Chareos nickte. »Das ist sehr freundlich von dir«, sagte er schließlich und zwang sich zu einem Lächeln. »Ich muß mich ebenfalls entschuldigen. Du hast ganz recht daran getan, beim Erscheinen von sechs bewaffneten Männern besorgt zu sein, und deine Vorkehrungen waren lobenswert.«

Norral verbeugte sich.

Das Essen, das er ihnen vorsetzte, war ausgezeichnet zubereitet von seinen beiden hübschen, molligen Töchtern, Bea und Kara.

Doch der Abend wurde von Norral beherrscht, der ihnen in allen Einzelheiten die Geschichte seines weitgehend uninteressanten Lebens erzählte, die er immer wieder mit Anekdoten über berühmte Staatsmänner, Dichter oder Adlige der Gothir unterbrach. Jede Geschichte endete auf die gleiche Weise: wie der berühmte Mann ihn, Norral, zu seinem Scharfsinn, seiner Klugheit, seinem Weitblick und seiner Intelligenz beglückwünschte.

Beltzer war der erste, der sich einen Krug Wein schnappte und in die kühle Nachtluft hinauswanderte. Maggrig und Finn folgten ihm bald. Unbeeindruckt von dem Strom von Geräuschen, die Norral von sich gab, rollte Okas sich auf dem Boden zum Schlafen zusammen.

Chareos und Kiall saßen bis nach Mitternacht mit dem Bauern zusammen, doch als er keine Spur von Müdigkeit zeigte, gähnte Chareos übertrieben. »Ich mußt dir für den höchst unterhaltsamen Abend danken«, sagte er. »Aber wir werden bald nach Morgengrauen aufbrechen. Wenn du mich jetzt entschuldigst. Ich lasse dich in Kialls Gesellschaft zurück. Er ist jünger als wir anderen, und ich bin sicher, er kann viel von dir lernen.«

Steif vor Langeweile, bezähmte Kiall seinen Zorn und wappnete sich für weitere von Norrals Geschichten. Doch als der letzte der Helden von Bel-azar gegangen war, hatte Norral kein Bedürfnis mehr, mit einem ehemaligen Dorfbewohner zu sprechen. Er entschuldigte sich und ging zu Bett.

Kiall stand auf und schlenderte in die Nacht hinaus. Nur Beltzer war noch wach. Kiall setzte sich neben ihn.

»Sind dem alten Windbeutel die Geschichten ausgegangen?« fragte der Riese.

»Nein. Die Zuhörer.«

»Bei den Göttern, er braucht keine Palisade! Es reicht, wenn er einen Abend lang ein Nadrendorf besucht. Die Räuber würden das Dorf hier meiden wie die Pest.«

Kiall sagte nichts, sondern stützte das Kinn in die Hände und betrachtete die Häuser um sie herum. Goldenes Licht drang in dünnen Strahlen durch die geschlossenen Fensterläden.

»Was betrübt dich, Junge?« fragte Beltzer und trank den letzten Schluck Wein.

»Alles ist verändert«, erwiderte Kiall. »Das ist nicht mehr mein Zuhause.«

»Alles verändert sich«, sagte Beltzer, »außer den Bergen und dem Himmel.«

»Aber es ist nur ein paar Monate her. Jetzt ... es ist, als ob es Ravenna nie gegeben hätte.«

»Die Leute können es sich nicht leisten, dauernd zu trauern, Kiall. Sieh dich um! Die Felder müssen gesät, bearbeitet, abgeerntet werden, Tiere gefüttert, getränkt, versorgt. Ravenna ist Getreide vom letzten Jahr. Götter, Mann, wir alle sind vom letzten Jahr.«

»So sollte es aber nicht sein«, widersprach Kiall.

»Falsch, mein Junge. Es ist der einzige Weg, wie es sein *kann*.« Er nahm den leeren Krug und reichte ihn Kiall. »Was siehst du?«

»Was gibt es da zu sehen? Du hast ihn geleert.«

»Genau. Der Wein war gut, aber jetzt ist keiner mehr da. Schlimmer noch, morgen werde ich ihn an einen Baum pissen. Dann kann keiner mehr sagen, ob es Wein oder Wasser war.«

»Wir sprechen nicht über Wein – wir sprechen von Menschen. Von Ravenna.«

»Da gibt es keinen Unterschied. Die Leute haben getrauert ... jetzt leben sie weiter.«

Kurz nach Sonnenaufgang verschwand Okas in die Berge, um die Geistpfade zu suchen. Kiall ging davon, um Ravennas Schwester zu suchen, und fand sie im Haus von Jarel. Sie lächelte und bat ihn hinein. Jarel saß am Fenster und starrte hinaus auf die Berge. Karyn schenkte Kiall einen Becker mit Wasser verdünnten Wein ein.

»Es ist schön, dich wiederzusehen«, sagte sie lächelnd. Sie sah Ravenna so ähnlich, daß Kialls Herz einen Satz machte. Sie hatte dieselben weit auseinanderstehenden Augen und dasselbe dunkle Haar, das glänzte, als wäre es geölt.

»Ich freue mich auch, dich zu sehen«, antwortete er. »Wie geht es dir?«

»Im Herbst erwartete ich Jarels Kind«, erwiderte Karyn.

»Ich gratuliere euch beiden.«

Jarel wandte sich vom Fenster ab. Er war ein kräftig gebauter junger Mann mit schwarzem, dicht gelocktem Haar und tiefliegenden blauen Augen.

»Warum mußt du diese Sache verfolgen?« fragte er. »Warum den Toten nachjagen?«

»Weil Ravenna nicht tot ist«, antwortete Kiall.

»Aber so gut wie«, fauchte Jarel. »Sie ist besudelt . . . für zivilisierte Menschen *ist* sie tot.«

»Nicht für mich.«

»Immer der Träumer. Sie hat oft von dir gesprochen, Kiall. Wegen deiner dummen Ideen hat sie über dich gelacht. Bring sie nicht hierher zurück, sie wäre nicht willkommen.«

Kiall stellte den Becher auf den Tisch und stand auf. Seine Hände zitterten. »Ich sage es nur einmal zu dir, Jarel. Wenn ich sie zurückbringe, und es gibt auch nur ein böses Wort von dir, dann bringe ich dich um!«

»Du?« schnaubte Jarel. »Träum weiter, Kiall.«

Kiall ging auf Jarel zu, der die Hände in die Hüften gestemmt hatte und grinste. Er war einen Kopf größer als Kiall und viel schwerer. Kialls Faust krachte in das Gesicht des größeren Mannes, so daß er rücklings taumelte. Blut schoß aus den aufgeplatzten Lippen, und sein Kinn fiel herab. Dann flammte Zorn in seinen Augen auf, und er sprang nach vorn – nur um ruckartig stehenzubleiben, als er das lange Jagdmesser in Kialls Hand sah. Angst stieg in ihm auf.

Kiall sah es und lächelte. »Denk an meine Warnung. Jarel. Denke gut daran.«

»Ich werde daran denken«, sagte der Bauer, »aber denke du daran: Niemand hier will die Frauen zurückhaben. Was willst du also tun? Ein neues Dorf für sie bauen? Zwei Männer, deren Frauen geraubt wurden, haben wieder geheiratet. Zwanzig andere Familien sind weggezogen, und niemand weiß wohin. Wohin bringst du die Gefangenen zurück? Niemand interessiert sich für sie.«

»Ich interessiere mich für sie«, sagte Kiall. »Sehr sogar.« Er wandte sich an Karyn. »Vielen Dank für deine Gastfreundschaft.« Sie sagte nichts, als er sein Messer in die Scheide steckte und in die Sonne hinaustrat.

8

Okas saß mit gekreuzten Beinen unter einer ausladenden Ulme und konzentrierte sich auf das unter ihm liegende Dorf. Sein Blick wurde unscharf, und die Gebäude verzerrten sich und verblaßten wie Nebel im Sonnenlicht. Er hatte jetzt keine Kontrolle mehr, und die Zeit war ohne Bedeutung. Er sah Berge aus Eis, die auf dem Land wuchsen und Hohlräume füllten, aus denen Gipfel aufragten. Langsam, zögernd, im Lauf der Jahrhunderte, zog sich das Eis zurück, und das lange Gras wuchs. Riesige schwerfällige Wesen zogen durch das Tal; ihre massigen Glieder stießen gegen neue Bäume und zerbrachen die Stämme. Äonen vergingen, und das Gras wuchs. Die scharfzackigen Berge wurden vom Wind der Zeit abgeschliffen. Die erste Eiche faßte auf einem Hügel im Süden Fuß und hielt mit ihren Wurzeln die Erde fest. Vögel saßen in Scharen auf ihren Zweigen. Samen in ihrem Kot ließen andere Bäume wachsen, und bald sah Okas, wie sich ein junger Wald über die Hügel zog.

Die erste Gruppe von Menschen erschien aus dem Westen, gekleidet in Häute und Felle, mit Waffen aus Knochen und Stein. Sie lagerten am Fluß, jagten den großen Elch und zogen weiter.

Andere folgten ihnen, und an einem strahlenden Tag wanderte ein junger Mann durch die Berge, eine Frau an seiner Seite. Er deutete auf das Land, zeigte auf die Berge. Er baute ein Haus mit einem tiefgezogenen, schrägen Dach. Es hatte keinen Schornstein, und in der Spitze des Dreiecks, die das Dach bildete, waren einfach zwei Löcher gelassen worden. Okas sah den Rauch daraus abziehen, als der Schnee fiel. Andere Reisende siedelten im Laufe der Jahre in der Nähe, und der junge Mann, jetzt der Anführer, wurde alt.

Ein wilder Stamm drang in das Tal ein und erschlug alle, die dort lebten. Eine Zeitlang übernahmen sie die Häuser, doch wie alle Nomaden, zogen sie bald weiter. Die Häuser verfielen und wurden wieder zu Erde. Gras wuchs über den Fundamenten.

Okas beobachtete, wie die Jahrhunderte vorbeizogen, und wartete mit grenzenloser Geduld, schätzte den Verlauf der Zeit an der Bewegung der Sterne. Schließlich sah er die vertrauten Gebäude der jüngeren Vergangenheit und bewegte seinen Geist nahe ans Dorf. Er konzentrierte sich auf Kiall und wurde zu einem kleinen

Haus am Westrand gezogen. Dort beobachtete er die Geburt eines Jungen, sah das stolze Lächeln auf dem Gesicht der erschöpften Mutter, sah das Glück in den Augen von Kialls Vater, als er zärtlich seinen Sohn hochnahm.

Okas entspannte sich und ließ die Vision fließen. Er sah, wie Kialls Mutter an einem Fieber starb, als der Junge gerade laufen lernte; er beobachtete, wie der Vater bei einem Sturz verletzt wurde und sein Leben durch Wundbrand verlor. Er schaute zu, wie der Junge aufwuchs, von Fremden großgezogen. Dann sah er das dunkelhaarige Mädchen Ravenna.

Schließlich kam er zu dem Überfall. Die Nadir donnerten mit funkelnden Schwertern und schimmernden Lanzen durch das Dorf.

Okas wandte den Blick von dem Gemetzel ab und wartete, bis die Räuber ihre Gefangenen in die Berge brachten, wo Wagen mit Ketten und Handfesseln bereitstanden.

Er folgte ihnen hundertfünfzig Kilometer zu einer von Palisaden umgebenen Stadt, doch dort verblaßte das Bild.

Okas öffnete die Augen und streckte sich, wobei er ein Stöhnen unterdrückte, als die Gelenke in seiner Hüfte knirschten und knackten. Der Wind war kalt auf seiner Haut, und er war todmüde.

Doch er mußte noch einen weiteren Flug unternehmen. Der Ruf war noch stark, und er verband sich mit ihm. Sein Geist erhob sich von seinem Körper und glitt rasch über die Steppe hinweg. Die Berge waren aus dieser Höhe schön, eingehüllt in Schnee und gekrönt von Wolken. Sein Geist sank auf den höchsten Gipfel nieder, drang durch ihn hindurch tief in die Finsternis. Schließlich kam er in eine Höhle. Wo Fackeln an den Wänden flackerten und ein alter Mann vor einem kleinen Feuer saß. Okas betrachtete ihn genau. Er trug eine Kette aus Löwenzähnen um seinen mageren Hals, und der dünne weiße Bart hatte kaum mehr Substanz als Rauch. Als der Mann die dunklen Augen aufschlug und auf Okas richtete, lag Schmerz darin – und ein so tiefer Kummer, daß es Okas fast zu Tränen rührte.

»Willkommen, Bruder«, sagte Asta Khan. Der Nadirschamane zuckte zusammen und schrie auf.

»Wie kann ich dir helfen?« fragte Okas. »Was tun sie dir an?«

»Sie töten meine Kinder. Du kannst nichts tun. Bald werden sie ihre Macht gegen mich richten, und dann werde ich deine Hilfe benötigen. Die Dämonen werden fliegen, und meine Kraft wird nicht ausreichen, um sie zurück in die Hölle zu schicken. Aber mit dir habe ich eine Chance.«

»Dann werde ich hier sein, Bruder ... und ich bringe Hilfe mit.«

Asta Khan nickte. »Die *Geister-die-noch-kommen-werden.*«

»Ja.«

»Werden sie kommen, wenn du sie bittest?«

»Ich glaube ja.«

»Sie werden unbeschreibliche Alpträume erleben. Die Dämonen werden ihre Ängste spüren – und sie Wirklichkeit werden lassen.«

»Sie werden kommen.«

»Warum tust du das für mich?« fragte Asta. »Du weißt, was ich wünsche. Du weißt alles.«

»Nicht alles«, widersprach Okas. »Kein Mensch weiß alles.« Asta schrie auf und rollte sich auf dem Boden hin und her. Okas saß still und wartete, bis der alte Schamane sich aufrichtete und sich die Tränen aus den Augen wischte. »Jetzt töten sie die Kleinen, ich kann ihre Qual nicht ausblenden.«

»Das würdest du auch nicht wollen«, sagte Okas. »Komm, nimm meine Hand.«

Der Geist von Asta Khan erhob sich aus dem zerbrechlichen Körper. In dieser Gestalt wirkte er jünger, stärker. Okas nahm die ausgestreckte Hand und ließ seine eigene Kraft in den Körper des Schamanen fließen.

»Warum?« fragte Asta noch einmal. »Warum tust du das für mich?«

»Vielleicht ist es gar nicht für dich.«

»Für wen dann? Tenaka? Er war nicht dein Herr.«

»Es reicht, *daß* ich es tue. Ich muß in mein Fleisch zurückkehren. Wenn du mich brauchst, werde ich da sein.«

Kialls Zorn war nicht von Dauer. Als die Suchenden am Waldrand auf Okas warteten, setzte der junge Mann sich neben Chareos und machte seinem Ärger Luft.

Chareos schnitt ihm das Wort ab. »Folge mir«, sagte er scharf. Der Schwertmeister stand auf und ging ein paar Schritte in den Wald, so daß sie außer Hörweite der anderen waren. Dort drehte er sich zu Kiall um. Seine dunklen Augen funkelten zornig, und seine Miene war starr.

»Verschwende deinen selbstgerechten Zorn nicht an mich, Junge. Ich werde es nicht zulassen. Als die Räuber kamen, hast du – wie alle anderen im Dorf – nichts getan. Natürlich *glauben* sie, daß sie die Gefangenen nicht zurückwollen. Und warum? Weil sie in einen Spiegel blicken und dort die eigene Feigheit sehen würden. Sie müßten jeden Tag mit diesem Spiegel leben. Jedesmal, wenn sie einer ehemaligen Gefangenen begegneten, würden sie ihre eigene Unzulänglichkeit sehen. Und jetzt hör auf, deswegen zu jammern.«

»Warum bist du so wütend?« fragte Kiall. »Du hättest es mir doch einfach erklären können.«

»Erklären ...?« Chareos warf den Kopf in den Nacken und starrte in den Himmel. Sekundenlang sagte er nichts, und Kiall sah, daß er sich mühte, sein Temperament unter Kontrolle zu bekommen. Schließlich setzte er sich und bedeutete Kiall, es ihm gleichzutun. Der junge Mann gehorchte. »Ich habe nicht die Zeit, alles zu erklären, Kiall«, sagte der ältere Mann geduldig, »und ich habe auch keine Lust dazu. Ich habe immer geglaubt, daß ein Mann für sich selbst denken sollte. Wenn er sich auf andere verläßt, was seine Gedanken und Motive angeht, wird sein Gehirn ein leeres, nutzloses Ding. Warum ich zornig bin? Woher, glaubst du wohl, wissen die Nadir, welche Dörfer sich für einen Überfall lohnen, weil dort attraktive junge Frauen leben?«

»Ich weiß nicht.«

»Dann denk nach, verdammt noch mal!«

»Sie schicken Späher aus?« versuchte es Kiall.

»Natürlich. Wie sonst?«

»Sie hören Händlern, Kaufleuten, Kesselflickern und anderen Leuten zu, die durch diese Dörfer kommen?«

»Gut. Und worauf sind sie aus?«

»Auf Informationen«, antwortete Kiall. »Aber ich verstehe nicht, wohin uns das führt.«

»Dann gib mir Zeit. Wie erfährt man in einem Dorf, was in einem anderen Dorf vor sich geht?«

»Durch Händler, Reisende, Dichter – sie alle bringen Neuigkeiten mit«, sagte Kiall. »Mein Vater sagte, daß sie auf diese Weise ihr Geschäft beleben: Die Leute scharten sich um ihre Wagen, um den neuesten Klatsch zu hören.«

»Genau. Und welchen *Klatsch* wird der nächste Reisende erzählen?«

Kiall wurde rot und mußte schlucken. »Er wird die Geschichte von den Helden von Bel-azar erzählen, die auf der Suche nach Ravenna sind«, flüsterte er.

»Und wer wird von dieser Heldentruppe hören?« fragte Chareos. Seine Augen waren schmale Schlitze, sein Mund eine dünne Linie.

»Die Nadren«, murmelte Kiall. »Es tut mir leid. Ich habe nicht nachgedacht.«

»Stimmt, hast du nicht!« wütete Chareos. »Ich hörte von deinem Streit mit dem Bauern und von deiner Drohung mit dem Messer. Eins solltest du dir merken, Kiall. Was wir tun, ist einfach. Begreif das. Einfach! Doch was die Dorfbewohner tun, ist schwer. Sie hoffen und beten, um genug Regen zu bekommen, damit die Saat aufgeht und damit genug Sonne, daß die Ernte reift. Niemals wissen sie, wann Dürre, Hunger oder Räuber ihr Leben zerstören und die Menschen nehmen, die sie lieben. Frag mich nicht immer nach Erklärungen. Gebrauche deinen Verstand.«

Finn kam durchs Gebüsch. »Okas ist zurück. Er sagt, wir müssen ungefähr hundertfünfzig Kilometer reisen, weitgehend durch schwieriges Gelände. Ich habe Maggrig losgeschickt, um Proviant zu kaufen. Ist das in Ordnung, Schwertmeister?«

»Ja. Danke, Finn. Wir brechen auf, sobald er zurück ist, und schlagen unser Lager woanders auf. Noch einen Abend mit diesem scheinheiligen Langweiler halte ich nicht aus.«

»Aber bedenke doch, Schwertmeister. Heute abend wird er die Dorfbewohner damit unterhalten, wie du ihn beglückwünscht hast. In künftigen Zeiten wird man sich als Chareos, den Freund des großen Norrals, an dich erinnern.«

»Wahrscheinlich hast du recht«, stimmte Chareos ihm kichernd zu.

Er ging durch das Unterholz zu Okas, der still mit Beltzer zusammensaß. Der alte Mann sah schrecklich erschöpft aus.

»Möchtest du dich für eine Weile ausruhen?« fragte Chareos.

»Nein. Wir haben noch eine lange Reise vor uns. Ich werde heute abend schlafen. Wenn wir ungefähr vier Stunden nach Süden reiten, finden wir einen guten Lagerplatz.«

»Lebt das Mädchen?« fragte Chareos. Kiall stellte sich hinter ihn.

»Sie lebte noch, als man sie zur Festungsstadt brachte«, antwortet Okas. »Darüber hinaus konnte ich nichts sehen. Die Entfernung ist zu groß für mich. Und ich habe nichts von ihr, woran ich mich halten könnte – außer der Liebe Kialls. Das ist nicht genug. Würde ich Ravenna kennen, könnte ich sie überall finden.«

»Wie lange brauchen wir für die Reise?«

»Vielleicht drei Wochen. Vielleicht einen Monat. Es ist ein rauhes Land. Und wir müssen vorsichtig sein. Nadirstämme, Gesetzlose, Wolfsschädel, Nadren. Und . . . andere Gefahren.«

»Was für andere Gefahren?« fragte Beltzer.

»Dämonen«, erwiderte Okas. Beltzer schlug das Zeichen des Schützenden Horns vor Stirn und Brust, und Finn tat es ihm gleich.

»Dämonen?« fragte Chareos ungläubig. »Was hat Zauberei mit unserer Suche zu tun?«

Okas zuckte die Schultern und starrte zu Boden. Er begann, kreisförmige Muster in den Staub zu zeichnen.

Chareos kniete neben ihm nieder. »Sag mir, mein Freund, wieso Dämonen?«

Okas sah auf und begegnete dem Blick aus Chareos' dunklen Augen. »Ihr habt mich hergebeten, um euch zu helfen«, sagte er. »Ich helfe euch. Was, wenn ich euch um Hilfe bitte?«

»Du bist ein Freund«, antwortete Chareos ohne Zögern. »Wenn du mich brauchst – oder einen anderen von uns –, brauchst du nur zu fragen. Jagen die Dämonen dich?«

»Nein. Aber da ist ein alter Mann – ein Feind von Jungir Khan. Er lebt allein in den Bergen weit von hier. Er ist derjenige, dem ich Hilfe versprochen habe. Aber wenn ich allein gehe, werde ich sterben. Doch ich muß gehen.«

»Dann werde ich mit dir gehen«, erklärte Chareos.

»Und ich auch«, sagte Beltzer und schlug Okas mit seiner riesigen Hand auf die Schulter.

Okas nickte und zeichnete weiter seine Muster in den Staub. Er sprach nicht mehr, und Chareos ließ ihn allein.

Kiall ging zu Chareos. »Ich muß mit dir reden«, sagte er und entfernte sich ein Stück von den anderen. Chareos folgte ihm zu einem schattigen Fleckchen unter einer ausladenden Ulme. »Wie soll uns das alles helfen, Ravenna zu finden?« fragte er.

»Es hilft uns nicht, Kiall. Vielleicht sterben wir hier.«

»Sind wir für *nichts* so weit gekommen?« wütete Kiall.

»Freundschaft ist nicht *nichts*. Dieser alte Mann wird ohne uns sterben. Was hätte ich deiner Meinung nach sagen sollen? Es gibt nur wenige Tugenden auf dieser Welt, Junge, aber Freundschaft ist eine, die ich hoch schätze. Doch wenn du einen Grund hören willst, der nichts mit Ehre zu tun hat, dann überlege mal folgendes: Welche Chance haben wir, Ravenna *ohne* Okas zu finden?« Chareos packte Kialls Schulter. »Ich habe keine Wahl, mein Freund. Überhaupt keine.«

Kiall nickte. »Ich werde auch gehen«, sagte er.

Maggrig kehrte mit Proviant zurück – getrocknetem Fleisch, Salz und einem süßen Gebäck aus getrocknetem Honig und Gelbwurz. Die Suchenden brachen nach Süden auf. Okas und Chareos ritten voraus. Kiall, Beltzer und Maggrig folgten. Finn galoppierte davon, um nach Spuren von Räubern oder Gesetzlosen Ausschau zu halten.

Kiall ritt neben Maggrig. »Der Gedanke, gegen Dämonen kämpfen zu müssen, macht mir angst«, gestand er.

»Mir auch«, gab Maggrig zu. »Ich habe einmal einen ausgestopften Bastard gesehen, als wir in Neu-Gulgothir waren. Ein Wolfsmensch, der über drei Meter groß war. Er wurde von Ananais getötet, dem Drenaihelden, während der Ceska-Kriege vor einigen Jahrzehnten. Aber einen Dämonen hab' ich auch noch nicht gesehen. Finn hat mir erzählt, ein Freund von ihm wurde von einem getötet. Sie jagten ihn im Schlaf, und er wachte schreiend auf. Eines Nachts schrie er wieder – und diesmal wachte er nicht mehr auf. Äußerlich war ihm nicht das geringste anzusehen.«

Kiall schauderte.

Beltzer ließ sich zurückfallen, um neben ihnen zu reiten. »Die Nadirschamanen rufen diese Wesen«, sagte er. »Ich kannte einmal einen Mann, der eine Begegnung mit ihnen überlebt hatte. Er hatte einen Nadirschrein geplündert. Dann begannen die Träume. Er wurde durch einen dunklen Wald gejagt, er hatte keine Waffen, und die Wesen kamen ihm Nacht für Nacht näher.«

»Was hat er getan?« fragte Maggrig.

»Er reiste zu einem Tempel der Dreißig in der Nähe von Mashrapur. Sie ließen ihn den Zierrat herausgeben, den er gestohlen hatte – einen Becher, glaube ich. Dann saßen zwei der Kriegerpriester bei ihm, während er schlief. Er träumte wieder von dem Wald – aber diesmal waren die Priester bei ihm, ganz in silberne Rüstungen gekleidet, mit Schwertern, die heller leuchteten als Laternen. Sie wehrten die Dämonen ab und brachten den Geist des Mannes zu dem Nadirschamanen, der die Dämonen ausgesandt hatte. Sie versprachen, den Becher zurückzugeben, und die Träume hörten auf.«

»Er hat Glück gehabt«, meinte Maggrig.

»Eigentlich nicht. Er starb kurz darauf bei einem Kampf um eine Kneipenhure.«

Beltzer gab seinem Pferd die Sporen und folgte Okas über einen kleine Hügel.

Vor ihnen lag ein langes Tal, und dahinter die scheinbar trockene, windgepeitschte Landschaft der Nadirsteppe.

Tanaki erhob sich vom Bett, reckte sich und ging zum Fenster. Sie öffnete die Läden und blickte über den leeren Platz hinaus.

Als sie eine Bewegung hinter sich spürte, drehte sie sich um und lächelte den Besucher an.

»Es gilt als höflich, sich anzukündigen, Harokas«, erklärte sie dem Meuchelmörder mit dem Adlergesicht.

Er zuckte die Achseln. »Nicht bei meiner Art von Arbeit«, sagte er mit einem breiten Grinsen.

»Ich hatte dich erst in ein paar Wochen erwartet. Sag mir, daß du Tag und Nacht geritten bist, damit deine Augen sich an meiner Schönheit weiden können.«

»Ich wünschte, ich könnte es, Prinzessin. Aber ich habe Neuigkeiten mitgebracht, die dich interessieren werden. Eine Gruppe von Männern ist auf dem Weg hierher, um eine der Sklavinnen zu retten. Wahrscheinlich ist dein Leben durch sie in Gefahr.«

»Wie viele?«

»Sechs.«

Sie kicherte. »Glaubst du, daß ich sechs Männer fürchten sollte? An einem guten Tag könnte ich wahrscheinlich allein mit ihnen fertig werden.«

»Diese Männer sind etwas Besonderes, Prinzessin. Sie werden von Chareos angeführt, dem Schwertmeister. Zu ihnen gehört auch Beltzer mit der Axt – und die legendären Bogenschützen Finn und Maggrig.«

»Die Helden von Bel-Azar? Warum interessieren sie sich für ein Bauernmädchen?«

»Ja, warum wohl?«

»Wie hast du davon erfahren?« fragte Tanaki.

»Sie haben in einem Dorf mit ihrer Mission geprahlt. Die ganze Gegend spricht von dieser Geschichte.«

»Aber da ist noch etwas, das du mir nicht gesagt hast«, sagte sie mit der Andeutung eines Lächelns.

»Da hast du ganz recht, Prinzessin«, antwortete er und öffnete seine Arme für sie. Sie trat zu ihm, und er küßte sie. Dann machte sie sich frei.

»Später«, sagte sie. »Erzähle mir zuerst alles.«

»O nein«, sagte er, hob sie hoch und trug sie in das Schlafzimmer auf der anderen Seite der Halle.

Sie liebten sich über eine Stunde lang, bis er sich schließlich in den Kissen zurücklehnte und die Augen schloß.

»Und jetzt erzähl mir«, sagte sie, stützte sich auf einen Ellbogen und blickte auf ihn hinunter.

»Wenn ich mich je in eine Frau verliebe, dann in dich, Prinzessin. Du bist stark, klug, mutig und scharfsinnig. Und im Bett . . .«

»Ja, ja. Ich gebe das Kompliment zurück. Aber sag es mir jetzt!«

»Und du bist zielstrebig. Das bewundere ich.«

Ihr Gesicht verdüsterte sich.

»Schon gut, schon gut«, sagte er lächelnd. »Der Graf hat mich beauftragt, Chareos zu töten.«

»Und das soll *ich* für dich erledigen, nicht wahr?«

»Na ja, ich werde allmählich alt und müde.«

»Das habe ich bemerkt«, sagte sie und setzte sich. »Und jetzt muß ich an die Arbeit.«

»Warum war Tsudai hier?« fragte er. Sie drehte sich wieder zu ihm und fragte sich, ob sie tatsächlich Besorgnis in seinen Augen lesen konnte. Sie gelangte zu der Ansicht, daß sie sich täuschte. Dann zuckte sie mit den Achseln und stand auf.

»Wie kommt es, daß du alles hörst, Harokas? Bist du ein Seher?«

»Nein, ein Zuhörer. Und wenn Jungir Khans General die Steppe durchquert, dann weiß ich, daß er es nicht zu Übungszwecken tut.«

»Er kam, um Frauen zu kaufen. Das war alles.«

»Jetzt bist du es, die mir etwas vorenthält. Möchtest du seinen Tod, Prinzessin?«

»Nein!« entgegnete sie scharf.

»Wie du willst. Aber er haßt dich – weißt du das?«

»Er sagt, er liebt mich.«

Harokas grunzte und rollte sich aus dem Bett. »Er kennt nicht einmal die Bedeutung des Wortes.«

»Aber du?« fragte sie und schlüpfte in ihre Tunika.

»Manchmal schon, glaube ich. Was willst du wegen Chareos unternehmen?«

»Ich werde noch heute Reiter ausschicken.«

»Schick die besten, Prinzessin.«

»Die Helden von Bel-azar werden am Ende der Woche tot sein.«

»Vielleicht«, sagte er leise.

Trotz seines öden Aussehens war das Land am Rande der Steppe voller Leben, und Kiall war fasziniert vom Wunder der Wildnis. Er hatte sein Leben im Tal verbracht und kannte die Lebensgewohnheiten von Rotwild und Wildschafen, doch hier draußen lebten Wesen von seltener Schönheit, und ihr Verhalten war manchmal geheimnisvoll und komisch zugleich.

Am vierzehnten Tag ihrer Reise sah er hoch über ihnen große Vögel mit langen, rechteckigen Schwingen, die in den Lüften kreisten. Er erkannte sie als Geier – aber von einer Art, die er noch nie gesehen hatte. Im Galopp eilte er zu Finn, der knapp einen Kilometer der Gruppe vorausritt.

Finn zügelte sein Pferd und wartete auf den jungen Mann. »Gibt es ein Problem?« fragte der Jäger.

»Nein. Ich habe die Geier beobachtet. Bedeutet das, daß etwas stirbt?«

»Nicht Tod«, antwortete Finn lächelnd. »Leben. Sie kreisen auf diese Weise, um einen Partner zu finden. Wenn du sie genau beobachtest, wirst du feststellen, daß die Männchen um die Weibchen herumgleiten. Mit der Zeit werden ihre Bewegungen wie Spiegelbilder.«

Die Geier zeigten ein atemberaubendes Schauspiel aus Kreisen und Schwüngen.

»So viel Schönheit von so häßlichen Wesen«, wisperte Kiall.

»Wieso häßlich?« widersprach Finn. »Weil sie von Aas leben? Sie säubern das Land, Kiall. In vieler Hinsicht sorgen sie dafür, daß es schön bleibt.«

»Warum paaren sie sich im Winter? Ist die Kälte keine Gefahr für die Eier?«

»Nein«, antwortete Finn. »Wenn das Weibchen legt, bleibt es zwei Monate auf den Eiern sitzen. Nachdem sie ausgebrütet sind, füttert sie die Jungen noch weitere vier Monate. Das ist eine lange Zeit für einen Vogel.«

Die Suchenden ritten weiter, überquerten Bachläufe, die von den Bergen herabrannen und jetzt von Schmelzwasser angeschwollen waren. Finn fing drei große Forellen, die sie am sechzehnten Tag zum Abendessen zubereiteten. Er fing die Fische mit den bloßen Händen, was Kiall sehr beeindruckte. Der Jäger schüttelte den Kopf. »Keine große Kunst, Kiall. Auch für die Forellen ist jetzt Paarungszeit«, sagte er. »Sie lassen sich in Höhlungen an flachen Stellen im Flußbett nieder, um ihre Eier zu legen. Sie verharren still, und wenn man rasch und sicher zupackt, kann man sie greifen und aus dem Wasser ziehen.«

Als die Tage vergingen, sahen sie mehr und mehr Wild: große Haubentaucher auf seichten Seen, Bläßhühner, Reiher bei ihrem lustigen Balztanz, bei dem sie auf ihren staksigen Beinen umherhüpften, um die Weibchen anzulocken, riesige schwarze Milane, im Sturzflug, kreisend, sich in der Luft begegnend.

Okas zog sich wie immer in sich selbst zurück, ritt oft mit geschlossenen Augen, in Gedanken verloren. Einmal fiel er fast aus dem Sattel, doch Beltzer fing ihn auf.

Am Nachmittag des siebzehnten Tages lenkte Okas sein Pony neben Chareos' Reittier. »Wir müssen ein Versteck finden«, sagte er.

»Warum? Sind unsere Feinde dicht hinter uns?«

»Ja, das auch. Aber dies wird die Nacht der Dämonen sein.«

Chareos nickte und ritt zu Finn. Der Jäger galoppierte nach Westen davon, wo sich steile Felsen aus dem schneebedeckten Boden reckten. Bei Einbruch der Dämmerung hatten die Suchenden ein Lager in einer tiefen Höhle in einem Berghang aufgeschlagen.

Sie saßen schweigend, während sie um ein kleines, flackerndes Feuer saßen. Okas verbot, Fleisch zu essen, und hielt den Kopf gesenkt, die Augen geschlossen. Schließlich blickte er auf und schaute Chareos an.

»Es ist eine Nacht großer Gefahr«, sagte er leise. »Die Mächte, mit denen ihr es zu tun habt, sind stark in ihrer Bosheit, mächtig in ihrer Tücke. Sie wurden mit dem Tod vieler, vieler Menschen genährt.«

»Erzähl uns von dem alten Mann, den wir schützen sollen«, forderte Chareos ihn auf. Schweiß stand ihm auf der Stirn, und er konnte die kalte Nachtluft auf der Haut spüren. Als er den Schwertmeister beobachtete, fühlte Kiall Angst in sich aufsteigen. Auch Beltzer verharrte schweigend; seine Schweinsäuglein ruhten gespannt auf Okas.

»Er heißt Asta Khan, und viele Jahre war er der Schamane Tenaka Khans, des Herrn der Wölfe. Als Tenaka . . . starb . . . verließ er den Stamm und reiste, bis er schließlich zu den Mondbergen gelangte. Tenakas Sohn, Jungir, und sein Schamane haben beschlossen, daß es für Asta an der Zeit ist zu sterben. Sie haben vierzig Blutsverwandte von Asta geopfert, um die Geister zu nähren und den alten Mann zu schwächen. Heute nacht werden die Dämonen fliegen.«

»Warum ist er eine solch Bedrohung für Jungir?« wollte Finn wissen.

»Er weiß ein Geheimnis, das Jungir bewahren will. Jungir Khan hat seinen Vater ermordet.«

»Und das ist alles?« fragte Beltzer.

»Nicht alles«, gab Okas zu, »aber alles, was ich sicher weiß.«

»Können wir diese Dämonen besiegen?« fragte Beltzer. »Kann ich sie mit meiner Axt erschlagen?«

»Wir werden ihre Welt betreten. An diesem Ort, ja, dort können sie sterben. Aber sie haben sehr große Macht. Du bist stark, dicker Beltzer, aber wo wir hinreisen, ist nicht die Stärke des Körpers, sondern die Stärke des Herzens wichtig. Es ist ein Ort des Glaubens und der Wunder, ein Ort des Geistes.«

»Wie gelangen wir dorthin?« fragte Finn.

»Du gehst nicht dorthin«, erklärte Okas. »Zwei müssen zurückbleiben, um die fleischliche Hülle derer zu beschützen, die fliegen. Du, Finn, bist der beste Mann dafür.«

Kialls Atem wurde flach, und sein Herz schlug wie ein gefangener Schmetterling mit den Flügeln. Doch er schwieg.

»Ich werde gehen«, entschied Chareos, »und Beltzer ebenfalls.« Er sah Maggrig an, dann Kiall. Der blonde Jäger lächelte Kiall an und erkannte dessen Entsetzen.

»Ich komme mit euch«, sagte Maggrig.

»Nein«, widersprach Okas. »Du bleibst hier. Einige Feinde haben unsere Spur entdeckt, und sie werden heute nacht kommen. Deine Künste mit dem Bogen werden hier gebraucht.«

»Dann«, sagte Kiall mit zitternder Stimme, »muß ich mitkommen?«

»Es gibt kein *Muß*, mein Freund«, erwiderte Okas mit einem sanften Lächeln. »Es ist eine Aufgabe für die *Geister-die-noch-kommen-werden*. Vielleicht können wir siegen – nur Beltzer, Chareos und ich.«

»Ich . . . ich komme mit«, sagte Kiall. »Ich habe diese Suche begonnen und ich gehe auch dorthin, wo Gefahr ist.« Er schluckte schwer.

Chareos streckte die Hand aus und klopfte ihm auf die Schultern. »Gut gesprochen, Kiall.«

»Halte dich dicht bei mir, Junge«, sagte Beltzer zu Kiall und hob die Axt. »Ich sorge dafür, daß du sicher nach Hause kommst.«

»Es ist Zeit«, sagte Okas. »Finn, wenn wir aufgebrochen sind, lösch das Feuer und gib gut Obacht! Mit ein wenig Glück kehren wir bei Sonnenaufgang zurück.« Er stand auf und führte die drei Gefährten tiefer in die Höhle, wo sie sich im Kreis niederließen. Okas begann in einer zischenden Sprache zu singen, die die anderen nicht verstanden. Während Kiall dem Gesang lauschte, begannen sich seine Gedanken zu drehen. Sterne schwammen vor seinen Augen, und das Donnern rauschender Flüsse erfüllte seine Ohren. Dann wurde es dunkel, so vollkommen dunkel, daß jedes Gefühl des Seins ihn verließ.

In einem plötzlich aufleuchtenden Licht kam er wieder zu Bewußtsein. Er stand mit den anderen vor einem Feuer in einer Höhle. Der Körper eines alten Mannes lag dort; anscheinend schlief er. Der Geist des Mannes erhob sich von der reglosen Gestalt und näherte sich ihnen.

Asta Khan sagte nichts, sondern verbeugte sich tief vor Okas. Der Tätowierte Mann kniete nieder und zeichnete einen großen Kreis in den Staub des Höhlenbodens; dann stand er auf und nahm Astas Hand, um ihn in die Mitte des Kreises zu führen. Asta Khan setzte sich, während Chareos, Beltzer, Kiall und Okas sich um ihn herum gruppierten. Schwarzer Rauch stieg aus den Höhlenwänden und schloß die Suchenden allmählich ein. Beltzer packte seine Axt, und Chareos und Kiall zogen ihre Säbel. Ein zischelndes Geräusch kam aus dem Rauch.

Okas begann zu singen. Die Stimme von Asta Khan fiel ein. Weißes Licht schien in dem Kreis, das von den Klingen der Suchenden ausstrahlte.

Der Rauch teilte sich, und eine große Gestalt in schwarzer Rüstung wurde sichtbar. Sie trug einen dunklen, geflügelten Helm, dessen Visier geschlossen war, und hatte die Arme vor der Brust verschränkt.

»Zeit zu sterben, Asta Khan«, erklärte die Gestalt.

Finn kniete neben den reglosen Gestalten der Suchenden und starrte schweigend auf die stillen Körper. Dann nahm er seinen Bogen und ging zum Höhleneingang, wo Maggrig sich zu ihm gesellte.

Eine Zeitlang saßen die beiden Männer schweigend beisammen und betrachteten das Mondlicht im Geäst der Bäume.

»Ist irgendwas?« flüsterte Maggrig schließlich.

Finn zuckte die Achseln. »Du nimmst den Pfad nach links, ich passe auf die rechte Seite auf. Aber entferne dich nicht zu weit vom Höhleneingang.« Maggrig nickte und lächelte. Er legte einen Pfeil auf die Sehne, ging rasch ins Freie und verschwand im Gebüsch. Finn wartete ein paar Minuten mit geschlossenen Augen, um durch die Dunkelheit sein Gehör zu schärfen. Die Geräusche der Nacht waren vielfältig, verborgen im Flüstern des Windes, dem Rascheln und Wispern der Blätter. Finn schlug die Augen auf und suchte langsam den Pfad ab. Endlich zufrieden, schlüpfte er ins Mondlicht hinaus und wandte sich nach rechts. Es gab zahlreiche Verstecke, doch Finn brauchte einen Platz, der Bewegungsfreiheit zum Kämpfen bot. Der Bogen war keine gute Waffe für die Nacht. Im Mondschein waren Entfernungen schwer zu schätzen, so daß sich eine gute Verteidigungsstellung als Todesfalle erweisen konnte, wenn es nicht noch einen zweiten, sicheren Weg hinaus gab.

Er kauerte sich hinter ein Gebüsch und versuchte, Maggrig zu erspähen. Finn sah keine Spur von dem blonden Jäger und lächelte. Endlich lernte er etwas! Eine Stunde verging . . . dann eine weitere.

Finn schloß die Augen und konzentrierte sich auf die Geräusche der Nacht – flachte sie ab, floß mit dem Rhythmus des Landes dahin, suchte den Mißklang. Er fand nichts – und das beunruhigte ihn. Okas irrte sich selten. Wenn er sagte, daß Feinde in der Nähe waren, dann waren Feinde in der Nähe. Finn leckte sich die Lippen und spürte, wie sein Herz schneller schlug. Wenn er die Gegner nicht hören oder sehen konnte, gab es nur zwei Möglichkeiten. Entweder hatte Okas sich geirrt, oder die Männer, die sie jagten, waren ebenso geschickt wie die Verteidiger. Mit langsamen und geschmeidigen Bewegungen ließ Finn sich tiefer zu Boden sinken und warf einen Blick zurück zum Eingang der Höhle. Er konnte keine Bewegung wahrnehmen. Er starrte auf die Felsen. Nichts. Nur Gestein, Gras und vereinzelte, dunkle Busche.

Vorsichtig ging Finn zurück, spannte seinen Bogen und legte einen Pfeil auf. Wenn der Feind geschickt war, hatte er vielleicht gesehen, wie er und Maggrig die Höhle verlassen hatten. Der Gedanke, daß Maggrig in Gefahr war, ließ Finn beinahe in Panik geraten, doch er unterdrückte das Gefühl mit aller Kraft. Wenn man sie gesehen *hatte*, dann würden sie jetzt kommen, um zu töten. Doch Finn hatte seinen Weg mit Bedacht gewählt, so daß er jetzt eine gute Position hatte. Seine rechte Flanke wurde von einigen Felsen geschützt; vor ihm und links von ihm war Platz zum Kämpfen. Hinter ihm war der schmale Pfad, der nach rechts um die Felswand führte. Finn ließ sich auf den Bauch nieder und schob sich auf den Ellbogen vor, bis er im Gebüsch lag. Er hatte jetzt zwar nicht mehr den Vorteil, daß links Platz zum Kämpfen war, aber er war vor einem unmittelbaren Angriff geschützt und wußte, daß der Feind ihn nicht mehr sehen konnte.

»Das ist Unsinn«, sagte er sich. »Hier ist niemand. Du fürchtest dich vor Schatten.«

Denk nach, Mann. Denk nach! Er versetzte sich in die Lage des Jägers. Du hast die Beute gesehen. Was mußt du jetzt tun?

Du mußt dafür sorgen, daß sie sich zeigt, damit du den tödlichen Schuß abgeben kannst.

Wie?

Biete dem Gegner ein Ziel. Laß ihn dich sehen. Finn riskierte einen Blick zu dem offenen Gelände, das jetzt rechts vor ihm lag. Ja, dort würde er einen Mann hergehen lassen. Das würde bedeuten, daß Finn aufstehen müßte, um zielen zu können. Er blickte schnell in das Unterholz hinter sich. Es gab nur zwei Stellen, an denen ein Angreifer warten konnte: bei der knorrigen Buche, hinter dem dicken silbrigen Stamm, oder hinter dem abgerundeten Felsen, hinter dem der Höhleneingang lag. Oder vielleicht an beiden Stellen? Finn brach der Schweiß aus.

Das einzig Vernünftige war Rückzug. Der Feind hatte alle Vorteile. Aber zurückzuweichen hieß, zur Höhle zu fliehen, und das würde ihn ins freie Feld bringen. Selbst wenn er es bis zu der Felswand schaffte, säße er anschließend in der Falle. Und auch Maggrig säße fest. Behutsam legte er seinen Bogen auf die Erde, hob die Hände an den Mund, die Daumen aneinandergelegt, und stieß viermal den tiefen Schrei einer Eule aus.

Voraus ertönte das grunzende Husten eines Dachses.

Maggrig war noch in Sicherheit. Und er kannte die Gefahr und hatte einen der Feinde erspäht!

Finn ließ sich tief in das Gebüsch hinab und machte sich lautlos auf den Rückweg.

Ein Mann mit einem Bogen trat in das offene Feld, das vor ihm lag. Um schießen zu können, mußte Finn aufstehen. Der Mann ging auf sein Versteck zu, und Finn holte tief Luft und erhob sich. Gleichzeitig zog er die Sehne zurück. Plötzlich fuhr er herum. Ein weiterer Angreifer erschien hinter dem Felsen, zwanzig Schritte hinter ihm. Finn schickte einen Pfeil los, der dem Mann in den Schädel fuhr; dann ließ er sich zu Boden fallen. Zwei Pfeile zischten durch die Luft – dort, wo er gerade noch gestanden hatte. Finn zog die Knie unter sich und stürmte aus seinem Versteck hervor und sprang über Büsche und Steine, bis er sich hinter einen umgestürzten Baum fallen ließ. Von hier aus konnte er den Mann sehen, den er getötet hatte.

Jetzt war das Spiel mehr nach seinem Geschmack. Die Feinde hatten ihn mit großem Geschick gejagt, mit arrogantem Vertrauen in ihr Können. Nun war einer von ihnen tot, was die anderen nervös machen würde. Finn ließ sich wieder auf den Bauch nieder, kroch von dem Baum weg und legte, immer noch flach am Boden, einen zweiten Pfeil auf die Sehne.

Die Jäger mußten jetzt von vorn angreifen. War das ein Vorteil? Sie hatten gesehen, daß Finn Rechtshänder war, deshalb müßten sie eigentlich von rechts kommen. Das brächte ihnen einen Sekundenbruchteil zusätzlich, um Finn zu töten. Er wandte sich nach rechts und wartete.

Ein Krieger mit einem langen Speer sprang über den umgestürzten Baum, und Finn schoß ihm in die Brust. Der Mann taumelte. Ein zweiter Angreifer kam von links . . . Finn ließ seinen Bogen fallen und sprang auf, das Jagdmesser in der Hand. Er wich dem zustoßenden Speer aus und rammte dem Mann seine Klinge in den Bauch. Dann hielt er den Sterbenden fest und spähte ins Unterholz.

Er konnte niemanden sehen. Mit einem Fluch ließ er den Körper fallen und rannte zu seinem Bogen, bückte sich und hob ihn auf. In dem Moment, als er sich wieder aufrichtete, sah er, wie sich ein Bogenschütze erhob. Finn war tot, und er wußte es...

Ein Pfeil von Maggrig traf den Bogenschützen hoch in der Schulter. Der Mann schrie auf und schoß seinen Pfeil ab, doch er landete links von Finn, der wieder in die Büsche kroch.

»Die Höhle, Finn!« rief Maggrig, allen Regeln zuwider. Finn fuhr herum und sah drei Männer, die über das freie Feld rannten. Er schickte ihnen einen Pfeil hinterher, doch die Entfernung war zu groß und sein Schuß zu hoch. Er warf seinen Bogen beiseite, zog sein Messer und setzte den Männern nach. Doch sie verschwanden in der Höhle, und er wußte, sie würden zu spät kommen.

»Bleibt ganz still stehen, sonst sind wir alle verloren«, sagte Okas. Kiall holte tief Luft und beobachtete den wirbelnden Rauch.

Er verschwand und enthüllte eine glitzernde Landschaft mit kahlen Bergen und hohen, nackten Bäumen ohne jedes Laub. Dort waren sechs schuppige Wesen, deren riesige Mäuler von scharfen, spitzen Zähnen gesäumt waren. Sie schlurften mit ausgestreckten Armen auf ihn zu, und Kiall wich entsetzt zurück. Sie hatten weder Hände noch Klauen. Statt dessen hingen an den Armen aufgedunsene Gesichter, in deren hohlem Fleisch scharfe Zähne knirschten und klapperten. Jeder der Dämonen war mehr als zwei Meter groß, und die hornige Haut schien für Kialls schlanken Säbel undurchdringlich. Er blickte nach rechts, um sich bei Chareos Mut zu holen.

Doch da war niemand.

Kialls Blick zuckte nach links. Dort war eine offene Tür; durch die hindurch konnte er eine grüne Wiese mit einem Teppich voller Frühlingsblumen sehen. Kinder spielten, und der Klang ihres Lachens perlte durch die lockende Türöffnung.

Das Klacken von Zähnen ließ ihn herumfahren. Die Dämonen waren jetzt näher. Er mußte nur durch die Tür laufen, um sich in Sicherheit zu bringen.

»*Bleibt still stehen, sonst sind wir alle verloren*«, ertönte Okas' Stimme in den Kammern seiner Erinnerung.

Kiall dachte an Ravenna. Wenn er hier starb, gäbe es niemanden mehr, der sie retten konnte. Er hörte eine Stimme von der Tür her.

»Rasch, Kiall, lauf! Hier ist es sicher!« Er riskiert einen Blick und sah seine Mutter. Ihr sanftes Gesicht lächelte, und ihre Hand winkte ihm zu.

»Ich kann nicht!« schrie er. Sein Schwert zuckte hoch. Die Tür verschwand . . . die Dämonen kamen näher.

Beltzer blinzelte überrascht. Er hatte keine Ahnung, wohin die anderen verschwunden waren. Nun stand er allein vor sechs bewaffneten Männern. Sie trugen schwarze Rüstungen und hatten lange Schwerter. Es war nichts Dämonisches an ihnen, als sie darauf warteten, Beltzer anzugreifen. Ihre Gesichter waren streng, aber menschlich.

Der Riese fühlte seine Axt schwer in seinen Händen und stützte sie auf dem Boden auf. Er schaute auf seine Hände hinab und stellte fest, daß sie faltig und voller dunkler Altersflecke waren. Seine Arme und Beine waren dünn und knochig, die Muskeln schlaff. Ein kühler Hauch traf ihn im Rücken, und er drehte sich langsam um und betrachtete die hinter ihm liegende Landschaft. Sie stieg steil zu einem hoch aufragenden Berg an. Kühle Bäche flossen dort, und die Sonne schien in voller Pracht.

»Geh zurück zu dem Berg«, sagte einer der Krieger. »Wir haben nicht den Wunsch, einen alten Mann zu erschlagen, der seine Axt nicht mehr heben kann. Geh zurück.«

»Chareos?« flüsterte Beltzer. Er fuhr sich mit der Zunge über den Gaumen und fühlte sich schrecklich erschöpft.

»Auf dem Berg wirst du wieder jung sein«, sagte der Krieger. »Dann kannst du es mit uns aufnehmen. Mach einen einzigen Schritt zurück, und du wirst die Kraft in deinen Gliedern spüren.«

Beltzer tat einen Schritt rückwärts. Es stimmte. Er fühlte, wie seine Muskeln kräftiger und sein Blick klarer wurde. Er bräuchte nur zurück auf den Berg zu gehen; dann würde er die Kraft finden, gegen diese Krieger zu kämpfen.

»*Bleib still stehen, sonst sind wir alle verloren*«, ertönte die Stimme von Okas in den Kammern seiner Erinnerung.

Es brauchte Beltzers ganze Kraft, die Axt zu heben. Er blickte die grimmigen Krieger an. »Na los. Kommt schon«, sagte er. »Ich gehe nicht weiter.«

»Narr!« zischte der Anführer der Krieger. »Glaubst du, du kannst gegen uns bestehen? Wir könnten dich binnen eines Augenblicks töten. Warum willst du nicht wieder stark sein und uns wenigstens einen guten Kampf liefern?«

»Wollt ihr den ganzen Tag reden?« röhrte Beltzer. »Ein guter Kampf? Kommt schon, Jungs, verdient euch euren Lohn.«

Die Krieger schlossen dicht auf – und griffen an. Beltzer brüllte seinen Trotz hinaus. Plötzlich lag die Axt leicht in seinen Händen, und er begegnete ihrem Angriff, indem er selbst attackierte. Seine Glieder waren wieder voller Kraft, und seine Axt hieb und krachte in die Körper der Gegner. Ihre Schwerter trafen ihn, aber keine tiefe Wunde verlangsamte Beltzers Schwung. Nach wenigen Sekunden waren die Krieger tot; ihre Leichname verschwanden. Beltzer warf einen Blick zurück auf den Berg. Er war fort. An seiner Stelle sah Beltzer ein tiefes, gähnendes Loch, das bis in die Eingeweide der Erde reichte. Er stand mit dem Rücken dazu.

Und wartete auf weitere Gegner.

Chareos stand wieder einmal auf den schattigen Mauern von Belazar. Mondlicht strömte über die Berghänge und glitzerte auf dem Gras im Tal. Die Bewohner der Dunkelheit kamen die Treppe hinauf – und es war kein Tenaka Khan da, um ihm zu helfen.

»Hierher«, erklang eine leise, weibliche Stimme. Als Chareos sich umdrehte, sah er eine zweite Treppe, die hinunter ins Tal führte. Eine Frau trat ins Mondlicht. Ihre Schönheit war atemberaubend.

»Tura? Gütiger Himmel, Tura?«

»Ja, mein Liebster. Ich kann es nicht ertragen, dich sterben zu sehen. Komm mit mir.«

»Ich kann nicht. Ich muß Freunden helfen.«

»Welchen Freunden, Chareos? Du bist allein. Sie haben dich verlassen. Komm mit mir. Ich liebe dich. Ich habe dich immer geliebt. Ich war dumm, Chareos, aber alles kann wieder gut werden. Alles kann wieder schön werden.«

Er stöhnte, und seine Seele sehnte sich nach ihr.

Eine riesige Klauenhand zerschmetterte die Tür zur Treppe.

»Komm rasch!« rief die Frau.

»Nein!« rief Chareos. Er sprang vor und stieß dem Ungeheuer

sein Schwert ins klaffende Maul, durch Knorpel und Knochen bis ins Hirn.

»Hilf mir!« Chareos drehte sich um und sah, daß ein zweites Wesen die Treppe hinter ihr heraufgekommen war und sie zurück in die Dunkelheit zerrte.

»*Bleibt still stehen, sonst sind wir alle verloren*«, ertönte Okas' Stimme in den Kammern seiner Erinnerung.

Chareos schrie seine Qual hinaus, blieb jedoch, wo er war. Zwei weitere Wesen sprangen ihn an. Er wich aus und tötete das erste mit einem Stoß ins Herz, das zweite mit einem wuchtigen Hieb in den Nacken.

Er hörte Gelächter und sah die Frau in enger Umarmung mit dem Ungeheuer an der Treppe stehen. Sie wandte ihr Gesicht Chareos zu – es war weiß wie ein Laken. Die Augen blickten starr, und die Pupillen waren geschlitzt wie die einer Katze. Langsam hob sie ihr Bein und strich damit über die Hüften des Ungeheuers.

»Als Mann warst du nie besonders«, sagte sie. »Warum, glaubst du wohl, habe ich so viele Liebhaber gebraucht?«

Er wandte sich ruckartig ab, doch ihre Worte quälten ihn weiter. »Ich habe mit allen geschlafen, Chareos. Mit Finn, mit Beltzer. Mit all deinen Freunden. Ich habe ihnen erzählt, wie du warst. Ich habe ihnen erzählt, daß du in der ersten Nacht, in der wir uns liebten, geweint hast ... sie haben darüber gelacht!«

»Laß mich in Ruhe!«

Ein weiteres Ungeheuer kam durch die Tür, doch Chareos duckte sich unter dem Hieb seiner Klauen und rammte ihm seinen Säbel in den Bauch. Es fiel zurück in die Dunkelheit.

Ihre Stimme war näher, doch ihre Worte waren jetzt sanfter. »Ich habe das gesagt, um dir weh zu tun«, flüsterte sie. »Es tut mir leid ... es tut mir so leid.« Sie kam noch näher, und Chareos machte einen Schritt rückwärts. »Bei allem, was ich getan habe«, fuhr sie fort, »all dem schrecklichen Unrecht, daß ich dir antat, hast du mir nie weh getan. Du konntest mir nie weh tun.« Ihr Arm zuckte hoch. Chareos' Säbel fuhr durch ihre Kehle, und ihr Kopf fiel zu Boden, der Körper sank daneben. Das kleine, gebogene Messer entglitt ihren Fingern.

»Nein«, sagte Chareos. »Ich konnte Tura nie weh tun. Aber du bist nicht Tura.«

Kiall hieb und stach auf die Ungeheuer um ihn herum ein. Die zähnestarrenden Klauen rissen an seiner Haut, und Schmerz durchströmte ihn, doch sein Schwert holte weiter aus, um sie zurückzudrängen. Er glitt aus und fiel, und die Dämonen waren über ihm. In dem Moment sprang ein Krieger in Schwarz herbei, bewaffnet mit zwei kurzen Schwertern, stellte sich über Kiall und vertrieb die Ungeheuer. Kiall kämpfte sich auf die Füße und beobachtete den Krieger. Der Mann kämpfte atemberaubend. Er drehte und wirbelte wie ein Tänzer, doch bei jeder Bewegung zuckten die funkelnden Klingen gegen die Leiber der Dämonen. Das letzte Ungeheuer starb, und der Mann kam zu Kiall und lächelte.

»Du hast gut gekämpft«, sagte der Mann. Kiall blickte in schrägstehende violette Augen und ein hartes, grausames Gesicht.

»Wer bist du?« fragte er.

»Ein Freund von Asta Khan.«

Dunkelheit türmte sich vor Kialls Augen auf, und er blinzelte . . .

Er saß wieder vor dem Feuer in der Höhle. Okas und Asta saßen beieinander, Beltzer und Chareos bewachten sie.

»Werden sie wiederkommen?« fragte Beltzer.

»Ich weiß nicht«, antwortete Okas erschöpft.

»Sie werden nicht wiederkommen«, sagte Asta Khan. Seine dunklen Augen funkelten. »Jetzt ist es Zeit, daß meine Feinde *meine* Macht kennenlernen.« Er schloß die Augen . . .. und verschwand.

Nahezu fünfhundert Kilometer entfernt schrie Shotza auf. Der erste von zwölf Schülern, tief in Trance, fiel mit aufgerissener Brust und explodierendem Herzen nach hinten. Shotza versuchte, aus dem Raum zu fliehen, doch alle Türen waren von einem Nebel versperrte, der hart wie Stahl war. Ein Schüler nach dem anderen starb lautlos, bis nur der Schamane übrig war.

Eine Gestalt bildete sich in dem Nebel, und Shotza wich zurück. »Verschone mich, mächtiger Asta«, flehte er. »Ich habe nur auf Befehl des Khans gehandelt. Wenn du mich verschonst, will ich dir helfen, ihn zu vernichten.«

»Dazu brauche ich deine Hilfe nicht«, sagte Asta und schwebte dicht zu dem zitternden Schamanen. Astas Geisthand schoß vor, und die Finger wurden zu langen Klauen, die Shotzas Brust zerrissen. Ein grauenhafter Schmerz umklammerte das Herz des Schamanen, und er versuchte zu schreien – doch er starb, bevor er den Schrei ausstoßen konnte.

9

Beltzer erwachte als erster. Er fühlte sich steif und streckte sich. In diesem Moment sah er die Angreifer in die Höhle laufen. Er rollte sich auf die Knie und sprang mit der Axt in den Händen auf. Das Feuer war erloschen, die Sicht schlecht. Beltzer brüllte einen Kriegsruf und griff an. Zwei der Männer rannten auf ihn zu; der dritte duckte sich und schoß an dem Axtschwinger vorbei. Beltzer beachtete diesen Gegner nicht und hämmerte seine Axt in den Leib des ersten Angreifers. Ein Schwert durchstieß sein Wams und verfehlte nur knapp das Fleisch seiner Hüften. Er zerrte seine Axt aus dem Leib des gestürzten Kriegers und hieb sie dem zweiten Mann rückhändig in die Rippen, so daß die Klinge bis in die Lungen fuhr. Dann schoß er herum, bereit für einen Angriff von hinten. Doch der dritte Mann war tot. Chareos hatte ihn erledigt.

Finn stürmte mit erhobenem Messer in die Höhle. Er blieb stehen, als er sah, daß Beltzer und Chareos über den drei Toten standen.

»Ihr seid ja großartige Aufpasser«, sagte Beltzer.

Finn rammte sein Messer wieder in die Scheide. »Wir haben drei getötet und einen vierten verwundet«, sagte er, »aber sie haben uns umgangen.«

»Wie viele sind noch draußen?« fragte Chareos und wischte das Blut von seinem Messer.

»Ich weiß es nicht«, antwortete Finn.

»Stell es fest«, bat Chareos. Finn nickte, machte auf dem Absatz kehrt und lief aus der Höhle.

Beltzer setzte sich kichernd. »Eine Nacht, an die wir zurückdenken werden, was, Schwertmeister?«

»Ja«, pflichtete Chareos ihm geistesabwesend bei und wandte sich um, wo Kiall und Okas noch immer schliefen. Er kniete nieder und rüttelte Kiall an der Schulter.

Der junge Mann öffnete die Augen und blinzelte. »Oh«, flüsterte er. »Sind wir in Sicherheit?«

»Wir sind wieder in der Höhle«, antwortete Chareos. »Wie sicher wir sind, bleibt abzuwarten. Du hast dich dort gut gehalten.«

»Woher weißt du das?« fragte Kiall.

»Du lebst«, sagte Chareos schlicht.

»Sollten wir nicht hinausgehen und Maggrig und Finn helfen?« erkundigte sich Beltzer.

»Nein. Das Spiel, das hier gespielt wird, ist ihr Spiel. Wir wären nur hinderlich.«

Chareos nahm seine Zunderschachtel aus seinem Gepäck, säuberte die Feuerstelle und entfachte ein neues Feuer. Die drei Männer setzten sich darum und genossen die Wärme. Vor der Höhle ertönte ein Schrei, und Kiall sprang auf.

»Das könnte Finn oder Maggrig sein«, sagte er.

»Könnte«, gab Beltzer ihm recht. »Wie wär's mit was zu essen?«

»Eine gute Idee«, meinte Chareos und wandte sich an Kiall. »Koch uns ein paar Haferflocken. Mein Magen glaubt allmählich, man hätte mir die Kehle durchgeschnitten.«

»Was ist mit Finn?« wollte Kiall wissen.

»Er kann essen, wenn er kommt«, antwortet Beltzer grinsend.

Kiall ging zu ihrem Gepäck und nahm einen Ledersack mit Haferflocken heraus. Er warf einen Blick auf Okas. »Er schläft immer noch«, sagte er.

»Das bezweifle ich«, meinte Chareos.

Die drei Suchenden saßen schweigend da, während die Haferflocken in einem Kupfertopf über dem Feuer blubberten und langsam eindickten. Das blasse graue Licht der Dämmerung erhellte den Himmel, als Kiall das Essen auf zwei Holzteller schöpfte.

»Willst du nichts essen?« fragte Beltzer, als Kiall sich wieder setzte.

»Nein, mir ist der Appetit vergangen«, antwortete der jüngere Mann mit einem Blick auf die blutigen Leichen. »Wie könnt ihr bei einem solchen Gestank an Essen denken?«

Beltzer zuckte die Achseln. »Es ist auch nur Fleisch, mein Junge, und Eingeweide.«

Kurz darauf trat Finn in die Höhle und ließ sich müde zu Boden sinken. Seine Augen waren blutunterlaufen. Maggrig folgte ihm nach wenigen Minuten. Beide Männer aßen schweigend.

»Nun?« fragte Chareos, als sie ihr Mahl beendet hatten.

»Es waren noch vier von ihnen draußen.«

»Habt ihr sie alle geschnappt?« fragte Beltzer.

»Ja, aber es war knapp. Sie waren gut, sehr gut. Was machen wir jetzt?«

»Wir warten auf Okas«, antwortet Chareos. »Ihr solltest ein

wenig schlafen.« Finn nickte und ging in die hinterste Ecke der Höhle, wickelte seine hagere Gestalt in eine Decke und ließ sich nieder, den Kopf auf seinen Sattel gebettet.

»Sie hätten uns fast besiegt«, sagte Maggrig. »Mindestens einer von ihnen hatte eine bessere Position. Sein Schuß ging um Haaresbreite an Finns Kopf vorbei.«

»Habt ihr ihre Pferde gefunden?« fragte Chareos.

»Ja. Wir haben den Kerlen die Sättel abgenommen und sie davongejagt. Finn glaubt, es waren Späher einer größeren Truppe – wahrscheinlich dieselbe Bande, die Ravenna gefangennahm.«

»Dann jagen sie uns«, sagte Chareos.

»Natürlich jagen sie uns«, fuhr Beltzer ihn an. »Deswegen liegen ja überall die Leichen herum.«

»Ich glaube, Chareos meint uns im besonderen«, warf Maggrig ein. »Sie haben nicht einfach nur versucht, eine kleine Reisegruppe auszurauben. Sie haben gezielt nach *uns* Ausschau gehalten.«

»Wie kommst du darauf?« fragte Beltzer Chareos.

»Sag es ihm, Maggrig«, bat Chareos.

»Zuerst einmal ihre Geschicklichkeit. Sie waren besonders vorsichtig, was Finn und mich zu dem Schluß brachte, daß sie unsere Stärken kennen. Zweitens waren sie darauf eingestellt, Verluste zu erleiden und trotzdem weiterzumachen. Wenn wir einfach nur eine Reisegruppe wären, hätten sie nicht wissen könne, was wir bei uns haben – und ein bißchen Proviant und ein paar Pferde sind es nicht wert, dafür zu sterben.«

»Also«, meinte Beltzer, »ist es schon bekannt.«

»Es scheint so«, gab Chareos ihm recht.

»Es ist höchst eigenartig«, sagte Chien-tsu. »Der Nadirschamane beobachtet uns nicht mehr.« Sukai zügelte seinen Grauen und blickte auf den Lagerplatz unter ihnen.

»Vielleicht, weil sie vorhaben, uns diese Nacht anzugreifen, Herr«, sagte der Soldat und stieg vom Pferd. Chien-tsu schwang sein linkes Bein über den Sattelknauf und sprang zu Boden.

»Nein. Sie werden morgen bei Anbruch der Dämmerung angreifen – jedenfalls ist das der Plan, von dem dieser Kubai sprach, als er sich letzte Nacht mit den Mördern traf.« Chien würde noch lange an den häßlichen Klang von Kubais Gelächter denken, als er mit den zwei Nadirspähern über das Massaker an den ›gelben Männern‹ geredet hatte. Chiens Geist war gerade über dem Trio geschwebt, und er hatte gehört, wie man ihn einen ›weibischen Narren‹ nannte, eine ›angemalte Puppe‹.

»Es ist ärgerlich«, sagte Sukai.

»Was ist ärgerlich? Entschuldigung, ich war mit meinen Gedanken woanders.«

»Daß man gezwungen ist, durch die Hände solcher Barbaren den Tod zu finden.«

»Oh, ja, das ist es wirklich«, sagte Chien.

»Es wäre schön gewesen, eine zweite Möglichkeit gehabt zu haben.« Unter ihnen hatten die zwanzig Soldaten drei Lagerfeuer entzündet. Von seiner Stellung auf dem Hügel konnte Chien den Späher sehen, Kubai, der ein Stück abseits von seinen Männern saß. Chien knöpfte den roten Mantel aus Seidenbrokat auf und kratzte sich unter dem Arm. »Es wird mir nicht leid tun, mich von diesem Gewand zu verabschieden«, sagte er. »Es fängt an zu stinken.«

»Es gehörte zu deinem Plan, Herr«, sagte Sukai mit breitem Grinsen.

»Das stimmt. Aber es ist schrecklich unbequem. Wer wird es morgen tragen?«

»Nagasi, Herr. Er hat deine Größe und Gestalt.«

»Ich muß mich bei ihm entschuldigen. Es ist eine Sache, im Dienste seines Herrn zu sterben – aber eine ganz andere, wenn man gezwungen ist, in einem schmutzigen Mantel zu sterben.«

»Es ist eine Ehre für Nagasi, Herr.«

»Natürlich, aber gutes Benehmen sollte immer an erster Stelle kommen. Wäre es ein zu großes Privileg für ihn, wenn wir ihn bitten würden, heute abend mit uns zu speisen?«

»Ich fürchte ja, Herr.«

»Ich glaube, du hast recht, Sukai. Du und ich, wir werden zusammen speisen – obwohl ›speisen‹ eine zu hochgegriffene Beschreibung für ein Mahl aus gekochtem Hasen ist. Aber ich habe noch einen guten Wein, den wir dazu trinken werden.«

Chien schwang sich in den Sattel und wartete auf Sukai. Der Offizier stieg auf seinen Wallach und fluchte leise.

»Was bedrückt dich, mein Freund?« fragte Chien.

»Dieser Kubai, ich würde zu gern seinen Kopf vom Hals trennen.«

»Ein Gedanke, den ich schätze – und teile. Es ist jedoch äußerst wichtig, daß die Soldaten Kiatzes kein Verbrechen begehen, während sie im Land der Nadir sind. Wir können nur reagieren, nicht agieren.«

»Wie du wünschst, Herr«, murmelte Sukai, gab seinem Pferd die Sporen und lenkte das Tier den Hügel hinunter zum Lager.

Am Mittag des folgenden Tages verkündete Kubai, der Nadirspäher, daß er auf die Jagd gehen wollte, und galoppierte nach Südwesten davon. Sukai sah ihm nach; dann wendete er sein Pferd und ließ die Gruppe anhalten.

Chien-tsu ritt an seine Seite. »Wir haben vier, vielleicht fünf Stunden Zeit«, sagte Chien. »Wir müssen jetzt beginnen.« Sukai gab den zwanzig Wachen das Zeichen, abzusteigen. Die Männer banden ihre Pferde an und nahmen Haltung an. Chien schritt schweigend die Reihe ab und blieb nur stehen, um einen Soldaten zu ermahnen, dessen Griffschutz aus Bronze und Silber eine Spur von Verfärbung zeigte. Der Mann wurde rot.

»Ihr alle wißt«, sagte Chien, »daß Verrat uns erwartet. Die Nadir werden bei Anbruch der Dämmerung angreifen. Es ist äußerst wichtig, daß sie glauben, sie hätten uns überrascht. Deshalb werdet ihr alle um eure Feuer sitzen, wenn sie kommen. Ihr könnt eure Pferde gesattelt lassen. Sobald der Angriff beginnt, könnt ihr kämpfen, wie es euer Herz begehrt. Die Gier und die Lust der Nadir am Kampf zeigt uns, daß sie eines Tages auch das Königreich Kiatze angreifen werden. Denkt immer daran! Es ist von größter Bedeutung, daß ihr euch so teuer wie möglich verkauft. Ich erwarte, daß kein Mensch stirbt, ehe er nicht mindestens vier Feinde erledigt hat. Es gibt keinen Rückzug. Ihr werdet hier sterben.« Chien wandte sich ab; dann drehte er sich noch einmal um. »Normalerweise wäre es nicht nötig, noch etwas hinzuzufügen; aber wir stehen unter einem fremden Himmel und sind fern der Heimat. Also laßt mich dies sagen: Ihr seid die besten Krieger und die wertvollsten Menschen. Wäre es anders, wärt ihr jetzt nicht bei mir. Ich werde die Schlacht von dem Hügel dort beobachten. Dann werde ich mir Gewißheit verschaffen, ob Mai-syn noch lebt. Danach werde ich Jungir Khan aufspüren und ihm den Kopf von den Schultern schlagen. Das ist alles.«

Chien zog seinen rotseidenen Brokatmantel aus und rief Nagasi zu sich. Der Krieger schüttelte seine Brustplatte ab und zog das Gewand an; dann verbeugte er sich vor Chien.

»Ich werde dafür sorgen, daß Oshi dein Haar ein wenig herrschaftlicher richtet«, sagte Chien. Dann ging er zu Sukai, der dicht bei dem Wagen stand. Der Krieger starrte zum sturmverkündenden Himmel empor.

»Wie viele werden sie gegen uns schicken, Herr?«

»Ich weiß es nicht. Warum interessiert dich das?«

»Falls es weniger als hundert sind, siegen wir vielleicht. Aber das würde nicht in den Plan passen, den du dir so sorgfältig zurechtgelegt hast.«

»Das stimmt«, sagte Chien ernst. »Aber ich glaube, daß die Feinde – zumal nach deiner Vorstellung beim Bankett – sichergehen wollen. Jungir Khan wird *mindestens* hundert Krieger schicken.«

»Und wenn wir siegen?« fragte Sukai.

»Dann siegt ihr – und wir müssen uns etwas Neues einfallen lassen«, sagte Chien. »Wärst du jetzt so freundlich, mir die Haare zu schneiden?«

»Die Männer werden dich sehen«, protestierte Sukai. »Das schickt sich nicht.«

Chien zuckte die Achseln. »Es ist wichtig, daß ich für einen Nadirnomaden durchgehe. Ein Edelmann aus Kiatze kann in diesem barbarischen Land nicht darauf hoffen zu überleben. Komm schon, Sukai.« Damit setzte er sich zu Boden. Sukai nahm eine lange Messingschere und begann, das stark pomadisierte Haar abzuschneiden, so daß nur noch ein kurzer Zopf oben am Kopf stehenblieb. Chien stand auf und zog das blauseidene Hemd, die Hose und seine hohen Stiefel aus. Dann hob er die Plane vom Wagen und zog ein Nadirwams aus Ziegenfell, lederne Beinkleider und ein Paar hohe, häßliche Reitmokassins heraus.

»Die Sachen sind doch gereinigt worden?« fragte er und hielt das Fellwams auf Armeslänge von sich.

Sukai lächelte. »Dreimal, Herr. Nicht eine Laus und nicht ein Floh haben überlebt.«

»Es stinkt nach Holzrauch«, murmelte Chien und schob die Arme in das Kleidungsstück, kletterte in die schlechtsitzenden Beinkleider und schnürte den Riemen aus ungegerbtem Leder zu. Zum Schluß zog er die Mokassins an.

»Wie sehe ich aus?« erkundigte er sich.

»Bitte, frag nicht«, antwortete Sukai.

Der Krieger rief Oshi herbei, der zwei Pferde brachte, deren Sättel durch Nadirsättel aus grobem Leder ersetzt wurden, an denen keine Steigbügel befestigt waren. »Vergrab die anderen Sättel«, befahl Chien.

Der Krieger nickte. »Außerdem«, fügte Chien hinzu, »wäre es besser, wenn Nagasi mit starken Gesichtsverletzungen stirbt.«

»Das habe ich ihm bereits erklärt«, sagte Sukai.

»Dann ist es Zeit, Abschied zu nehmen, mein Freund.«

»Ja. Möge dein Pfad gerade sein und deine Tage lang.«

Chien verbeugte sich. »Sieh vom Himmel auf mich herab, Sukai.«

Der Kriegsherr packte die Mähne seines Pferdes und schwang sich in den Sattel. Oshi kletterte auf den Rücken seiner Stute, und die beiden Reiter galoppierten aus dem Lager.

Chien und Oshi ritten weit hinauf in die Berge, wo sie die Pferde in einem dichten Pappelwäldchen versteckten. Dann saßen sie schweigend eine Stunde beisammen. Chien betete, während Oshi, der in den Kleidern eines Nadirkriegers lächerlich aussah, mit dem Problem kämpfte, wie er inmitten dieses öden, unzivilisierten Landes für seinen Herrn sorgen sollte.

Als Chien seine Gebete beendet hatte, stand er auf und ging zu einem Felsvorsprung, der das Tal überblickte. Wie befohlen, hatte Sukai Kochfeuer anzünden lassen, um die herum entspannt die Männer saßen. In Chien stieg Zorn auf. Es war unerträglich, daß ein Krieger wie Sukai auf diese Art und Weise geopfert werden sollte. In diesem Land des Verrats und der Barbarei gab es keine Ehre. Er dachte an seine geheimen Nachrichten an den Kaiser, überbracht von seiner vertrauenswürdigsten Konkubine. Es würde keine weiteren Geschenke für den Khan geben. Vielleicht würden die Nachrichten den Kaiser sogar ermutigen, seine Armee zu vergrößern.

Oshi schlich sich neben Chien. »Sollten wir uns nicht besser von hier entfernen, Herr?« fragte der alte Diener.

Chien schüttelte den Kopf. »Es wäre höchst unschicklich, wenn ich zuließ, daß die Männer unbeobachtet sterben. Falls es ein kleines Risiko für uns bedeutet, dann sei es.«

Die Sonne begann ihren langsamen Abstieg, und Chien sah die Staubwolke im Südwesten. Sein Herz schlug schneller, und er bemühte sich, ruhig zu bleiben. Er wollte mit kühlen Augen die letzten Momente in Sukais Leben sehen. Chien hegte die schwache Hoffnung, eines Tages ein Gedicht darüber schreiben und es persönlich Sukais Witwe überbringen zu können.

Als die Nadirtruppe auf den Hügel auftauchte, zwischen den Lager lag, ließ Chien seine geübten Augen über sie schweifen. Es war fast dreihundert Mann, und sein Stolz wuchs. Hier war, endlich die Anerkennung der Barbaren für die Kriegskunst ihrer Gegner – sie schickten dreihundert gegen zwanzig! Chien konnte Sukais Freude beinahe spüren, als er beobachtete, wie die zwanzig Männer zu ihren Pferden liefen. Sukai nahm seine Position in der Mitte ein und zog beide Schwerter. Nagasi, in Chiens rotem Mantel, war an seiner Seite.

Unter lautem Kriegsgeschrei griffen die Nadir an. Sukai, der die Spitze eines Keils bildete, ließ sein Pferd in Galopp fallen, um ihnen entgegenzureiten. Staub wirbelte unter den Pferdehufen auf. Chien wollte aufstehen, doch Oshi zerrte nervös an seinem Wams, und zögernd setzte Chien sich wieder. Er konnte sehen, wie Sukai sich einen Weg durch die Nadirreihen hieb und schlug, und im Hintergrund erkannte er gerade noch die Züge des Verräters Kubai. Beinahe drang Sukai bis zu ihm durch, doch ein Speer wurde ihm durch die Kehle gestoßen. Er tötete den Speerwerfer, stieß die zweite Klinge in den Körper eines Nadirkriegers und fiel aus dem Sattel. Der Kampf war kurz, doch Chien wartete, bis er die gefallenen Nadir zählen konnte. Fast neunzig Feinde waren getötet oder verwundet worden.

Kubai ritt durch die Reihen der Nadir und stieg neben Sukais Leichnam vom Pferd. Dann trat er ihn dreimal, hieb ihm den Kopf ab und hielt ihn an den Haaren hoch, schwang ihn herum und schleuderte ihn schließlich davon, daß er in den Staub rollte.

Chien zog sich zu den Pferden zurück, gefolgt von Oshi.

»Sie haben gut gekämpft, Herr«, sagte Oshi.

Chien nickte und schwang sich in den Sattel. »Der Khan wird teuer für Sukais Tod bezahlen. Das schwöre ich bei den Seelen meiner Vorfahren.«

Er lenkte sein Pferd nach Südwesten und ritt voran auf die fernen Berge zu. Das Schwert auf dem Rücken, den Jagdbogen in der

Hand, hielt er die Zügel locker und ließ den Hengst laufen. Der Wind war kalt auf seinem geschorenen Kopf, doch sein Blut war heiß von der Erinnerung an die Schlacht.

Die fernen Berge hoben sich gezackt vor dem Himmel ab, ehrfurchtgebietend in ihrer Größe. Die Gipfel waren in Wolken gehüllt.

»Werden wir die Berge überqueren, Herr?« fragte Oshi ängstlich.

»Es gibt einen schmalen Paß, der für Reisende keine Gefahren birgt. Dort werden wir sie überqueren.«

»Haben diese Berge einen Namen? Gehen dort Geister um?«

»Es sind die Mondberge . . . und Geister gibt es überall, Oshi. Mach dir keine Sorgen.«

»Ich mache mir nur deinetwegen Sorgen, Herr. Wo werde ich Nahrung finden, um sie dir zuzubereiten? Wo wirst du baden? Wie kann ich deine Kleider reinigen?«

Chien lächelte und zog an den Zügeln, so daß der Hengst nur noch im Schritt ging. Er wandte sich an Oshi. »Ich habe dich nicht mitgenommen, damit du mir dienst. Ich habe dich mitgenommen, weil du ein alter Mann und ein Freund bist, Oshi. Du hast meinem Vater mit Fleiß und Treue gedient, und mir mit Hingabe und Zuneigung. Ich kann mich noch daran erinnern, wie ich auf deinen Knien gesessen und wundersamen Geschichten von Drachen und Helden gelauscht habe. Ich weiß noch, wie du mich *seichi* trinken und an deinem Feuer Reiskuchen hast essen lassen. Du warst es, Oshi, der mich von meinen Kindheitsängsten geheilt hat, meinen Alpträumen. Nenn mich nicht mehr Herr. Nenn mich Chien, wie du es getan hast, als ich noch ein Kind war.«

»Dann hast du also beschlossen zu sterben, Herr?« wisperte Oshi und blinzelte seine Tränen fort.

»Ich glaube nicht, daß selbst ich es mit dem ganzen Nadirvolk aufnehmen und überleben kann, Oshi. Ich habe geschworen, Jungir Khan zu töten. Wenn nötig, werde ich in seinen Palast eindringen und ihn vor allen seinen Generälen niederhauen. Glaubst du etwa, ich könnte nach einer solchen Tat einfach davonspazieren?«

»Du könntest ihn mit einem Pfeil töten«, schlug Oshi vor.

»Allerdings. Aber dann würde er nicht wissen, für welches Verbrechen er sterben muß. Nein, es wird mit einem Schwert geschehen. Aber zuerst müssen wir uns vergewissern, was das Schicksal Mai-syns begrifft. Sobald das geschehen ist, werden wir ein Schiff suchen, das dich nach Hause bringt.«

»Ich könnte dich nicht verlassen, Herr . . . Chien. Was sollte ich tun? Was würdest du ohne mich tun? Wir werden den Khan gemeinsam töten.«

»Jemand muß dem Kaiser die Nachricht überbringen. Ich werde dir auch Briefe an meine Frauen mitgeben. Du wirst mein Testament vollstrecken.«

»Dann hast du alles schon geplant?« fragte Oshi leise.

»Soweit es zum jetzigen Zeitpunkt möglich ist, ja. Es kann sich alles noch ändern. Aber jetzt laß uns reiten und einen guten Rastplatz suchen.«

Sie schlugen ihr Lager in einem alten, ausgetrockneten Flußbett auf, zündeten ein Feuer im Schutz des steilen Ufers an und nahmen ein leichtes Mahl aus getrockneten Früchten zu sich. Chien war nicht in der Stimmung, sich zu unterhalten. Er zog hinter seinem Sattel eine Decke hervor, wickelte sich darin ein und legte sich nieder.

»Nein, Herr, hier«, sagte Oshi. »Ich habe die Kiesel hier weggefegt, und darunter ist weicher Sand. Ich habe etwas davon für ein Kissen zusammengeschoben. Hier hast du es bequemer.

Chien legte sich an den Platz, den Oshi vorbereitet hatte. Hier war es tatsächlich weicher und geschützt vor dem kalten Wind. Er schlief ein. Er träumte von seinem Zuhause in dem elfenbeinweißen Palast mit seinen Terrassengärten und den Landschaftsgärten mit ihren Bächen und Wasserfällen. Es war ein Platz der Ruhe. Doch Chien erwachte schlagartig, als er das Geräusch von Stiefeln auf den Kieseln des Flußbettes hörte. Er rollte sich aus seiner Decke und erhob sich. Der Mond stand hoch am Himmel, voll und strahlend. Kubai starrte Chien mit breitem Grinsen an; neben ihm standen vier Nadirkrieger. Oshi erwachte und kauerte sich an die Felsen.

»Glaubst du, ich kann nicht zählen?« fragte Kubai. »Ich habe unter den Toten nach dir gesucht. Weißt du, warum?«

»Bitte sag es mir«, bat Chien und faltete die Hände über der Brust.

»Seinetwegen«, antwortete Kubai und deutete auf Oshi. »Seine Leiche war nirgends. Also habe ich den Toten untersucht, den wir für dich gehalten hatten. Er hatte eine tiefe Wunde im Gesicht, aber das reichte nicht, um mich zu täuschen.«

»Deine Intelligenz überwältigt mich«, sagte Chien. »Du hast ganz recht. Ich hielt dich für einen übelriechenden, dummen, verräterischen Barbaren. In einem hatte ich Unrecht: dumm bist du nicht.«

Kubai lachte. »Du kannst mich nicht ärgern, gelber Mann. Weißt du, warum? Weil ich dich heute nacht schreien hören werde. Ich werde dir die Haut Zentimeter um Zentimeter abziehen.« Kubai zog sein Schwert und trat vor, doch Chien wartete, die Arme noch immer vor der Brust verschränkt. »Willst du nicht einmal kämpfen, Gelber?«

Chiens Arm schoß vor, und Kubai blieb abrupt stehen. Der Elfenbeingriff des Wurfmessers ragte aus seiner Kehle. Chien sprang vor, und sein Fuß krachte gegen Kubais Kopf, so daß er zu Boden ging. Die anderen Nadir rannten herbei. Chien duckte sich unter einer niedersausenden Klinge und stieß dem Angreifer seine Hand mit ausgestreckten Fingern ins Zwerchfell. Der Krieger klappte zusammen; die Luft entwich aus seinen Lungen. Chien wich einem Stoß aus und hämmerte einem zweiten Krieger seine Handkante gegen die Kehle. Dann warf er sich nach vorn, rollte sich über die Schulter ab und kam in einer einzigen geschmeidigen Bewegung wieder auf die Beine. Die letzten zwei Nadir näherten sich ihm mit mehr Vorsicht. Chiens Hand schoß vor, und einer der beiden krümmte sich auf dem Boden, einen Dolch im Auge. Der letzte Krieger wich zurück, doch Oshi erhob sich hinter ihm und stieß ihm eine dünne Klinge ins Herz.

»Du darfst kein Wagnis eingehen, Oshi.« sagte Chien. »Du bist zu alt.«

»Es tut mir leid, Herr.«

Kubai hatte die Klinge aus seiner Kehle gezogen und kniete im Flußbett. Blut strömte auf sein Ziegenfellwams. Chien kniete vor ihm nieder und nahm sein Messer an sich.

»Falls es dich interessiert«, sagte er, »deine Lungen füllen sich langsam mit Blut. Es heißt, daß ein Mann dabei die schönsten Visionen erleben kann. Du aber verdienst eine solche Freude nicht.«

Chien rammte die Klinge in Kubais Herz und stieß den Körper auf den Rücken.

»Ich hatte einen wunderschönen Traum«, sagte Chien. »Ich war zu Hause in den Gärten und – du erinnerst dich an die Pflanze, die wir an der Trockensteinmauer am Südtor zu kultivieren versuchten?« Oshi nickte. »Nun, sie stand in Blüte, und die Blüten besaßen die herrlichsten Purpurschattierungen. Und ich erinnere mich, daß ihr Duft meine Rosen beschämte. Ob diese Purpurpflanze jemals erblüht ist?«

»Ich glaube schon, Herr. Du hast eine Hand für Blumen.«

»Der Gedanke gefällt mir.«

Ein Stöhnen kam von dem Nadir, dem Chien die Luft abgedrückt hatte, und der Kiatzekrieger stand auf und trat dem Mann gegen die Schläfe. Sein Genick brach, und Oshi zuckte zusammen.

»Wo war ich stehengeblieben? Ach ja, Blumen. Dieses Land könnte mehr Blumen gebrauchen. Vielleicht würden die Nadir sich dann mehr für Gedichte als für Krieg interessieren. Sattel die Pferde, Oshi. Dieser häßliche Ort stimmt mich melancholisch.«

Drei Wochen lang reisten die Suchenden nur bei Nacht und verbargen sich tagsüber in Wäldern oder zerklüfteten Senken, die das Land durchzogen. Die Reise in der Dunkelheit fand mit großer Vorsicht statt, während das Land allmählich in riesigen Stufen von einem Felsplateau zum nächsten abfiel. Die Pfade waren mit Geröll bedeckt und trügerisch, und die Suchenden waren oft gezwungen, abzusteigen und ihre Pferde zu führen.

Viermal warnte Okas sie vor Jägern, und zweimal sahen die Suchenden aus ihrem Versteck berittene Nadirbanden, die nach Spuren Ausschau hielten. Doch Finn hatte ihre Fährte verwischt, und die Jäger zogen weiter.

Wasser war in der Steppe rar, und sie waren gezwungen, weite Umwege zu mache, um Felstümpel in den Plateaus zu suchen. Die meisten davon waren bewacht, und oft mußten die Suchenden mit trockenen Kehlen weiterziehen. Das wenige Wasser, das sie bei sich trugen, brauchten sie, um ihren Pferden den Staub von Nüstern und Maul zu spülen.

»Unsere Feinde haben alle Vorteile«, sagte Finn, als sie zum drittenmal hintereinander ihr trockenes Lager aufschlugen. »Sie wissen, daß wir ohne Wasser nicht reisen können, und sie folgen uns nicht mehr. Jetzt bewachen sie nur noch alle Brunnen und Tümpel.«

»Nicht alle«, widersprach Okas. »Eine Stunde von hier ist ein Felsenbecken. Das Wasser ist seicht, aber trinkbar.«

»Warum ist es nicht bewacht?« fragte Chareos.

»Ist es, aber nicht von Menschen.«

»Wenn es wieder Dämonen sind«, krächzte Beltzer, »sauge ich lieber noch einen Tag am Gras.«

»Keine Dämonen«, sagte Okas. »Löwen. Aber habt keine Angst, ich kann mit wilden Tieren umgehen.«

Der Halbmond leitete die Suchenden, als sie aufbrachen, um das Felsplateau zu überqueren. Die Hufe ihrer Pferde waren mit Tüchern umwickelt. Der Pfad wand sich zunächst abwärts, bog dann jedoch nach rechts ab und stieg steil an. Die Pferde wurden immer unruhiger, als der Geruch von Löwenkot die Luft erfüllte. Okas ging zu Fuß voran, bis der Pfad sich zu einer großen, schüsselförmigen Arena weitete. Sie sahen acht Löwen am Tümpel – ein Männchen, drei Weibchen und vier Junge. Die Weibchen erhoben sich zuerst und bleckten die Zähne. Okas begann leise zu singen. Langsam ging er auf die Tiere zu und setzte sich etwa zehn Schritt von ihnen zu Boden. Der Klang seines rhythmischen Liedes hallte von den Felsen wider, und eine Löwin trabte auf ihn zu und umkreiste ihn; ihr Schwanz peitschte hin und her. Sie lehnte den Kopf gegen Okas' Schulter; dann ließ sie sich neben ihm nieder. Die anderen Löwen beachteten den alten Mann gar nicht.

Okas' Stimme erklang in Chareos' Gedanken: *»Führt die Pferde zum Wasser. Laßt sie trinken, soviel sie können. Dann trinkt ihr und füllt die Wasserschläuche. Anschließend zieht euch wieder zurück. Niemand darf auch nur ein Wort sagen.«* Chareos wandte sich zu den anderen um und hob einen Finger an die Lippen. Finn nickte, und schweigend machten sie sich auf den Weg zum Wasser.

Okas sang weiter, als die Suchenden die verängstigten Pferde zum Wasserloch führten. Das Bedürfnis nach Wasser war stärker als ihre Angst, und sie senkten die Köpfe und tranken. Chareos ließ sich flach auf den Bauch nieder und nahm einen Schluck von der kühlen Flüssigkeit. Ein paar Augenblicke behielt er das Wasser im Mund, ehe er es langsam in seine trockene Kehle rinnen ließ. Schließlich trank er, bis er das Gefühl hatte, nichts mehr aufnehmen zu können. Erst dann füllte er die Wasserschläuche. Die anderen taten es ihm nach.

Kiall tauchte den Kopf ins Wasser. »Das hat gutgetan«, sagte er, als er wieder auftauchte.

Der Löwe brüllte. Die Pferde stiegen und rissen Beltzer beinahe die Zügel aus der Hand. Der Löwe stand auf und trottete zu Kiall.

»*Keine Bewegung*!« klang Okas' Stimme in Kialls Gedanken. »*Bleib still sitzen. Ganz still.*«

Der Löwe umrundete Kiall und entblößte seine gelben Fänge. Okas' Lied wurde lauter, nahm einen hypnotischen Rhythmus an. Das Gesicht des Löwen war bedrohlich nahe vor Kialls Augen; die Zähne streiften seine Haut, und er konnte den Aasgeruch des Atems riechen. Dann trottete der Löwe zurück zu seinem Ehrenplatz und ließ sich nieder. Kiall stand zitternd auf. Chareos hatte die Zügel von Kialls Pferd genommen und reichte sie ihm schweigend. Langsam zog sich die Gruppe von dem Wasserloch zurück, den langen Hang hinunter bis auf das Plateau.

Okas kam wieder zu ihnen, und sie ritten eine Stunde, bis sie kurz vor Tagesanbruch in einem flachen Lavagraben ihr Lager errichteten.

Finn schlug Kiall auf die Schulter. »Nicht viele Männer werden von einem Löwen geküßt«, sagte er. »Davon kannst du noch deinen Kindern erzählen.«

»Ich dachte, er wollte mir den Kopf abreißen«, sagte Kiall.

»Ich hatte denselben Gedanken«, fauchte Chareos. »Hast du mein Zeichen für Stillschweigen nicht gesehen? Hast du Unterricht in Dummheit genommen, oder ist das ein natürliches Talent?«

»Laß ihn in Ruhe, Schwertmeister«, sagte Finn. »Du warst auch mal jung. Weißt du, warum der Löwe dich beschnuppert hat, Kiall?«

»Nein.«

»Er hat Duftdrüsen im Maul. Löwen markieren ihr Revier damit. Du hast Glück gehabt – meistens pinkeln sie, um die Grenzen ihres Reviers abzustecken.«

»In dem Fall fühlte ich mich doppelt glücklich«, sagte Kiall grinsend. Er wandte sich an Okas. »Wie lange brauchen wir noch bis zur Siedlung der Nadren?«

»Morgen ... übermorgen.« Der alte Mann zuckte die Achseln. »Die Jäger sind überall. Wie müssen weiterhin vorsichtig sein.«

»Meinst du, Ravenna ist noch immer dort?« fragte Kiall Chareos.

»Das bezweifle ich. Aber wir werden herausfinden, wohin sie gegangen ist.«

»Mein Fehler von vorhin tut mir leid«, entschuldigte sich Kiall, als er sah, daß Chareos noch immer verärgert war.

Der ältere Mann lächelte. »Finn hatte recht. Wir waren alle einmal jung. Laß nur solche Fehler nicht zur Gewohnheit werden. Aber wir müssen noch über etwas reden. Es gibt keine Möglichkeit, alle Frauen zu retten, die von den Nadren vielleicht gefangengehalten werden. Dafür sind wir nicht stark genug. Also mache dich auf eine Enttäuschung gefaßt, Kiall. Wir können vielleicht herausfinden, wohin Ravenna geschickt wurde, aber mehr können wir nicht erreichen. Verstehst du das?«

»Aber wenn die Frauen dort sind, müssen wir doch wenigstens versuchen, sie zu befreien!«

»Wozu? Du hast selbst gesehen, welche Schwierigkeiten wir haben, auch nur zur Siedlung zu gelangen. Kannst du dir vorstellen, was wir für eine Chance hätten, wieder herauszukommen?«

Kiall wollte aufbegehren. Er überlegte verzweifelt, wie er Chareos umstimmen und ihm beweisen konnte, daß er Unrecht hatte. Doch Kiall hatte das trockene Land der Steppe selbst gesehen und wußte, daß sie keine Chance hatten zu entkommen, wenn sie sich mit vielleicht zwanzig befreiten Gefangenen belasteten. Doch er brachte es nicht über sich, Chareos zu antworten. Er wandte den Blick ab und starrte zu den Sternen empor.

»Ich weiß, daß du ein Versprechen gegeben hast, Kiall«, fuhr Chareos fort. »Ich weiß, was es dir bedeutet. Aber es war ein törichtes Versprechen. Das ganze Leben ist ein Kompromiß, und man kann nur sein Bestes geben.«

»Wie du schon sagst – ich habe ein Versprechen gegeben«, erwiderte Kiall. »Und es war töricht, ja. Aber vielleicht kann ich Ravenna zurückkaufen? Ich habe Gold.«

»Und die Nadren würden sie dir auch verkaufen – und einen Tag später, vielleicht noch eher, würden sie dir nachreiten, dich töten und zurückholen, was sie verkauft haben. Wir haben es hier nicht mit Ehrenmännern zu tun.«

»Wir werden sehen«, sagte Kiall. »Es mag ja alles stimmen, was du sagst. Aber laß uns keine Entscheidung treffen, ehe der Tag da ist.«

»Wenn die Sonne aufgeht, ist der Tag da«, erwiderte Chareos.

Kiall legte sich zum Schlafen nieder, doch seine Gedanken kamen nicht zu Ruhe. Er hatte davon geträumt, wie ein Ritter seiner Liebsten nachzujagen; er hatte sich vorgestellt, wie sie an seiner Seite zurückkehrte, wie ihre Dankbarkeit und Liebe ihm Kraft gab.

Aber jetzt war es fast vier Monate her, seit sie gefangen wurde, und es war ebenso wahrscheinlich, daß sie inzwischen mit einem Wilden verheiratet oder tot war. Was die anderen Frauen anbetraf – viele von ihnen hatte er nicht allzu gut gekannt. Er war in weiblicher Gesellschaft immer schüchtern gewesen, und die Frauen hatten gelacht, wenn er rot wurde. Doch Lucia, die Tochter des Bäckers, war stets freundlich zu ihm gewesen. Aber was konnte er ihr nun bieten? Ihr Vater war tot, ihr Zuhause abgebrannt. Wenn er sie zurückbrachte, hatte sie keinen Platz zum Leben und wäre wahrscheinlich gezwungen, sich in Talgithir Arbeit zu suchen. Dann war da noch Trianis, die Nichte des Sehers Paccus. Auch sie hatte keine lebenden Verwandten. Er ging die Namen der Gefangenen im Geiste durch: Cascia, Juna, Colia, Menea . . . so viele.

Chareos hatte recht. Wie sollten sie versuchen, zwanzig oder mehr junge Frauen zu retten und sie dann durch die Steppe zu bringen?

Und dennoch . . . wenn sie es nicht wenigstens versuchten, hätte Kiall sich selbst als Lügner und Aufschneider gebrandmarkt.

Er schlief unruhig bis weit in den Tag hinein. Kurz nach Sonnenuntergang brachen die Suchenden auf, mieden die Höhen und hielten sich möglichst dicht an den Hängen. Schließlich führte Okas sie einen gewundenen Wildpfad hinauf und machte auf einer von Pappeln umstandenen Lichtung Halt. Dort stieg er ab und ging davon, um einen niedrigen Hügel zu erklimmen. Chareos und die anderen folgten ihm und stellten fest, daß sie vom Hügel auf eine große Siedlung hinunterblickten. Eine hohe Palisadenmauer war um die Stadt gezogen; an den vier Ecken stand ein hölzerner Turm. Innerhalb der Mauer befanden sich etwa sechzig Wohnhäuser und eine langgestreckte Halle. Wachen schritten die Wehrgänge ab, und über den Toren hingen Laternen.

»Sieht fast wie eine verdammte Festung aus«, meinte Beltzer.

»Wir wollen sie ja nicht angreifen«, sagte Chareos.

»Dafür sei den Göttern Dank«, erklärte Beltzer.

Chareos studierte den Grundriß der Gebäude und die Bewegungen der Menschen in der Stadt. Es war kurz nach Tagesanbruch, und nur wenige Einwohner waren zu sehen. Zwei Frauen, die hölzerne Eimer auf einem Joch trugen, gingen zum hinteren Teil der Einfriedung und durch einen Nebenausgang hinaus. Chareos richtete seine Aufmerksamkeit darauf. Er war wie ein Fallgitter geformt, mit einem schweren Metallblock, der durch zwei hölzerne Speichenräder hochgewunden wurde, die oben auf dem Wehrgang befestigt waren.

Chareos schlich leise vom Hügel hinunter und kehrte zu den anderen zurück.

»Ich sehe keine Möglichkeit, wie wir ungesehen hineinkommen könnten«, sagte er, »es sei denn, wir hätten jemanden drinnen, der uns hilft.«

»Wen?« fragte Beltzer.

»Ich gehe selbst«, schlug Chareos vor.

»Nein«, widersprach Kiall. »Es macht keinen Sinn, unseren Führer in Gefahr zu bringen. Was sollen wir anderen tun, wenn du gefangen wirst? Nein, ich werde gehen.«

»Was willst du ihnen erzählen, Junge?« kicherte Beltzer. »Daß du gekommen bist, um deine Dame zu holen, und daß die Kerle sie dir besser übergeben sollten, weil du sonst zum Berserker wirst?«

»Irgendwas in der Art«, erwiderte Kiall. Er stand auf und ging zu seinem Pferd. Rasch leerte er das Gold aus der Satteltasche und behielt nur einen einzigen rotgoldenen Ring; dann kehrte er zu der Gruppe zurück. »Ich werde ihrem Anführer, wer immer das auch ist, erzählen, daß ich bereit bin, die gefangenen Frauen zurückzukaufen. Wenn er einverstanden ist, werde ich euch von der Brüstung ein Signal geben. Ich werde den rechten Arm heben und winken. Wenn ich glaube, daß Verrat in der Luft liegt, hebe ich den linken Arm.«

»Und was sollten wir dann tun, General?« höhnte Beltzer. »Die Zitadelle stürmen?«

»Halt den Mund, du Schwachkopf!« fuhr Chareos ihn an. »Soweit ist der Plan vernünftig. Um Mitternacht werden Finn und ich an der Südmauer sein. Falls du bis dahin noch kein Zeichen gegeben hast, werden wir hineinkommen und nach dir suchen. Sei vorsichtig, Kiall. Diese Männer kennen keine Gnade. Ein Menschenleben bedeutet ihnen nichts.«

»Ich weiß«, antwortete Kiall. Als er zu seinem Pferd ging und aufstieg, erklang Okas' Stimme in seinen Gedanken.

»Ich werde bei dir sein und durch deine Augen sehen.«

Kiall lächelte den Tätowierten Mann an und stieß seinem Pferd die Fersen in die Flanken.

Die Sonne schien hell, als er den grasbewachsenen Hang zur

Siedlung hinunterritt. Mit einem Blick auf den Turmwächter, der einen Pfeil auf seinen Bogen gelegt hatte, winkte Kiall und lächelte. Die Tore schwangen hoch, und er ritt hindurch. Schweiß rann ihm über den Rücken, und er brachte es nicht fertig, zu dem Bogenschützen hochzuschauen. Er lenkte sein Pferd an ein Geländer, an dem man die Tiere anbinden konnte, und stieg ab. Unweit davon war ein Brunnen, und Kiall wand einen Eimer hoch und trank aus einer rostigen, eisernen Kelle.

Er hörte Männer näherkommen, drehte sich langsam um und sah vier Wachen, die mit gezogenen Schwertern auf ihn zukamen. Er breitete die Hände aus. »Es besteht kein Anlaß zur Gewalt, meine Freunde. Ich bin hier, um eine Frau zu kaufen – vielleicht zwei.«

»Zeig uns dein Gold«, antwortete ein großgewachsener Mann.

Kiall schob die Hand in die Tasche und brachte den Ring zum Vorschein. Er warf ihn dem Mann zu, der ihn sorgfältig prüfte.

»Sehr hübsch«, sagte er. »Und der Rest?«

»Versteckt, bis wir unser Geschäft abgeschlossen haben.«

»Versteckt, was? Na, wir kennen ein paar Tricks, die jeden Mann seine Geheimnisse ausplaudern lassen.«

»Das glaube ich dir gern«, sagte Kiall. »Jetzt bring mich zu dem, der hier der Anführer ist.«

»Woher weißt du, daß *ich* es nicht bin?« fragte der Mann höhnisch.

Kiall wurde wütend. »Vielleicht bist du's. Ich habe allerdings angenommen, der Anführer hätte mehr Hirn.«

»Du Hundesohn!« Der Mann zog sein Schwert, und Kiall sprang nach rechts und zog ebenfalls seinen Säbel.

»Laß ihn in Ruhe!« dröhnte eine Stimme, und die Krieger erstarrten. Ein großer Mann, ganz in Schwarz gekleidet, kam durch die Menge, die sich hinter der Gruppe gebildet hatte.

»Was geht dich das hier an?« fragte der Krieger mit dem Schwert.

»Ich kenne diesen Mann«, antwortete der Schwarzgekleidete, »und ich will nicht, daß er getötet wird.« Kiall betrachtete den Sprecher genauer. Er war hager und hatte ein Adlergesicht; über einer Wange verlief eine zackige Narbe. Er hatte eine Hakennase, und seine Züge waren dunkel und hart. Doch Kiall hatte ihn noch nie gesehen.

»Warum steckst du deine lange Nase in die Angelegenheiten anderer Leute, Harokas?« spottete der Schwertträger.

Der Mann lächelte kalt und zog seinen Säbel. »Du bist ein hirnloser Tölpel, Githa! Der Tag ist noch nicht gekommen, an dem du mir mit dem Schwert überlegen bist.«

Githa schluckte nervös und wich zurück, wohl wissend, daß er zu weit gegangen war.

»Genug!« brüllte Kiall, wobei er sein Bestes tat, um den befehlsgewohnten Tonfall von Chareos nachzuahmen. Beide Männer erstarrten. »Du«, sagte Kiall und stellte sich vor Githa. »Gib mir den Ring zurück, und scher dich wieder auf die Brüstung.« Der Mann blinzelte sich den Schweiß aus den Augen und gehorchte bereitwillig. Er blickte Harokas nicht an, sondern schob sein Schwert in die Scheide und eilte davon. Da die Aufregung vorbei war, zerstreute sich die Menge. Harokas grinste und schüttelte den Kopf.

»Nicht schlecht für einen Bauernjungen«, sagte er. »Gar nicht schlecht. Offenbar hat Chareos dich gut ausgebildet. Ist er in der Nähe?«

»Vielleicht. Bist du ein Freund von ihm?«

»Nein, aber ich muß ihn sprechen. Ich suche euch schon seit fast vier Monaten.«

»Warum?«

»Ich habe eine Botschaft vom Grafen«, sagte Harokas. Er schöpfte eine Kelle Wasser aus dem Eimer und trank. »Aber was machst du hier, Kiall, so weit weg von zu Hause?«

»Wenn du vom Grafen kommst, weißt du das. Die Frauen aus meinem Dorf wurden hierher verschleppt.«

»Und du bist hier, um sie zurückzuholen? Wie edel von dir. Nur schade, daß du zu spät gekommen bist. Die letzten Frauen wurden schon vor Monaten verkauft. Dies ist nur ein Marktflecken, Kiall. Ungefähr alle drei Monate kommen Nadirkaufleute und Fürsten her, um Sklaven zu kaufen.«

Kiall schluckte seine Enttäuschung hinunter.

»Wie kommt es dann, daß du – ein Mann des Grafen – hier willkommen bist?«

»Ich bin an vielen seltsamen Orten willkommen. Also gut, ich bringe dich zu dem Führer, nach dem du gefragt hast. Vielleicht findest du dann ein paar Antworten.«

Kiall folgte dem hochgewachsenen Mann durch die Gassen bis zum Halteplatz. Hier war die Halle, die er vom Hügel aus gesehen hatte. Harokas betrat das Gebäude und führte Kiall zu einem mit Vorhängen abgeteilten Raum an der Rückseite.

Eine Frau erhob sich von einem satinbezogenen Diwan und kam ihnen entgegen. Ihr Haar war kurzgeschnitten und dunkel, ihre großen Augen standen schräg, ihre Lippen waren voll. Sie trug eine schwarze, in der Taille gegürtete Tunika, und ihre langen Beine waren nackt. Kiall blinzelte und versuchte, die Frau nicht anzustarren. Sie stand ganz dicht vor ihm, und er scharrte mit den Füßen, um mehr Abstand zwischen sich und sie zu bringen. Dann schaute er ihr in die Augen und stellte fest, daß sie blau waren, mit einem Hauch von Purpur.

»Nun«, sagte Harokas, »jetzt hast du deinen Wunsch erfüllt bekommen, Kiall. Das ist der Führer, den du sprechen wolltest.«

Kiall verbeugte sich und errötete, wie er wohl wußte. »Es freut mich . . . das heißt . . . ich . . .«

»Ist er schwachsinnig?« fragte die Frau, an Harokas gewandt.

»Ich glaube nicht, Prinzessin.«

»Was willst du hier?« fragte sie Kiall.

Er holte tief Luft. »Ich suche eine Frau.«

»Siehst es hier wie in einem Puff aus?«

»Nein. Ganz und gar nicht. Ich . . . suche eine ganz bestimmte Frau. Sie wurde aus meinem Heimatdorf geraubt, und ich möchte sie freikaufen.«

»Kaufen? Unsere Preise sind hoch. Kannst du dir diese Frau überhaupt leisten?«

»Ich glaube schon. Wie hoch ist der Preis?«

»Das hängt davon ab«, sagte die Frau, »wie schön sie ist.«

»Sie heißt Ravenna. Sie ist die schönste . . .« Er hielt inne und starrte ihr in die Augen. In diesem Moment erkannte er, daß man Ravenna niemals wirklich schön nennen konnte, nicht wenn man sie mit der Frau verglich, die vor ihm stand. Er kam sich wie ein Verräter vor, so etwas auch nur zu denken. »Sie ist . . . ich glaube, sie ist . . . schön«, stammelte er schließlich.

»Du reitest mit den Helden von Bel-azar?« fragte sie. Ihre Worte jagten Kiall einen kalten Schauer über den Rücken. Für einen Augenblick zögerte er und überlegte, ob er lügen sollte.

»Ja«, antwortete er dann.

Sie nickte. »Es ist immer besser, mir gegenüber aufrichtig zu sein, Kiall«, sagte sie, nahm seinen Arm und führte ihn zurück zum

Diwan. Mit einem Wink schickte sie Harokas fort, ließ Kiall stehen und streckte sich auf der Couch aus. Ihr Kopf ruhte auf einem blauen Seidenkissen. »Erzähl mir von den Helden«, bat sie.

»Was soll ich dir groß erzählen? Es sind starke Männer, mutig, geschickt in allen Kriegskünsten.«

»Und warum sollten sie sich für dieses . . . dieses Mädchen interessieren?«

»Nur um sie in Sicherheit zu bringen. Zurück zu ihren . . . den Menschen, die sie liebt.«

»Gehörst du dazu?«

»Nein. Das heißt . . . ja.«

»Ja oder nein? Setz dich zu mir und erkläre es mir.« Er hockte sich auf die Kante des Diwans und spürte die Wärme ihres Beins an seinem. Er räusperte sich und erzählte ihr von seiner Liebe zu Ravenna und ihrer Entscheidung, den Bauern Jarel zu heiraten.

»Ich mache ihr keinen Vorwurf. Sie hatte recht. Ich war . . . bin ein Träumer.«

»Und du hast keine andere Frau?« fragte sie.

»Nein.«

»Keine gestohlenen Küsse auf einer Wiese? Keine sanften Berührungen bei geheimen Stelldicheins?«

»Nein.«

Sie rückte dicht neben ihn und legte einen Arm um seine Schulter. »Eine letzte Frage, Kiall, und beantworte sie ehrlich. Davon hängt viel ab. Diese eure Suche – hast du mir die ganze Wahrheit gesagt? Alles, was ihr sucht, ist das Mädchen Ravenna?«

»Ich habe dir die ganze Wahrheit gesagt«, antwortete er. »Ich schwöre es.«

Sekundenlang sah sie ihm in die Augen; dann nickte sie und lächelte. Ihre Hand glitt von seiner Schulter, und sie legte den kleinen Dolch zurück in sein Versteck hinter dem Kissen.

»Sehr schön. Ich werde darüber nachdenken, was du mir gesagt hast. Aber ich verspreche nichts. Geh hinaus auf den Platz und suche Harokas. Er wird dafür sorgen, daß du etwas zu essen bekommst.« Kiall stand auf und verbeugte sich ungeschickt. Als er sich umdrehte, um zu gehen, fragte sie plötzlich: »Sag mal, Kiall, vertraust du mir?«

»Das würde ich gern. Ein Mann sollte Vertrauen zu Schönheit haben.«

Sie stand geschmeidig auf und kam zu ihm. Ihr Körper drängte sich gegen den seinen; ihre Arme lagen auf seinen Schultern, und ihr Mund war nur wenige Zentimeter von seinem entfernt. »Kannst du auch Vertrauen in Schönheit setzen?«

»Nein«, flüsterte er.

»Da hast du ganz recht. Geh jetzt.«

10

»Ich bin es langsam leid, hier oben zu sitzen«, erklärte Beltzer. »Was macht er nur? Warum gibt er nicht das Signal?«

»Er hat den Führer getroffen«, sagte Okas und setzte sich neben Beltzer. »Es war eine interessante Begegnung.« Der alte Mann kicherte. »Und es wird noch interessanter.«

»Wieso?« fragte Chareos. »Wer ist er?«

»Es ist kein *Er*, Schwertmeister. Es ist eine Sie.«

»Dann ist er im Moment nicht in Gefahr?« fragte Chareos. Das Lächeln schwand von Okas' Gesicht.

»Dessen bin ich mir nicht sicher. Es gab einen Moment, als er mit ihr sprach, da war die Gefahr groß. Ich spürte, daß sie ihn töten wollte. Aber irgend etwas hielt sie zurück.«

»Wir hätten nicht Kiall schicken sollen«, sagte Maggrig. »Er hat nicht genug Erfahrung.«

»Das stimmt nicht«, erwiderte Okas. »Ich glaube, es ist sein Mangel an Erfahrung, der ihn dort unter am Leben hält. Die Frau ist hart, sehr hart. Aber was immer sie sonst noch ist, sie findet Kiall . . . interessant.«

»Sie will ihn in ihrem Bett. Möchtest du *das* damit sagen?« warf Beltzer ein.

»Vielleicht. Sie ist gewiß eine männerverschleißende Frau, und oft ist es so, daß solche Frauen Unschuld anziehend finden. Aber es steckt mehr dahinter, ich spüre es. Sie hat ihn nach euch allen ausgefragt.«

»Und hat er es ihr gesagt?« zischte Beltzer.

»Ja. Und *das* hat ihm meiner Ansicht nach das Leben gerettet.«

»Aber wenn sie der Führer ist«, sagt Chareos, »dann hat sie die Jäger ausgesandt, uns zu töten.«

»Genau«, sagte Okas. »Merkwürdig, nicht?«

»Irgendwo fehlt da was«, meinte Chareos.

»Ja«, pflichtete Okas ihm bei. »Da ist noch etwas anderes. In der Siedlung gibt es einen Mann, der Kiall gerettet hat. Er heißt Harokas. Er hat Kiall gesagt, daß er mit dir sprechen will, Chareos.«

»Harokas? Der Name kommt mir nicht bekannt vor.«

»Er sagt, er hat eine Nachricht vom Grafen, was immer das auch heißen mag.«

»Nichts Gutes, möchte ich wetten«, murmelte Beltzer. »Also, was machen wir?«

»Wir warten«, entschied Chareos.

»Die Frau könnte Bewaffnete nach uns ausschicken«, meinte Beltzer.

»Das könnte sie allerdings«, gab Chareos ihm recht. »Trotzdem – wir warten.«

»Ich weiß nicht, warum du immer noch am Leben bist, du Bauernjunge«, sagte Harokas, als er und Kiall sich an einen langen Tisch in dem überfüllten Speisesaal setzten. »Normalerweise geht Tanaki nicht so sanft mit Feinden um.«

»Ich bin nicht ihr Feind«, entgegnete Kiall und löffelte den Rest der heißen Suppe aus.

»Nicht?«

»Warum sollte ich?«

»Hier wurde deine Liebste auf den Auktionsblock gezerrt. Macht dich das nicht wütend?«

Kiall lehnte sich zurück und starrte in die kalten Augen des Narbigen. »O doch! Aber ... willst du damit sagen, es war ... Tanaki, die den Überfall anführte?«

»Nein«, antwortete Harokas. »Tanaki hat lediglich die Aufsicht über die Versteigerungen. Aus der ganzen Steppe kommen die Nadrenräuber hierher. Du solltest diesen Ort mal sehen, wenn Markt ist. Das ist eine Offenbarung.«

»Aber ich verstehe immer noch nicht, wieso ein Mann des Grafen hier willkommen ist«, sagte Kiall.

Harokas kicherte. »Das liegt daran, daß du ... noch ... nicht den Lauf der Welt verstehst. Aber es schadet nichts, wenn ich es dir erkläre. Du wirst es früh genug lernen. Du weißt natürlich, daß der Landesfürst den Sklavenhandel vor zehn Jahren durch Gesetz verboten hat?«

»Ja. Und die Leibeigenschaft abgeschafft. Das war gute Politik.«

»Das kommt auf den Standpunkt an. Falls du ein Sklave oder Leibeigener warst, dann ja. Aber nicht, wenn du ein Adliger warst. Der Wohlstand des Adels hing immer von seinen Ländereien ab. Jetzt nicht mehr – nicht mit der Angst vor einer Invasion der Nadir. Getreide bringt Gewinn, das ist klar. Aber die Länder der

Gothir sind fruchtbar, und Lebensmittel sind billig. Nein, der wahre Profit ließ sich immer schon mit Sklaven machen. Das hat der Landesfürst bei seinen neuen Gesetzen nicht berücksichtigt. Verstehst du allmählich?«

»Nein«, gestand Kiall.

»Bist du so schwer von Begriff? Ich hielt dich für einen intelligenten Mann – aber du bist schließlich auch Romantiker, und das umnebelt deinen Verstand ein wenig.« Harokas beugte sich vor. »Der Adel hat den Handel nie aufgegeben. Er hat lediglich einen anderen Weg gefunden, um ihn weiterzuführen. Der Überfall auf dein Dorf war vom Grafen genehmigt. Er nimmt seinen Anteil vom Gewinn, und ich bin hier, um dafür zu sorgen, daß sein Anteil gerecht ist.«

Kiall hatte plötzlich den bitteren Geschmack von Galle im Mund. Er schluckte und nippte an dem Bier, das Harokas bestellt hatte. »Wir zahlen ihm Steuern. Wir erwarten Schutz von ihm. Und er verkauft uns, um seine Taschen zu füllen?«

»Tja, die Welt ist schlecht, Bauernjunge.«

»Warum erzählst du mir das? Warum?«

Harokas zuckte die Achseln. »Warum nicht? Deine Chance, hier lebend rauszukommen, ist sehr gering. Und überhaupt, vielleicht habe ich es auch satt.« Er rieb sich die Augen. »Ich werde alt. Es gab mal eine Zeit, da ich an Helden glaubte – als ich noch jung war, so wie du. Aber es gibt keine Helden – jedenfalls nicht die, die wir sehen wollen. Jeder Mann hat seine eigenen Gründe für seine Taten. Normalerweise ist er selbstsüchtig. Sieh dir zum Beispiel deine Freunde an. Warum reisen sie mit dir? Glaubst du, sie scheren sich um Ravenna? Nein, sie versuchen, verlorenen Ruhm, verlorene Jugend wiederzugewinnen. Sie wollen wieder Lieder hören, in denen von ihnen gesungen wird.«

»Das glaube ich nicht«, widersprach Kiall. »Chareos und die anderen haben ihr Leben für mich riskiert – und für Ravenna. Und du setzt sie herab. Schon dadurch, daß du ihre Namen aussprichst! Danke für das Essen.«

Kiall stand auf und verließ den Tisch. Die Luft draußen war kühl und frisch, und er schlenderte zu den Wehrgängen. Die beiden Wachen beachteten ihn nicht, als er über das Land hinausblickte. Er schaute nicht in Richtung ihres Lagers, sondern wartete, bis Okas' Stimme in seinen Gedanken erklang.

»*Was hast du uns zu berichten*?« fragte Okas.

»Nichts«, antwortete Kiall. »Sag Chareos, er soll nicht zur Mauer kommen. Ich warte darauf, diese Frau zu treffen, Tanaki heißt sie.«

»*Sei vorsichtig, wenn sie bei dir ist. Sie hat schon früher getötet, und sie wird wieder töten.*«

»Ich werde auf der Hut sein. Aber sie . . . verwirrt mich.«

Kiall spürte, wie Okas sich von ihm entfernte. Er kehrte auf den Hauptplatz zurück. Die Auktionsplattform war groß und wurde von sechs runden, steinernen Säulen getragen. Er stellte sich vor, wie Ravenna darauf stand, umringt von Nadirmännern, die mit ihr liebäugelten und sie begehrten. Er schloß die Augen und versuchte, sich ihr Bild vorzustellen. Doch er konnte nur die Augen von Tanaki sehen, groß und lockend.

Ein Mann tippte ihm auf die Schulter, so daß er zusammenfuhr.

»Ich dachte mir gleich, daß du es bist«, sagte Chellin. Im ersten Moment erkannte Kiall den untersetzten Krieger nicht; dann aber lächelte er.

»Du bist weit weg von den Bergen, Chellin. Ich freue mich, daß du es sicher geschafft hast.«

Der Mann setzte sich auf eine Bank und kratzte sich den schwarzsilbernen Bart. »Es war nicht leicht. Du hast einen langen Weg hinter dir. Wie geht es deinen Freunden?«

»Sie leben«, antwortete Kiall.

»Keine schlechte Leistung, wenn man bedenkt, wie viele Männer ausgeschickt wurden, sie zu töten.«

»Ich bin froh, daß du nicht zu ihnen gehörst«, sagte Kiall.

»Jetzt nicht mehr. Wir sind heute morgen zurückgekommen. Trotzdem, mit ein wenig Glück legst du deine Meinungsverschiedenheit mit der Prinzessin bei, und wir müssen uns nicht auf dem Schlachtfeld begegnen.«

»Welche Prinzessin?«

»Tanaki. Wußtest du nicht, daß sie zum Königshaus der Nadir gehört?«

»Nein, davon wußte ich nichts.«

»Sie ist das jüngste Kind von Tenaka Khan.«

»Was macht sie hier?« fragte Kiall verblüfft.

Chellin lachte. »Du weißt nicht viel über die Nadir, was? Für sie bedeuten Frauen nichts. Sie sind weniger wert als Pferde. Tanaki hat sich mit ihrem Bruder Jungir... nun ja, entzweit. Er hat sie hierher verbannt.«

»Sie ist sehr schön«, sagte Kiall.

»Das stimmt. Sie ist das begehrenswerteste Weib, das ich je gesehen habe. In ihrem Bett könnte man glücklich sterben.«

Kiall wurde rot und räusperte sich. »Wohin gehst du von hier?« fragte er.

Chellin zuckte die Achseln. »Wer weiß? Wieder nach Norden. Vielleicht auch nicht. Ich bin dieses Leben leid, Kiall. Vielleicht gehe ich nach Süden, nach Drenai. Einen Hof kaufen, eine Familie gründen.«

»Und dann kommen Räuber und stehlen deine Töchter.«

Chellin nickte und seufzte. »Ja. Wie alle Träume hält er genauerem Hinschauen nicht stand. Ich hoffe, mit dir und der Prinzessin geht es gut aus. Ich mag dich. Hoffentlich bekomme ich nicht den Befehl, dich zu töten.« Chellin stand auf und ging davon. Kiall blieb noch eine Stunde an seinem Platz sitzen. Dann kam ein Krieger, der nach ihm suchte.

»Du wirst gewünscht«, sagte der Mann. Kiall stand auf und folgte ihm zurück in die lange Halle.

Tanaki wartete wie zuvor auf dem Diwan. Sie trug jetzt eine kurze Tunika aus weißem Leinen; ihre Beine und Füße waren nackt. Sie trug keinerlei Schmuck oder Zierrat außer der silbernen Schnalle an dem breiten schwarzen Gürtel.

Als Kiall auf sie zuging, erhob sie sich. »Willkommen an meinem Herd, Kiall. Setz dich und unterhalte dich mit mir.«

»Was möchtest du denn hören?«

»Nur sehr wenig. Nenne mir einfach einen triftigen Grund, dich nicht töten zu lassen.«

»Tötest du auch ohne Grund?« fragte er.

»Manchmal«, sagte sie. »Ist das so erstaunlich?«

»Ich gewöhne mich allmählich an Überraschungen, Prinzessin. Sag mir, wirst du mir helfen, Ravenna zu finden?«

Sie nahm seine Hand und führte ihn zum Diwan. Dann setzte sie sich; ein Arm ruhte auf Kialls Schulter. »Ich bin mir noch nicht sicher. Du weißt, daß ich Männer ausgeschickt habe, euch zu töten?«

»Ja«, flüsterte er. Er spürte ihren warmen Atem an Hals und Wangen.

»Ich hab's getan, weil ich hörte, daß eine Gruppe von Helden unterwegs sei, um einen Überfall zu rächen. Ich dachte, ihr kämt, mich zu töten.«

»Das war nie unsere Absicht.«

»Und dann finde ich ein großes, gutaussehendes junges Unschuldslamm, das eine Frau sucht, die sich nichts aus ihm macht. Dieser Mann fasziniert mich.« Ihre Lippen berührten seinen Hals, und ihre rechte Hand bewegte sich über seine Brust und glitt dann über die straffen Muskeln seines Bauchs nach unten. Sein Gesicht war heiß, sein Atem ging flach. »Und ich frage mich«, fuhr sie mit leiser, verträumter Stimme fort, »wie es kommt, daß ein Mann, der die Liebe nie erlebt hat, soviel riskiert.« Ihre Hand glitt tiefer.

Seine Finger umklammerten ihr Handgelenk. »Spiel nicht mit mir, Prinzessin«, flüsterte er und wandte sich ihr zu. »Du weißt, daß ich deine Schönheit . . . unwiderstehlich finde. Aber ich habe wenig . . . Selbstwertgefühl. Sag mir einfach, wo Ravenna ist – und dann laß mich gehen.«

Eine Zeitlang erwiderte sie seinen Blick; dann wandte sie sich ab. »Wie reizend du mich zurückweist – nicht mit Stärke, sondern mit dem Eingeständnis von Schwäche. Du legst die Entscheidung in meine Hand. Sehr schön, Kiall. Aber du wirst nicht wissen wollen, wo Ravenna ist. Ich meine das ernst. Ich habe dich heute morgen gebeten, mir zu trauen, und ich bitte dich jetzt wieder. Laß diese Suche und gehe zurück nach Hause.«

»Ich kann nicht, Prinzessin.«

»Du wirst sterben. Deine Freunde werden sterben. Und alles für nichts.«

Er hob ihre Hand und küßte sanft die Finger. »Dann soll es so sein. Aber sag mir, wo Ravenna ist.«

Sie setzte sich auf. »Das Mädchen Ravenna wurde von einem Mann namens Kubai gekauft. Man hat sie in eine Stadt nicht weit von hier geschickt und einem anderen Mann als Geschenk gegeben. Dann wurde sie quer durch die Steppe nach Ulrickham gebracht.«

»Ich werde dorthin gehen. Und sie finden.«

»Sie wurde Jungir Khan geschenkt.« Diese Worte trafen Kiall wie Messerstiche, und er schloß die Augen, sein Kopf sank herab. »Du siehst also«, sagte sie zärtlich, »eure Suche hat keinen Zweck. Ulrickham ist eine befestigte Stadt. Niemand kann in den Harem des Khans eindringen und eine seiner Bräute entführen. Und selbst wenn du es könntest – wie willst du seiner Rache entgehen? Er ist der Große Khan. Eine halbe Million Männer stehen unter seinem Befehl. Wo, in aller Welt, könntest du vor ihm oder seinen Schamanen sicher sein?«

Kiall schaute sie an und lächelte. »Ich muß es trotzdem versuchen. Doch irgendwie ist es jetzt schlimmer – nicht wegen Jungir, sondern deinetwegen.«

»Ich verstehe dich nicht.«

Er stand auf und schüttelte den Kopf. »Ich kann es nicht sagen. Vergib mir. Habe ich deine Erlaubnis zu gehen?«

Einen Augenblick schien es, als wollte sie etwas sagen; dann aber nickte sie nur. Kiall verbeugte sich und verließ die Halle.

Seine Gedanken rasten, als er aus der Stadt ritt, und eine tiefe Traurigkeit erfüllte ihn. Er wußte jetzt, daß er Ravenna nicht liebte. Sie war der Traum eines Heranwachsenden, die unerreichbare Schönheit. Aber was konnte er tun? Er hatte sein Versprechen gegeben. Und auch wenn es ihn das Leben kosten sollte, er würde es halten.

Er hörte Hufgeklapper und drehte sich um Sattel um.

Harokas kam an seine Seite getrabt und zügelte sein Pferd. »Darf ich mit dir reiten?« fragte er.

Kiall zügelte gleichfalls sein Pferd. »Ich wünsche deine Gesellschaft nicht, Herr. Aber wenn du Chareos treffen willst, werde ich dich nicht aufhalten.«

»Das muß genügen«, sagte Harokas. Kiall ließ sein Pferd galoppieren, und als sie die Hügelkuppe erreichten, keuchte das Tier heftig. Harokas folgte in etwas gemessenerem Tempo. Chareos, Beltzer und Okas saßen auf der Lichtung, doch von Maggrig und Finn war nichts zu sehen. Kiall stieg ab und wollte Chareos von Ravenna erzählen, doch der Schwertmeister gebot ihm mit einer Handbewegung zu schweigen. »Ich weiß«, sagte er, den Blick starr auf den Reiter gerichtet, der Kiall folgte.

Harokas glitt aus dem Sattel und verbeugte sich vor Chareos. »Ich suche dich seit langer Zeit«, sagte er. »Ich habe eine Botschaft vom Grafen. Du bist von allen Anklagepunkten freigesprochen worden und jederzeit in Talgithir willkommen. Hauptmann Salida hat dem Grafen von eurem tapferen Beistand in Wirtshausweiler berichtet.«

»Ist das alles?« fragte Chareos kalt.

»Allerdings. Werden die Bogenschützen sich jetzt zeigen?«

»Es fällt mir schwer, mir den Grafen als Mann vorzustellen, der verzeihen kann«, sagte Chareos, »und ich frage mich, warum er einen Krieger auf die Suche nach mir schickt. Könnte es sein, daß du ein Meuchelmörder bist?«

»Alles ist möglich, Chareos«, erwiderte Harokas lächelnd.

»Ich finde, wir sollten ihn töten«, sagte Beltzer. »Er gefällt mir nicht.«

»Und du gefällst *mir* nicht, du fetter Schwachkopf!« fauchte Harokas. »Du solltest im Beisein von Leuten, die dir überlegen sind, den Mund halten.«

Beltzer erhob sich und kicherte. »Laß mich ihm das Rückgrat brechen, Chareos. Ein Wort genügt.«

Finn tauchte aus dem Unterholz auf. »Chareos!« rief er. »Das solltest du dir mal ansehen: Eine Armee von Nadirkriegern zieht auf die Stadt zu – und ich glaube nicht, daß sie ihr nur einen Besuch abstatten wollen.«

Tanaki schaute dem jungen Mann nach, als er die Halle verließ. Dann stand sie auf, hob die Arme über den Kopf und streckte den Rücken. Ihre Gefühle waren gemischt, als sie zurück in ihre Wohngemächer schlenderte. Kialls Unschuld war anziehend und erstaunlich zugleich – so, als würde man eine vollkommene Blume am Rande einer Jauchegrube finden. Tanaki schenkte sich einen Becher Wein ein und nahm einen Schluck. Ein junger Mann auf der Suche nach seiner Liebsten, ein Träumer. Ihre Augen wurden schmal.

»Die Welt hält noch ein paar böse Überraschungen für dich bereit«, wisperte sie. Ein kalter Hauch raschelte in den schweren Vorhängen und fuhr ihr über die nackten Beine. Sie schauderte.

»Ich vermisse dich, Vater«, sagte sie und stellte sich wieder einmal den hochgewachsenen, hageren Krieger vor, sah sein Lächeln, das sein grausames Gesicht weicher erscheinen ließ. Sie war sein Liebling gewesen – obwohl ihre Mutter Renya bei ihrer Geburt gestorben war. Tenaka Khan hatte seine einzige Tochter mit all seiner Liebe überschüttet, während seine Söhne um ein freundliches Wort oder auch nur ein Nicken, das man als Lob auffassen konnte, kämpfen mußten. Tanaki dachte an ihren ältesten Bruder Jungir.

Wie hatte er sich danach gesehnt, von seinem Vater anerkannt zu werden!

Jetzt war Jungir der Khan, Tanakis andere Brüder ermordet, und sie lebte ihr Leben nur in Erwartung des Unvermeidlichen.

Sie lächelte, als sie sich an die letzte Begegnung mit Jungir erinnerte. Er hatte so sehr ihren Tod gewünscht. Doch die Generäle des Khans hätten niemals die völlige Auslöschung des Blutes Tenaka Khans zugelassen, und, wie jedermann wußte, war Jungir unfruchtbar. Keine seiner vierzig Frauen hatte ein Kind empfangen. Tanaki kicherte. Armer Jungir. Er konnte die wildesten Pferde reiten und mit Lanze und Schwert kämpfen. Aber in den Augen der Nadir war er suspekt, weil sein Samen nicht stark war.

Tanaki preßte die Hände auf ihren Leib. Sie zweifelte nicht daran, daß sie empfangen konnte. Und eines Tages – vielleicht, wenn Jungir verzweifelte – würde man sie wieder in Gnade aufnehmen und mit einem seiner Generäle verheiraten. Das Gesicht Tsudais erschien vor ihren Augen, und Tanaki wich zurück. Er nicht! Niemals. Seine Berührungen war wie die eines Reptils, und die grabdunklen Augen ließen sie schaudern. Nein, nicht Tsudai.

Sie verdrängte ihn aus ihren Gedanken und dachte an Jungir, wie sie ihn zuletzt gesehen hatte, als er auf dem Thron saß und auf sie herunterschaute. »Du bist in Sicherheit, du Schlampe – vorerst. Doch eins sollst du wissen . . . eines Tages werde ich dich gedemütigt sehen. Für diesen Augenblick sollst du leben, Tanaki.«

Statt zum Tode verurteilt war Tanaki hierher verbannt worden, in die einsame Wildnis des Südens. In diesem Land fand man nur wenige Vergnügungen – von den zu Kopf steigenden Freuden des Alkohols und der Vielzahl junger Männer abgesehen, die sie in ihr Bett holte. Doch selbst diese Vergnügen wurden rasch schal. Gelangweilt von ihrem Leben, hatte sie sich dem Sklavenhandel zugewandt und erkannt, wie unrentabel er war – schwankend zwischen übersättigten Märkten mit niedrigen Preisen oder gar keinem Handel. Zudem gab es keine zentrale Stelle, wo Sklaven versteigert und Preise garantiert wurden. Es hatte Tanaki weniger als vier Monate gekostet, um die Marktstadt einzurichten, und binnen eines Jahres organisierte sie auch sämtliche Überfälle auf Gothir-Gebiet. Die Preise für Sklaven hatten sich gefestigt; der neue, verbesserte Markt florierte, und es wurden riesige Gewinne gemacht. Das Gold bedeutete Tanaki wenig; sie hatte ihre Kindheit umgeben von den Reichtümern eroberter Völker verbracht. Doch der Handel hielt ihren regen Geist beschäftigt und ließ sie nicht an Jungirs Rache denken.

Denn wie groß der Druck der Generäle auch sein mochte – Tanaki wußte, es würde eine Zeit kommen, da Jungir sich stark genug fühlen würde, sie töten zu lassen. Es ist seltsam, dachte sie, daß ich ihn nicht dafür hasse. Es war so leicht zu verstehen, was ihn trieb. Jungir hatte sich nach der Zuneigung seines Vaters gesehnt, und da es ihm nicht gelungen war, sie zu gewinnen, hatte er zu hassen angefangen, was sein Vater geliebt hatte.

Tanaki schob einen Samtvorhang zur Seite und blickte durch ein schmales Fenster.

»Er hat dir nichts gelassen, Jungir«, flüsterte sie. »Er hat den größten Teil der Welt erobert. Er hat die Stämme vereint. Er hat ein Weltreich gegründet. Was bleibt da noch für dich?«

Armer Jungir. Armer, unfruchtbarer Jungir!

Ihre Gedanken wanderten zu dem jungen Mann, Kiall. Sie dachte an sein Gesicht, an die sanften grauen Augen, in denen jedoch ein Hauch stählerner Härte lag ... und Leidenschaft, roh und ungeschliffen, vulkanisch, schlummernd.

»Es wäre mir ein Vergnügen, dir die Unschuld zu rauben.« Sie lächelte, und ihre Miene wurde weich. »Nein, das wäre es nicht«, erkannte sie traurig.

»Prinzessin! Prinzessin!« rief Chellin, der durch die Halle gerannt kam. »Nadirkrieger!«

Sie ging ihm entgegen. »Na und?« erwiderte sie. »Es sind doch immer welche in der Nähe.«

»Nicht die Königlichen Wölfe, Prinzessin«, sagte Chellin. »Und Tsudai führt sie an.«

Tanaki spürte, wie ihr Mund trocken wurde. »Ist das Tor geschlossen?«

»Ja, Prinzessin. Aber es sind dreihundert Krieger, und wir sind nicht einmal fünfzig. Und die meisten werden davon fliehen, sobald sie die Gelegenheit haben.«

Tanaki ging zu einer dunklen Eichentruhe und hob den schweren Deckel. Sie nahm einen breiten Gürtel heraus, an dem zwei kurze Schwerter hingen.

»Wir können nicht gegen die Nadir kämpfen, Prinzessin. Was mögen sie hier wollen?«

Sie zuckte die Achseln und antwortete nicht. Also, dachte sie, ist der Tag gekommen. Nie mehr den blauen Himmel sehen, den Adler, der mit dem Wind über den Bergen segelt. Keine Männer mehr, die mich besitzen und dadurch ihre Seele verlieren. Zorn flammte in ihr auf. Sie ignorierte Chellin und ging aus der Halle zur Stadtmauer, stieg auf die Brüstung und beobachtete, wie die Wölfe des Khans näher kamen. Wie Chellin gesagt hatte, waren es mehr als dreihundert Krieger, deren spitze Silberhelme mit Wolfsfell eingefaßt waren; die silbernen Brustplatten waren mit Gold verziert. Sie ritten scheinbar ohne Formation – und doch konnten sie, auf einen einzigen Befehl hin, wenden und als fliegender Keil angreifen oder sich in drei Abteilungen aufspalten. Ihre Disziplin war unglaublich. Tenaka Khan hatte die Königliche Garde vor einem Vierteljahrhundert gegründet und sie in einem Maße ausgebildet, wie die Nadir es nie zuvor gekannt hatten. Unter den Stammeskriegern war es noch immer eine Ehre, bei den Wölfen aufgenommen zu werden. Von hundert Bewerbern erhielt nur einer den Helm und die Brustplatte mit dem eingravierten Wolfsschädel.

Und in ihrer Mittel ritt Tsudai, ein Kämpfer, der seinesgleichen suchte, ein General, wie es keinen besseren gab.

Männer scharten sich um Tanaki. »Was sollen wir tun?« fragte einer.

»Was wollen sie hier?« fragte ein anderer.

»Sie sind hier, um mich zu töten«, antwortete Tanaki und war erstaunt, daß ihre Stimme ruhig klang.

»Werden sie uns andere auch töten?« fragte ein stämmiger Krieger.

»Halt dein verdammtes Maul!« brüllte Chellin.

Tanaki hob schweigengebietend die Hände. »Holt eure Pferde und verlaßt die Stadt durch das eiserne Tor. Rasch. Sie werden alle töten, die sie hier finden.« Einige Männer stürmten von der Brüstung, doch Chellin blieb.

»Ich lasse nicht zu, daß sie dich fangen, solange ich lebe!«

Sie lächelte und legte die Hände auf die bärtigen Wangen des alten Kriegers. »Du kannst sie nicht aufhalten. Aber ich hoffe, daß du überlebst, Chellin. Und jetzt geh!«

Einem Moment stand er unschlüssig da; dann fluchte er und rannte zu seinem Pferd.

Die Nadir waren jetzt näher, und Tanaki konnte das Gesicht

ihres Generals deutlich sehen. Tsudai lächelte. Er hob die Hände, und die Reiter schwärmten zu beiden Seiten in einer Schlachtreihe aus.

»Was willst du hier?« rief Tanaki.

»Wir wollen dich, du Hure!« rief Tsudai zurück. »Dir soll in Ulrickham der Prozeß gemacht werden.«

Tanakis Zorn wuchs, doch sie bemühte sich, ruhig zu bleiben. »Mit welchem Recht nennt du die Tochter des Großen Khans eine Hure? Du, der du von einer stinkenden Ziege gesäugt wurdest!«

Tsudai kicherte. »Ich habe hier dreihundert Krieger, *Prinzessin.* Jeder von ihnen wird bis Ulrickham deinen Körper besessen haben. Die Reise dauert sechzig Tage. Wenn ich mich nicht täusche, werden fünf Mann pro Tag das Vergnügen genießen, das du so freigiebig an die Ausländer und den Abschaum verteilst, mit dem du dich umgibst. Denk doch nur, *Prinzessin,* dreihundert Männer!«

»Warum warnst du mich, du schandmäuliger Hurensohn?«

»Vielleicht willst du eine solche Erniedrigung nicht erleiden. Jemand, der vom Großen Khan abstammt, wird sich eher das Leben nehmen, nicht wahr?«

Trotz ihrer Angst zwang Tanaki sich zu einem Lachen. »Das würde meinem geschätzten Bruder gefallen, stimmt's? Nein, Tsudai! Kommt und holt mich. Ich werde überleben. Wenn die Generäle erfahren, wie du mich behandelt hast, dann werde ich erleben, wie sie dir von deinem elenden Körper die Haut abziehen.«

Er breitete die Hände aus. »Wie du willst, *Prinzessin,* aber erwarte nicht zuviel Unterstützung von den anderen Khans. Jungir Khan wird in Kürze die Geburt eines Erben feiern. Alle Omen besagen, daß es ein Junge wird.«

»Du lügst! Jungir ist unfruchtbar.«

»Ich lüge niemals, Tanaki! Das weißt du. Eine der Frauen des Khans ist schwanger.«

»Dann hatte sie einen Liebhaber!« fauchte Tanaki, ehe sie sich bremsen konnte. Aber ihr Mut sank. Die Konkubinen und Frauen des Khans lebten in einem ummauerten Palast, der von Eunuchen bewacht wurde. Es gab keine Möglichkeit, in eine solche Festung einzudringen. Und selbst wenn jemand es wie durch ein Wunder schaffte, würden die zahlreichen Spione unter den Konkubinen es dem Khan zutragen.

»Willst du herauskommen – oder sollen wir hereinkommen und dich holen?« rief Tsudai.

»Kommt herein!« schrie sie. »Warum kommst du nicht selbst?«

Tsudai kicherte und winkte mit dem Arm. Zwanzig Reiter stürmten auf die Mauern zu und warfen Seile, die sich über die Spitzen der Palisaden schlangen. Als die Nadir aus den Sätteln sprangen und rasch die Mauern emporkletterten, zog Tanaki ihre Schwerter. Der erste Mann, der über die Mauerkrone kam, starb mit durchstochener Kehle. Der zweite fiel mit einem Loch in der Lunge. Als die anderen erschienen, wartete Tanaki: Blut rann von ihren Silberklingen, als sie von links und rechts kamen. Sie wirbelte herum und tötete einen Mann mit einem Rückhandstreich in den Hals; dann sprang sie von der Brüstung auf einen Wagen, der mit Säcken voller Weizen beladen war, schwang sich zu Boden und rannte zur Halle. Vier Männer versuchten, ihr den Weg abzuschneiden, doch sie entwischte in eine Gasse, machte kehrt und wartete. Sechs Krieger rannte herbei. Tanaki warf sich ihnen entgegen, hieb und stieß sich eine Schneise durch sie hindurch.

Auf der Brüstung kniete ein Krieger mit einer Schleuder. Er wirbelte sie um seinen Kopf und ließ los, so daß der kleine runde Stein gegen Tanakis Schläfe schmetterte. Sie taumelte und wäre beinahe gestürzt. Ein Mann lief auf sie zu, und sie wirbelte herum und schleuderte ihr rechtes Schwert. Es drang in die Brust des Kriegers. Er fiel nach hinten; seine Hände umklammerten die Klinge. Ein zweiter Stein flog dicht an Tanaki vorbei. Geduckt stolperte sie in eine Scheune und lehnte sich mit dem Rücken gegen die Tür. Alles drehte sich, und ein scheußlicher Schwindel überkam sie. Zwei weitere Nadirkrieger erschienen. Als sie Tanaki taumeln sahen, stürzten sie sich auf sie. Ihr Schwert fuhr hoch und schnitt einem Angreifer den halben Arm ab. Eine Faust hieb krachend gegen ihren Schädel; die Schwerter wurden ihrem Griff entwunden. Noch zweimal hämmerte die Faust in ihr Gesicht. Tanaki fiel auf die Knie. Überall um sie herum waren jetzt Männer und rissen an ihren Kleidern. Sie zerrten sie in die Scheune und warfen sie nackt auf den strohbedeckten Boden.

»Na, jetzt sehen wir aber nicht mehr wie eine Prinzessin aus«, ertönte Tsudais Stimme kalt und spöttisch. Tanaki versuchte aufzustehen, doch ein Stiefel traf sie im Gesicht, so daß sie wieder zurücksank. »Ich sagte zwar, daß fünf Mann pro Tag dich haben können, aber diese zwölf Krieger haben wenigstens um dich gekämpft, Prinzessin. Ich lasse dich vorerst in ihrer Obhut.«

Tanaki blickte durch geschwollene Augen und sah, wie die Männer ihre Ledergürtel abschnallten; sie sah die Lust in ihren Gesichtern. Irgend etwas in ihr bebte und zerbrach, Tränen rannen über ihre Wangen.

»Seht zu, daß sie ein bißchen schreit«, befahl Tsudai, »aber übertreibt es nicht. Es warten noch viele andere auf sie.«

Der General ging hinaus in den Sonnenschein, wo er eine Zeitlang stehenblieb und dem Grunzen der Männer und dem leisen Stöhnen der einst so stolzen Prinzessin lauschte. Dann schrie sie, laut und durchdringend. Tsudai erlaubte sich ein Lächeln. Er hatte lange auf diesen Augenblick gewartet. Vier Jahre war es her, seit die hochmütige Prinzessin sein Heiratsangebot abgelehnt hatte. Er hatte ihr erst vor wenigen Monaten eine zweite Chance geboten. Jetzt würde sie die Tiefe seines Hasses begreifen. Wieder ertönte der Schrei. Mehr tierisch als menschlich, dachte Tsudai. Seltsam, wie in einem Laut ohne Worte soviel Verzweiflung liegen konnte . . .

Die Schreie wurden vom Wind bis weit in die Berge getragen. »Bei den Göttern, was tun sie ihr an?« fragte Kiall.

»Was die Nadir immer tun«, zischte Beltzer. »Sie vergewaltigen sie. Und wenn sie ihren Spaß gehabt haben, töten sie die Frau.«

»Eine Schande«, bemerkte Harokas. »Gutaussehende Frau.«

»Wir müssen etwas unternehmen«, sagte Kiall und stand auf. Chareos packte ihn am Gürtel und zog ihn zurück.

»Gute Idee«, pflichtete Beltzer ihm bei. »Warum satteln wir nicht die Pferde und greifen alle dreihundert Krieger an? Werd endlich erwachsen, Kiall. Die Frau ist erledigt.«

»Kiall hat recht«, sagte Okas leise.

Beltzer drehte sich zu ihm; sein Unterkiefer klappte herunter. »Du meinst, wir *sollten* sie angreifen?«

»Nein, mein Freund. Aber sie ist Teil dieser . . . dieser Suche. Ich weiß es. Ich fühle es.«

»Wir sind hier, um ein Bauernmädchen zu retten«, sagte Beltzer.

»Nicht mehr«, erwiderte Okas.

»Was meinst du damit?« fragte Chareos.

Okas rieb sich die müden Augen. »Es kommt jetzt alles zusammen, meine Freunde. Alle Fäden. Und ich kann sie sehen. Das Mädchen Ravenna wurde von Jungir Khan gekauft. Er hat sie in sein Bett genommen, und sie ist es, die jetzt sein Kind unter dem Herzen trägt. Er hat sie zur Kian der Wölfe gemacht, der Königin. Ihr versucht, die Königin der Nadir zu rauben.«

Beltzer lachte. »Das wird ja immer besser. In dem Fall *sollten* sie angreifen? Das wäre eine gute Übung, wenn wir es mit der gesamten Nadirarmee aufnehmen wollen!«

»Die Frau dort unten ist Tenaka Khans Tochter, Jungirs Schwester. Sie kennt den Palast. Sie wird uns eine große Hilfe sein«, sagte Okas.

»Hilfe?« fragte Chareos. »Wir können die Suche nicht fortführen. Es ist Wahnsinn, auch nur daran zu denken.«

»Hinter dieser Suche steckt mehr, als du weißt, Chareos, Schwertmeister«, fuhr Okas fort. »Viel mehr. Siehst du es denn nicht? Der Traum von Bel-azar, der Geist von Tenaka Khan? Es ist alles Teil eines großen Ganzen.«

»Welcher Teil?« fragte Finn und kniete neben dem Tätowierten Mann nieder.

»Das Kind«, antwortete Okas. »Es wird zu früh geboren . . . in zwölf Wochen. Die Sterne zeigen, daß er ein großer König wird, vielleicht der größte, der jemals gelebt hat. Er wird vom Blute Ulrics und Tenaka Khans sein, und Regnaks, des Bronzegrafen. Er wird Krieger und Staatsmann sein. Als Nadir Khan wird er seine Armeen durch die ganze Welt führen.«

»Willst du damit sagen, wir sollen das Kind töten?« fragte Beltzer.

»Nein. Ich sage, ihr sollt mit dieser Suche fortfahren – und sehen, wohin sie führt.«

»Sie wird zum Tod führen – für uns alle«, erklärte Chareos. »Wir sprechen nicht mehr davon, ein Bauernmädchen zurückzurauben oder zu kaufen. Wie sprechen von der Nadirkönigin.«

»Laßt mich etwas sagen«, meldete Kiall sich leise zu Wort. »Du hast recht, Chareos, es ist alles zu . . . zu übermächtig. Darf ich vorschlagen, daß wir Schritt für Schritt vorgehen? Laßt uns zuerst überlegen, wie wir Tanaki retten können. Anschließend können wir entscheiden, was wir unternehmen sollen.«

Chareos seufzte und schüttelte den Kopf. »Wir sind sechs Männer in einem fremden Land. Und du willst, daß wir uns einen Plan ausdenken, eine Gefangene aus der Gewalt von dreihundert der wildesten Krieger der Nadir zu befreien? Nun, warum nicht? Auf wie viele Arten kann man sterben?«

»Darüber solltest du nicht einmal nachdenken«, sagte Harokas. »In den Händen der Nadir kann ein Gefangener langsam getötet werden, über Tage hinweg, und jeder Tag ist schlimmer und qualvoller als der vorherige.«

»Was für ein Trost du bist!« fauchte Beltzer.

»Die Sonne geht unter«, sagte Finn. »Wenn wir das Mädchen holen wollen, haben wir heute nacht die beste Chance. Vor allem, wenn der Großteil der Truppe außerhalb der Stadtmauern lagert. Dann müssen wir nur dort hinunter, uns an ihnen vorbeischleichen, die Mauer überklettern, jeden dort drinnen töten und das Mädchen heraustragen.«

»Ach, das ist alles?« höhnte Beltzer. »Und ich weiß schon, wer die Schlampe tragen darf. *Ich*, nehme ich an. Oder?«

»Richtig«, erwiderte Finn.

»Ich komme mit euch«, sagte Harokas. »Ich mag die Frau wirklich. Du hast doch nichts dagegen, wenn ich mich dicht in deiner Nähe halte, Chareos, oder?«

»Überhaupt nichts. Aber bleib vor mir, Harokas.«

Chareos kniete auf dem Hügel, als die Sonne allmählich versank. Die Nadirkrieger hatten das Mädchen ins Freie gezerrt und sie nackt im Staub des Platzes liegengelassen. Sie war schlaff wie eine Puppe. Dann zogen zwei der Männern sie hoch, hoben sie auf die Auktionsbühne und banden sie über den Block. Chareos wandte die Augen ab und ließ den Blick über die Reiter jenseits der Stadt schweifen. Sie hatten sich im Freien niedergelassen und Lagerfeuer angezündet. Der General und vier seiner Männer waren in die lange Halle gegangen – und das bedeutete, daß noch siebzehn Männer in der Stadt waren.

Zu viele . . .

Kiall brachte Chareos eine Mahlzeit aus getrocknetem Fleisch und Obst; dann setzte er sich schweigend neben ihn.

Was mache ich hier? dachte Chareos. Was soll dieser Wahnsinn? Die Frau bedeutet mir nichts, diese Suche ist völlig unwichtig. Was für eine Rolle spielt es für die Welt in tausend Jahren, ob ein weiterer Nadir Khan geboren wird? Er blickte auf die reglose, weiße Gestalt, die auf dem Auktionsblock lag, und die Männer, die sich über sie beugten.

»Hast du einen Plan?« flüsterte Kiall. Chareos drehte sich zu dem jungen Mann um. Er war blaß geworden.

»Hältst du mich für eine Art Kriegsgott, Kiall? Wir können hineingelangen – vielleicht sogar unbeobachtet. Aber dann steht es siebzehn gegen sieben – nein, gegen sechs, denn Okas ist kein Krieger. Nehmen wir einmal an, wir könnten die siebzehn Mann besiegen. Könnten wir das lautlos schaffen? Nein. Deshalb würden die anderen Krieger draußen aufmerksam. Können wir dreihundert Mann besiegen? Selbst du kennst die Antwort darauf.«

»Was schlägt du dann vor?«

»Ich weiß es nicht!« fuhr Chareos ihn an. »Geh und laß mich nachdenken!«

Der Himmel wurde dunkel, der Mond schien hell. Eine Idee nach der anderen tauchte in Chareos' Gedanken auf, wurde geprüft, erwogen, verworfen. Schließlich rief er Finn zu sich und legte ihm seine Gedanken dar. Der Jäger hörte mit unbewegtem Gesicht zu.

»Ist das die einzige Möglichkeit?« fragte er schließlich.

»Wenn du dir einen besseren Plan ausdenkst, ich bin dabei«, antwortete Chareos.

Finn zuckte die Achseln. »Was du für richtig befindest, Schwertmeister, soll geschehen.«

»Ich finde, wir sollten alle nach Hause gehen und diesen Unsinn hier vergessen«, sagte Chareos mit einem gezwungenen Lächeln.

»Meine Stimme hast du«, gestand Finn. »Warum tun wir es dann nicht?«

Chareos zuckte die Achseln und deutete auf die mondbeschienene Stadt hinunter, wo die nackte Gestalt Tanakis noch immer an den Auktionsblock gefesselt war.

»Wir kennen die Frau nicht«, sagte Finn leise.

»Nein. Aber wir haben sie leiden sehen. Rede ich jetzt so naiv und romantisch wie Kiall?«

»Ja. Aber daran ist nichts Schlechtes, mein Freund. Ich teile deine Ansicht. Solange die Guten nichts tun, wird dem Bösen nie etwas entgegengehalten.«

»Dann sind wir beide Narren«, erklärte Chareos, und diesmal

war sein Lächeln echt. Finn streckte die Hand aus, und Chareos ergriff sie.

»Ob wir siegen oder unterliegen, die Welt würde es nicht verstehen«, sagte Finn.

»Aber die Welt spielt auch keine Rolle«, antwortete Chareos und erhob sich.

»Allerdings nicht«, erwiderte Finn. »Es ist gut, das zu wissen.«

Es war kurz vor Mitternacht, als Finn und Maggrig das Lager zu Pferde verließen. Chareos, Harokas, Kiall und Beltzer schlichen langsam den Hang hinab zu der ummauerten Stadt. Okas blieb mit gekreuzten Beinen im Wald hocken, die Augen geschlossen. Er begann leise zu singen, und ein Nebel stieg aus dem Gras empor und hüllte die vier Krieger wirbelnd ein, als sie ins offene Gelände kamen.

11

Der Nebel hob und senkte sich wie eine geisterhafte Decke, die im Mondlicht schimmerte. Chareos erreichte die Rückseite der Palisade und fand das eiserne Fallgitter. Beltzer trat neben ihn.

»Was jetzt?« flüsterte der Riese.

»Wir schieben es hoch.«

Das Eisengitter war über einen Meter breit und gut zwei Meter hoch. Beltzer reichte Kiall seine Axt und packte die unterste Stange. Die Muskeln an Hals und Schultern des Riesen schwollen an, als er Druck ausübte: Das Tor hob sich knirschend ein paar Zentimeter. Harokas und Chareos halfen Beltzer, und das Tor hob sich um weitere dreißig Zentimeter. »Das reicht«, zischte Kiall, ließ sich auf den Rücken nieder und schob sich unter dem Tor hindurch.

Chareos wandte sich an Beltzer. »Kannst du es so halten?«

Der Riese grunzte. Chareos duckte sich und rollte sich unter dem Tor zu Kiall hindurch. Die beiden Männer kletterten die Stufen zur Brüstung hinauf. Es waren keine Wachen aufgestellt. Gemeinsam drehten Kiall und Chareos das Rad über dem Tor, zogen das Seil straff und erleichterten Beltzer so von seiner Last. Rasch kehrten sie zum Tor zurück, wo Beltzer sich unter dem Gitter durchmühte, gefolgt von Harokas.

»Jetzt warten wir«, flüsterte Chareos.

Von der anderen Seite der Stadt hörten sie galoppierende Pferde.

Finn ritt ungestüm in das Nadirlager, wobei er zwei Lagerfeuer zerstörte. Krieger fuhren aus ihren Decken hoch, als er an ihnen vorbeidonnerte. Finn riß sein Pferd herum und brachte es zum Stehen. Er legte einen Pfeil auf seinen kurzen Jagdbogen und jagte ihn in die Kehle eines Mannes.

Von der anderen Seite des Lagers ertönte ein wilder Schrei, und Maggrig galoppierte aus dem Nebel heraus. Die Nadir rannten zu ihren Pferden. Finn erschoß einen zweiten Mann; dann ließ er sein Tier in Galopp fallen und eilte nach Süden davon. Das Lager war in Aufruhr, als Krieger nach ihren Waffen griffen und losrannten, um ihre Pferde zu satteln. Innerhalb weniger Minuten war das Lager verlassen.

In der Stadt eilte Tsudai aus der Halle und kletterte auf die Brüstung, um seine Soldaten zu beobachten, die sich in zwei Trupps teilten, um die Angreifer zu jagen. Er fuhr zu einem Adjutanten herum, der zu ihm rannte.

»Geh da raus und stell fest, was los ist!«

Der Mann stürmte zu seinem Pferd, schwang sich in den Sattel und galoppierte aus dem Tor.

Chareos und Beltzer kletterten durch das Fenster an der Rückseite der langgestreckten Halle und schlichen weiter. Vier Nadiroffiziere saßen um einen Tisch beim Würfelspiel.

Chareos sprang in den Raum und hieb sein Schwert durch die Kehle des Nächstsitzenden. Beltzer stürzte sich neben ihm in den Kampf; seine Axt tötete zwei Männer, ehe sie auch nur aufstehen konnten. Der vierte versuchte, davonzulaufen und schaffte es sogar bis zur Tür. Dort bohrte sich Harokas' Messer in seine Brust.

Harokas trat in die Tür, packte die Leiche und legte sie auf den Boden.

Draußen schlich Kiall, sich immer im Schatten haltend, zu dem Auktionsblock, auf dem Tanaki bewußtlos lag. Drei Männer rannten auf den Platz, und er duckte sich hinter zwei Wasserfässer und wartete.

Die Männer kletterten auf die Brüstung, von wo Tsudai die Jagd beobachtete. Kiall konnte nicht hören, was sie sagten. Vorsichtig schlich er ins Freie und stieg auf die Auktionsplattform, kniete neben Tanaki nieder und schnitt die Stricke durch, mit denen ihre Hände gefesselt waren. Sie stöhnte, als sie seine Berührung spürte.

»Nicht mehr«, flehte sie. Ihre Augen waren dunkel und geschwollen, ihre Lippen aufgeplatzt, ihr Körper zerschunden und blutig. Kiall biß die Zähne zusammen und wartete. Die Männer auf der Brüstung kamen wieder auf den Platz, und er hörte einen von ihnen lachen. Hinter dem Block verborgen, sah er einen Nadirkrieger auf Tanaki zeigen und sich dann zu ihr wenden. Die anderen johlten und drehten sich nach Tsudai um.

»Es ist immer noch euer Tag«, sagte er.

Der erste Mann kletterte auf die Plattform, schnallte seinen Gürtel ab und ließ seine Hosen fallen. Kiall schnellte hoch und stieß dem Mann sein Schwert in die Lenden.

Tsudais Augen weiteten sich. »Wölfe zu mir!« gellte er, und aus der Scheune kamen weitere neun Männer, die Schwerter in den Händen. »Ergreift ihn!« brüllte Tsudai.

Die Krieger stürmten los, doch in dem Moment, als sie die Plattform erreichten, stürzte Beltzer sich auf sie und hieb mit seiner Axt auf sie ein. Chareos und Harokas leisteten ihm Beistand. Kiall warf sich von der Plattform auf drei Männer, die unter ihm zu Boden gingen. Ein Schwert ritzte die Haut an seinem Oberarm, doch schon war er wieder auf den Beiden und stieß mit seiner eigenen Klinge auf die unter ihm Liegenden ein. Harokas duckte sich unter einem wilden Hieb und spießte den Mann vor sich auf. Er zerrte sein Schwert gerade rechtzeitig heraus, um einen zweiten Hieb von einem anderen Krieger abzuwehren. Chareos tötete zwei Wölfe; dann fuhr er herum, um Harokas beizustehen. Beltzer kämpfte wie ein Berserker. Binnen weniger Sekunden lag der letzte kämpfende Nadir am Boden.

Tsudai rannte über die Brüstung, sprang zu Boden und rollte sich ab, um den Aufprall zu mildern. Er packte die Zügel seines Pferdes und schwang sich auf den nackten Rücken des Tieres. Chareos lief los, um Tsudais Flucht zu vereiteln, doch das Pferd galoppierte an ihm vorbei.

»Holt das Mädchen!« rief Chareos.

Beltzer warf Kiall seine Axt zu und kletterte auf die Plattform. Er hob Tanaki auf und legte sie sich über die Schulter.

Chareos führte die Gruppe zurück zu dem eisernen Tor und hinaus in die nebelverhangene Nacht. Langsam suchten sie sich anhand des ansteigenden Untergrunds ihren Weg. Nach ein paar Minuten hörten sie Pferdegetrappel. »Runter!« zischte Chareos. Die Gruppe ließ sich zu Boden fallen. Im Abstand von nur wenigen Schritten kamen Reiter vorbei. Chareos stand auf.

»Welche Richtung?« wisperte Beltzer. Sie konnten die Rufe der Nadir hören, doch der Nebel war so dicht geworden, daß die Geräusche verzerrt, gedämpft und unheimlich klangen. Als Chareos die Männer den Berg hinaufführte, atmete Beltzer keuchend; sein Gesicht war rot vor Anstrengung.

»Ich bin auch nicht mehr der jüngste«, sagte er, als er einen Moment innehielt, um Atem zu schöpfen.

Eine glühende Kugel formte sich vor Chareos in der Luft. »Der QUELLE sei Dank!« flüsterte er. Die Kugel schwebte nach rechts davon. Chareos und die anderen folgten ihr und kletterten schon bald oberhalb des Nebels in die relative Sicherheit des Waldes. Okas hockte noch immer im Gras, doch er öffnete die Augen, als die Suchenden die Lichtung betraten. »Setzt euch im Kreis um mich«, sagte er. »Legt das Mädchen in die Mitte.« Beltzer ließ die bewußtlose Tanaki sanft ins Gras gleiten; dann bildeten die Männer einen Kreis. Okas schloß die Augen und begann wieder zu singen, tief und rhythmisch. Beltzer betrachtete ihn prüfend. Der alte Mann war schrecklich dünn, sein Gesicht aschgrau, die Lippen so blau wie die Tätowierungen auf seinem Kinn.

Beltzer stieß Chareos an und deutete auf Okas. Chareos nickte. Was für eine Magie der alte Mann auch wirkte, sie forderte einen schrecklichen Tribut.

Nadir zu Pferde ritten auf die Lichtung, und Beltzer sprang auf und griff nach seiner Axt, doch Chareos packte ihn am Arm. Die Reitern schienen unwirklich, wie Geister. Sie ritten langsam an den Suchenden vorbei.

Kiall schauderte und sah den gespenstischen Reitern nach. Okas schlug die Augen auf und sackte seitlich ins Gras. Chareos und Kiall gingen zu ihm, doch der alte Mann winkte sie beiseite und rollte sich zum Schlafen zusammen. Chareos deckte ihn mit einer Decke zu, während Kiall sich dem Mädchen zuwandte. Im hellen Mondschein konnte er sehen, daß ihr Gesicht verschwollen und blau geschlagen war. Ihr linkes Auge war fest geschlossen, das rechte dunkel und verfärbt. Vorsichtig hob er die Decke von ihrem Körper. Beine und Gesäß waren ebenfalls schlimm zerschlagen und zerkratzt, und auf ihren Schenkeln trocknete Blut.

Beltzer kniete sich auf der anderen Seite Tanakis nieder. »Brauchst du Hilfe?« fragte er Kiall.

»Nein. Wir können nichts tun. Aber ein Feuer würde helfen. Damit könnten wir sie warm halten.«

»Das können wir nicht riskieren«, warf Chareos ein. »Ich weiß nicht, wie mächtig die Magie ist oder wie lange sie anhalten wird.«

»Ich weiß nicht, warum sie noch immer bewußtlos ist«, sagte Kiall. »Sie ist zwar übel zugerichtet, aber es scheint kein Knochen gebrochen zu sein.«

»Ich habe so etwas schon gesehen«, erklärte Chareos. »Es sind nicht die Verletzungen des Körpers, sondern der Seele. Das ist eine häßliche Geschichte, Kiall.«

Tanaki stöhnte leise, und Kiall legte sich neben sie und streichelte ihr Gesicht. »Alles ist gut«, flüsterte er ihr ins Ohr. »Du bist bei Freunden. Schlaf, Prinzessin. Ruh dich aus.« Chareos breitete seine eigene Decke über sie, während Beltzer sein Wams auszog und es zu einem Kopfkissen für sie zusammenrollte. Sie drehte sich auf die Seite, und eine Hand kam unter der Decke hervor. Die Finger ballten sich zur Faust; dann öffneten sie sich und gruben sich in die Erde. Sanft nahm Kiall ihre Hand und hielt sie. Tanakis Atem ging leichter, und sie schlief ein.

Dreimal kamen geisterhafte Nadirreiter auf die Lichtung. Einmal stieg ein Mann nur drei Schritt entfernt von den Suchenden vom Pferd und kniete nieder, um sich die Spuren anzuschauen. Er sah verwirrt aus und sprach mit seinen Gefährten, doch die Suchenden konnten seine Worte nicht hören. Dann stieg er wieder auf, und sie ritten zwischen den Bäumen davon.

Die Nacht verging langsam. Kiall schlief unruhig neben Tanaki. Chareos und Beltzer saßen beieinander und unterhielten sich flüsternd. Harokas zog sich an den Waldrand zurück und schlief allein.

Bei Tagesanbruch waren Chareos und Beltzer am Berghang und suchten den Horizont nach Spuren von Finn oder Maggrig ab. Das Lager der Nadir war verlassen, die Stadt still.

»Sie sind schlau«, meinte Beltzer. »Ihnen ist bestimmt nichts passiert.«

»Ich wünschte, wir könnten sicher sein«, sagte Chareos. »Das Risiko war zu groß. Ich hätte sie nie bitten dürfen zu gehen.«

»Sie sind erwachsen. Sie hätten sich weigern können. Und wir haben das Mädchen bekommen.«

Chareos war müde. Sein Rücken schmerzte, und er streckte sich im Gras aus. »Du solltest ein Weilchen schlafen«, sagte Beltzer. »Ich halte nach Finn Ausschau.«

Chareos nickte. »Behalte auch den Mann des Grafen im Auge. Kehr ihm nicht den Rücken zu.«

»Hältst du ihn für einen Meuchelmörder?«

»Ich glaube nur, man sollte ihn beobachten.« Chareos schloß die Augen und dämmerte in den Schlaf hinüber.

Die Sonne stieg höher, als Beltzer sich neben Chareos setzte, die Axt im Schoß. In Gedanken war er auf dem Berg. Er fühlte sich lebendig, fast wieder jung. Fast. Das Mädchen zu tragen, hatte an seinen Kräften gezehrt, wie auch der Kampf in der Stadt. Seine riesige Hand schloß sich um den Schaft der Axt. »Aber ein oder zwei Gefechte stehen wir immer noch durch, was?« sagte er und schaute die Waffe an.

Weit im Westen sah er einen Reiter, der sich immer in Mulden und Tälern hielt. Beltzer beschattete mit der Hand die Augen und versuchte, den Mann zu erkennen. Er sah aus wie Finn. Beltzer ließ den Blick über die Berge und Täler schweifen, konnte aber keine Verfolger entdecken. Er überlegte, ob er Chareos wecken sollte, doch er zögerte. Der Schwertmeister war todmüde, er brauchte Ruhe. Langsam kam der Reiter den Hang hinauf. Es *war* Finn. Er stieg ab und führte das Pferd auf die Lichtung; dann kam er zurück zu Beltzer.

»Wo ist Maggrig?« fragte Finn.

»Er ist noch nicht zurück«, antwortete Beltzer.

Finn ließ sich zu Boden sinken. »Ich dachte schon, ich schaffe es nicht. Fast hätten sie mich gehabt. Ich habe zwei Mann getötet und bin dann in einen wilden Fluß geritten. Dabei habe ich meinen Bogen verloren. Ich dachte, das Pferd würde ertrinken, und hab' mich im Sattelknauf festgeklammert. Aber es ist ein gutes Tier. Es ist prächtig geschwommen und hat festen Grund gefunden.«

»Ruh dich ein wenig aus«, riet Beltzer ihm.

Finn schüttelte den Kopf. »Ich muß Maggrig finden.«

»Sei nicht dumm! Die Nadir sind überall. Maggrig hat sich wahrscheinlich in einer Höhle versteckt. Er wird warten, bis es dunkel ist, und dann zurückkommen. Wenn du hinausreitest, führst du sie direkt zu ihm.«

Finn seufzte. »Du hast recht. Ich werde eine Weile schlafen. Weck mich, wenn er kommt.«

Beltzer nickte. »Wir haben das Mädchen«, sagte er. »Es ging alles glatt.«

Finn antwortete nicht, sondern legte sich ins Gras und schloß die Augen. Beltzer lehnte sich mit dem Rücken an einen Baum und döste in der Morgensonne. Als er erwachte, kniete Harokas neben Chareos. Der adlergesichtige Krieger starrte angespannt in das Gesicht des schlafenden Mannes. Seine Miene war schwer zu deuten, doch Beltzer erkannte, daß er beunruhigt war.

»Weck ihn nicht«, sagte Beltzer leise. Harokas blickte auf.

»Ich wurde hergeschickt, ihn zu töten.«

»Ich weiß«, sagte Beltzer. »Er auch.«

»Aber das ist nicht nötig, oder? Ihr habt alle beschlossen zu sterben. Und ich bin froh, von dieser Aufgabe befreit zu sein.«

Harokas stand auf und ging zu seinem Pferd. Beltzer sah ihm nach, wie er aufstieg und davonritt.

In der Mitte der Lichtung erwachte Kiall. Er setzte sich auf und schaute auf Tanaki hinunter. Sie hatte schon eine etwas bessere Gesichtsfarbe. Er öffnete sein Bündel, nahm einige Schwarzwurzblätter heraus und vermischte sie mit kaltem Wasser. Es war ein gutes Mittel gegen Schwellungen, und Kiall arbeitete eine Weile an dem Breiumschlag. Als er endlich zufrieden war, berührte er Tanakis Hand, worauf sie ruckartig erwachte.

»Du bist bei Freunden«, sagte er beruhigend. »Ich bin es, Kiall. Ich habe hier eine Paste für deine Augen. Bleib still liegen.« Sie sagte nichts, als er das kühle Tuch über ihre Lider legte. Er nahm ihre Hand und tätschelte sie sanft.

»Die Wölfe?« flüsterte sie.

»Fort.«

»Wie . . .?«

»Nicht redten, Prinzessin. Ruh dich aus. Wir sind letzte Nacht in der Stadt gewesen und haben die Männer getötet, die dich . . . angegriffen haben. Dann haben wir dich hergetragen. Du bist in Sicherheit.«

»Warum habt ihr . . .?«

»Ruhe jetzt. Laß das Mittel wirken.« Er wollte ihre Hand loslassen, doch ihre Finger hielten ihn fest.

»Warum?« wiederholte sie.

»Weil du in Not warst«, sagte er wenig überzeugend. Er blieb noch ein paar Minuten bei ihr sitzen; dann entspannten sich ihre Finger, und er sah, daß sie wieder eingeschlafen war. Er stand auf und streckte sich. Beltzer schlief an einen Baum auf der Hügelkuppe gelehnt; Chareos und Finn lagen in der Nähe. Von Harokas und Maggrig keine Spur.

Die Stimme Okas' erklang in seinen Gedanken. *»Kiall, kannst du mich hören?«*

»Ja«, antwortete er laut und blickte auf die schlafende Gestalt des alten Mannes hinunter. Die Stimme war wie ein Flüstern im Strom der Zeit, unglaublich weit entfernt und doch klar. »Ich kann dich hören.«

»Sag Chareos, er soll zu den Mondbergen reisen. Sag ihm, er soll Asta Khan suchen. Sag ihm, es tut mir leid.«

Die Stimme verklang. Kiall ging so Okas und kniete neben seinem Körper nieder. Er war steif und kalt.

Der Tätowierte Mann war tot.

Sie begruben den alten Mann auf dem Hügel und standen schweigend um das Grab. »Der erste von uns, der gestorben ist«, flüsterte Beltzer. Die Worte hingen in der Luft. Er ging zurück zu ihrem Lager, setzte sich und starrte auf die Klinge der Axt in seinem Schoß, die er in den Händen drehte.

»Es tut mir leid«, sagte Kiall zu Chareos. »Ich wünschte, ich hätte dich nie um Hilfe gebeten. Es kommt mir alles so sinnlos vor. Ich weiß auch nicht warum.«

»Wir sind frei, Kiall. Wir treffen unsere eigene Wahl.«

»Das weiß ich«, sagte der junge Mann. »Es ist nur . . . es gibt soviel Barbarei. Sieh dir Tanaki an. Wie konnten Männer ihr so etwas antun? Das begreife ich nicht.«

»Sei froh, daß du es nicht begreifst.«

»Begreifst du es?«

Chareos wandte sich ab und blickte über die Steppe hinaus. »Ja, leider. Ich würde an eine solche Tat niemals auch nur denken, aber ich verstehe es dennoch. Es hat mit Krieg zu tun, Kiall, und mit dem Wesen des Kriegers. Er steht immer im Wettstreit, und sein Wunsch ist es, seine Feinde zu beherrschen und zu zerstören. Aber das Wort, das du dir merken mußt, ist *beherrschen.* Es gibt noch ein wichtiges Wort: *Erregung.* Ein Mann kann ebenso schnell vor Zorn erregt sein wie geil. Die beiden Gefühle sind eng miteinander verknüpft.

Wut und Wollust. Der Krieger wird also in der Schlacht erregt und kämpft, um zu beherrschen. Tanaki – und andere wie sie – sind die Opfer dieser Gefühle. Beherrscht mißbraucht, gedemütigt.«

»Sie sind böse«, sagte Kiall. »Ganz einfach.«

»Schön, wenn es so einfach wäre. Einige von diesen Männern hatten gewiß Frau und Kinder. Vielleicht sind sie gute Familienväter. Sie erfahren Liebe und Mitgefühl in ihrem Leben.«

»Ich hätte kein Mitgefühl mit ihnen. Ich bin froh, daß wir sie getötet haben.«

»Froh? Du solltest niemals froh sein, wenn ein anderer Mensch gestorben ist. *Niemals.* Sei nur froh, daß du noch am Leben bist. Ich hatte mal einen Lehrer, einen großen Mann namens Attalis. Er erklärte mir, daß der Pfad zum Bösen oftmals mit rechtschaffenem Zorn beginnt. Eine Gruppe Soldaten aus Gothir, ausgeschickt, um Rache zu nehmen. Sie wollen dem Feind weh tun, also vergewaltigen und töten *sie.* Es hört niemals auf. Sei nie ... niemals froh, getötet zu haben.«

Chareos stand auf und ging zum Grab. Kiall ließ ihn allein und schlenderte zu Beltzer hinüber. Das Gesicht des Riesen war starr; nur ein Muskel an seiner Wange zuckte. Seine Augen waren rotgerändert, und er blinzelte heftig.

Kiall setzte sich ihm gegenüber. »Geht es dir gut?« fragte der jüngere Mann.

»Mir? Mir geht es gut. Ich dachte nur gerade, daß wir noch nichts gegessen haben. Ich bin ausgehungert.« Seine Lippen zitterten, doch er preßte die Kiefer zusammen. »Dummer alter Narr«, sagte er. »Hat sein Leben gelassen, um uns zu schützen. Dumm.« Beltzer schniefte; dann räusperte er sich und spie aus. »Verdammt, ich hole mir noch eine Erkältung. Das liegt am Wetter, kalter Wind und Staub. Die QUELLE allein weiß, wieso hier draußen Menschen leben. Ich ziehe jederzeit eine Stadt vor ... und Schänken. Was starrst du denn so?«

»Es tut mir leid«, sagte Kiall. »Das wollte ich nicht. Er hatte eine Botschaft für dich, weißt du. Er bat mich, dem alten Beltzer Lebewohl zu sagen.«

»Ja? Wirklich?«

»Ja«, sagte Kiall und setzte seine Lüge fort. »Er hat sich nicht unglücklich angehört.«

»Weißt du, was das schlimmste ist, Junge? Weißt du das?«

»Nein.«

»Er mochte mich. Um meinetwillen. Nicht weil ich eine Axt schwingen kann oder ein paar Nadir getötet habe. Sondern um *meinetwillen.* Dabei gibt's bei mir nicht viel zu mögen, aber das Wenige hat er gefunden. Und ich sage dir was – lach darüber, wenn du willst –, aber ich habe diesen alten Mann geliebt. ›Der alte Beltzer‹. Das ist doch was, oder? Ich habe ihn geliebt.«

»Warum sollte ich darüber lachen?«

Tränen stiegen Beltzer in die Augen und liefen ihm über die Wangen in den rotsilbernen Bart. Er senkte den Kopf und weinte. Kiall legte ihm eine Hand auf die Schulter.

»Verschwinde!« sagte Beltzer. »Laß mich in Ruhe. Kann man denn nicht mal ungestört trauern?«

Kiall stand auf und zog sich zurück. Tanaki war wach und saß mitten im Lager, eine Decke um die Schultern gelegt. Ihre Augen waren noch immer geschwollen, doch sie konnte sehen.

Kiall setzte sich neben sie. »Wie fühlst du dich?«

»Das willst du bestimmt nicht im Ernst wissen«, antwortete Tanaki. »Hast du sie alle getötet?«

»Ja. Nein. Ein Mann – ich glaube, er war der Anführer – entkam.«

»Gut.«

Kiall war erstaunt, ging aber nicht weiter darauf ein. »Möchtest du allein sein?« fragte er.

Sie lächelte, zuckte jedoch zusammen, als ihre Lippe wieder aufplatzte und ein Tropfen Blut herausquoll. »Nein. Setzt dich nah zu mir, ich mag deine Gesellschaft. Warum hast du mich gerettet?«

»Spielt das eine Rolle?«

»Für mich schon.«

»Reicht es nicht, daß du allein warst und Hilfe brauchtest?«

»Das ist kein Lied oder eine Geschichte, Kiall. Ich bin nicht eine dieser gelbhaarigen Prinzessinnen, die in einem Turm gefangengehalten werden.«

»Aber du bist eine Prinzessin«, sagte er lächelnd. »Man sollte Prinzessinnen immer retten.« Sie beachtete sein Lächeln nicht. Zorn lag in ihren Augen.

»Was ist mit den anderen? Warum haben sie geholfen?«

»Der Tätowierte Mann hat sie darum gebeten – er sagte, du wärst Teil unserer Suche. Genügt dir das?«

Sie nickte. »Ich werde euch alles zurückzahlen.«

»Das brauchst du nicht.«

»Das entscheide ich. Ich will in niemandes Schuld stehen. Wohin geht ihr jetzt?«

»Wir suchen einen Mann namens Asta Khan.«

Sie sah ihn an, doch er konnte ihre Miene unter den blauen Flecken nicht erkennen. »Er lebt noch? Erstaunlich. Mein Vater hat große Stücke auf ihn gehalten.«

»Das tut er immer noch«, sagte Kiall.

»Was redest du da für einen Irrsinn? Mein Vater ist tot, schon seit Jahren.«

»Es ist schwer zu erklären.«

»Dann versuch's!« fuhr sie ihn an. »Auch wenn ich blaue Flecke habe, mit meinem Hirn ist alles in Ordnung.«

So gut er konnte, beschrieb Kiall den Kampf mit den Dämonen und dem Krieger mit den violetten Augen, der ihm zu Hilfe gekommen war. »Okas erzählte mir, daß es der Geist von Tenaka Khan war.«

»Wie hat er gekämpft?«

»Mit zwei Kurzschwertern. Er wirbelte herum wie ein Tänzer. So etwas habe ich noch nie gesehen.«

Sie nickte. »Das ist einer der Namen, die er trug: Schwerttänzer. Er war auch der Schattenprinz.«

»Sowohl Chareos als auch Beltzer kannten ihn«, sagte Kiall, »ebenso wie Maggrig und Finn. Sie sind die Helden von Bel-azar. Er saß in der letzten Nacht der Schlacht mit ihnen zusammen.«

»Ich weiß. Mein Vater erzählte es mir. Sie sind die *Geister-die-noch-kommen-werden.«*

»Was bedeutet das?«

Sie zuckte die Achseln. »Ich weiß nicht. Mein Vater war ein Geheimniskrämer. Er erzählte mir von den Kriegern der Gothir. Er sagte, einer von ihnen wäre ein Blutsverwandter – ein Drenaiprinz. Das dürfte Chareos sein. Es ist unvorstellbar, daß es der kahle Dicke ist.«

»Ich weiß, was du meinst. Beltzer ist nicht gerade kultiviert.«

Sie hörten ein Pferd kommen, und Beltzer sprang auf, die Axt in den Händen. Kiall stand ebenfalls auf und zog einen Säbel, als Harokas sein Pferd ins Lager lenkte und abstieg.

»Ich dachte, du wärst im Guten gegangen«, sagte Beltzer.

»Ich auch«, antwortete Harokas erschöpft, »aber ich habe euren Freund gefunden.«

»Maggrig?« wisperte Beltzer.

»Ja.«

Finn kam mühsam auf die Füße und stürzte sich auf Harokas. »Wo ist er?« rief er und packte Harokas an seinem schwarzen Wams.

Harokas legte Finn die Hände auf die Schultern. »Die Nadir haben ihn erwischt.«

»O nein! Oh, bitte nein!« rief Finn und taumelte zurück. Er lief zu seinem Pferd, doch Chareos schnitt ihm den Weg ab, packte ihn an den Armen und hielt ihn fest.

»Warte!« sagte er leise. »Wir gehen alle. Beruhige dich, mein Freund.«

Finn schien in Chareos' Armen zusammenzusacken; sein Kopf fiel dem Schwertkämpfer auf die Schultern. Chareos wandte sich an Kiall. »Warte hier mit der Frau. Wir kommen zurück.«

»Es hat keinen Sinn«, sagte Harokas. »Die Nadir sind überall. Es wäre Wahnsinn.«

»Trotzdem«, erwiderte Chareos, »bringst du uns zu ihm?«

»Er bedeutet euch so viel? Ihr wollt euer Leben für einen Leichnam riskieren?«

»Ja.«

Harokas schüttelte ungläubig den Kopf. »Dann folgt mir, aber seid vorsichtig.«

Die Suchenden ritten in einer Reihe hinter Harokas. Es gab nur vereinzelt Bäume. Das Land breitete sich in einer Reihe von Falten und Einkerbungen vor ihnen aus, als wäre der Mantel eines Riesen nachlässig vom Himmel herabgeworfen worden.

Über eine Stunde lang bewegten sie sich mit großer Vorsicht, bis sie schließlich zu einem felsigen Hügel kamen. Harokas stieg ab und führte sein Pferd hinauf, die Suchenden folgten ihm. Er band sein Pferd an einer dürren Pappel an und wartete. Chareos ging zu ihm. Niemand hatte ein Wort gesagt, seit sie ihr Lager verlassen hatten. Finn stand mit weißem, ausdruckslosem Gesicht bei ihnen; seine Augen blickten gequält. Beltzer war an seiner Seite.

»Folgt mir«, flüsterte Harokas, »und bitte . . . keine Heldentaten.«

Er führte sie zu einer Felsspalte und weiter in einen engen Spalt, der zu einem schmalen Sims hinunterführte. Dort kauerte er sich im schwindenden Tageslicht nieder und deutete auf das unter ihnen liegende Lager der Nadir. Der größte Teil der dreihundert Wölfe war dort, und man hatte sechs Lagerfeuer angezündet. In der Mitte des Lagers lag Maggrig nackt an einen Pfahl gefesselt; sein Körper war mit Schnitt- und Brandwunden bedeckt. Finn stöhnte, und Beltzer packte den Jäger fest an der Schulter.

»Habt ihr genug gesehen?« flüsterte Harokas. »Man braucht nicht das Auge eines Kriegers, um zu erkennen, daß der Mann tot ist.« Chareos nickte. Man hatte Maggrig gefoltert. Seine Haut war teilweise abgezogen, die Augen ausgestochen.

»Sie suchen immer noch nach euch«, sagte Harokas, »also kann er ihnen nichts erzählt haben. Er hatte Mut. Großen Mut.«

»Ja, das hatte er«, stimmte Chareos ihm mit einem Blick auf Finn zu. »Er war ein guter Mann.«

»Ich glaube, sein Pferd hat sich ein Bein gebrochen«, fuhr Harokas. »Es war einfach Pech. Er hatte es fast bis zu den Bergen geschafft.«

»Es gibt nichts mehr zu sehen«, sagte Chareos leise. Er berührte Finn am Arm. »Gehen wir, mein Freund.«

»Ja«, murmelte Finn.

Harokas schob sich vom Rand des Simses zurück, und die Suchenden kletterten durch den Spalt zurück. Als sie bei den Pferden ankamen, war Beltzer der erste, der merkte, daß Finn fehlte.

»Nein!« brüllte er. Er machte kehrt und rannte zurück zu dem Spalt, dicht gefolgt von Chareos und Harokas. Sie erreichten den Sims gerade rechtzeitig, um zu sehen, wie Finn langsam den Geröllhang zum Nadirlager hinunterstieg. Beltzer machte eine Bewegung, als wolle er ihm nach, doch Chareos packte ihn von hinten an der Weste und riß ihn von den Füßen.

Beltzer schlug hart auf dem Boden auf. Er starrte Chareos an. »Laß ihn«, sagte Chareos. »Er würde dich nicht dabeihaben wollen, das weißt du.«

Beltzer versuchte etwas zu sagen, brachte aber kein Wort heraus. Er rollte sich auf die Knie, hob eine Axt auf und stolperte zurück durch den Spalt. Harokas kniete neben Chareos nieder.

Der Schwertmeister beachtete ihn nicht. Seine Augen waren starr auf die kleine, dunkle Gestalt gerichtet, die sich dem Lager der Nadir näherte. Es wäre so einfach, dachte Harokas, die Hand am Griff seines Dolches . . . ihm die Klinge durch die Rippen zu stoßen bis ins Herz. So einfach. Dann konnte er zum Grafen zurückkehren, sein Gold beanspruchen und sein Leben weiterführen. Aber das würde bedeuten, Tanaki zurückzulassen. Er fluchte innerlich und nahm die Hand vom Dolch.

Unter ihnen erreichte Finn den Fuß des Hanges und ging weiter, den Rücken gerade, den Kopf erhoben. In seinen Ohren dröhnte es wie das ferne Meer, und sein Blick war getrübt. So viele Jahre zusammen, Jahre der Freude und der Angst. Es zahlte sich nie aus, zu sehr zu lieben, das hatte er immer gewußt. Eines Tages kam die Abrechnung. Es war viel besser, gar nicht erst geliebt zu werden Finn ging an zwei Nadirkriegern vorbei, die ihre Schwerter schärften. Sie starrten ihn einen Moment an; dann standen sie auf. Finn ging unbeirrt weiter. Er konnte Maggrig jetzt sehen, und die unvorstellbare Grausamkeit, die man ihm angetan hatte. Ein Mann packte Finns Arm. Beinahe geistesabwesend stieß Finn ihm sein Jagdmesser in die Kehle.

Einmal hatte Maggrig mit der Roten Pest daniedergelegen. Niemand überlebte diese Krankheit, doch Finn hatte bei ihm gesessen und ihn angefleht zu leben. Das Fieber hatte alles Fleisch von Maggrigs Körper gezehrt und nur durchscheinende Haut übrig gelassen, die sich straff über die Knochen spannte. Aber Finn hatte den Gefährten wieder gesundgepflegt. Er erinnerte sich an den Tag, als er zum erstenmal erkannt hatte, daß Maggrig am Leben bleiben würde. Der Himmel war grau und verhangen gewesen, die Berge im Nebel verborgen. Von den Bäumen tropfte es naß, und doch war der Tag schön gewesen – so unglaublich schön, daß Finn nicht ohne Tränen daran denken konnte.

Ein zweiter Krieger kam auf ihn zu. Finn tötete ihn, doch der Mann stieß ihm sein Schwert in die Seite. Finn spürte kaum Schmerzen. Er taumelte weiter. Etwas traf ihn im Rücken, doch er beachtete es gar nicht. Als er nahe bei dem Toten war, fiel er auf die Knie und hieb mit seinem Messer die Seile durch, die Maggrigs Arme an den Pfahl banden. Dann warf er sein Messer fort und nahm Maggrigs Kopf in die Hände. Blut stieg ihm in die Kehle, aber er spuckte es aus.

»Du machst mir nichts als Ärger, Junge«, sagte er und versuchte, den steif werdenden Körper hochzuheben.

Ein Speer hämmerte in Finns Rücken, durchschlug die Rippen und drang vorn an der Brust wieder hinaus. Er spürte, wie Maggrig ihm entglitt, und versuchte mit aller verbleibenden Kraft, den Körper sanft auf die Erde zu legen.

Langsam fiel er vornüber; sein Kopf ruhte auf Maggrigs Brust.

Wenn er Maggrig nur in die Berge bringen könnte, dann würde alles gut. Der Himmel wäre grau und verhangen, in den Bäumen hinge der Nebel.

Wenn er nur . . .

Schwerter und Messer stießen in Finns Körper, aber er spürte sie nicht.

Hoch oben auf dem Sims beobachtete Chareos das Geschehen. Seine Hände zitterten, und er riß sich von dem Anblick los und starrte zu Boden. Er holte tief Luft; dann lehnte er sich zurück.

Einige Minuten saß er schweigend da und dachte an Finn und Maggrig, wie sie damals in Bel-azar gewesen waren. Dann wandte er sich an Harokas. »Du hattest deine Chance«, sagte er leise. »Sie wird nicht wiederkommen. Warum hast du mich nicht getötet?«

Harokas breitete die Hände aus, ohne etwas zu sagen. Chareos schob sich vom Sims zurück und ging zu den Pferden. Beltzer saß auf einem Stein, seine Axt lag neben ihm.

»Ist er gut gestorben?« fragte der Riese.

»Ja . . . was immer das auch heißen mag«, antwortete Chareos. Er stieg in den Sattel. »Wir reiten zurück.«

»Was werden wir tun, Schwertmeister?« fragte Beltzer.

»Gestern scheint jetzt so weit weg zu sein. Okas ist tot. Finn und Maggrig sind tot. Machen wir weiter?«

»Wozu sollten wir zurückkehren? Wir machen weiter.« Chareos stieß dem Grauen die Fersen in die Flanken und verließ die Lichtung. Beltzer nahm seine Axt, stieg auf und folgte ihm.

Harokas wartete eine Weile. Schließlich schwang er sich in den Sattel und ritt hinter den Gefährten her. Chareos hörte ihn kommen und zügelte sein Pferd, als der Meuchelmörder neben ihm war.

»Nun?« fragte der Schwertmeister.

»Ihr könnt nicht zu dritt die Nadirarmee angreifen«, sagte Harokas.

»Was schlägst du vor?«

»Zu viert stehen die Chancen besser.«

12

Chien-tsu schlug die Augen auf. Die Berge um ihn herum ragten wie Götterspeere empor, drohend und unheilvoll. Ein eisiger Wind heulte durch die Felsspalten. Sein Diener Oshi kauerte vor einem kleinen Feuer; sein Gesicht war blau vor Kälte. Chien schauderte.

»Sie ist tot«, sagte er und stellte sich Mai-syn vor, wie er sie zuletzt gesehen hatte, strahlend und glücklich, ihr Kleid aus gelber Seide in der Sonne schimmernd.

»Dann, Herr, hattest du wie immer recht«, sagte Oshi.

»Ich hatte gehofft, unrecht zu haben. Komm, laß uns eine Höhle suchen.« Oshi verließ nur ungern die scheinbare Wärme des kleinen Feuers, doch er stand auf, ohne zu klagen, und die beiden Männer führten ihre Pferde den gewundenen Bergpfad entlang. In dieser Höhe gab es keine Bäume, nur da und dort einen verkrüppelten, schneebedeckten Strauch. Links und rechts der Reisenden ragten steil die nackten Felswände auf, und nirgends gab es eine Höhle oder sonst einen Schutz, von flachen Einbuchtungen im Fels abgesehen. Oshi war überzeugt, daß sie hier sterben würden. Es war drei Tage her, daß sie etwas gegessen hatten – und das war ein dürrer Hase gewesen, den Chien mit seinem Bogen erlegt hatte.

Sie gingen weiter. Chien spürte die Kälte nicht; er verschloß seinen Geist vor ihr und dachte statt dessen an die schöne Mai-syn. Er hatte das Land nach ihrem Geist durchsucht, nach ihrer Seele geforscht, auf die Musik ihres Wesens gelauscht.

Jetzt war seine Stimmung düster und kälter als der Bergwind.

Der Pfad senkte sich in ein enges Tal hinab, dann stieg er wieder an. Eine Zeitlang ritten sie, doch es war noch kälter, wenn man unbeweglich im Sattel saß, und so stiegen sie wieder ab. Oshi stolperte und fiel, und Chien machte kehrt. »Bist du müde, alter Mann?«

»Ein bißchen, Herr«, gestand er.

Chien ging weiter. Er lächelte. Er konnte seinen Diener einfach nicht davon abbringen, ihn respektvoll anzureden.

Sie umrundeten eine Biegung des Pfades und erblickten einen alten Mann, der mit gekreuzten Beinen auf einem Stein saß. Er sah unglaublich alt aus. Die Haut seines Gesichts war verwittert wie Sandstein. Er trug nur ein Lendentuch aus blassem Leder und eine

Halskette aus Menschenzähnen. Sein Körper war ausgemergelt; die Knochen stachen scharf wie Messerklingen unter der Haut hervor. Auf seinen knochigen Schultern lag Schnee.

»Guten Abend, alter Vater«, grüßte Chien mit einer Verbeugung.

Der alte Mann blickte auf, und als Chien ihm in die Augen sah, schauderte er innerlich. Die Augen waren schwärzer als die Nacht und kalt vor Bosheit – einer uralten Bosheit. Der Mann lächelte, wobei er einige schwärzliche Zähne sehen ließ.

Seine Stimme klang, als würde eine leichte Brise zwischen Grabsteinen wehen. »Mai-syn hat Jungir Khan erzürnt. Er hat sie seinen Wölfen vorgeworfen, die sie benutzten und dann zurückwarfen. In ihrer Verzweiflung hat sie sich die Kehle mit einer silbernen Schere durchschnitten. Es geschah weniger als einen Monat nach ihrer Ankunft.«

Chien spürte, wie sich ihm der Magen umdrehte, doch er bemühte sich, jeden Ausdruck aus seinem Gesicht zu verbannen.

»Ein schlichtes ›Guten Abend‹ hätte genügt, um das Gespräch zu beginnen, alter Vater. Aber ich danke dir für die Information.«

»Ich habe keine Zeit für Höflichkeiten, Chien-tsu, oder für die komplizierten, sinnlosen Rituale der Kiatze.« Der alte Mann lachte.

»Sieh dich um – das ist Nadirland. Es ist kalt und abweisend. Nur die Starken überleben. Hier gibt es keine grünen Felder, keine üppigen Weiden. Ein Krieger ist mit dreißig Jahren bereits alt. Wir können uns nicht erlauben, unsere Kraft für Worte zu vergeuden.« Er machte eine Handbewegung. »Aber das spielt keine Rolle. Es ist nur wichtig, daß du hier bist und daß dein Wunsch nach Rache groß genug ist. Folgt mir.« Behende sprang er vom Stein und ging durch den Schnee davon.

»Er ist ein Dämon«, jammerte Oshi. »Dieses Lendentuch ist aus Menschenhaut.«

»Sein Mangel an eleganter Kleidung kümmert mich nicht«, sagte Chien. »Falls er ein Dämon ist, werde ich mit ihm fertig. Aber laß uns hoffen, daß er ein Dämon mit einer warmen Höhle ist.«

Sie folgten dem alten Mann zu einer scheinbar massiven Felswand. Er verschwand, und Oshi begann zu zittern, doch Chien ging zu der Felswand und fand dort eine schmale Öffnung, die von außen fast unsichtbar war. Er führte sein Pferd hinein, und Oshi folgte ihm.

Drinnen war es kalt und dunkel. Von irgendwo in den Schatten hörte Chien leisen Gesang. Fackeln erwachten in rostigen Haltern an den Wänden zum Leben. Sein Pferd stieg, aber er beruhigte das Tier, streichelte ihm den Hals und flüsterte beruhigende Worte. Die Reisenden gingen durch einen fackelerhellten Tunnel, der sich zu einer großen Höhle erweiterte, in der ein Feuer ohne Holz brannte.

»Setzt euch«, sagte Asta Kahn. »Wärmt euch.« Er wandte sich an Oshi. »Ich bin kein Dämon, ich bin schlimmer als Dämonen. Aber du brauchst mich nicht zu fürchten.«

»Danke, Herr. Danke«, sagte Oshi mit einer tiefen Verbeugung.

Asta Khan beachtete ihn nicht und richtete den Blick auf Chien. »Und du fürchtest mich überhaupt nicht, Mann aus Kiatze. Das ist gut. Ich fühle mich nicht wohl unter furchtsamen Männern. Setzt euch! Setzt euch! Macht es euch bequem. Es ist lange her, daß ich Besucher hatte.«

»Wie lange bist du schon hier?« fragte Chien und ließ sich an dem magischen Feuer nieder.

»Ich kam her, als mein Herr ermordet wurde. Er war Tenaka Khan, der Khan der Wölfe, der Schattenprinz«, erzählte der alte Mann mit Stolz in den Augen. »Er war der Große, der Erbe Ulrics.«

»Ich glaube, den Namen habe ich schon gehört«, sagte Chien. Zorn flackerte in Astas Augen auf, doch er verbarg ihn und lächelte dünn.

»Alle Menschen haben von ihm gehört, selbst die weichbäuchigen Kiatze. Aber lassen wir das. Dein Volk ist berühmt für Zynismus – aber ich sah dich kämpfen, Chien-tsu. Ich sah, wie du Kubai und die anderen getötet hast. Du bist geschickt und schnell. Sehr schnell.«

»Und du brauchst meine Künste, alter Vater?«

»Ich sehe, dein Geist arbeitet so rasch wie dein Körper. Ja, ich brauche dich. Und du brauchst mich. Das wird eine interessante Debatte, glaube ich. Wer von uns braucht den anderen mehr?«

»So wie die Dinge stehen«, erwiderte Chien, »brauche ich dich überhaupt nicht.«

»Dann weißt du, wie du in den Palast des Khans gelangst?« fragte Asta.

»Noch nicht. Aber ich werde einen Weg finden.«

»Nein«, widersprach Asta, »das wirst du nicht. Aber ich kann dich zu einem Pfad bringen, der zum Thronsaal führt. Allein würdest du nicht überleben, denn die Bewohner der Finsternis würden dich aufhalten. Ich gebe dir Jungir Khan. Ich gebe dir die Mittel für deine Rache.«

»Und im Gegenzug, alter Vater?«

»Du wirst den *Geistern-die-noch-kommen-werden* helfen.«

»Erklär mir das näher.«

Asta schüttelte den Kopf. »Zuerst wollen wir essen. Ich kann den Bauch deines Dieners knurren hören. Nimm deinen Bogen und geh aus der Höhle. Dort wartet ein Reh – töte es.«

Chien stand auf und ging zurück zum Eingang der Höhle. Der alte Mann hatte recht. In der Nähe stand ein Reh. Es hatte die Augen offen, ohne zu blinzeln. Chien legte einen Pfeil auf die Sehne, blickte das Tier einen Moment lang an und ging dann zurück in die Höhle. »Oshi, nimm ein Messer und erlege das Tier. Das ist kein Sport.«

Asta Khan kicherte laut und wiegte sich auf den Schenkeln vor und zurück.

Chien ignorierte ihn. »Erzähl mir von Tenaka Khan«, bat er, und der alte Mann holte tief Luft.

»Er war die Sonne und der Mond des Nadirvolkes – aber er war durch unreines Blut verflucht. Halb Drenai, halb Nadir. Er ließ es geschehen, daß er eine Frau liebte. Ich meine nicht, daß er sie für sich genommen hätte – obwohl er es tat. Aber er legte für ihr seine Seele zu Füßen. Sie starb bei der Geburt seiner Tochter Tanaki, und im Tod nahm sie einen Teil der Seele des Khans mit in den Himmel oder die Hölle. Er kümmerte sich nicht mehr um sein Leben und ließ die Jahre einfach dahintreiben.

Sein Sohn Jungir hat ihn vergiftet. Das ist Tenaka Khan. Was möchtest du sonst noch wissen?«

»Du warst sein Schamane?«

»Ich war es und bin es noch. Ich bin Asta Khan. Ich habe ihm Ulrics Helm aufgesetzt. Ich ritt an seiner Seite, als er die Drenai eroberte und die Vagrier, als die Armeen der Nadir nach Mashrapur und Lentria einfielen. Er war die Erfüllung unserer Träume. Er hätte nie sterben dürfen. Er hätte ewig leben müssen, wie ein Gott!«

»Und was willst du, Asta Khan?« fragte Chien. »Doch nicht nur Rache?«

Astas Augen funkelten einen Moment; dann wandte er den Blick ab. »Was ich will, geht dich nichts an. Es reicht, daß ich dir geben kann, was du wünschst.«

»In diesem Moment wünsche ich nichts mehr als ein heißes Bad.«

»Dann sollst du eins haben«, sagte Asta Khan und stand auf. »Folge mir.« Der alte Mann ging in den rückwärtigen Teil der Höhle, wo sich ein flaches Becken mit geschmolzenem Schnee gefüllt hatte, der durch einen Spalt gerieselt war. Asta kniete daneben nieder und tauchte seine Hand ins Wasser. Er schloß die Augen und sprach drei barsch klingende Worte, die Chien nicht verstand. Das Wasser begann zu blubbern und zu zischen, und Dampf stieg auf.

»Ein heißes Bad für den Herrn aus Kiatze«, sagte Asta und erhob sich. »Brauchst du sonst noch etwas?«

»Eine junge Konkubine, die mir die Werke Lu-tzans vorliest?«

»Das heiße Bad muß genügen«, erklärte Asta und ging davon.

Chien streifte seine Kleider ab und ließ sich ins Wasser gleiten. Das Wasser war heiß, aber nicht unangenehm, obwohl es bereits den Siedepunkt erreicht hatte. Chien erinnerte sich an die Geschichte von Hai-chuan, einem jungen Mann, der beschuldigt wurde, ein königliches Schmuckstück gestohlen zu haben. Hai-chuan hatte seine Unschuld beteuert und wurde zu einem Gottesurteil verurteilt. Er mußte seine Hände in einen Topf mit kochendem Wasser halten. Falls er unschuldig war, würden die Götter sein Fleisch schützen, falls er schuldig war, würde seine Haut aufplatzen und sich ablösen. Er kam aus den Bergen und flehte den Magistrat an, ihm zu gestatten, das Gottesurteil direkt unter dem Blick das Allvaters im Himmel erfahren zu dürfen. Gerührt von seiner Frömmigkeit stimmte der Magistrat zu, und Hai-chuan wurde auf den Gipfel eines hohen Berges gebracht. Dort kochte man einen Topf Wasser, und er steckte die Hände hinein. Auf seiner Haut war keine Spur zu sehen – er wurde freigelassen. Später verkaufte er das Kleinod und lebte wie ein Prinz. Chien lächelte. Es lag an der Höhe, wie er wußte. Wasser kochte in den Bergen bei wesentlich niedrigeren Temperaturen.

Er blieb eine Weile müßig im Wasser liegen; dann stieg er hinaus und ging zurück zum Feuer, wo er sich nackt vor die Flammen setzte.

Oshi hatte die besten Stücke aus der Hüfte des Rehs geschnitten, und der Duft von garendem Fleisch erfüllte die Höhle.

»Jetzt erzähle mir von den *Geistern-die-noch-kommen-werden*«, bat Chien.

Tanaki sah den davonreitenden Männern nach; dann versuchte sie aufzustehen und unterdrückte ein lautes Stöhnen, als der Schmerz ihren Körper durchfuhr. Leicht schwankend erhob sie sich und streckte den Rücken. Übelkeit drohte sie zu überwältigen, doch sie zwang ihren Magen, ruhig zu bleiben.

»Du solltest ruhen«, sagte Kiall, der zu ihr gekommen war und ihr eine Hand entgegenstreckte.

Sie gab keine Antwort, beugte sich statt dessen zur Seite und streckte behutsam die Muskeln in Taille und Hüften. Sie hob die Arme über den Kopf und löste so die Spannung in Hals und Schultern. Ihr Vater hatte sie diese Übungen vor vielen Jahren gelehrt. »Der Körper eines Kriegers«, hatte er gesagt, »muß immer geschmeidig sein.« Ein wenig zuversichtlicher geworden, wirbelte sie auf dem Absatz herum, sprang und drehte sich in der Luft, landete jedoch schwerfällig.

»Kann ich dir helfen?« fragte Kiall.

»Ja. Streck die Hände aus.« Er tat es, und sie schwang eins ihrer langen Beine hoch, so daß die Ferse in seinen Handflächen ruhte. Sie beugte sich nach vorn, ergriff ihren Knöchel, hielt die Stellung eine Weile und wechselte dann zum anderen Bein über. Schließlich schob sie die Decke von den Schultern, so daß sie nackt vor Kiall stand. Er wurde rot und räusperte sich. »Leg die Hände auf meine Schultern«, sagte sie und drehte ihm den Rücken zu, »dann drück die Muskeln sanft mit den Daumen. Wo sie rund und geschmeidig sind, geh weiter. Wo sie knotig und verspannt sind, lockere sie.«

»Ich weiß nicht, wie's geht«, sagte er, doch versuchsweise berührten seine Hände ihre Haut. Sie setzte sich auf ihre Wolldecke, und Kiall kniete hinter ihr. Ihre Haut war glatt und weiß, die Muskeln darunter stark und fest, während Kiall die Finger darübergleiten ließ.

»Entspann dich, Kiall. Schließ die Augen. Denk an nichts. Laß deine Hände forschen.«

Seine Finger glitten über ihre Schulterblätter abwärts. Die Muskeln auf der rechten Seite fühlten sich an, als hätte man Kieselsteine hineingesteckt. Sehr behutsam rieb er sie und gewann an Zutrauen, als die Spannung nachließ. »Das ist gut«, sagte sie. »Du hast gute Hände – heilende Hände.«

Er spürte, daß er erregt wurde, und haßte sich dafür. Nach dem, was sie durchgemacht hatte, war es schäbig und unrecht von einem

Mann, so auf sie zu reagieren. Seine Hände verloren ihre Sicherheit, und er stand auf und ging fort. Tanaki deckte sich zu und legte sich auf den Boden. Die Schmerzen in ihrem Körper ließen allmählich nach, doch sie würde niemals die bittere Demütigung vergessen, die sie erlitten hatte. Die Erinnerungen an die schwitzenden Männer, ihren Gestank, ihr Gerammel und die Schmerzen würde sie nie mehr verlassen. Sie schauderte und rollte sich auf die Füße. Kialls Pferd stand in der Nähe angepflockt. Tanaki sattelte es und stieg in den Steigbügel, um sich auf den Rücken des Tieres zu schwingen. Kiall sah sie und rannte herbei. »Was tust du da?« fragte er besorgt.

»Ich kann den Rest meines Lebens nicht in diesen Kleidern beginnen«, sagte sie. »Meine Kleider sind unten in der Halle. Und ich brauche Waffen.«

»Ich komme mit dir«, erbot er sich und streckte die Hand aus. Tanaki nahm sie, und Kiall schwang sich hinter ihr in den Sattel. »Das ist nicht klug, Tanaki.«

»Das können wir erst hinterher entscheiden«, sagte sie.

Die Toten hatte man aus der Siedlung gebracht, doch getrocknetes Blut befleckte noch immer den Boden und das Holz der Auktionsplattform. Tanaki glitt aus dem Sattel und betrat die Halle. Kiall band sein Pferd an und ging zur Brüstung, um nach Nadirkriegern Ausschau zu halten. Während die Minuten verstrichen, stieg seine Anspannung. Als er gestiefelte Füße auf der Treppe hinter sich hörte, fuhr er herum und tastete nach seinem Säbel. Tanaki lachte ihn an. Sie war jetzt in Hosen aus weichem, geöltem Leder und hohe Reitstiefel gekleidet. Ihr Oberkörper steckte in einer passenden Kapuzentunika, und in einem Gürtel um ihre Hüften hingen zwei kurze Schwerter. Über ihre Schulter hatte sie einen pelzbesetzten Umhang aus schwarzem Leder geschlungen, und in ihrer Hand hielt sie einen Leinenbeutel.

»Hast du alles, was du brauchst?« fragte er.

»Nicht ganz. Ich brauche Tsudais Kopf – aber das kommt schon noch.«

Sie ritten zurück zu ihrem Lager und banden das Pferd an. Tanaki zog ihre Schwerter. »Komm«, sagte sie zu Kiall, »zeig mir, was du kannst.«

»Nein. Ich . . . ich bin nicht sehr gut. Ich bin kein Krieger, weißt du.«

»Zeig's mir trotzdem.«

Verlegen zog er seinen Säbel und nahm die Haltung ein, die Chareos ihn gelehrt hatte. Als sie vorwärts sprang, blockte er ihren Stoß ab, doch sie wirbelte herum, und ihre zweite Klinge senkte sich und berührte seinen Nacken. »Du bist zu steif«, erklärte sie ihm.

»Ich werde lockerer, wenn ich Angst habe«, sagte er lächelnd.

»Dann habe Angst!« sagte sie mit tiefer, eisiger Stimme. Ihr Schwert sauste auf seinen Kopf zu, und er sprang zurück, doch sie folgte ihm. Er wehrte einen Stoß ab, dann einen zweiten . . . sie drehte sich, aber er ließ sich auf die Knie fallen, so daß ihre Klinge nur die Luft traf, wo gerade noch sein Kopf gewesen war. Als ihr Schwert herabsauste, warf er sich nach links und rollte sich ab. »Das ist besser«, sagte sie, »aber wenn du kein Meister bist – und du bist keiner –, solltest du mit Säbel und Messer kämpfen. Das verdoppelt deine tödliche Kraft.«

Sie steckte ihre Klingen in die Scheiden und schleuderte zur Hügelkuppe hinauf, um von dort über das Land zu blicken.

Kiall ging zu ihr. »Hast du immer noch die Absicht, dein Mädchen zu retten?« fragte sie.

»Ja, wenn ich kann. Aber sie ist nicht mein Mädchen. Sie war es nie. Das weiß ich jetzt.«

»Daran gibst du mir die Schuld, Kiall.«

»Ich gebe dir für gar nichts die Schuld, Prinzessin. Ich war töricht. Ich hatte einen Traum und glaubte, der Traum wäre Wirklichkeit.«

»Wir alle sind voller Träume«, sagte sie. »Wir sehnen uns nach dem Unerreichbaren. Wir glauben an den Unsinn der Fabeln. Es gibt keine wahre Liebe. Es gibt nur Lust und Bedürfnisse.«

»Das glaube ich nicht, Prinzessin.«

»Noch ein Traum, den du für Wirklichkeit hältst?«

»Ich hoffe nicht. Es gibt soviel Traurigkeit und Haß auf der Welt. Es wäre schrecklich, wenn Liebe nur eine Illusion wäre.«

»Warum bist du neulich weggegangen, als du mich berührt hast?«

»Ich . . . ich weiß nicht.«

»Du lügst, Kiall. Ich konnte spüren, wie deine Hände wärmer wurden. Du wolltest mit mir ins Bett, nicht wahr?«

»Nein!« erwiderte er instinktiv; dann wandte er errötend den

Blick ab. »Doch«, sagte er zornig. »Und ich weiß, das war falsch.«

»Falsch? Du bist ein Narr, Kiall. Es war aufrichtige Lust – schäme dich nicht dafür, aber schreib auch keine Gedichte darüber. Ich hatte fünfzig Liebhaber. Einige waren zärtlich, andere grausam, und einige hatte ich mit der Zeit wirklich gern. Aber Liebe? Wenn es sie gäbe, hätte ich sie inzwischen gefunden. Oh, Kiall, guck nicht so schockiert. Das Leben ist kurz. Vergnügen ist alles. Das zu verleugnen heißt, das Leben zu verleugnen.«

»Du bist mir gegenüber im Vorteil«, sagte er leise. »Ich habe nicht deine Lebenserfahrung. Ich wurde in einem Dorf erzogen, wo wir die Felder bestellten und Vieh und Schafe züchteten. Aber da gab es Menschen, die ein halbes Leben lang zusammen waren. Sie waren glücklich. Ich glaube, sie haben einander geliebt.«

Sie schüttelte den Kopf. »Mann und Frau werden von tierischen Leidenschaften zueinander hingezogen, und sie bleiben um der Sicherheit willen zusammen. Aber wenn ein besserer, vielleicht reicherer Mann daherkommt, oder eine jüngere, schönere Frau, dann – und nur dann – kannst du ihre Liebe auf die Probe stellen. Sieh dich an, Kiall. Vor drei Tagen hast du eine Frau tief genug geliebt, um dein Leben für sie zu riskieren. Jetzt sagst du, du hättest sie nie geliebt. Und warum? Weil du mir begegnet bist. Beweist das nicht, was ich sage?«

Er schwieg eine Zeitlang und starrte zum Horizont. Schließlich sagte er: »Es beweist nur, daß ich ein Narr bin. Das ist nicht so schwer.«

Tanaki ging zu ihm. »Es tut mir leid. Ich sollte solche Dinge nicht sagen. Ich danke dir, daß du mich gerettet hast. Ich werde dir für den Rest meines Lebens dankbar sein. Es war edel von dir – und mutig. Und ich danke dir auch, daß du neulich fortgegangen bist – das war rücksichtsvoll. Aber gib mir ein paar Tage, und dann lehre ich dich Vergnügen.«

»Nein!« lehnte er ab. »Diese Art von Vergnügen will ich nicht lernen.«

»Dann bleib ein Narr«, fauchte sie, machte kehrt und ging davon.

Fast drei Wochen lang reisten die Suchenden tiefer ins Land der Nadir, zogen über die einsamen Steppe zu den weit entfernten, grauen Bergen. Gelegentlich übernachteten sie in kleinen Zeltsiedlungen der Nadir, doch meist lagerten sie in versteckten Tälern, Höhlen oder Senken. Es gab keine Anzeichen, daß sie verfolgt wurden, und sie sahen keine Spur von Tsudais Soldaten.

Chareos sprach unterwegs nur wenig. Sein Gesicht war starr und finster, sein Blick gequält. Auch Beltzer hatte wenig zu sagen. Harokas erwies sich als geschickt im Umgang mit dem Bogen und erlegte zwei Rehe. Doch meist ernährten sie sich von dem, was das Land hergab: lange, gekrümmte Wurzeln von purpurner Farbe, die eine dünne, jedoch nahrhafte Suppe ergaben.

Tanaki erholte sich gut und begann oft scherzhafte Gespräche mit Harokas, doch Kiall sah die Angst in ihren Augen, wenn einer der Suchenden ihr zu nahe kam, sah, wie sie bei einer zufälligen Berührung zusammenzuckte. Tagelang sagte er nichts dazu. Er behandelte sie höflich, obwohl sie ihn meistens nicht beachtete. Er vermutete, daß sie noch immer wütend über seine Zurückweisung war.

Doch eines nachts erwachte Tanaki schreiend, rollte sich aus ihren Decken und suchte nach ihren Schwertern. Beltzer war sofort auf den Beinen, die silberne Axt in den Händen. Chareos und Kiall gingen zu ihr.

»Es ist alles gut«, sagte Chareos und streckte die Hand nach ihr aus. »Es war nur ein Traum.«

»Zurück! Rühr mich nicht an!« kreischte Tanaki. Ihr Schwert zuckte vor, und Chareos sprang zurück. Die Klinge verfehlte ihn nur um Haaresbreite.

»Tanaki?« sagte Kiall leise. »Alles ist gut. Du hast geträumt. Du bist unter Freunden. Freunden.«

Sie wich zurück. Ihr Atem ging stoßweise, und ihre violetten Augen waren vor Angst weit aufgerissen. Allmählich wurde ihr Atem wieder gleichmäßig. »Es tut mir leid«, flüsterte sie, drehte sich um und verließ das Lager. Beltzer rollte sich grummelnd wieder in seine Decken. Kiall folgte Tanaki und fand sie auf einem flachen Stein sitzend. Ihr Gesicht war im Mondschein blaß wie Elfenbein, und wieder einmal war er ergriffen von ihrer Schönheit. Einen Augenblick sagte er nichts; dann setzte er sich neben sie.

Sie drehte sich zu ihm. »Du und die anderen – ihr müßt mich für schwach halten«, sagte sie.

»Niemand hält dich für schwach«, erwiderte er. »Aber ich weiß nicht, wie ich dir helfen soll, Tanaki. Ich kann Verletzungen heilen, Wunden nähen, Kräuter mischen, die das Fieber senken. Aber ich kann deine Schmerzen nicht lindern.«

»Ich habe keine Schmerzen«, sagte sie. »Ich bin geheilt.«

»Das glaube ich nicht. Jede Nacht wälzt du dich hin und her. Oft schreist du auf, und manchmal weinst du sogar. Es tut mir weh, dich in deinem Schmerz zu sehen.«

Plötzlich lachte sie, stand auf, stemmte die Hände in die Hüften und sah ihm ins Gesicht. »Ich weiß, was du willst«, sagte sie. »Du willst das, was diese Soldaten wollten. Gib es zu. Sei ein Mann! Komm mir nicht mit deinem ›Es tut mir weh, dich in deinem Schmerz zu sehen.‹ Du liebst mich nicht. Warum solltest du auch? Soweit es dich angeht, bin ich nur eine von vielen Nadirhuren, die man benutzt, wenn man es wünscht.«

»So sehe ich dich nicht«, widersprach er. »Ja, du bist schön. Ja, jeder Mann würde dich begehren. Aber ich sprach von Freundschaft – und ich liebe dich.«

»Dein Mitleid will ich auch nicht«, fauchte sie. »Ich bin kein Fohlen mit einem gebrochenen Bein oder ein blinder Welpe.«

»Warum bist du so wütend auf mich? Falls ich irgend etwas gesagt oder getan habe, was dich so aufregt, dann entschuldige ich mich.«

Sie schien etwas sagen zu wollen; dann aber stieß sie einen langen Seufzer aus und sank wieder neben Kiall auf den Stein. »Ich bin nicht wütend auf dich, Kiall.« Sie schloß die Augen und beugte sich vor, so daß ihre Ellbogen auf den Knien ruhten. »Es liegt nicht an dir«, wiederholte sie. »Ich kann es einfach nicht hinter mir lassen. Jedesmal, wenn ich die Augen schließe, sehe ich ihre Gesichter, spüre ihre Hände, ihre . . . jedesmal. Wenn ich schlafe, kommen sie mich holen. Und in meinen Träumen glaube ich, daß die Rettung ein Traum war und *dies* die Wirklichkeit ist. Ich denke immer darüber nach. Es ist nicht die Vergewaltigung selbst, oder die Prügel, es ist . . .«

Sie brach ab, und Kiall sagte nichts, sondern ließ das Schweigen wachsen. »Ich habe immer von solchen Greueltaten gewußt. Aber wenn man so etwas nicht selbst erleidet, kann man die Ungeheuerlichkeit nicht begreifen. Und schlimmer noch, du kannst es nicht erklären. Zwei dieser Männer waren früher Palastwachen in Ulrickham. Einer hat mich oft auf den Schultern getragen, als ich noch ein Kind war. Deshalb frage ich mich, wie er mir so etwas antun konnte. Und warum sollte er so etwas überhaupt *wollen?* Ich habe das Gefühl, als wäre die Welt nie so gewesen, wie ich sie gesehen habe – als hätte ein hauchdünner Schleier vor meinen Augen gehangen, den diese Männer heruntergerissen haben, so daß ich die Schlechtigkeit sehen kann, die die Wirklichkeit ausmacht. Vor wenigen Wochen habe ich diesen Ausdruck in Harokas' Augen gesehen und ihn als Kompliment aufgefaßt. Er gab mir ein gutes Gefühl. Und jetzt? Jetzt ist es wie der Blick, den der Fuchs einem Huhn zuwirft. Er jagt mir Angst ein.« Sie schaute zu ihm auf. »Verstehst du, was ich meine?«

»Ich verstehe *alles«*, sagte er und streckte die Hand aus, doch sie wich davor zurück. »Angst«, sagte er sanft, »ist für gewöhnlich etwas Gutes. Sie hält uns davon ab, leichtsinnig zu sein. Sie sorgt für Vorsicht. Doch Chareos sagt, daß die Angst ein Diener ist, der danach strebt, der Herr zu werden. Und sie ist ein furchtbarer Herr, der bekämpft und in Schach gehalten werden muß. Du bist stark, Tanaki. Du bist aus Eisen. Du bist stolz. Nimm deine Hand.«

»Ich glaube, ich kann nicht«, sagte sie.

»Denk an die Frau, der ich zuerst begegnet bin. Du bist immer noch diese Frau. Du hast gelitten, aber du bist noch immer Prinzessin Tanaki, Tochter Tenaka Khans. In dir fließt das Blut der Größe.«

Er streckte die Hand aus, und ihre Finger bewegten sich auf sie zu, sanken herab und hoben sich dann rasch, um sie fest zu umschließen.

Tränen traten ihr in die Augen, und sie lehnte sich gegen ihn. Er legte den Arm um sie, und so saßen sie eine Weile schweigend da.

Schließlich machte sie sich los.

»Dann sind wir Freunde?« fragte sie.

»Immer«, antwortete er lächelnd.

Zusammen gingen sie zurück zum Lager, wo Chareos allein saß und den Himmel im Osten betrachtete. Er schien sie nicht zu bemerken, und Kiall schlenderte zu ihm hinüber.

»Wie geht es dir?« fragte er.

Chareos sah auf. »Ich brauche nicht getröstet zu werden«, sagte er mit einem schiefen Lächeln. »Du hast es gut gemacht mit ihr. Du bist ein guter Mann.«

»Bist du mir gefolgt?«

»Ja. Aber ich bin nicht lange geblieben. Sie ist eine großartige Frau, Kiall. Stark und schön.«

»Ich weiß«, sagte der Jüngere unbehaglich.

»Wenn du mich um Rat fragen würdest – was du nicht tust –, würde ich dir raten, sie von hier fortzubringen. Geht zurück nach Gothier, heiratet und zieht starke Söhne groß.«

»Und was würdest du tun?« fragte Kiall.

»Ich würde mit dieser verrückten Suche weitermachen«, antwortete Chareos.

»Ja, ich weiß. Du kannst jetzt nicht aufhören«, sagte Kiall traurig. »Nicht, wo diese Suche drei deiner Freunde das Leben gekostet hat.«

»Du bist ein begabter junger Mann, Kiall. Einfühlsam und intelligent.«

»Ich wünschte, ich hätte dich nie um Hilfe gebeten. Das meine ich ernst.«

»Ich weiß. Schlaf gut, mein Junge.«

In den folgenden Wochen stellte Tanaki fest, daß sie ständig Kiall beobachtete. Sie erfreute sich an seinem zögernden, nervösen Lächeln, der Neigung seines Kopfes, wenn er sprach. Tanaki hatte ihre Nervosität gegenüber den anderen noch nicht völlig abgelegt, doch Kialls Freundschaft hatte ihre die Kraft gegeben, gegen ihre Ängste anzukämpfen. An den langen Abenden entfernte Tanaki sich von den anderen, ließ sich an einen Stein oder Baum gelehnt nieder und beobachtete die Männer. Sie sprachen wenig, doch in ihren Bewegungen gab es viel zu lesen. Beltzer war ein Bär, ein großes, gemächliches Kraftpaket, erfüllt von einer Bitterkeit, die er nicht auszudrücken vermochte. Doch seine Handlungen waren sicher und voller Selbstvertrauen, und seine Schnelligkeit strafte seine Massigkeit Lügen. Chareos war der Wolf, hager und schlau, der stets nach hinten sicherte, stes nachdachte, stets auf der Hut war. Harokas war der Leopard, geschmeidig und wild.

Und Kiall?

Er war der stärkste von allen, mit genügend Selbstvertrauen, um sanft zu sein, genügend Bescheidenheit, um weise zu sein. Er besaß die Stärke, die aus Liebe geboren war, während die anderen ihre Festungen auf einem Fundament aus Gewalt errichtet hatten.

Und welches Tier entspricht Kialls Charakter? überlegte sie. Sie lehnte sich zurück und schloß die Augen, um ihre Gedanken entspannt in Erinnerungen suchen zu lassen. Sie war wieder in dem kalten Palast in Ulrickham. Jungir spielte mit geschnitzten Soldaten und stellte sie in Schlachtformation auf, während sie auf einem Bärenfell hockte und sich an Nameas schmiegte, den riesigen Jagdhund. Er war ein Geschenk des Regenten von Gothir an Tanaka gewesen, und der Hund begleitete den Khan auf jeder Jagd. Nameas war ein Killer im Krieg; seine furchtbaren Kiefer mahlten und rissen. Doch im Palast war er sanft und liebevoll und wandte hin und wieder den großen Kopf, um das kleine Kind zu lecken, das sich neben ihm zusammengerollt hatte.
Ja, das war Kiall. Der Kriegshund.

Oft lächelte Tanaki und winkte Kiall zu sich, und dann saßen sie bis spät in den Abend zusammen und unterhielten sich. Sie streckte die Hand aus, und Kiall ergriff sie, und sie saßen unter den Sternen.

Eines Abends, in der dritten Woche ihrer Reise, saß Tanaki allein da, als ein Schatten auf sie fiel. Sie dachte, es wäre Kiall, und blickte lächelnd auf.

»Darf ich mich zu dir setzen, Prinzessin?« fragte Harokas und ließ sich neben ihr nieder.

Sie schluckte, behielt jedoch ihr Lächeln bei. »Ich hätte nicht erwartet, daß du dich dieser Suche anschließt«, sagte sie. »Ich habe dich immer für einen Mann gehalten, der sich nur um sich selbst kümmert.«

»Wie immer hast du recht, Tanaki«, erwiderte er. »Die Suche bedeutet mir nichts.«

»Warum bist du dann bei uns?«

»Das ist doch offensichtlich«, meinte er, streckte die Hand aus und berührte ihren Arm. Sie wich instinktiv zurück, und sein Gesicht verdüsterte sich.

»In der Siedlung warst du nicht so prüde, wenn ich mich recht erinnere. Wie oft hast du mich an kalten Winterabenden in dein Bett eingeladen.«

»Das war damals«, sagte sie, den Rücken steif an den Baum gepreßt.

»Und was hat sich verändert? Wir waren gut zusammen, Tanaki. Du warst die beste, die ich jemals im Bett hatte. Und habe ich dich nicht befriedigt?«

»Doch. Du bist ein selbstloser Liebhaber, Harokas. Aber ich habe mich verändert.«

Er lachte und schüttelte den Kopf. »Verändert? Nein, du nicht. Du bist eine geile Hure, und in jedem zivilisierten Land wärst du die Kurtisane des Königs. Nein, mach dir nichts vor. Du wirst dich nie ändern.« Er lehnte sich ein wenig zurück; der Blick aus seinen dunklen Augen glitt prüfend über ihr Gesicht. »Zuerst dachte ich, es läge an den Vergewaltigungen. Aber das ist es nicht, oder? Es ist der Bauernjunge. Tanaki, die Schwertkämpferin, verguckt sich in eine Jungfrau!« Er kicherte. »Mit dieser Geschichte läßt sich ein langweiliger Abend aufheitern.«

»Sei auf der Hut, Harokas«, warnte sie ihn. »Ich bin nicht gerade für meine Geduld berühmt! Laß mich in Ruhe.«

Er schüttelte den Kopf, sein Gesicht wurde wieder ernst. »Das könnte ich nie, Prinzessin. Du steckst mir im Blut. Ich will dich mehr als alles, was ich je gewollt habe.«

Einen Augenblick sagte sie nichts; dann stand sie auf. »Was zwischen uns gewesen ist, war gut. Es war mehr als gut. Aber es ist Vergangenheit. Es gibt nichts mehr darüber zu sagen.«

Harokas erhob sich und verbeugte sich übertrieben. »Ich glaube, du irrst, Tanaki. Aber ich will mich dir nicht aufdrängen. Ich werde hier sein, wenn du wieder bei Sinnen bist. Der Bauernjunge ist nichts für dich, kann es niemals sein. Was weiß er schon? Ich habe euch Händchen halten gesehen. Süß! Aber nimm ihn mit in dein Bett, und er wird dich nehmen wie der Bauer, der er nun einmal ist. Und ohne seine Unschuld? Was ist er dann? Nur noch ein Bauer! Du weißt doch, warum er so anziehend auf dich wirkt, nicht wahr? Er ist seit Anbeginn der Zeiten dasselbe – die Verlockung der Jungfräulichkeit! Das verschafft einem Erregung. Du wirst die erste für ihn und damit unvergeßlich. Aber was dann? Nein, Tanaki, es ist noch nicht alles gesagt. Gute Nacht.«

Chien-tsu beobachtete, wie die kleine Gruppe ihre Pferde über den Paß lenkte. Er bemerkte, daß der führende Reiter oft anhielt, um auszuspähen, nach links und rechts, vorn und hinten. Offensichtlich ein vorsichtiger Mann. Chien nickte beifällig. Er stand auf, winkte Oshie zu sich und ging den Reitern entgegen. Ein riesiger Mann auf einem Wallach mit durchgesessenem Rücken hielt mit beiden Händen eine doppelköpfige Axt und glitt aus dem Sattel, doch Chien beachtete ihn nicht. Er trat vor den Anführer hin und machte eine Verbeugung, die eine Spur tiefer als erforderlich war.

»Du mußt Chareos sein, der Schwertmeister«, sagte Chien und blickte dem Mann in die dunklen Augen.

»Und du bist aus Kiatze«, antwortete Chareos und glitt aus dem Sattel, so daß er vor dem kleinen Krieger stand.

Chien war einerseits zufrieden, andererseits verärgert. Es war gut, als überlegenes menschliches Wesen erkannt zu werden, doch der Mann hatte seine Verbeugung nicht erwidert, und das zeugte von schlechter Erziehung. »Ja, mein Name ist Chien-tsu. Ich bin der Botschafter vom Hofe Kiatzes. Der Schamane, Asta Khan, bat mich, euch zu ihm zu führen.«

»Mir gefällt sein Aussehen nicht, Schwertmeister«, sagte Beltzer und stellte sich neben Chareos.

»Und ich bin nicht übermäßig von dir beeindruckt«, bemerkte Chien, »außer von dem Gestank, und der ist wahrlich furchteinflößend.«

»Für einen so kleinen Mann hast du ein großes Mundwerk«, zischte Beltzer.

»Besser das als ein Riese mit einem Gehirn von Erbsengröße«, erwiderte Chien, trat einen Schritt zurück und nahm die Haltung für einen Faustkampf ein.

»Sei still, Beltzer«, sagte Chareos. »Wir haben Feinde genug. Wir brauchen keine weiteren.« Er wandte sich an Chien und verbeugte sich tief. »Es ist mir ein Vergnügen, dich kennenzulernen, Botschafter. Ich hoffe, du verzeihst die Worte meines Gefährten. Wir sind seit Wochen im Sattel und haben wenig gegessen, und . . . wir haben drei unserer Kameraden verloren. Es mangelt uns an Priviant, Kraft und Höflichkeit.«

Chien nickte. »Eine vollendete Entschuldigung, Herr. Bitte, folgt mir. In der Höhle gibt es Wildbret und ein warmes Feuer.«

Chien machte auf dem Absatz kehrt und marschierte davon, gefolgt von Oshi. Beltzer grinste. »Schneidiger kleiner Kampfhahn, was? Auch wenn ich ihn nicht leiden kann – ich werde ihn in Ruhe lassen.«

»Das ist auch besser so«, sagte Chareos leise. »Hättest du ihn angegriffen, hätte er dich getötet.« Ohne ein weiteres Wort stieg Chareos in den Sattel und trieb sein Pferd an.

In der Höhle verschlungen die Suchenden das Wildbret mit atemberaubender Geschwindigkeit. Chien schüttelte den Kopf. Aber sie waren schließlich Barbaren. Was konnte man anderes von ihnen erwarten?

»Wo ist Asta Khan?« fragte Chareos und wischte sich die fettigen Finger an seinem Hend ab.

»Schläft«, antwortete Chien. »Er wird sich heute abend zu uns gesellen. Würdest du mir nun deine Gefährten vorstellen?«

»Selbstverständlich. Das ist Beltzer.« Der Riese grinste und streckte eine Hand aus. Chien betrachtete sie mit leichtem Abscheu. Sie machte den ästhetischen Eindruck einer Schaufel: Die Finger waren dick und kurz und schmutzverkrustet, und die Haut zweigte Fettflecken. Chien seufzte und drückte die Hand des Riesen. Harokas nickte nur, wie auch Tanaki, doch Kiall bot Chien seine Hand. Die war wenigstens sauber.

»Wie kommt es vor, daß ein Botschafter aus dem Osten als Nadir verkleidet ist?« fragte Chareos.

Chien erzählte ihm von den Brautgeschenken und dem Angriff auf seine Gruppe. »Leider gehört Verrat zur Lebensweise der Nadir«, sagte er.

»Nicht nur der Nadir«, warf Tanaki errötend ein. »Auch die Gothir haben eine lange Geschichte voller Verrat und gebrochener Versprechen.«

»Es tut mir leid, Prinzessin«, sagte Chareos. »Du hast natürlich recht. Es war eine unhöfliche Bemerkung. Aber sag mir, Botschafter, wie sehen deine Pläne aus? Warum hast du nicht versucht, einen Hafen und ein Schiff in die Heimat zu erreichen?«

»Alles zu seiner Zeit, Chareos«, antwortete der Krieger. »Für den Augenblick habe ich Asta Khan meine Hilfe angeboten, und er ist bereit, euch zu helfen. Das macht uns, glaube ich, zu Gefährten.«

»Du bist herzlich willkommen, mit uns zu reisen. Aber ich würde doch gern deinen Beweggrund erfahren. Es gefällt mir nicht besonders, einen Gefährten zu haben, dessen Pläne ein Geheimnis sind.«

»Das kann ich verstehen. Aber ich werde deiner Führung folgen, sogar deinen Anweisungen als Führer der Gruppe. Mehr brauchst du nicht zu wissen. Wenn meine Pläne mehr Stein als Rauch geworden sind, werde ich dich informieren – und dann werden wir uns trennen.«

Chien zog sich in den hinteren Teil der Höhle zurück und ließ sich an einem zweiten Feuer nieder, daß Oshi für ihn entzündet hatte. Er fühlte sich jetzt entspannter. Chareos war beinahe zivilisiert zu nennen, und er war ein Mann, der seinen Verstand benutzen konnte. Beltzer war offensichtlich kein großer Denker, doch er schwang die riesige Axt, als besäße sie überhaupt kein Gewicht. Die Frau war ungewöhnlich – ein wunderschönes Gesicht, aber ein Körper, der für Chiens Geschmack zu sehnig und zu knabenhaft war. Doch ihre Augen strahlten Stärke und Zielstrebigkeit aus. Chien konnte keine schwache Stelle in der Gruppe finden, und das freute ihn.

Er legte sich zum Schlafen nieder.

Chareos ging zum Eingang der Höhle und blickte zu den Sternen auf. Es waren nur wenige Wolken zu sehen, und das Himmelsgewölbe wirkte gewaltig, atemberaubend in seiner Größe.

»Willkommen an meinem Feuer«, sagte eine zischende Stimme, und Chareos spürte, wie sich die Haare in seinem Nacken aufrichteten. Er drehte sich langsam um. In den Schatten kauerte ein alter Mann, der ein dünnes Lendentuch aus Haut und eine Halskette aus Menschenzähnen trug.

»Danke, Asta Khan«, antwortete Chareos und setzte sich dem alten Mann gegenüber. »Ich freue mich, dich wohlauf zu sehen.«

»Deine Hilfe war entscheidend. Ich werde es nicht vergessen.«

»Okas ist tot«, sagte Chareos.

»Ich weiß. Mich zu schützen war eine große Anstrengung für ihn, und er hatte nur noch wenig Kraft. Jetzt werde ich euch helfen. Ich kenne einen Weg in die Stadt – mitten in den Palast. Dort könnt ihr die Frau retten.«

»Warum tust du das, Schamane? Und erzähl mir nichts von einer Schuld, die du begleichen mußt: Das ist nicht die Art der Nadir. Was hoffst du zu gewinnen?«

»Was spielt das für eine Rolle?« fragte Asta. Sein Gesicht war eine Maske, die Augen kalt und undurchsichtig.

»Es gefällt mir nicht, das Spiel eines anderen zu spielen.«

»Dann laß mich dies sagen – ich habe kein Interesse an der Frau. Ihr könnt sie haben. Nur darauf kommt es euch doch an, oder? Oder wollt ihr etwas anderes?«

»Nein«, antwortete Chareos, »aber jetzt habe ich zwei Männer, die jeder ihr eigenes Geheimnis wahren.«

Asta kicherte, und das Geräusch ließ Chareos erschauern. »Der Kiatze? Er will nur Jungir Khan töten. Nichts weiter. Wenn die Zeit gekommen ist, wird er euch verlassen. Jetzt hast du nur noch einen Mann, der dir Sorgen bereitet.«

Chareos fühlte sich unbehaglich. Er mochte Asta Khan nicht und wußte, es gab noch mehr zu sagen. Doch er konnte die Worte nicht finden. Der alte Mann beobachtete ihn mit stechendem Blick. Chareos hatte das Gefühl, als würden seine Gedanken gelesen.

»Ihr müßt euch heute nacht ausruhen«, sagte Asta. »Morgen werden wir über den Pfad der Seelen wandern. Es wird keine leichte Reise. Aber mit Glück und Mut werden wir es schaffen.«

»Ich habe von diesem Pfad gehört«, wisperte Chareos. »Er liegt zwischen den Welten, und es heißt, er wird von bösen Wesen bewohnt. Warum müssen wir diesen Pfad gehen?«

»Weil General Tsudai auf dem Weg zu uns ist, noch während wir hier reden. Er wird bei Tagesanbruch in den Bergen sein. Aber vielleicht zieht ihr es vor, gegen dreihundert Mann zu kämpfen . . .«

»Drei von uns sind bereits tot. Ich möchte nicht noch mehr sterben sehen.«

»Traurigerweise, Chareos, ist dies aber das Schicksal der *Geister-die-noch-kommen-werden.*«

13

Beltzer konnte nicht schlafen. Er lag im flackernden Fackelschein und schloß die Augen, doch alles, was er sah, waren die Gesichter von Finn, Maggrig und Okas. Er drehte sich auf die Seite und schlug die Augen auf. Seine Axt neben ihm an der Höhlenwand, und er betrachtete sein Spiegelbild in den breiten Klingen.

Du siehst aus wie dein Vater, sagte er zu sich, in Erinnerung an den grimmigen Bauern und seinen unaufhörlichen, unerbittlichen Kampf gegen die Armut. Aufstehen eine Stunde vor Sonnenaufgang, um Mitternacht ins Bett, tagaus, tagein, gefangen in einer Schlacht, in der er nie zu siegen hoffen konnte. Das Ackerland war steinig, nahezu unfruchtbar, doch irgendwie hatte sein Vater gegen diese lebensfeindliche Umgebung angekämpft und ihr genug abgetrotzt, um Beltzer und seine fünf Brüder zu ernähren. Als Beltzer vierzehn war, hatten drei seiner Brüder bereits den Hof verlassen, waren davongelaufen auf der Suche nach einem leichteren Leben in der Stadt. Die beiden anderen waren, wie auch die Mutter, an der Roten Pest gestorben. Beltzer blieb, arbeitete an der Seite des verbitterten alten Mannes, bis sein Vater sich schließlich, beim Führen der Ackerpferde, an die Brust gegriffen hatte und zusammengesackt war. Beltzer hatte im Hochwald Bäume gefällt und sah ihn stürzen. Er hatte seine Axt fallen gelassen und war zu ihm geeilt, doch als er zum Vater gelangte, war der alte Mann bereits tot.

Beltzer konnte sich an kein einziges freundliches Wort von seinem Vater erinnern, und er hatte ihn nur einmal lächeln gesehen, als er an einem Winterabend betrunken gewesen war.

Er hatte ihn in der dünnen Scholle begraben und den Hof verlassen, ohne einen Blick zurückzuwerfen.

Von seine Brüdern hörte er nichts mehr. Es war, als hätte es sie nie gegeben.

Seine Mutter war eine stille Frau gewesen, zäh und kräftig. Auch sie hatte selten gelächelt. Doch wenn Beltzer an ihr Leben zurückdachte, erkannte er, daß sie auch wenig Grund zum Lächeln gehabt hatte. Er war an ihrer Seite gewesen, als sie starb. Im Tod hatte ihr Gesicht den ständig erschöpften Ausdruck verloren; sie war beinahe schön gewesen.

Beltzer setzte sich mit einem Gefühl der Melancholie auf. Er blickte sich um und sah, daß Chareos neben dem erlöschenden Feuer schlief. Er stand auf und nahm seine Axt. Er wollte die Sterne sehen, den Nachtwind auf seinem Gesicht spüren.

Er vermißte Finn. In jener Nacht auf dem Torturm, als die Nadir den Bogenschützen von der Mauer zerrten, war Beltzer zwischen sie gesprungen und hatte tödliche Hiebe ausgeteilt. Er war erstaunt, Chareos und Maggrig an seiner Seite zu finden. Er hatte sich gebückt, Finn auf seinen Rücken gehoben und war zum Tor zurückgerannt.

Später, als Finn das Bewußtsein wiedererlangte und man seine klaffende Stirnwunde verbunden hatte, war Beltzer zu ihm gegangen.

»Wie fühlst du dich?« hatte er gefragt.

»Ich würde mich um einiges besser fühlen, wenn du meinen Kopf nicht gegen den Türpfosten gerammt hättest«, brummte Finn.

Bei allen Göttern im Himmel, war das eine Zeit zum Leben gewesen!

Beltzer spürte den Wind im Gesicht und schlenderte in den letzten Tunnel.

Und blieb wie angewurzelt stehen ...

Vor ihm waren Scharen von Nadirkriegern, die durch den Eingang schlichen. Sie hatten ihn nicht gesehen, und er huschte rasch zurück in die Schatten.

Er dachte an seine Freunde, die nur dreißig Schritt entfernt friedlich schliefen. Die Nadir würden in wenigen Sekunden bei ihnen sein.

Aber wenn er blieb, wo er war, konnte er sich vielleicht retten. Er konnte leben. Er besaß das Gold, das er in der Nähe von Finns Hütte vergraben hatte. Es würde für Jahre reichen.

Gerechter Himmel, ich will nicht sterben!

Er stellte sich den Nadir in den Weg. Das Licht der Fackeln glänzte auf seinem rotsilbernen Bart, und seine Axt schimmerte blutrot.

»Nadir!« brüllte er, und der Schrei hallte durch die Tunnel. Sie zogen ihre Schwerter und griffen an. Beltzer war noch nie für Abwarten gewesen, und so hob er die Axt, stieß einen Kriegsruf aus und stürmte ihnen entgegen. Die Klingen sausten nieder. Krieger schrien vor Schmerz, als der Riese sie in dem schmalen Tunnel niedermähte. Schwerter drangen in sein Fleisch, doch er spürte es nicht einmal. Ein Mann baute sich vor ihm auf, und Beltzer stieß mit der Axt zu, so daß die Spitzen der Schmetterlingsklinge seine Brust aufspießten. Der Nadir fiel nach hinten. Beltzer taumelte, blieb jedoch auf den Beinen.

»Nun, Jungs«, sagte er. »Wollt ihr auf meinen Berg? Wollt ihr den Himmel sehen?«

Ein Krieger zog seinen Bogen und schoß einen Pfeil ab. Beltzer riß die Axt hoch, und der Pfeil glitt von den Klingen ab und ritzte die Haut an seiner Schläfe. Wieder griffen die Nadir an, doch in dem engen Tunnel konnten sie immer nur zu dritt nebeneinander kämpfen. Vier weitere Nadir starben; dann noch einmal drei, ehe sie zurückwichen.

Hinten in der Höhle hatte Chareos sein Schwert gepackt und rannte in Richtung der Tunnel; Harokas und die anderen folgten ihm. Asta Khan trat Chareos in den Weg. »Ihr könnt nichts tun!« zischte der alte Mann.

»Er ist mein Freund«, protestierte Chareos und wollte den Schamanen beiseiteschieben.

»Ich weiß!« flüsterte Asta. »Deswegen stirbt er für euch, um euch eine Chance zu geben. Laßt ihn jetzt nicht im Stich. Es würde ihn zerbrechen, wenn auch ihr sterben würdet. Kannst du das nicht verstehen?«

Chareos stöhnte. Er wußte, daß Asta Khan recht hatte, doch der Schmerz dieser Erkenntnis war kaum zu ertragen.

»Folgt mir!« sagte Asta und verschwand in der Dunkelheit. Er führte die Suchenden zu einer zweiten Kammer, kleiner als die erste. Dort kniete er nieder und hob die Hände, so daß die Handflächen nach außen zeigten. Kein Wort wurde gesprochen, doch in der Kammer wurde es kalt und kälter. Tanaki schauderte und lehnte sich dicht an Kiall, der ihr seinen Mantel um die Schultern legte. Eine tiefe Dunkelheit formte sich vor dem alten Mann, und er stand auf. »Folgt mir«, befahl er. Er trat durch das schwarze Tor.

Und verschwand . . .

Für einen Augenblick blieben die Suchenden wie angewurzelt stehen; dann folgte Harokas dem alten Mann – gefolgt von Chien und dem zitternden Oshi.

»Jetzt du«, sagte Chareos zu Kiall.

Der jüngere Mann blickte Chareos an und las in dessen Augen, was er vorhatte.

»Nein, Chareos. Wir gehen zusammen hindurch – oder zusammen zurück.«

»Ich will nicht, daß du stirbst, Junge.«

»Und ich will nicht, daß du stirbst. Aber der Schamane hat recht. Beltzer würde dich nicht dabeihaben wollen. Dies ist sein Sieg – daß wir entkommen.«

Tränen brannten Chareos in den Augen, als er durch das Tor sprang. Tanaki und Kiall folgten ihm.

Die Dunkelheit schloß sich um sie.

Im Tunnel merkte Beltzer, daß ihn allmählich die Kräfte verließen. Ein Dolch ragte aus seinem Bauch, und Blut rann aus einer schrecklichen Wunde an seinem linken Oberarm. Der Arm hing schlaff an seiner Seite, und Beltzer wußte, daß der Knochen zerschmettert war. Doch er schwang die Axt noch immer in der rechten Hand und bot den Kriegern vor sich Trotz. Der Tunnelboden war glitschig von Blut, und das Stöhnen der Sterbenden hallte von den Wänden wider. Erneut griffen sie an und zwangen Beltzer zurückzuweichen. Ein Schwert fuhr in seine Seite und brach ihm die Rippen. Seine Axt hämmerte einen Krieger von den Füßen. Klingen zuckten ihm entgegen, durchbohrten ihn. Er brüllte den Feind an und stürzte auf die Knie. Sie schwärmten über ihn, doch er schoß in die Höhe und schleuderte die Gegner von sich. Blut quoll aus seiner Kehle und seiner Brust; ein Auge war geschlossen und blutete.

Die Nadir zogen sich wieder zurück – aber nicht aus Furcht.

Der Riese starb. Jetzt mußte kein Krieger mehr sein Leben lassen, um den Weg freizumachen. Sie blieben stehen und starrten den Axtschwinger an. In ihren dunklen Augen spiegelte sich Haß und Achtung zugleich.

»Habt wohl genug, was?« krächzte Beltzer und spuckte Blut. »Ihr wollt wohl nicht auf den Berg vom alten Beltzer, was? Kommt schon! Wovor habt ihr Angst? Es ist doch nur ... der Tod.«

Er blickte zu den Männern auf und merkte erst jetzt, daß er auf den Knien lag. Die Axt war ihm aus den Händen gefallen. Er versuchte, sie zu erreichen, aber der Boden kam ihm entgegen, und er blieb ein, zwei Sekunden still liegen und versuchte, seine Kräfte zu sammeln. Dann streckte sein Arm sich nach der Axt. Sie war zu weit weg.

Aber es bedeutete so viel. Ein Nadirkrieger kniete neben ihm nieder, nahm die Axt und drückte sie Beltzer in die Hand.

Beltzer sah zu ihm auf.

»Haltet auf dem Berg nach mir Ausschau«, sagte er.

Der Mann nickte. Der letzte Atemzug entwich rasselnd Beltzers Kehle, und die Nadir standen auf und liefen den Tunnel hinunter. Sie ließen Beltzer zurück – zusammen mit den achtzehn Männern, die er getötet hatte.

Der Schock des Jenseits ließ Kiall einen Schrei ausstoßen. Es war, als hätte man ihm schwarze Tinte in die Augen gegossen, die seinen Schädel durchdrang und sein Hirn und seine Seele mit einem dunklen, finsteren Tuch verhing. Der Panik nahe spürte er, wie Tanakis Hand die seine umschloß, warm und lebendig.

Dann wuchs ein goldenes Licht, das sanft von Asta Khans Händen ausstrahlte, und Kiall sah, daß sie auf einem schmalen Pfad aus glänzendem Silber standen. Das Licht reichte nicht mehr in die Schwärze, die sie umgab, und Kiall erschien es, als wären sie in einer runden Höhle, deren Wände sich mit dem Gewicht von Welten gegen sie preßten.

»Weicht nicht vom Pfad ab«, flüsterte Asta. »Dies ist der Ort des vollkommenen Bösen. Wer abweicht . . . stirbt! Ohne Rettung. Der einzige sichere Weg ist der Silberne Pfad. Folgt mir.«

Asta ging vorsichtig weiter, gefolgt von Chien und Oshi; hinter ihnen kamen Harokas, Chareos, Kiall und Tanaki.

Zuerst verlief der Weg ereignislos, doch schon bald wuchs aus der Dunkelheit ein zischendes Wispern, das sie umgab, und Hunderte von schimmernden Augen blitzten von allen Seiten. Der Pfad war zu schmal, als daß Kiall weiter Tanakis Hand halten konnte, doch er schaute immer wieder über die Schulter, um ihr Gesicht zu sehen, und gewann Kraft aus ihrer Anwesenheit.

Rechts vom Pfad erschienen weiße Wölfe und starrten die Reisenden an. Es waren ungeheure Tiere, groß wie Ponys.

Plötzlich heulten die Wesen auf und warfen sich Kiall entgegen. Kiall wollte ihnen ausweichen, doch Tanaki packte ihn an der Weste. »Bleib auf dem Pfad«, zischte sie. Die Tiere kamen näher – hielten jedoch mit gebleckten Zähnen wenige Zentimeter vor dem Silbernen Pfad.

Die Gruppe ging weiter durch die endlose Dunkelheit. Ganz in der Nähe ertönte ein Schrei, gefolgt von Gelächter, irr und schrill.

Aber sie sahen nichts. Über ihnen raschelten Flügel, doch als Kiall nach oben blickte, sah er nur Dunkelheit.

Dann eine Zeitlang Stille.

Chareos ging weiter, blind gegenüber seiner Umgebung. Beltzer war tot. Maggrig und Finn erschlagen. Seine Gedanken schraken vor den Tragödien zurück, suchten Trost in Erinnerung an bessere Zeiten, während er Harokas blind folgte, ohne zu denken.

Links vom Pfad ertönte eine Stimme. »Chareos, hilf mir.« Der Schwertmeister warf einen Blick nach links, wo Beltzer auf sie zutaumelte, verwundet, doch am Leben. Als Chareos vom Pfad trat, zog sich die Haut von Beltzers Gestalt, und eine schuppige Kreatur sprang dem Schwertkämpfer entgegen.

Chareos rührte sich nicht.

Kiall stürmte zu ihm, legte ihm einen Arm um die Taille und riß ihn von den Beinen. Doch das Schuppenwesen bewegte sich entsetzlich schnell. Er drehte sich, so daß es vor den Männern aufragte. Die kleine Gestalt Chien-tsus sprang über die gestürzten Gefährten hinweg, und sein Silberschwert fuhr dem Wesen in den Hals. Harokas und Tanaki zerrten Chareos zurück auf den Pfad. Kiall kroch hinter ihnen her, als Chien langsam zu den anderen zurückkam.

Asta starrte auf Chareos nieder und schüttelte den Kopf. Diese Narren lernen es nie, dachte er. Ihre Urteilskraft und ihr Verstand waren auf Gefühlen erbaut: Liebe, Ehre, Pflicht, Freundschaft. Auch die Nadir hatten Verständnis für den Wert dieser Tugenden, doch sie betrachteten sie anders. Statt der Liebe zu einem einzelnen besaßen sie die Liebe zu ihrem Stamm. Ehre und Pflicht waren keine bloßen Begriffe, sondern Wirklichkeiten, die man sich durch den Dienst am erwählten Führer verdiente. Selbst Freundschaft, geschmiedet im Krieg, galt nichts: Auf ein Wort des Khans hin würde ein Freund dem anderen den Kopf abschlagen. Er würde es zwar bedauern, aber keinen Moment zögern. Kein Nadirkrieger wäre hier vom Silberpfad abgewichen. Asta ging weiter.

Die Dunkelheit schloß sich wieder um die Gefährten. Plötzlich erklang Astas Stimme. »Steht ganz still und wartet, bis ihr wieder das Licht seht. Dann müßt ihr schnell gehen, denn ich kann das Tor nicht lange offenhalten.«

Danach war Schweigen, nur unterbrochen von den raschelnden Flügeln über ihnen und dem verstohlenen Tappen von Klauen auf dem felsigen Grund neben dem Pfad. Ein schwacher Strahl grauen Lichts erhellte die Szene, streckte sich, verbreiterte sich.

»Jetzt!« rief Asta, und der kleine Schamane rannte durch die Öffnung. Chien, Oshi und Harokas setzten ihm nach. Chareos stolperte hindurch, gefolgt von Kiall. Tanaki rannte los, doch ihr Fuß glitt vom Pfad ab, und sofort packte eine haarige Hand ihren Knöchel und brachte sie zu Fall. Sie rollte sich herum, zog ihr Schwert und hieb auf die Hand ein. Sie glitt davon, doch Tanaki sah, wie die Riesenwölfe zum Sprung auf sie ansetzten. Sie zog die Knie an und schnellte sich durch das schrumpfende Tor.

Sie prallte hart auf, rollte sich ab und kam auf die Knie. Das Tor war verschwunden, und sie kniete auf einem Sims hoch über der Stadt Ulrickham.

Kiall half ihr auf die Füße. »Ich möchte diesen Pfad nicht noch einmal gehen müssen«, sagte er. Tanaki nickte nur; sie brachte kein Wort hervor. Chareos saß für sich und starrte zu Boden. Er sah älter und erschöpfter aus, als Kiall ihn je gesehen hatte.

Er ging zu ihm. »Beltzer war ein starker Mann, Chareos. Ein guter Freund«, sagte er.

»Er war ein Narr. Wir alle sind Narren«, flüsterte Chareos. »Aber ich spiele das Spiel bis zum Ende.« Er warf einen Blick auf die Stadt. »Was meinst du, Kiall? Sollen wir sie umzingeln und die Freilassung Ravennas verlangen?«

»Was immer du sagst, Chareos.«

Chareos stand auf und streckte sich. Er lächelte und schlug Kiall auf die Schulter. »Das Leben geht weiter, mein Junge. Mach dir nicht zu große Sorgen um mich.«

Asta Khan kam zu ihnen und kauerte sich vor Chareos hin. »Hier, unter Ulrickham, fließt ein unterirdischer Fluß. Der große Tenaka kannte ihn, und er hat die Abwasserkanäle der Stadt mit diesem Fluß verbunden. Er ließ auch die Seitentunnel so verstärken, daß sie Fluchtwege bieten, falls die Stadt einmal belagert wird.«

»Wird der Tunnel bewacht?« fragte Kiall.

»Nicht von Menschen. Es wäre kein besonderes Geheimnis mehr, wenn alle Soldaten in Ulrickham davon wüßten. Nein, die Gefangenen, die an der Verstärkung der Tunnel arbeiteten, wurden getötet.«

»Aber von irgend etwas werden sie bewacht«, sagte Chareos. Asta blickte auf; seine dunklen Augen waren verschleiert.

»Ja, Schwertmeister. Von irgend etwas. Ich habe mit dem Blut der Getöteten einen finsteren Bann gewebt und den Tunnel mit der Leere verschmolzen.«

»Der Leere?« fragte Kiall, der zu ihnen trat.

»Du bist soeben hindurchgegangen«, antwortete Asta. »Nur gibt es unter Ulrickham keinen Silberpfad.«

»Wir müssen wieder da durch? Das kann ich nicht!« sagte Tanaki.

»Du kannst!« zischte Asta. »Es ist nicht weit – nur zwanzig Schritte. Ich werde euch führen.«

»Und wenn wir hindurch sind?« fragte Chareos. »Wie kommen wir zu Ravenna?«

Tanaki trat vor. »Du überhaupt nicht, Chareos. Asta weiß das. Kein Mann kann den Palast der Frauen betreten – aber ich.«

»Nein«, protestierte Kiall. »Nein, das lasse ich nicht zu. Es ist zu . . .«

Tanaki kicherte. »Jetzt sag nicht *zu gefährlich*, Kiall. Es ist unsere einzige Hoffnung.«

»Sie hat recht«, sagte Asta, dessen Augen jetzt funkelten. »Sie ist wahrlich vom Blute des Großen Tenaka.« Chien-tsu und Harokas kamen, um zuzuhören, als Tanaki ihren Plan entwickelte.

»Die Frage ist, wann«, meinte Chareos.

»Die Zeit ist jetzt gekommen«, erklärte Asta. »Die Reise durch die Leere hat viele Wochen gedauert, obwohl es für uns nur Stunden waren. Ravenna hat nur noch wenige Tage bis zur Geburt.«

»Sollten wir nicht bis nach der Geburt warten?« fragte Harokas.

»Nein!« widersprach Asta. »Jungir wird die Königin und den Erben im ganzen Königreich herumzeigen. Sie werden von Kriegern umgeben sein, und dann gibt es keine Möglichkeit mehr, sich ihnen zu nähern. Nein, es muß jetzt sein. Heute abend.«

Chien sagte nichts, doch seine Augen waren fest auf das Gesicht des Schamanen gerichtet. Dort stand viel zu lesen, was nicht ausgesprochen worden war. Chien mochte Asta Khan nicht, und die Suche bedeutete den Kiatze nichts. Er würde den Suchenden helfen und dann seinen Lohn fordern. Er stand auf und ging zurück zu Oshi. Das Gesicht des alten Mannes war grau, seine Augen weit aufgerissen und starr. Der Marsch durch die Leere hatte ihn entsetzt.

»Schlaf ein Weilchen, Oshi«, sagte Chien, doch der alte Mann schüttelte den Kopf.

»Ich würde von diesem Ort träumen und nie mehr erwachen.«

Chien nickte und zog ein scharfes Messer aus der Scheide in seinem Ärmel. »Dann sei so gut und mach dich nützlich. Rasiere mich.«

Der kleine Diener lächelte. »Ja, Herr.«

Die Sonne versank hinter dem fernen, nebelverhangenen Horizont, und Chareos blickte auf die unter ihm liegende Stadt, in der die ersten Abendlaternen angezündet worden waren. Er dachte an die Kindheit und an den Traum von Attalis, daß Chareos eines Tages ins Land der Drenai zurückkehren und die verborgene Bronzerüstung finden würde.

»Du wirst ein großer Führer sein, mein Junge. Ich weiß es. Ich kann es in dir sehen.«

Wie wenig du mich gekannt hast, dachte Chareos. Du hast mich durch die Augen der Hoffnung gesehen. Ein großer Führer? Ich habe meine besten Freunde auf eine Suche nach dem Tod mitgenommen und sie fern von zu Hause zurückgelassen, einsam, verloren, ohne Grab.

Und was haben wir erreicht? überlegte er. Wie hat sich die Welt durch den Tod der Freunde verändert?

»Es ist noch nicht vorbei«, flüsterte eine Stimme in seinen Gedanken.

»Okas?« fragte er laut. Doch er bekam keine Antwort und fragte sich, ob er sich die Stimme des alten Mannes im Wispern des Abendwindes nur eingebildet hatte. Er schauderte.

Beltzer hatte sie alle gerettet, als er allein in der Dunkelheit des Berges stand. Chareos lächelte, und eine Last fiel von ihm ab. Er schaute zum Himmel hinauf. »Du warst ein streitsüchtiger, stinkender, boshafter Hurensohn, Beltzer. Aber du hast niemals einen Freund im Stich gelassen. Möge die QUELLE dich zu sich nehmen. Möge dein Krug in der Halle der Helden niemals leer werden.«

Er drehte sich um und sah Harokas dicht hinter sich, halb verborgen in den Schatten. Der Meuchelmörder trat einen Schritt vor.

»Es tut mir leid, Chareos. Ich wollte deinen Abschiedsworten nicht lauschen.«

Der Schwertkämpfer zuckte die Achseln. »Es spielt keine Rolle. Was willst du?«

»Hast du vor, in die Stadt zu gehen?«

»Ja.«

Harokas nickte. »Mir scheint, wir bekommen ein ernstes Problem, falls wir Erfolg haben. Wir haben keine Pferde. Selbst wenn du die Frau herausschaffst – wie kommen wir hier weg?«

»Der Zauberer wird sich schon etwas ausdenken«, sagte Chareos unbehaglich.

»Ja, da bin ich sicher«, antwortete Harokas und senkte die Stimme, »aber er spielt sein eigenes Spiel – und ich mag nicht daran denken, was es sein könnte. Aber jedesmal, wenn ich von Nadirschamanen höre, hat es mit Tod und Menschenopfern zu tun. Will er deswegen die Frau? Was meinst du?«

Als Chareos nichts erwiderte, nickte Harokas verständnisvoll. »Ja, ich dachte mir schon, daß du dir Sorgen darüber machst. Hör zu, ich komme nicht mit euch. Ich werde in die Stadt gehen und Ponys kaufen. Man kennt mich hier nicht, und noch liegen wir nicht im Krieg mit den Nadir. Sobald ich die Ponys habe, reite ich nach Süden, schlage einen Bogen und treffe euch hinter dieser Felswand, bei dem Pappelwäldchen.«

Chareos blickte dem Mann tief in die Augen. »Willst du uns verraten, Harokas? Willst du uns für Nadirgold verkaufen?«

Das Gesicht des Meuchelmörders verfinsterte sich, doch er verkniff sich eine zornige Antwort. Statt dessen erwiderte er: »Ich sage das nur für deine Ohren, Schwertmeister: Ich liebe Tanaki. Ich würde für sie sterben. Verstehst du? Euch würde ich ohne zu zögern verkaufen, aber sie nicht. *Niemals.*«

»Ich glaube dir«, sagte Chareos. »Gut, treffen wir uns hinter der Felswand.«

Harokas ging an dem Schwertmeister vorbei und stieg den Hang hinunter. Chareos beobachtete ihn, doch die dunkelgekleidete Gestalt war in den Schatten bald nicht mehr zusehen.

»Es liegt mir fern, die Entscheidung eines Führers zu kritisieren«, sagte Chien-tsu mit einer tiefen Verbeugung, »aber ich glaube nicht, daß man ihm trauen kann.«

»Du bewegst dich lautlos wie ein Schatten, Botschafter.«

»Manchmal ist es besser so. Werden wir ihn wirklich am vereinbarten Ort treffen?«

»Nein. Um dorthin zu gelangen, muß er den Weg nach Süden überqueren. Dort werden wir auf ihn warten.«

»Ausgezeichnet. Es kann sein, Chareos, daß ich euch nicht begleiten werde. Wärst du dann so freundlich, dich um meinen Diener, Oshi, zu kümmern? Bring ihn sicher zu einem Hafen. Ich lasse ihm genügend Geld für seine Rückreise nach Kiatze da.«

»Du hast die Absicht, Jungir Khan zu töten? Allein?«

»Ja. Der Barbar hat die Tochter meines Kaisers schändlich behandelt. Sie hat recht getan, als sie sich das Leben nahm. Jetzt muß ich seins nehmen. Es ist eine Frage von Harmonie und Gleichgewicht.«

»Mir scheint, Botschafter, daß das Leben eines Mannes wie Jungir Khan kein Ausgleich für den Verlust Chien-tsus ist.«

»Ein elegantes Kompliment«, sagte der Kiatze überrascht. Er verbeugte sich tief. »Und doch muß die Tat vollbracht werden. Ich werde mit euch in die Eingeweide der Erde reisen, und ich werde warten, bis die Frau gerettet ist. Danach werde ich den Khan suchen.«

Asta Khan führte die Suchenden zum Rand einer Felsspalte, einem zackigen Riß in der Landschaft. Kiall beugte sich vor und blickte in die tintenschwarze Tiefe hinab.

»Dies ist der Eingang«, erklärte Asta. »Jetzt klettern wir.« Der alte Mann ließ sich geschmeidig in die Hocke fallen und schlitterte über den Rand. Kiall schüttelte den Kopf und schaute Chareos an.

Der Schwertmeister schnallte seinen Schwertgürtel ab und hängte ihn sich über die Schultern, ehe er sich ebenfalls hinhockte und dem Schamanen folgte.

»Warte hier, Oshi«, sagte Chien-tsu. »Falls ich nicht zurückkehre, kümmere dich um den Herrn Chareos. Diene ihm so, wie du mir dienen würdest. Verstehst du?«

»Ja, Herr«, antwortete der alte Diener unglücklich.

Tanaki und Kiall waren die letzten, die mit dem Abstieg in die Finsternis begannen. Hände und Füße fanden guten Halt, und die Kletterei schien weniger gefährlich zu sein, als es zuerst ausgesehen hatte. Asta Khan erreichte den Grund. Er hob die Arme, und ein weiches, gelbes Licht erglühte an den Wänden der Höhle.

»Eine hochschwangere Frau wird diesen Aufstieg nicht schaffen«, sagte Chareos.

»Das braucht sie auch nicht«, erklärte Asta. »Ich habe Vorbereitungen getroffen.« Er ging zur Wand, griff hinter einen vorspringenden Felsen und nahm eine Rolle Hanfseil heraus. »Wenn wir sie haben, klettern wir nach oben und hieven sie hoch.«

Er hängte das Seil über den Felsen und durchquerte die schwach beleuchtete Höhle. Die anderen folgten ihm durch ein Labyrinth von Tunneln, bis sie nach etwa einer halben Stunde einen Punkt erreichten, den das Licht nicht durchdrang.

Asta deutete auf die abschreckende Mauer der Finsternis. »Ihr alle wißt, was hinter diesem Punkt liegt: Es ist die Leere. Ich werde hindurchgehen, mit der Frau Tanaki und dem Krieger Chien-tsu. Du, Chareos, und dein Freund, ihr bleibt hier.«

»Zu welchem Zweck?« fragte Chareos.

»Falls wir verfolgt werden, deckt ihr unseren Rückzug. Die Leere wird zwar viele Verfolger töten, aber einige kommen vielleicht durch. Auch für uns könnten hinter dieser Barriere viele Gefahren lauern. Ihr werdet uns hören und, wenn nötig, zu Hilfe eilen können.«

»Du sagtest, hier gäbe es keinen Silbernen Pfad«, sagte Kiall. »Wie wollt ihr dann sicher hindurchgehen?«

»Ich bin nicht machtlos, Knabe«, fauchte Asta. »Aber alles Leben ist höchst zerbrechlich. Ein Mann kann nicht ohne Gefahr leben, ganz gleich, wie sehr er es sich auch wünschen mag.« Er wandte sich an Chien und Tanaki. »Zieht eure Schwerter und haltet euch bereit, sie zu benutzen.«

Kiall berührte Tanakis Arm. »Sei vorsichtig«, sagte er, wohl wissend, daß seine Worte lächerlich waren, doch er fand keine anderen. Sie lächelte, beugte sich vor und küßte ihn auf die Wange.

»Jetzt stellt euch dicht neben mich«, befahl Asta, »und legt eure Hände auf meine Schultern.« Chien stand links, Tanaki rechts vom Schamanen. Langsam schritten sie in die Dunkelheit.

Sobald sie darin waren, entsprang ein Kreis aus Feuer um sie herum wie eine Mauer. Die Hitze war unglaublich, und die Helligkeit brannte ihnen in den Augen.

»Ich kann dies nur für wenige Augenblicke halten«, sagte Asta. »Seid bereit!« Er begann zu laufen, und die beiden anderen rannten neben ihm her. Der Feuerkreis umschloß sie weiter, wie schnell sie sich auch bewegten.

Von jenseits der Flammen hörten sie das Tappen von Füßen, Klauen, die auf Stein kratzten, und die markerschütternden Schreie von jagenden Untieren. Doch Asta lief weiter, scheinbar ohne zu ermüden.

Die Flammen wurden dünner, und Tanaki konnte allmählich gestaltlose Formen jenseits des Feuers erkennen, die mit ihnen Schritt hielten. Als sie zu Chien-tsu hinübersah, trafen sich ihre Blicke, und Tanaki lächelte gepreßt.

Ein schuppiger Arm schlug in die Flammen. Die Haut verschrumpelte, und ein geisterhafter Schrei erklang.

»Wir haben es fast geschafft!« rief Asta.

Plötzlich flackerten die Flammen auf – und erstarben.

Asta schrie. Ein riesiges Wesen stieß von oben auf sie herab; die ledernen Schwingen warfen den Schamanen um. Tanaki stieß dem Untier ein Schwert in den Leib und zog Asta auf die Füße. Er riß sich aus ihrem Griff los und rannte davon.

Ein geschupptes Ungeheuer sprang aus der Dunkelheit. Chiens Schwert blitzte auf, und die Bestie lag zappelnd am Boden.

»Wenn euch Euer Leben lieb ist, LAUFT!« schrie Asta. Chien riskierte einen Blick nach hinten und sah weiße Riesenwölfe, die auf sie zurannten. Der kleine Krieger nahm die Beine in die Hand. Er sah, wie Asta vor ihm verschwand, gefolgt von Tanaki. Für eine Augenblick wurde Chien von Panik erfaßt, als er den heißen Atem eines Ungeheuers im Nacken spürte.

Ein gewaltiges Gewicht landete in seinem Rücken, und er fiel und rollte herum. Als das Wolfswesen zum Angriff ansetzte, stieß Chien ihm sein Schwert durch die Kehle. Das Rudel heulte und griff an. Chien wirbelte herum und warf sich durch die Öffnung – und fiel vor Tanaki und dem Schamanen auf die Knie.

Tanaki bot ihm eine Hand, und Chien nahm sie und zog sich hoch. Er blickte sich um. »Wie kommt es, daß die Wesen uns nicht folgen?« fragte er.

»Sie können das Tor nicht passieren. Stell es dir als See vor«, sagte Asta. »Wir können durch die Oberfläche auftauchen, die Fische aber können ihn nicht verlassen; es ist ihre Welt. Es ist möglich, ein Tor für sie zu schaffen, aber die Macht, die man dazu braucht, ist groß und erfordert Hunderte von Seelen.«

»Ich möchte nicht als Miesmacher erscheinen, Schamane«, sagte Chien, »aber ich kann mir nicht vorstellen, wie diese Ravenna bei unserer Rückkehr vor den Wölfen davonrennt. Es wäre zu schade, sie zu retten, nur damit sie in der Leere umkommt.«

»Sie wird hier nicht sterben«, sagte Asta. »Doch meine Kraft ist erschöpft, und ich habe euch alles gegeben, was ich erübrigen konnte. Jetzt laßt uns weitergehen.«

Der Tunnel verbreiterte sich, und zum erstenmal konnte man die Arbeit von Menschen erkennen: Die Wände waren geglättet und mit Balken abgestützt. Eine Treppe war in den Felsen gehauen. Asta Khan stieg sie hinauf und kauerte unter eine niedrige Decke. Er gebot den anderen zu schweigen und winkte Chien und Tanaki zu sich.

»Über uns«, flüsterte er, »ist der Thronsaal. Es ist jetzt fast Mitternacht. Niemand sollte dort sein. Bist du bereit, Prinzessin?«

»Ja.«

»Falls der Thronsaal nicht verlassen ist, sind wir verdammt«, sagte Asta, der zum erstenmal unsicher und nervös wirkte.

Chien kicherte leise. »Kein Leben ist ohne Gefahren, Schamane«, erinnerte er ihn. Asta murmelte einen häßlichen Fluch und hob die Steinplatte über seinem Kopf an. Sie knirschte und wackelte. Chien half ihm mit dem Gewicht, und sie verschoben den Stein so, daß er neben der Öffnung zu liegen kam. Tanaki zog sich in die Dunkelheit des Thronsaals hoch, und Chien folgte ihr.

»Ich warte hier«, sagte Asta.

Tanaki lief zur Flügeltür und preßte ihr Ohr an den Schlitz. Chien stand neben ihr.

»Im Gang dürfen keine Wachen sein«, erklärte Tanaki. »Die Schlafräume des Khans sind auf der anderen Seite des Palastes. Aber vor den Frauengemächern werden Wachen stehen, und drinnen mit Schwertern bewaffnete Eunuchen.«

Chien nickte. »Ich komme mit dir – und warte.«

Tanaki öffnete leise die Tür und trat in den fackelerhellten Gang. Alles war still. Sie hielt sich in den Schatten und ging weiter, bog nach links durch eine schmale Tür, die hinaus auf eine Seitenstraße führte. Tanaki führte den Krieger durch die verlassenen Straßen, bis sie schließlich zu einem großen Platz kamen, hinter dem sich eine hohe Mauer erhob. Vor dieser Mauer patrouillierten drei Wachen.

»Wie willst du hineinkommen?« flüsterte Chien.

Tasaki lächelte. »Lenk die Wachen ab«, sagte sie. Sie legte ihren Schwertgürtel ab, behielt jedoch einen Krummdolch bei sich. Dann wartete sie, bis die Wächter vorbei waren und rannte, tief in die Schatten geduckt, zur Mauer.

Chien griff in seine Hosentasche und zog vier Goldmünzen heraus. Er steckte sie in seinen Gürtel und wartete auf die Wachen. Dann holte er tief Luft und begann zu singen. Er taumelte aus den Schatten heraus, rülpste, fiel beinahe zu Boden und schwankte auf die Männer zu.

»Guten Abend, meine Brüder«, sagte er.

»Was machst du hier, du Idiot?« fragte einer der Wächter und berührte Chiens Brust mit seiner Speerspitze.

»Idiot?« wiederholte Chien kichernd und schwankte zur Seite. »Ihr glaubt, ich bin ein Idiot? Ich nicht, Brüder. Ich...« Er schaute nach rechts und links, als fürchtete er, belauscht zu werden. »Ich habe das Große Geheimnis entdeckt. Ich habe es von einem Schamanen gelernt. Und ich werde nie mehr arm sein. Idiot? Nein, Brüder, ich gewinne mehr Reichtümer, als ihr euch vorstellen könnt.«

»Reichtümer?« fragte einer der anderen. »Was ist das für ein Unsinn? Verschwinde hier!«

Chien blickte über die Schulter des Mannes. Tanaki kletterte bereits über die Mauer.

»Unsinn? Ihr glaubt mir nicht?« Er machte eine Handbewegung. »Gebt mir eine Kupfermünze, und ich beweise es euch. Ich werde sie vor euren Augen in Gold verwandeln. Dann werden wir ja sehen. O ja! Dann werden wir sehen.«

Die Männer kicherten. Einer von ihnen legte seine Speer auf die Erde und fischte in seiner Jackentasche nach einer Münze. Er reichte Chien eine grob geprägte Kupfermünze, die den Kopf Tenaka Khans zeigte.

Chien rollte die Münze zwischen den Fingern und schnippte sie dann in die Luft. Er fing sie geschickt auf und hielt die Faust hoch; dann begann er, in einem seltenen Kiatzedialekt zu singen.

»Nun mach schon«, sagte einer der Wachen, der die Geduld verlor.

»Schon geschehen«, sagte Chien. »Hier ist deine Münze.« Er öffnete die Hand, und im Mondlicht glitzerte es golden. Mit offenem Mund nahm der Mann die Münze.

»Für mich auch eine«, sagte er zweite Wächter.

Tanaki war fast oben auf der Mauer angelangt.

»Warum immer du zuerst?« widersprach der Dritte. »Nimm meine!«

»Ich machte beide zusammen«, sagte Chien. Er nahm ihre Münzen und wiederholte seinen Gesang.

Tanaki schwang sich über die Mauer.

»Hier!« sagte Chien und reichte den Männern die Goldmünzen.

»Mehr! Mach uns mehr!« drängte der erste.

»Morgen, wenn ich mich ausgeruht habe«, versprach Chien. »Wo sollen wir uns treffen?«

»Kennst du das Tönerne Pony, hinter der Kaserne der Wölfe?«

»Natürlich«, sagte Chien. »Aber nur ihr. Ich kann das nicht für jeden tun. Es würde mich zu sehr erschöpfen. Nur ihr drei.«

»Ja, ja, nur wir. Sei am Mittwoch da, ja?«

»O ja«, stimmte Chien zu. »Ich werde da sein. Und jetzt muß ich ins Bett. Und ihr solltet wieder an eure Pflicht denken.«

Er ging davon, zurück in die Schatten.

Die Prinzessin war drinnen, und das war schon ein Sieg.

Aber hinauszugelangen würde nicht so einfach sein, wie Chien wußte.

14

Tanaki rollte sich über die Brüstung, den Dolch stoßbereit. Hier gab es keine Wächter. Rasch huschte sie zur Treppe und lief zum Hof hinunter. Links von ihr war das Wachhaus, und durch die Fensterläden konnte sie das Licht von Laternen schimmern sehen und hörte Männer, die sich lachend unterhielten. Das mußten die Eunuchenwächter sein. Direkt vor ihr lag der Gartenpfad und rechts die langgestreckten, luxuriös ausgestatteten Zimmer, in denen die Frauen des Khans ihre Tage verbrachten. Hier waren auch die Bäder und Schwimmbecken. Dahinter schlossen sich die Schlafgemächer an. Viele der Konkubinen schliefen in Schlafsälen; nur die wenigen Privilegierten hatten eigene Zimmer.

Tanaki schlich über den Hof in den dunklen Wohnraum. Sie hielt sich dicht an der Wand, ging bis zum anderen Ende und öffnete eine Tür, die auf einen mit Vorhängen drapierten Gang führte. Hier schliefen ein paar Katzen. Sie ging an den Schlafsälen vorbei zu einer Treppe, die sie rasch hinaufstieg.

Da Tanaki den Grundriß der Frauengemächer kannte, überlegte sie, in welchem der größeren Zimmer Ravenna wohnen mochte. Nicht in dem, das dem geheimen Flur des Khans am nächsten lag – das war für die jeweils neueste Konkubine reserviert. Nein, Ravenna hatte man bestimmt näher an die Räume der Hebamme im Osten gelegt. Tanaki schlich weiter, bis sie schließlich zu einer schmalen Tür kam, die, wie sie wußte, zu einer Reihe von Zimmern führte, die nach Osten über die Steppe blickten. Hier waren die Räume morgens in Sonnenlicht getaucht, das Wärme brachte, doch am Nachmittag blieben sie kühl. Tanaki öffnete die Tür und schlüpfte hinein. Das Bett war ans Fenster gestellt worden, und Tanaki konnte eine junge Frau erkennen, die auf dem Rücken lag. Als sie näherschlich, war offensichtlich, daß sie schwanger war. Tanaki setzte sich ans Bett und berührte die Frau am Arm.

»Ravenna«, flüsterte sie. »Ravenna, wach auf!«

Die Frau schlug die Augen auf. »Was ist los?« fragte sie schläfrig.

»Kiall hat mich geschickt.«

»Kiall?« Ravenna gähnte. »Ist das ein Traum?«

»Nein. Hör mir zu. Ich bin hier, um dich aus der Stadt zu bringen. Dein Freund Kiall hat die Steppe durchquert, um dich zu retten. Um Himmels willen, wach auf und hör mir zu!«

Die Frau richtete sich halb auf. »Kiall? Der Träumer?«

»Genau der.«

»Wir würden nie hier rauskommen«, flüsterte Ravenna. »Überall sind Wachen.«

»Ich bin auch herein gekommen«, sagte Tanaki.

Ravenna stöhnte und legte eine Hand auf ihren angeschwollenen Leib. »Er tritt fest zu«, sagte sie lächelnd. Sie war ein hübsches Mädchen, stellte Tanaki fest, aber keine Schönheit. Ihr Kinn war zu kräftig, die Augen zu klein. Aber ihr Lächeln war strahlend.

»Zieh dich an, Ravenna. Ich bringe dich zu Kiall.«

»Warum ist er gekommen, mich zu holen? Das verstehe ich nicht.«

»Er auch nicht. Willst du hier weg?«

»Du kannst dir gar nicht vorstellen, wie sehr. Ich hasse diesen Ort, ich hasse diese Menschen. Aber am meisten verabscheue ich den Khan. Mögen tausend Flöhe seine Nachkommen treffen!«

»Paß auf, was du dir wünschst«, fauchte Tanaki. »Dein Kind ist von seinem Blut.«

Ravenna zuckte zusammen und erwiderte zerknirscht: »Ich wollte damit nicht sagen . . .«

»Zieh dich an«, sagte Tanaki. Ravenna schlüpfte in ein langes Gewand aus weicher, blau gefärbter Wolle und leichte Seidenschuhe. »Hast du keinen Mantel und Wanderschuhe?« fragte Tanaki.

»Wozu sollte ich hier drinnen einen Mantel brauchen? Sie lassen uns nie hinaus.«

»Folge mir«, sagte Tanaki und ging voraus in den Flur. Ravenna bewegte sich langsam. Tanaki warf mit wachsender Verärgerung einen Blick zurück, doch es war nicht zu ändern. Ravennas Schwangerschaft war weit fortgeschritten.

Als sie die Tür zum Hof erreichten, öffnete Tanaki sie einen Spalt und spähte hinaus. Zwei Wächter patrouillierten über die Brüstung, und sie fluchte leise.

»Was ist los?« fragte Ravenna.

»Wachen. Zwei Mann.«

»Kommen wir an ihnen vorbei?«

Tanaki lächelte. »Dazu bist du zu langsam.« Sie öffnete die Tür noch einmal, beobachtete die Männer und zählte die Sekunden, als die Wächter einander passierten. Ihre einzige Chance lag darin, in dem Moment loszulaufen, wenn die Wächter die Ecke der Mauer erreichten, ehe sie wieder kehrtmachten. Tanaki beobachtete die Männer dreimal bei dem Manöver; dann packte sie Ravennas Arm. »Jetzt!« zischte sie.

Sie huschten ins Freie und schlichen über den Hof zur Mauer. »Wir schaffen es nie«, flüsterte Ravenna.

Sich dicht in den Schatten haltend, bewegten die beiden Frauen sich näher an der Pforte heran. Die Wächter waren direkt über ihnen, als Tanaki mit den Händen nach den Riegeln tastete. Sie waren rostig, und sie fluchte leise – und zog den Riegel zurück. Er bewegte sich kaum zwei Zentimeter, als er plötzlich quietschte. Tanaki erstarrte. Doch die Wachen hatten nichts gehört, und sie öffnete den Riegel weiter. Diesmal glitt er ganz heraus. Sie warf einen Blick hindurch und sah, daß drei Wächter nicht mehr als zwanzig Schritt von ihnen entfernt standen. Es gab keinen Weg an ihnen vorbei, und sie konnte nicht alle drei töten.

Dann sah sie Chien-tsu. Er ging über die freie Fläche zu den Wächtern. Einer von ihnen drehte sich um und hob seinen Speer. Plötzlich wirbelte der kleine Krieger herum und trat dem Wächter gegen die Schläfe, so daß der Mann von den Füßen katapultiert wurde. Der zweite Posten fiel mit einem Messer in der Kehle zu Boden. Der dritte stürzte sich auf den Kiatzekrieger, doch Chien-tsu wich seinem Speer aus und rammte dem Mann sein Messer in den Hals.

»Rasch jetzt!« sagte Tanaki und führte Ravenna ins Freie.

Ein Wächter auf der Mauer schrie Alarm, als Chien zu Ravenna lief, ihren Arm nahm und sie drängte, schneller zu laufen. Das Trio schaffte es bis in die erste Gasse; dort duckten sie sich in die Schatten. Ravenna atmete schwer; ihr Gesicht war tiefrot. »Es tut mir leid«, sagte sie und sackte an einer Wand nieder. »Ich kann nicht mehr weiter. Meine Beine sind zu schwach.«

Aus einer parallel verlaufenden Straße hörten sie Schritte und die Rufe von Soldaten.

Die drei eilten weiter. Chien zog sein Krummschwert und übernahm die Führung. Die Geräusche ihrer Verfolger wurden schwächer. »Sie versuchen, uns den Weg zum Haupttor abzuschneiden«, sagte Tanaki. »Das ist gut.«

Chien hatte das Gefühl, daß man an diesem Abenteuer nur wenig *gut* nennen konnte, doch er zügelte seine Zunge. Sie erreichten den Palastkorridor und rannten in den Thronsaal.

Krieger eilten aus dem Schatten herbei. Chien hieb den ersten von den Füßen, duckte sich unter einem wilden Schlag und spießte einen weiteren Gegner auf. Tanaki schleuderte ihren Dolch in das Gesicht eines angreifenden Kriegers – und dann sah sie Tsudai. Alle Gedanken an die Suche verschwanden, als sie sich zu Boden warf, das Schwert eines gefallenen Kriegers an sich riß und sich wieder auf die Füße rollte. Tsudai stürmte auf sie zu, einen Schlachtruf ausstoßend. Tanaki wehrte seinen Hieb ab, wirbelte herum und rammte ihm ihr Schwert in die Brust.

»Mögest du in der Hölle verfaulen!« zischte sie, als er zu Boden sank.

Chien war inzwischen umzingelt, und Tanaki zerrte ihr Schwert aus Tsudais Körper und eilte ihm zu Hilfe. Er kämpfte gegen sechs Krieger, aber Tanaki hörte, wie sich vom Korridor her weitere näherten. Sie stach einen Mann in den Rücken und zog einen zweiten Schwert übers Gesicht. Darauf wichen alle kurz zurück. Asta Khan erhob sich aus der Öffnung im Fußboden und stieß ein unheimliches Geheul aus. Ein eisiger Wind blies durch den Thronsaal, und die Nadir taumelten schreiend zurück. Die ersten drei Krieger fielen auf die Knie. Blut strömte aus ihren Augen.

Tanaki packte Ravenna am Arm und zerrte sie zu dem Loch im Boden. »Da hinunter!« befahl sie.

Ravenna kletterte in das Loch. Tanaki folgte ihr und übernahm auf den Stufen die Führung, während Chien die Nachhut bildete.

»Schnell«, sagte Asta. »Der Bann wird sie nicht lange aufhalten.« Ravenna schwankte, hielt sich aber aufrecht, und Chien nahm ihren Arm.

Hinter sich hörten sie die Nadir die Stufen hinunterpoltern ...

Sie gelangten in die Dunkelheit. Asta nahm Ravennas Hand. Sie zuckte vor dem Schamanen zurück, doch er hielt sie fest. »Jetzt ist es an der Zeit, Mut zu zeigen, Frau«, sagte er und zog sie in die Leere.

Wie zuvor schoß ein Kreis aus Flammen um sie herum in die Höhe, und sie bewegten sich durch die Dunkelheit. Hinter ihnen rannten die Nadir – ahnungslos – in die Leere. Ihre Schreie klangen grauenhaft.

Der Feuerkreis verblaßte allmählich, und die Bewohner der Dunkelheit kamen näher. Schweiß glänzte auf Astas Stirn, als er sich weiterkämpfte. Klauenbewehrte Hände griffen nach ihnen, doch die Flammen hielten sie zurück. Schließlich erreichten sie die äußere Grenze – und waren hindurch. Asta brach auf dem Steinboden zusammen. Als Kiall Ravenna sah, lief er herbei, um sie in die Arme zu nehmen. Tanaki beobachtete diese Szene und wandte sich verwirrt ab.

Chareos half Asta auf die Füße.

Der alte Mann schüttelte die Hand des Schwertmeister ab. »Wir müssen hier weg«, sagte er. »Hilf der Frau. Trag sie, wenn es sein muß.«

Sie machten sich auf den Rückweg durch das Labyrinth von Tunneln, bis sie schließlich den Felsspalt erreichten. Kiall, Chareos, Tanaki und Chien kletterten nach oben, Kiall trug das Seil. Sie ließen es herab, und Asta machte eine Schlinge, in die sich Ravenna hineinsetzte. Langsam zogen die drei Männer sie nach oben.

Dann begann der Marsch in die Berge. Chareos warf einen Blick zurück und sah, daß einige hundert Meter hinter ihnen die Stadttore geöffnet worden waren und eine Abteilung Berittener auf sie zu galoppierte.

Das Geklapper von Pferdehufen kam von links. Chareos zog seinen Säbel und schoß herum ... Harokas brachte sein Pferd zum Stehen; hinter ihm war eine Reihe von Ponys.

»Ihr steigt besser auf«, sagte der Meuchelmörder. Sie halfen Ravenna in den Sattel des ersten Ponys; dann stiegen die anderen auf.

»Wir können nur einen Ort erreichen«, sagte Asta Khan. »Folgt mir.« Er ließ sein Pony in Galopp fallen und ritt nach Westen davon. Die Suchenden folgten ihm durch mehrere enge Pässe. Nach einer Stunde scharfem Ritt, in der die Nadir aufholten, gelangten sie schließlich in ein enges Tal.

Der Mond stand hoch am Himmel, und Chareos stöhnte, als er den eingestürzten Turm und die Wehreingänge sah, die sich gegen den Horizont abzeichneten. »Nein!« flüsterte er.

Doch sie ritten weiter in die geisterhafte Festung Bel-azar.

Das Osttor stand offen, und die Suchenden ritten auf ihren erschöpften Pferden hindurch. Chareos und Kiall stiegen ab, gingen zurück zum Tor und stießen es zu. Harokas fand einen dicken Balken, den er mit Tanakis Hilfe zwischen den großen Bolzenplatten verkeilte. Dann stiegen sie die Stufen zur Brüstung hinauf und beobachteten vom Wehrgang aus, wie die dreißig Nadirreiter draußen ihre Pferde zügelten. Asta Khan schloß sich ihnen an. Er sprang geschmeidig auf die Mauer, so daß die Nadir ihn sehen konnten, und blickte auf die Reiter herab.

»Werden sie angegriffen?« fragte Kiall. Chareos antwortete nicht.

Asta Khan begann auf seinem nicht ungefährlichen Standplatz zu tanzen; er sprang und drehte sich und heulte wie ein Wolf. Der unheimliche, bedrückende Klang hallte von den Bergen wider. Drei Nadirreiter wendeten ihre Pferde und ritten zurück in die Stadt, doch die anderen stiegen ab und setzten sich auf die Steine. Asta drehte sich um und sprang von der Mauer auf den Wehrgang hinunter. Seine dunklen Augen strahlten.

»Sie haben Angst«, sagte er. »Dies ist ein verfluchter Ort. Sie wissen, daß hier dunkle Geister leben.«

Auf dem offenen Platz unter ihnen schrie Ravenna plötzlich und umklammerte ihren Leib. Kiall und Tanaki liefen zu ihr und halfen ihr in ein verfallenes Wachhaus, in dem ein staubiges Bett stand. Tanaki zog eine verrottete Decke ab und legte ihre eigene über die Matratze; dann betteten sie Ravenna darauf.

»Es kommt«, schrie Ravenna. »Ich fühle es.«

Hinter sich spürte Kiall eine Bewegung. Er sah Asta Khan in der Tür stehen. Das Gesicht des Schamanen glänzte, und in seinen Augen stand ein triumphierendes Funkeln. Es ließ Kiall das Blut gefrieren.

»Laß uns allein«, sagte Tanaki zu Kiall, und er gehorchte erleichtert, schob sich an dem Schamanen vorbei und ging hinaus in das Licht des anbrechenden Tages. Chareos war noch immer auf den Wehrgängen, unter der Ruine des Torturms. Chien-tsu und Oshi hatten in der Nähe der einstigen Soldatenunterkünfte ein Feuer angezündet, saßen beieinander und unterhielten sich leise. Harokas hatte die Ponys zu einer Koppel geführt und abgesattelt; jetzt rieb er ihre schweißbedeckten Körper ab. Kiall ging zur Treppe und stieg zu Chareos hinauf, der die Nadir beobachtete.

»Wir haben es geschafft«, sagte Kiall. »Was immer jetzt auch geschieht, wir haben geschafft, was wir uns vorgenommen hatten.«

Chareos blickte lächelnd auf. »Ja, wir haben es geschafft. Wir haben dein Mädchen gefunden, und wir haben sie zurück nach Gothir gebracht. Das allein ist schon ein Kunststück. Aber mach dir keine großen Hoffnungen, Kiall. Ich will nicht schwarzsehen, aber ich glaube nicht, daß fünf Krieger und ein Schamane das Volk der Nadir aufhalten können.«

Kiall kicherte. »Ich kann es nicht erklären, Chareos, aber es macht mir nichts mehr aus. Mein Leben lang war ich ein Träumer. Jetzt habe ich das Gefühl, daß ein Traum Wirklichkeit geworden ist. Ich habe nicht einmal mehr Angst vor dem Tod.«

»Ich schon«, gestand Chareos. »Vor allem hier.« Er deutete auf den Torturm. »Dort ist er, mein Junge – der Schauplatz großer Taten. Von dort sprang Beltzer hinunter, um die Fahne zurückzuerobern. Und dort unterhielten wir uns mit Tenaka Khan. Und hier wurden wir zu den *Geistern-die-noch-kommen-werden* ernannt. Es ist kein gutes Gefühl, hier zu sitzen und auf den Tod zu warten.«

»Und auf die Geburt«, sagte Kiall. »Okas sagte uns, das Kind würde ein großer König werden – vielleicht der größte, der je gelebt hat. Das ist doch etwas, oder?«

Chareos nickte und wandte sich ab. Die Festung ragte drohend um ihn herum auf, finster und bedrohlich, und er spürte die Erinnerungen in dem kalten Stein, hörte wieder die Schreie der Sterbenden und das Klirren von stählernen Klingen.

Tanaki kam zu ihnen. »Falscher Alarm«, sagte sie. »Sie ruht sich jetzt aus. Irgendwelche Anzeichen?«

»Nein«, antwortete Kiall. »Sie sitzen nur da und warten – ich weiß auch nicht worauf.«

»Sie warten auf Jungir Khan«, sagte Tanaki. »Sie wissen nicht, warum wir ihre Königin geraubt haben, aber sie wagen es nicht, etwas zu riskieren, das die Königin gefährden könnte. Jungir wird entscheiden, was zu tun ist.«

Sie ging zur Tür des Torturms und stieß sie auf. Kiall folgte ihr und stieg ebenfalls die zerborstenen Stufen zum Turm empor. Tanaki setzte sich und lehnte sich gegen die Mauer. »Nun«, sagte sie, »du hast deine Frau wiedergesehen.«

Er blickte auf sie hinunter, kniete nieder und nahm ihre Hand. »Sie ist nicht meine Frau, Tanaki. Es war, als würde ich einen alten

Freund wiedersehen. Ich bin in solchen Dingen nicht geschickt, aber ich ... ich möchte dir noch etwas sagen, bevor wir ...« Er brach hilflos ab.

»Bevor wie sterben?« murmelte Tanaki.

»Ja, bevor wie sterben. Du sollst wissen, daß ich dich liebe. Ich weiß, daß du nicht an Liebe glaubst. Aber ich würde lieber hier eine Nacht lang deine Hand halten, als hundert Jahre ohne dich leben. Hört sich das albern an?«

»Ja«, sagte sie, streckte die Hand aus und streichelte sein Gesicht, »aber es hört sich wunderbar albern an. Es hört sich wunderschön an.« Sie zog ihn an sich und drückte ihre Lippen auf die seinen. Kialls Arm umfing sie. »Möchtest du mich lieben?« flüsterte sie.

Er machte sich frei. »Ja. Aber nicht hier. Nicht an diesem Ort aus kaltem Stein, wo es nach Tod und Verbrechen riecht. Können wir nicht einfach dicht beisammensitzen?«

»Für einen Mann mit wenig Erfahrung findest du erstaunlich oft genau die richtigen Worte«, sagte Tanaki.

Hinter ihnen stieg die Sonne empor. Der Himmel war wolkenlos, mit rötlichen Streifen. »Es wird ein schöner Tag«, sagte Kiall.

Sie antwortete nicht.

Harokas sah sie vom Hof aus und seufzte. Dann erblickte er Asta Khan, der sich verstohlen aus den Soldatenunterkünften schlich. Er trug irgend etwas auf den Armen. Als Harokas gegen das Sonnenlicht blinzelte, sah er, daß der Schamane einen gebleichten Schädel hielt, den er in das Zimmer brachte, in dem Ravenna lag. Harokas beobachtete, wie der alte Mann hineinschlüpfte.

Der Meuchelmörder schlenderte zu Chareos hinüber. »Jetzt wäre ein günstiger Zeitpunkt, weiter nach Gothirland hineinzureiten«, sagte er.

Chareos schüttelte den Kopf. »Die Frau würde das Baby verlieren. Sie steht kurz vor der Niederkunft.«

Harokas seufzte. »Wenn wir bleiben, sterben wir alle. Und Frauen können ein zweites Mal empfangen, Chareos. Die Welt wird doch nicht in Finsternis versinken, falls sie dieses eine Kind verliert?«

»Das Kind ist etwas Besonderes«, beharrte Chareos. »Aber da ist noch mehr. Ich bin dazu bestimmt, hier zu sein, Harokas. Ich kann es nicht erklären – aber ich weiß seit vielen Jahren, daß hier mein Schicksal liegt.«

»Ich glaube, Asta Khan empfindet genauso. Ich habe vorhin gesehen, wie er einen alten Schädel in das Zimmer der Frau trug. Wahrlich, die Wege der Schamanen sind mir unverständlich – glücklicherweise.«

»Einen Schädel?« Okas' Worte kamen ihm wieder in den Sinn. *»Warum sind Tenaka Khans Gebeine in Bel-azar begraben?«* Chareos stand auf und stieg die verwitterten Stufen hinunter, überquerte den Hof und öffnete die Tür des alten Wachhauses. Ravenna schlief, doch am Fußende des Bettes saß Asta Khan mit überkreuzten Beinen, einen Schädel im Schoß.

»Was tust du hier?« fragte Chareos.

Der Schamane blickte auf. »Nichts, das der Frau schaden wird, Chareos. Du hast mein Wort.«

»Und das Kind?«

»Das Kind war nicht Teil des Handels. Aber die Frau wird ein gesundes Baby zur Welt bringen.«

»Was verschweigst du mir, Asta? Welche Schandtat planst du mit diesen . . . diesen Reliquien?«

»Reliquien? Wenn du eine Ahnung hättest, was diese Knochen . . .« Er hielt inne und zwang sich zu einem Lächeln. »Ich habe meine Abmachung mit dir eingehalten, Schwertmeister. Du kannst mir nichts vorwerfen. Aber auch ich habe eine Aufgabe – und sie ist mehr wert als mein Leben.«

»Versprichst du mir, daß du Ravenna kein Leid zufügst – oder dem Kind?«

»Das Kind wird geboren«, sagte Asta mit einem geheimnisvollen Lächeln. »Es wird kräftig zur Welt kommen und rasch wachsen. Er wird ein Großer Khan. Kein Leid wird ihm geschehen – oder der Mutter seines Fleisches.«

»Chareos!« rief Kiall. »Komm rasch!« Der Schwertmeister wandte sich von dem Schamanen ab und eilte zurück zur Mauer. In der Ferne galoppierte eine Horde über die Ebene auf die Festung zu. Ein Krieger in Schwarz auf einem grauen Hengst führte sie an.

»Der Hurensohn reitet auf meinem eigenen Pferd hierher, um mich zu töten!« rief Chareos.

»Sieh mal, wer an seiner Seite ist«, sagte Harokas. »Was für eine Überraschung!«

Auf einem kastanienbraunen Hengst, das blonde Haar im Sonnenlicht schimmernd, ritt der Graf von Talgithir.

Die Nadir hielten etwa zweihundert Meter vor der Festung und stiegen ab, während der Graf bis zu den Mauern trabte.

»Öffnet das Tor!« rief er. Chareos beugte sich über die Brüstung. »Warum?« fragte er.

»Weil ich es befehle!« brüllte der Graf. Sein Gesicht rötete sich. Dann erkannte er Chareos. »Ach, du bist das. Schwertmeister, nicht wahr? Ich hätte es mir denken können. Jetzt öffnet das Tor – und ihr bleibt am Leben.«

»Warum sollten wir dir gehorchen?« rief Chareos.

»Ich brauche dir nicht zu antworten, Schwertkämpfer. Ich bin der Graf von Talgithir, ernannt vom Landesfürsten.«

»Und du hast keine Gesetzesgewalt in Bel-azar«, sagte Chareos. »Talgithir ist weit weg.«

Der Graf lehnte sich im Sattel zurück und lachte. »Du warst lange fort, Chareos. Ich bin jetzt der Bevollmächtige des Regenten für die Nadir, und somit ist meinen Befehlen überall im Reich Folge zu leisten. Öffnest du jetzt das Tor?«

»Ich glaube nicht«, antwortete Chareos. »Es interessiert mich nicht, zu was du ernannt worden bist. Du bist ein Sklavenhändler und ein Verräter an deinem Volk. Wenn der Landesfürst von deinen Machenschaften hört, wirst du hängen.«

»Du bist wohl kaum in der Lage, mir zu drohen. Aber ich warte.« Er riß sein Pferd herum und trabte zurück zu den Nadir.

»Das verstehe ich nicht«, sagte Harokas. »Warum ist er so ruhig?«

Chareos zuckte die Achseln. »Ich habe das unangenehme Gefühl, daß wir es bald herausfinden.«

Den ganzen Vormittag über blieben die Nadir, wo sie waren. Doch als die Sonne am höchsten stand und die Schatten verschwanden, waren von Westen her Pferde zu hören. Chareos und Kiall liefen zum Westtor und rissen es auf. Dreihundert Lanzenreiter hielten auf die Festung zu, angeführt von Salida.

Kiall fluchte. »Deswegen war der Graf so ruhig – seine Soldaten stoßen zu ihm. Jetzt sitzen wir richtig in der Falle.«

»Sei nicht so sicher«, flüsterte Chareos. »Salida ist kein Speichellecker.«

»Er wird wohl kaum eine Nadirarmee angreifen – und seinen eigenen Grafen«, meinte Kiall.

Chareos ging hinaus zu den Reitern. Salida zügelte sein Pferd und glitt aus dem Sattel. »Du natürlich«, sagte der Offizier. »Du tauchst an den unwahrscheinlichsten Orten auf.« Er löste die Wasserflasche von seinem Sattel und nahm einen tiefen Zug.

»Der Graf steht vor der Festung«, sagte Chareos leise. »Er ist mit Jungir Khan und tausend Nadirkriegern da.«

»Sie handeln einen Vertrag aus. Es hat nichts mit euch zu tun«, sagte Salida.

»Wir haben ein *kleines* Problem«, erklärte Chareos.

Salida ging zu einem großen Stein und setzte sich. »Irgendwie bezweifle ich das nicht«, sagte er müde. Chareos setzte sich zu ihm und berichtete kurz von ihrer Reise ins Land der Nadir und den Geheimnissen, die sie über die Geschäfte des Grafen mit den Nadren entdeckt hatten. Schließlich erzählte er von der Rettung Ravennas und der unmittelbar bevorstehenden Geburt.

»Was hast du bloß gegen mich, Chareos?« fragte Salida. »Warum mußt du immer wieder auftauchen wie ein übler Geruch, wenn es im Leben gerade gut aussieht? Mein Sold wurde erhöht, und ich befehlige jetzt dreihundert Mann. Wir haben einen Vertrag in Aussicht, und meine Laufbahn sieht golden aus. Und jetzt sagst du mir, der Graf ist ein Verräter – und du hast die Königin der Nadir entführt. Großartig!«

»Was wirst du tun?«

»Was soll ich denn deiner Meinung nach tun?« fuhr Salida ihn an. »Der Landesfürst erwartet einen Vertrag – einen Vertrag, von dem er glaubt, daß er das Volk der Gothir schützt. Meinst du, er riskiert wegen eines geraubten Bauernmädchens einen Krieg?«

»Es ist deine Entscheidung, mein Freund«, sagte Chareos leise. »Alles, was Jungir Khan will, ist mein Leben und das Leben meiner Freunde. Ein geringer Preis für den Frieden, nicht wahr?«

»Für die Garantie eines Friedens würde ich mehr als das zahlen«, zischte Salida. Der Hauptmann stand auf und schaute seine Männer an. »Absitzen!« befahl er. »Führt die Pferde hinein. Beris!« Ein junger Offizier trat vor. »Zwanzig Gruppen auf die Mauern, acht Gruppen in Reserve. Die anderen sollen sich um die Pferde kümmern und etwas zu essen machen.«

»Jawohl. Hauptmann?«

»Was gibt es?«

»Sind wir hier, um zu kämpfen? Ich dachte, wir sollten den Grafen mit dem Vertrag zurück nach Neu-Gulgothir begleiten.«

»Dachte ich auch, mein Junge. Ist das Leben nicht voll netter Überraschungen?« Er wandte sich wieder an Chareos. »Ich nehme an, du hast einen Beweis für deine Anschuldigungen?«

»Natürlich. Den besten Beweis, den es gibt. Das Wort der Nadirkönigin und des Mannes, der die Gewinne des Grafen eintreibt. Und schließlich das der Nadirprinzessin, die mit ihm verhandelt hat.«

»Das ist Wahnsinn, Chareos. Das weißt du, oder?«

»Ich weiß, daß du ein besserer Mann bist als der, in dessen Diensten du stehst.«

»Vergiß die Komplimente«, fauchte Salida, marschierte in die Festung und stieg die Stufen zu den Wehrgängen empor. Als er Harokas sah, blickte er finster drein.

»Willkommen, Salida, alter Freund«, begrüßte Harokas ihn. Der Soldat grunzte und beobachtete, wie seine Männer sich auf der Mauer verteilten.

Die Nadir erhoben sich, als die Reihe Bewaffneter ihre Position einnahm. Wieder stieg der Graf auf seinen Braunen und galoppierte zur Mauer.

»Gut, dich zu sehen, Salida«, rief er. »Verhafte diese Leute und öffne die Tore.« Hinter ihm waren die Nadir aufgesessen und ritten langsam vorwärts.

»Man hat dich einen Verräter genannt«, antwortete Salida. »Ergib dich mir und meinen Männern. Du wirst nach Neu-Gulgothir gebracht, um dich vor dem Landesfürsten zu verantworten.«

»Bist du verrückt?« wütete der Graf. »Wer beschuldigt mich? Chareos? Ein Mann, den ich für Mord begnadigt habe?«

»Ja«, sagte Harokas. »Du hast mit Sklaven gehandelt – und ich habe dein Gold eingesammelt. Prinzessin Tanaki ist ebenfalls hier. Antworte darauf – Herr.«

»Ich brauche dir nicht zu antworten. Denk an deine Stellung, Salida! Du hast dreihundert Mann. Hier sind tausend – und tausend mal tausend, die noch herbeigerufen werden können. Du kannst nicht siegen. Öffne die Tore, und wir werden diese . . . diese Insubordination vergessen.«

»Ich fordere dich noch einmal auf, Herr, dich mir auszuliefern.«

»Ich will dich tot sehen, du elender Schurke!« brüllte der Graf.

Jungir Khan gab seine Grauen die Sporen und ritt zu dem Adligen. »Warum öffnen sie dir nicht die Tore?« fragte er sanft.

»Es sind Verräter!« schnaubte der Graf. »Tötet sie alle!«

»Du hast nicht einmal deinen eigenen Hauptmann unter Kontrolle«, sagte Jungir. »Wie willst du dann mir dienen?«

Der Graf setzte zu einer Antwort an, doch Jungirs Hand schoß vor – und der Krummdolch drang dem Grafen ins Herz. Langsam glitt er aus dem Sattel. Jungir trieb den grauen Hengst vorwärts.

»Wer befehligt diese Festung?« rief er.

»Ich, Salida.«

»Ich bin Jungir Khan. Komm herunter, ich will mit dir reden. Es ist nicht ziemlich, daß zwei Befehlshaber auf diese Weise verhandeln.«

Auf der Mauer wandte sich Harokas an Salida. »Hör nicht auf ihn, es ist eine List. Sobald das Tor offen ist, werden sie hineinstürmen.«

»Diese zerfallenen Mauern werden sie nicht aufhalten«, antwortete Salida. Er stieg die Stufen zu den Wehrgängen hinunter und befahl, die Tore zu öffnen. Chareos ging mit ihm und wartete unter dem Torbogen.

Als Salida auf ihn zuschritt, drückte Jungir dem Grauen die Fersen in die Flanken – der plötzlich auf die Hinterhand stieg, so daß Jungir fast aus dem Sattel geworfen wurde. Er klammerte sich grimmig fest, während der Hengst den Kopf senkte und bockte. Jungir riß den Kopf des Pferdes mit einem Ruck hoch, und das Tier stürzte – der Khan sprang aus dem Sattel und landete im Staub. Die Ohren flach angelegt, mit rollenden Augen trat der Hengst nach dem Führer der Nadir, und Jungir wich zurück. Das Pferd bäumte sich über ihm auf; die Hufe drohten Jungirs Schädel zu zerschmettern, als Chareos herbeistürmte. »Ganz ruhig, Grauer«, rief er. »Zu mir!« Der Hengst wandte sich der Stimme zu und trabte von dem gestürzten Khan fort. Chareos streichelte den langen Hals des Tieres.

Jungir erhob sich und klopfte sich den Staub von den Hosen. Er war sich peinlich bewußt, daß seine Männer begierig beobachteten, was nun folgte. Der Khan hatte das Gesicht verloren. Schlimmer noch, er war vom Feind gerettet worden.

»Ist alles in Ordnung, Herr?« fragte Salida.

»Mir geht es gut. Du!« rief der Khan zu Chareos hinüber. »Du kannst das Pferd behalten. Es ist ein Geschenk.« Er drehte sich wieder zu Salida um. »Nun, Hauptmann, du sagst, der tote Mann war ein Verräter. Ich habe mit ihm gearbeitet. Jetzt bitte ich dich, mir mein Eigentum zurückzugeben. Falls du dich weigerst, wird dies als kriegerische Handlung gegenüber dem Volk der Nadir aufgefaßt. Willst du das, Hauptmann?«

»Nein, Hoheit, das will ich nicht«, antwortete Salida. »Aber du stehst auf Gothirland, und Bel-azar ist eine Festung der Gothir. Würdest du die Güte haben, so lange zu warten, bis ich Befehle von meinen Herrn in Gulgothir eingeholt habe? Ich werde einen Reiter ausschicken. Die Antwort wird im Laufe des Tages eintreffen.«

»Ich könnte diese Ruine binnen einer Stunde einnehmen«, sagte Jungir.

»Die Nadir sind in der Tat ein grausamer Feind«, gab Salida zu. »Aber gewähre mir den einen Tag.«

Für einen Moment schwieg Jungir. Er ging ein paar Schritte, als würde er über die Bitte nachdenken, und warf einen Blick auf seine Krieger. Der Zwischenfall mit dem Hengst hatte sie beunruhigt. Die Stammeskrieger legten großen Wert auf Vorzeichen, und das Pferd hatte den Khan abgeworfen und stand nun im Torbogen, wo es sich von dem großen Krieger mit den dunklen Augen streicheln ließ. Ein guter Schamane würde ein gutes Omen darin finden, selbst unter dieser seltsamen Umständen, doch Shotza war tot, und Asta Khan stand auf der Brüstung, wo die Nadir ihn gut sehen konnten. Wenn Jungir den Befehl gab, würden seine Männer angreifen. Aber sie würden es weniger bereitwillig tun, wenn sie schlechte Ohren fürchteten. Und falls es den Kriegern nicht gelingen sollte, die Mauer rasch zu erstürmen, bestand die Möglichkeit, daß sie sich gegen ihren Entführer wandten, wenn sie glaubten, die Götter wären gegen sie. Jungir überdachte die Angelegenheit. Das Risiko eines Versagens war verschwindend gering – aber an einem Tag wie diesem? Er drehte sich wieder zu Salida um. »Männer sollten Zeit haben, ihre Handlungen zu überdenken«, sagte er. »Ich gebe dir den einen Tag. Aber kein Mensch wird die Festung verlassen, außer deinem Botschafter! Und alle, die keine Soldaten sind, werden mir übergeben. Sonst werde ich euch alle vernichten! Laß diese Botschaft dem Landesfürsten überbringen.«

Der Khan schritt durch seine Krieger zurück, und die Nadir strömten ihm nach. Etwa achthundert Meter vor der Mauer machten sie Halt und schlugen ihr Lager auf.

»Du hast gute Nerven«, sagte Harokas zu Salida.

»Und du wirst sie brauchen«, sagte Salida, »wenn der Landesfürst die Botschaft schickt, die ich vermute.«

Der Tag verging. Die Schatten der anbrechenden Nacht erstreckten sich uber das Tal. Die Nadir zündeten Lagerfeuer an, und Salida ließ die meisten Männer von den Wehrgängen abziehen. Die Soldaten zündeten ihre eigenen Kochfeuer an. Salida brachte eine Schale mit dicker Suppe zu Chareos, der auf der Mauer saß.

Der Schwertmeister nahm sie dankend an und stellte sie zum Abkühlen zur Seite. »Es tut mir leid, Salida. Ich scheine dir mal wieder Schwierigkeiten zu machen.«

Salida zuckte die Achseln. »Ich bin Soldat, Chareos. Ich werde bezahlt, mit Schwierigkeiten fertig zu werden. Aber, ich hoffe, du verstehst mich nicht falsch . . . wenn das hier vorbei ist, möchte ich dich nie wieder sehen.«

»Unter diesen Umständen ist das nur zu verständlich«, gab Chareos mit einem schiefen Lächeln zu. Er blickte auf den Leichnam des Grafen hinunter. »Seltsam. Er war ein Mann mit vielen Talenten, und doch sagte er immer, er beneide mich um meine Rolle in Bel-azar. Er sagte oft, er hätte gern die Chance gehabt, hier zu kämpfen. Er hat sie bekommen – auf der falschen Seite.«

»*Das* ist eine Frage des Standpunkts, Chareos. Die falsche Seite ist die Verliererseite. Wir werden noch sehen, auf welcher Seite wir stehen.«

»Wie wird sich der Landesfürst deiner Ansicht nach entscheiden?«

»Warten wir's ab«, sagte Salida und wandte den Blick zur Seite.

»Genau mein Gedanke«, stimmte Chareos zu. »Er wird uns verkaufen. Aber besser das als ein kostspieliger Krieg, den er nicht gewinnen kann, würde ich sagen.«

Ein heulender Gesang ertönte im Wachhaus, und Salida schauderte. »Ich mag diesen Mann nicht«, sagte er. »Wie alle Nadirschamanen riecht er nach Tod.«

Tanaki gesellte sich zu ihnen, Kiall im Schlepptau. »Das ist ein Geburtsgesang«, sagte sie. »Ich gehe hinunter und helfe.«

Chareos gähnte und streckte sich auf dem Wehrgang aus. Er war erschöpft, und seine Knochen schmerzten. Er rollte seine Decke zu einem Kopfkissen zusammen, legte sich in den Schatten und versuchte zu schlafen.

»Verteidige das Kind, Schwertmeister«, ertönte Okas' Stimme.

Chareos erwachte ruckartig. Salida war zu seinen Männern zurückgekehrt, und nur die sechs Wachposten marschierten die Mauer entlang. Chareos setzte sich auf. Asta Khan hatte ihm versprochen, daß der Mutter und dem Kind nichts geschähe. Wo bestand dann die Gefahr? Er erinnerte sich wieder an Okas' Worte damals in Wirtshausweiler.

»Warum liegen die Gebeine Tenaka Khans in Bel-azar begraben?«

Tenaka Khan – der König jenseits des Tores, der Schattenprinz. Ein Mann, von dem Asta glaubte, daß er nie hätte sterben dürfen. Und jetzt saß der Schamane im Geburtszimmer und hielt den Schädel des Großen Khans auf dem Schoß. Chareos' Mund war trocken, und seine Gedanken überschlugen sich. Was hatte Asta gesagt? »Der Mutter seines Fleisches wird kein Leid geschehen.«

Was war mit seinem Geist, seiner Seele?

Er warf einen Blick auf das Wachhaus hinunter. Dort drinnen wartete Asta Khan in diesem Moment darauf, die Seele des Kindes zu töten. Chareos sprang auf und stürmte die Treppe des Wehrgangs hinunter.

Er hatte gerade die Tür zum Wachhaus erreicht und wollte eintreten, als er hinter sich ein Geräusch hörte und herumfuhr. Doch es war zu spät. Astas Dolch zuckte vor und schlitzte Chareos die Haut im Gesicht auf. Als der kleine Schamane zurücksprang, versuchte Chareos, seinen Säbel zu ziehen, doch seine Glieder waren langsam und schwerfällig.

»Ich wußte es«, wisperte Asta Khan, »daß du meinen Plan vereiteln wolltest. Aber es ist zu spät für dich, Chareos. Stirb in Frieden.«

Das Gift strömte durch Chareos' Adern. Seine Beine gaben nach, und er spürte nicht mehr, wie er zu Boden schlug.

Asta zerrte den Körper auf die Seite des Gebäudes; dann kehrte er an seinen Platz neben dem Bett zurück. Er setzte sich auf den Boden und schloß die Augen. Sein Geist schwebte frei.

Ravenna stöhnte bei den Wehen vor Schmerzen. Tanaki saß neben ihr. Kiall schlief an der anderen Wand, doch er erwachte und setzte sich. »Was ist los?« fragte er.

»Die Fruchtblase ist geplatzt. Das Kind wird jeden Augenblick kommen«, antwortete Tanaki.

»Was kann ich tun?«

»Was alle Männer zu diesem Zeitpunkt tun können – nichts«, erwiderte sie. Ein Lächeln nahm ihren Worten die Schärfe. Kiall stand auf und ging hinaus. Draußen war die Nacht frisch und klar. Die meisten Soldaten schliefen, bis auf die Wachen auf den Mauern. Kiall schaute sich nach Chareos um, sah aber keine Spur von dem Schwertmeister. Als Kiall bemerkte, wie Chien-tsu sich aus seinen Decken erhob, schlenderte er zu ihm hinüber.

Der kleine Krieger streckte sich und schob seinen Schwertgürtel zurecht, so daß die lange Klinge zwischen seinen Schulterblättern hing. Sein Diener schlief schnarchend weiter.

»Wo ist Chareos?« fragte Chien.

»Auf der Mauer, glaube ich.

»Wollen wir es hoffen«, sagte Chien und trabte zu den Stufen der Wehrgänge. Sie suchten die Mauer und den Torturm ab. Chien wirkte inzwischen besorgt. Er drehte sich um und spähte zu der finsteren Festung zurück. Sein Blick blieb auf der leblosen Gestalt an der Mauer des Wachhauses haften. Beide Männer rannten dorthin. Chien drehte den Körper um und fühlte nach dem Puls.

»Was ist mit ihm passiert?« fragte Kiall.

»Ich weiß nicht. Ich habe seine Seele aufschreien hören. Davon bin ich aufgewacht.«

»Sieh mal, hier ist ein Schnitt in seinem Gesicht.«

»Das könnte beim Sturz passiert sein«, sagte Chien. »Wir müssen ihn zum Feuer bringen. Sein Körper ist kalt, aber das Herz schlägt noch.«

Chareos erwachte in einer öden Landschaft. Der Himmel war trostlos grau, und das Land bar jeden Lebens. Ein toter Baum stand wie ein Skelett auf der Kuppe eines fernen Hügels – und dort schien ein Licht. Chareos schüttelte den Kopf. Er konnte sich nicht erinnern, in dieses unfruchtbare Land gereist zu sein. Als er auf das Licht zuging, heulten die Wölfe in der Ferne, ein unheimlicher, hohler Klang. Chareos stieg den Hügel hinauf und setzte sich an das Licht, das von einem Punkt unmittelbar über dem Erdboden ausstrahlte. Er versuchte es zu berühren, doch eine Stimme gebot ihm Einhalt.

»Es ist zerbrechlich, Chareos, und rein«, sagte Okas, und Chareos drehte sich um. Der Tätowierte Mann lächelte und streckte ihm die Hand hin. Chareos nahm sie.

»Was ist das für ein Licht?« fragte der Schwertmeister.

»Es sind zwei Lichter«, antwortete Okas. »Es sind die Seelen der Zwillinge, die Ravenna gebiert.«

»Sie sind schön«, flüsterte Chareos.

»Alle Kinder haben helle Seelen, aber diese beiden sind etwas Besonderes. Sie werden die Welt verändern, Chareos. Zum Guten oder zum Bösen.«

»Wie bist du hergekommen? Und wie bin *ich* hergekommen?«

»Asta Khan hat deinen Körper vergiftet. In diesem Augenblick stirbst du in der anderen Welt. Asta will das töten, was er für die Seele des Kindes hält.«

»Ich erinnere mich«, sagte Chareos. »Er will Tenaka Khan wieder zum Leben erwecken. Kann er das?«

»Ja, wenn er es richtig macht. Deshalb ruhten die Gebeine in Bel-azar. Deshalb hat Jungir tausend Bannsprüche auf das Grab von Ulric legen lassen – nicht, um Räuber daran zu hindern, hineinzugelangen, sondern um Tenaka Khan daran zu hindern, herauszugelangen! Doch Asta hat ihn getäuscht. Er hat die Knochen des Khans vertauscht und sie nach Bel-azar gebracht – um auf die *Geister-die-noch-kommen-weden* zu warten.«

»Also haben wir seine Träume erfüllt?«

»Wir haben ihn am Leben gehalten, als er schwach war. Aber jetzt ist er wieder stark.«

»Was können wir tun?«

Okas zuckte die Achseln. »Wir können das Kind verteidigen.«

»Können wir es schaffen?«

»Nein, Chareos. Aber wann war das jemals von Bedeutung?«

Ein kalter Wind blies über die Hügelkuppe, und ein dunkler Nebel bildete sich. Der Nebel verhärtete sich und wurde zu einer Horde von Dämonen mit stumpfen, roten Augen und langen Klauen. In ihrer Mitte stand Asta – und an seiner Seite Tenaka Khan, der König jenseits des Tores. Chareos stand auf und zog seinen Säbel. Die Wölfe strahlten in einem silbernen Licht.

»Du widersetzt dich mir noch immer?« höhnte Asta Khan. »Es wird dir nichts nützen. Sieh dir meine Armee an!« So weit das Auge reichte, waren die Wesen der Dunkelheit, und Chareos spürte, wie ihre Blutgier ihn abstieß wie eine physische Kraft.

»Geh zur Seite, Chareos«, bat Tenaka Khan. »Du hast alles getan, was du tun solltest. Die *Geister-die-noch-kommen-werden* haben ihre Aufgabe erfüllt – sie haben mir eine zweite Chance zum Leben gegeben.«

»Nein, Großer Khan«, erwiderte Chareos. »Du hattest dein Leben, und es endete. Dieses Kind verdient, den Himmel zu sehen und sein eigenes Leben zu leben. Und ich glaube nicht, daß meine Freunde und ich für deinen Ruhm gestorben sind. Wenn überhaupt, dann für das Kind.«

»Genug davon!« rief Asta. »Glaubst du, du allein kannst uns aufhalten?«

»Er ist nicht allein«, sagte Beltzer und stellte sich neben Chareos. Als der Schwertmeister seinen Freund anschaute, sah er fest, daß Beltzer nicht mehr alt und dick und kahl war. Rotes Haar umrahmte sein Gesicht wie eine Löwenmähne, und seine Silberaxt strahlte in reinem Licht.

Maggrig und Finn erschienen zu Beltzers Linken, weiße Bögen in den Händen.

Chareos stieg ein Kloß in den Hals, und Tränen traten ihm in die Augen. Er wischte sie mit seinem Ärmel weg.

»Jetzt, Tenaka«, sagte er, »kennst du die Bedeutung der *Geister-die-noch-kommen-werden.* Bring deine Dämonen herbei. Wir trotzen euch allen!« Beltzer schwang seine Axt. Maggrig und Finn spannten ihre Bögen. Asta hob den Arm, doch Tenaka hielt ihn fest. Der Khan machte einen Schritt nach vorn; seine violetten Augen waren traurig und nachdenklich.

»Ich dachte, ihr wäret für mich geschaffen«,sagte er. »Ich wußte, daß ihr einen Sinn hattet. Deswegen ließ ich euch am Leben, deswegen ließ ich mein Leben voller Siege von dieser einen Niederlage beflecken.« Er blickte auf das Licht hinunter und seufzte. »Aber du hast recht, Chareos. Meine Tage sind vorbei. Laß das Kind den Himmel sehen.«

Er drehte sich um und ging zurück zur Dämonenschar. Ein Pfad öffnete sich für ihn, und er war nicht mehr zu sehen.

Asta ging auf Chareos zu, doch der Schwertmeister versperrte ihm den Weg zum Licht.

Der Schamane sah jetzt alt aus, erbärmlich und verzweifelt, als er blinzelnd und verwirrt zu Chareos aufsah.

»Du *mußt* mir das Kind geben«, sagte er.

»Nein.«

»Ich will es nicht töten. Jetzt könnte ich gar nicht mehr – nicht ohne Tenakas Segen. Aber die Nadir brauchen einen Khan. Das verstehst du doch, oder? Er ist vom Blut der Könige. Laß mich ihn haben.«

»Was bietest du dafür, Asta Khan?«

»Ich habe ein Gegenmittel für das Gift. Du wirst leben.«

»Du verstehst mich falsch. Was bietest du dem Kind?«

»Mein Leben. Ich werde ihn jeden Tag meines Lebens verteidigen. Ich werde ihn lehren, Khan zu sein.«

»Dann sollst du ihn haben.«

Astas Überraschung war ehrlich. »Laß mich seinen Geist sehen.«

»Nein. Kehre nach Bel-azar zurück und gib mir dein Gegengift. Du wirst den Knaben sehen, wenn er geboren ist.«

»Kann ich dir trauen, Chareos?«

»Ich fürchte ja«, sagte der Schwertmeister.

Asta drehte sich um und verschwand, und wieder bildete sich Nebel um die Dämonen. Der Wind heulte; der Nebel wirbelte in den grauen Himmel davon.

Und die Helden von Bel-azar standen allein auf dem Hügel. Das Licht der Zwillingsseelen wuchs, berührte den toten Baum. Blätter entsprangen seinen Zweigen, rosa und weiße Blüten öffneten sich, und zarte Blütenblätter fielen wie Schneeflocken um die Seelen.

15

Sechzehn Stunden lang war Chareos dem Tod nahe. Er atmete kaum. Asta Khan blieb an seiner Seite, flößte ihm einen übelriechenden Trank zwischen die Lippen und rieb seine Glieder, damit das Blut wieder kreiste. Chien-tsu bot seine Hilfe an, doch Asta scheuchte ihn fort.

»Bewirkt er irgend etwas Gutes?« fragte Kiall den Kiatzekrieger.

»Ich habe noch nie jemanden härter arbeiten sehen. Ich könnte beinahe glauben, daß es ihn wirklich kümmert, ob Chareos lebt oder stirbt. Beinahe.«

Kiall kehrte ins Wachhaus zurück, wo Ravenna zwei Jungen geboren hatte, gesund und kräftig. Tanaki war noch immer neben ihr, doch beide Frauen schliefen nun. Kiall wollte gerade gehen, als Tanaki die Augen aufschlug. Sie lächelte erschöpft und stand auf, um sich von ihm in die Arme nehmen zu lassen.

»Was jetzt?« fragte sie und blickte zu ihm auf.

»Jetzt warten wir auf die Antwort des Landesfürsten.«

Einer der Säuglinge fing an zu weinen, und Tanaki ging zu der provisorischen Wiege, in der er mit seinem Bruder lag, und nahm ihn heraus. Sie trugen den Kleinen zu Ravenna, zog die Decke zurück und hielt ihn an Ravennas Brust. Die Mutter rührte sich nicht im Schlaf.

Tanaki rieb dem Kind den Rücken und legte es wieder in die Krippe. Das andere Kind wachte auf, weinte aber nicht. Tanaki nahm es ebenfalls aus der Wiege und trug es zu Ravenna. Auch dieses Kind trank lustvoll.

»Es ist ein Jammer, daß Ravenna nicht die Frau von Chareos war«, sagte Tanaki.

»Warum?«

»Er hätte Jungir Khan zum Zweikampf um Ravenna herausfordern können. Es ist Brauch der Nadir, und der Khan hätte nicht ablehnen dürfen. Auf diese Weise hätten wir einen Krieg vermeiden können.«

»Ich könnte Jungir Khan herausfordern«, sagte Kiall.

Angst flackerte in Tanakis Augen. »Du wirst nichts dergleichen tun! Ich habe dich im Kampf gesehen, und du bist nicht halb so gut wie Jungir. Er würde dich in Stücke hauen.«

»Ich könnte Glück haben«, meinte Kiall.

»Bei einem solchen Wettkampf gibt es kein Glück. Schlag dir die Idee aus dem Kopf.«

Kiall blieb in der Tür stehen. »Ich liebe dich wirklich«, sagte er. »Weißt du das?«

»Ja. Ich weiß es.«

Er stand auf und ging zur Brüstung, wo Salida mit Harokas und Chien-tsu stand. Er warf einen Blick auf den bewußtlosen Chareos und sah, daß der Schamane noch immer bei ihm war.

»Ich glaube, sein Herz hat versagt«, sagte Harokas.

»Er ist kein junger Mann mehr«, meinte Salida, »aber ich hoffe, er kommt durch.«

Die Nadir wurden unruhig, erhoben sich von ihren Lagerfeuern und sattelten ihre Pferde. Salida warf einen Blick zum Himmel. Fast war es soweit.

Ein Reiter galoppierte durch das Westtor und sprang aus dem Sattel seines schweißbedeckten Pferdes. Er rannte zu Salida und reichte ihm eine Pergamentrolle, die mit grünem Wachs versiegelt war und das Siegel des Landesfürsten trug. Salida ging ein Stück zur Seite, zog seine schweren Handschuhe aus und öffnete die Rolle. Er schniefte laut uns las das Dokument langsam durch; dann rollte er es wieder zusammen und steckte es in seinen Gürtel.

Er zog seine Handschuhe wieder an und kehrte zu den anderen zurück.

Die Nadir ritten langsam näher, angeführt von Jungir Khan. Sie machten unterhalb der Wehrgänge Halt, und Jungir Khan blickte hinauf.

»Hast du deine Antwort, Hauptmann Salida?«

»Jawohl, Hoheit. Ich habe Anweisung, diese Festung im Namen des Volkes von Gothir zu halten und jeder fremden Macht den Zugang zu verwehren.«

»Das bedeutet Krieg«, sagte Jungir und zog sein Schwert.

»Wartet!« rief Kiall. »Darf ich sprechen, Hoheit?«

»Wer bist du, Junge?« rief Jungir.

»Ich bin Kiall. Ravenna war meine Frau. Sie wurde aus meinem Dorf geraubt. Wir waren verlobt. Jetzt verlange ich das Recht des Zweikampfs, um zu entscheiden, was mit ihr geschieht.«

Jungir lehnte sich im Sattel zurück, die dunklen Augen auf Kiall gerichtet. »Du willst *mich* herausfordern?«

»Das ist mein Recht, und es ist ebenso Brauch bei den Nadir.«

Jungir warf einen Blick nach links und beobachtete die Männer, die ihn umgaben. Jeder von ihnen kannte den Brauch, und Jungir spürte deutlich, daß der Wagemut des Jungen bei den Männern Anklang fand.

»Und wenn du unterliegst?« rief Jungir Khan. »Was dann? Ich bekomme meine Frau zurück – und was noch?«

»Ich kann nur für Ravenna sprechen, Hoheit.«

»Na schön. Komm herunter – und wir kämpfen, Mann gegen Mann. Ich verspreche dir, dich rasch zu töten, denn du bist deiner Frau gefolgt, wie ein Mann es tun sollte.« Die Nadirkrieger grunzten beifällig.

In der Festung hörte Asta Khan den Wortwechsel. Als Kiall von den Wehrgängen hinabstieg, lief Asta zu ihn und packte ihn am Arm.

»Was willst du?« fragte Kiall und versuchte sich loszumachen.

»Hör mir zu, du Dummkopf! Du mußt nicht sterben! Ich helfe dir in diesem Kampf, wenn du mir vertraust.«

»Ich will keine Tricks oder Magie«, lehnte Kiall ab.

»Keine Tricks«, beruhigte Asta ihn. »Sprich mir einfach ein paar Worte nach. Willst du das tun?«

Kiall zuckte die Achseln. »Was soll das?«

»Nur ein Glücksspruch, der dich einem Freund öffnet. Vertraue mir, Kiall. Siehst du denn nicht, daß ich auf deiner Seite stehe? Ich kämpfe, um das Leben von Chareos zu retten. Bedeutet das nichts? Ich bin dein Freund.«

»Sag die Worte«, murmelte der ehemalige Dorfbewohner.

Asta Khan schloß die Augen und begann zu singen:

Nadir sind wir,
der Jugend geboren,
Blutvergießer,
Äxteschwinger,
doch Sieger

Kiall sprach die Worte nach. »Was bedeuten sie?«

»Leben«, flüsterte eine kühle Stimme in seinen Gedanken, und Kiall wich zurück. »Hab keine Angst«, sagte die Stimme Tenaka Khans. »Ich bin der Krieger, der dir gegen die Dämonen beistand, und ich werde dir auch jetzt beistehen. Ich möchte, daß du dich entspannst und mir zu leben erlaubst – nur für einen kurzen Augenblick. Das ist alles, worum ich bitte, als Gegenleistung für die Hilfe, die ich dir gab.«

Kiall spürte eine wachsende Spannung in sich, wie ein Druck, der sich verstärkte. »Gib nach, Kiall. Und laß mich deine Freunde retten.«

»Es ist mein Kampf«, widersprach er schwach.

»Jungir Khan hat mich vergiftet«, wartete Tenaka. »Er hat seinen eigenen Vater vergiftet. Du mußt mir diese Stunde der Rache gewähren.«

»Ich . . . ich weiß nicht.«

»Vertraue mir. Entspanne dich«, sagte Tenaka, und Kiall spürte, wie er nachgab, fühlte, wie die Kraft Tenaka Khans durch seine Adern strömte. Ihre Erinnerungen verschmolzen, und Kiall spürte die Erregung zahlloser Kämpfe. Er sah den Fall des mächtigen Dros Denoch, erfuhr die große Liebe, die der Khan für Renya, das Bastardkind, empfunden hatte. Doch noch mehr spürte er das Selbstvertrauen des geborenen Kriegers. Er sammelte seinen Willen, um vorwärts zu gehen, stellte aber zu seinem Entsetzen fest, daß er seine Glieder nicht mehr unter Kontrolle hatte. Seine Arme streckten sich aus, seine Lungen füllten sich mit Luft.

»Ah«, sagte seine Stimme, »ah, tut das gut, wieder zu atmen!«

Tenaka Khan ging zum Seitentor. In diesem Moment rannte Tanaki aus dem Wachhaus. »Kiall!« rief sie, »oh, bitte, du das nicht.«

Sie warf sich ihm in die Arme, und Tenaka küßte sie auf die Stirn.

»Ich komme zurück«, sagte er leise. »Er kann mich nicht besiegen.«

»Doch, das kann er. Er ist der größte Schwertkämpfer seit meinem Vater. Es gibt keinen Mann auf der Welt – außer vielleicht Chareos, der es mit ihm aufnehmen könnte.«

»Hast du deinen Vater geliebt?« fragte er.

»Das weiß du doch. Mehr als alles andere.«

»Und liebst du mich?« fragte er. Gefangen hinter seinen eigenen Augen, verzweifelte Kiall schier an der Antwort.

»Ja«, sagte sie schlicht. »Ich gehöre dir, Kiall. Jetzt und immer.«

»Dein Vater liebte dich«, sagte er. »Du warst die Freude, die

Renya ... ihm ... hinterließ. Schau mir vom Wehrgang aus zu – und hab keine Angst. Kiall wird zu dir zurückkommen. Ich verspreche es dir, Naki.«

Er drehte sich zum Tor um, öffnete die Riegel und ging der wartenden Horde entgegen. Für einen Augenblick war Tanaki wie betäubt. Kiall war so anders gewesen, und er hatte ihren Kosenamen gebraucht – den Namen, den sie als Kind trug. Sie fuhr zu Asta Khan herum.

»Was hast du getan?« rief sie. Der alte Mann antwortete nicht, sondern wandte sich wieder der reglosen Gestalt Chareos' zu. Der Schwertmeister schlug die Augen auf.

»Ich habe mein Versprechen gehalten«, flüsterte Asta. »Wirst du deines halten?«

»Ja«, antwortete Chareos. »Was ist geschehen?«

»Kiall ist nach draußen gegangen, um gegen Jungir Khan zu kämpfen.«

»Bei der QUELLE, nein«, stöhnte Chareos. »Hilf mir auf die Wehrgänge.« Der drahtige Schamane zog Chareos hoch und trug ihn halb zu den Stufen. Schmerzverzerrt zog Chareos sich zur Brüstung hoch.

Draußen im Tal schritt Tenaka Khan zuversichtlich seinem Sohn entgegen. Jungir hatte die juwelenbesetzte Klinge, die Chien-tsu ihm als Geschenk überreicht hatte. Tenaka zog den Kavalleriesäbel, prüfte sein Gewicht und schleuderte ihn beiseite. Er ging an dem erstaunten Jungir vorbei und blieb vor einem alten Mann auf einem grauen Pony stehen.

»Auf den Wehrgängen sagte man mir, du wärest Subodai, der älteste Freund von Tenaka Khan«, sagte er.

Der alte Mann mit dem finsteren Blick nickte.

»Würdest du mir eins der Kurzschwerter leihen, die Tenaka dir bei eurer letzten Begegnung geschenkt hat?«

Der alte Mann betrachtete Kialls Gestalt eingehend, die Haltung und die Neigung des Kopfes, die grauen Augen, die fest in die seinen blickten. Er schauderte und zog sein Schwert, drehte es um und reichte es dem jungen Mann, ohne ein Wort zu sagen.

Tenaka machte kehrt und ließ die Klinge zweimal durch die Luft sausen; dann ging er zu Jungir Khan zurück.

»Wenn du bereit bist, Hoheit«, sagte er.

Jungir eröffnete mit einem blitzschnellen Stoß. Tenaka parierte ihn – und trat dicht an ihn heran. »Hast du gedacht, das Gift würde dich von mir befreien, mein Sohn?« flüsterte er.

Jungir erbleichte. Dann verdunkelte sich sein Gesicht, und er griff wieder an – und wieder. Doch jedesmal wehrte die funkelnde Klinge Tenaka Khans seine Hiebe ab. Als die Kämpfenden sich weiter von den zuschauenden Kriegern entfernten, versuchte Jungir einen wilden Hieb. Tenaka blockte ihn ab und trat wieder dicht an ihn heran.

»Asta schmuggelte meine Gebeine vor Jahren hierher. Doch ich kann noch immer das Gift aus deinem Becher schmecken.«

»Hör auf!« kreischte Jungir. Sein Schwert sank kaum merklich herab, und Tenaka sprang vor und entwand ihm seine Klinge. Sie fiel zehn Schritt entfernt in den Staub.

»Heb sie auf«, befahl Tenaka. Jungir kroch zu der Klinge und stürmte damit auf Tenaka zu, ohne sich zu verteidigen. Ehe er sich zurückhalten konnte, rammte Tenaka instinktiv sein Schwert in die Brust seines Sohnes. Jungir sackte gegen ihn.. »Ich habe dich geliebt, Vater«, sagte er, »aber deine Liebe hatte ich nie . . .«

Tenaka fing seinen Sohn auf und sank mit ihm zu Boden, Tränen füllten seine Augen. »Oh, mein Sohn! Ich bin so stolz auf dich. Aber ich wollte, daß du ein starker Mann würdest – ein Nadir. Und ich habe nie meine Gefühle gezeigt – außer für Tanaki. Doch ich habe dich geliebt – und deine Brüder. Jungir . . . Jungir!«

Doch der Khan war tot.

Tenaka stand mit gesenktem Kopf neben dem Toten. Er zog sein Schwert aus dem Körper Jungirs und schleuderte es von sich; dann kniete er neben seinem toten Sohn nieder.

Der alte General ritt heran und stieg ab. Er hinkte jetzt, doch es war derselbe Mann, den Tenaka Khan vor so vielen Jahren gerettet hatte.

»Wer bist du du?« zischte der General. »Wer?«

»Ich bin nur ein Mann«, sagte Tenaka und wandte den Blick ab, um zu den Verteidigungsanlagen und seiner einzigen Tochter zu schauen. Der dumme Junge hatte ihm Leben geschenkt, und er hatte es genutzt, um den letzten seiner Söhne zu töten. Und in diesem Moment wußte er, daß er seiner Tochter nicht ihre Liebe rauben konnte. Nein, besser endgültig den Tod hinnehmen und sich auf die Suche nach Jungir machen. »Kiall, komm nach vorn«, sagte er leise.

Kiall spürte, wie die Spannung von ihm abfiel. Er streckte sich und wandte sich wieder an den General. »Ich danke dir, daß ich dein Schwert benutzen durfte, Herr. Der Geist Tenaka Khans ließ mich darum bitten.«

»Nur für einen Augenblick . . .«, sagte der General. Er schüttelte den Kopf. »Es spielt keine Rolle. Geh in deine Festung zurück, du wirst bald genug sterben.«

Asta Khan sprang auf die Wehrgänge. »Subodai!« schrie er.

»Was ist, Hexenmeister?«

»Der Sohn des Khans ist geboren!«

»Ist das wahr?« fragte Subodai mit zischender Stimme, an Kiall gewandt.

»Ja. In der Nacht.«

»Ich bringe ihn zu euch«, rief Asta. »Greift nicht an.«

Kiall ging zurück zur Festung, wo zwei Soldaten das Seitentor öffneten. Asta ging zum Torhaus, wo Chareos ihn anhielt.

»Warte«, sagte er. »Ich bringe das Kind hinaus.«

Chareos ging ins Wachhaus, wo Ravenna lag, ein Kind an der Brust. Das andere schlief. Er setzte sich neben sie.

»Ich weiß nicht, wie ich es dir sagen soll, Ravenna. Aber um einen Krieg zu verhindern, habe ich versprochen, daß einer deiner Söhne Khan werden würde. Und jetzt bin ich durch das Versprechen gebunden.«

Sie sah die Qual in seinen Augen und streckte die Hand nach ihm aus.

»Einer von ihnen ist geboren, um Khan zu werden. Den anderen hätten sie umgebracht – das ist die Art der Nadir«, sagte sie. »Laß Asta haben, was er will. Ich werde den anderen aufziehen.« Sie nahm das Kind von der Brust und küßte es zärtlich. »Nimm ihn, ehe ich es mir anders überlege.«

»Ich werde dir helfen, ihn großzuziehen, das schwöre ich.« Er nahm den Säugling. »Und jetzt keinen Laut. Asta darf nicht wissen, daß es Zwillinge sind.«

Er ging zur Tür und hinaus in den Sonnenschein. Asta lief herbei, die dünnen Arme nach dem Kind ausgestreckt.

»Ein neuer Großer Khan«, sagte er voller Freude. Als Chareos ihm den Säugling reichte, begann dieser zu schreien, doch Asta beugte sich zu ihm herab und flüsterte ihm etwas ins Ohr. Der Kleine beruhigte sich und schlief ein.

»Ich habe getan, was ich tun mußte«, sagte Asta. »Aber ich bin dir dankbar, Schwertmeister.« Chareos nickte und blickte dem Schamanen nach, der zu der wartenden Armee hinausschritt.

Binnen weniger Minuten hatten sie das Tal verlassen. Als Chareos sich in den Sonnenschein setzte und sich gegen die Mauer sinken ließ, kam Salida zu ihm.

»Ich hätte nicht gedacht, daß der Landesfürst so heldenhaft wäre«, sagte Chareos.

»Nein«, erwiderte Salida, nahm die Pergamentrolle aus seinem Gürtel und warf sie Chareos in den Schoß. Der Schwertmeister öffnete sie. Die Botschaft war einfach.

Gebt Jungir Khan alles, was er will.

»Ich glaube, das haben wir getan, oder?« meinte Salida.

Epilog

Kiall und Tanaki wollten nicht warten, um nach den Sitten der Gothir zu heiraten. Sie schnitten sich nach Art der Nadir in die Handflächen und schworen sich vor Zeugen in Bel-azar die Treue. Dann ritten sie aus der Festung, zurück in die Steppe, und verließen an dieser Stelle die Geschichte der Nadir.

Chien-tsu und Oshi reisten zurück ins Reich Kiatze, wo der Botschafter mit höchsten Ehren empfangen wurde und Ländereien von großem Wohlstand und noch größerer Schönheit erhielt.

Harokas reiste mit Salida nach Neu-Gulgothir, wo der Landesfürst dem Hauptmann widerstrebend eine hohe Belohnung und eine Beförderung zuteil werden ließ.

Sieben Jahre später hielten drei Reiter vor den ersten großen Toren von Burg Tenaka.

»Einst, mein Sohn«, sagte Chareos, »war dies Dros Delnoch, die mächtigste Festung der Drenai. In jenen Tagen wurde sie vom Bronzegrafen befehligt. Eines Tages wird dieser Titel dir gehören.«

Der Junge richtete seine violetten Augen auf die sechs gewaltigen Mauern, die sich über den Paß zogen. »Ich werde sie von der anderen Seite einnehmen«, sagte er leise.

Chareos lächelte und wandte sich an seine Frau Ravenna. »Bedauerst du irgend etwas?« fragte er.

»Nichts«, sagte sie und nahm seine Hand. Der Junge drehte sich im Sattel um und blickte über die nördliche Steppe hinweg.

Mehr als tausend Kilometer entfernt stand ein anderes Kind mit violetten Augen und blickte nach Süden.

»Was schaust du dir denn an?« fragte Asta Khan.

»Den Feind«, flüsterte der Junge.

ENDE

Kurt Brand:

Ren Dhark:
Sternendschungel Galaxis
Das Rätsel des Ringraumers
Zielpunkt Terra

3 Bände, insgesamt 1 056 Seiten,
Format 12,5 x 18,7 cm, gebunden
s/w-Abbildungen
Best.-Nr. 297 630
ISBN 3-86047-532-0
Sonderausgabe komplett nur DM 29,80

Frank Herbert:

Der Wüstenplanet

6 Bände, insgesamt 3 200 Seiten,
Format 12,0 x 19,0 cm, gebunden
Best.-Nr. 216 952
ISBN 3-89350-451-6
Sonderausgabe komplett nur DM 29,80

Hans Dominik:

Der Wettflug der Nationen
Ein Stern fiel vom Himmel
Land aus Feuer und Wasser

3 Bände, insgesamt 608 Seiten,
Format 12,5 x 18,7 cm, gebunden
Best.-Nr. 357 269
ISBN 3-86047-883-4
Sonderausgabe komplett nur DM 19,80